표암의 서안 2015. 9. 7. 유홍준

나의 문화유산답사기

8

나의 문화유산답사기

8
남한강편

강물은 그렇게 흘러가는데

유홍준 지음

창비

남한강 따라가는 와유(臥遊)를 위하여

1

답사기가 다시 국내편으로 돌아왔다. 제7권 제주도편을 펴내고 3년
만에 복귀한 것이다. 가볍게 일본편을 한 권 쓴다고 잠시 떠난 것이 네
권의 시리즈로 펴내는 바람에 생각보다 오래 걸렸다. 일본편 완간 이후
독자들은 나의 발길이 혹 중국으로 가는 것 아니냐고 다소는 기대 어린
추측을 하였던 모양인데 그건 나중 이야기이고 나는 확실히 국내로 돌
아왔다.

제주편 이후 나의 답사기에 대한 구상이 많이 바뀌었다. 그동안 지역
을 안배해 각 권마다 8도를 고루 배치하려던 생각은 없어지고 한 지역
또는 하나의 테마로 쓰는 것이 나를 위해서도 독자를 위해서도 유리하
다고 판단한 것이다. 그리하여 새 책의 주제로 삼은 것이 남한강을 따라
가는 답사이다.

남한강이란 그저 남쪽에서 흘러오는 한강이 아니라 영월부터 남양주

양수리 두물머리까지를 의미한다. 나는 오래전부터 이 남한강을 따라 내려오면서 아름다운 강변 풍광과 그 고을의 문화유산에 얽힌 이야기를 세상 사람들에게 들려주고 싶었다. 그간 내가 다녀온 것이 몇 번인지 헤아릴 수 없는데 번번이 나 혼자만 즐기기엔 너무도 아깝다는 생각을 해왔다.

나는 외국 여행도 많이 하는 편인데 어디를 가든 반드시 만나게 되는 한국 관광객들이 외국의 풍광에 감동하고 부러워하는 것을 볼 때면 저분들이 국내 여행에서는 어떻게 느낄까 궁금했다. 우리가 외국 여행을 떠나면 최소한 5일, 길게는 보름의 여정을 잡는다. 만약에 국내 여행을 그런 긴 일정으로 잡고 남한강 물줄기를 따라 답사한다면 정말로 우리나라가 금수강산임을 뼛속으로 느끼게 될 것이다. 외국계 기업에 오래 근무한 분 하는 얘기가 회사 분들이 가장 즐겨 찾아가는 곳이 청풍·단양의 남한강과 충주호반이라고 해서 잠시 놀란 적이 있다. 그 외국인들은 하루만에 한국의 산과 강과 호수를 한꺼번에 즐길 수 있다는 것에 너무도 신기하고 행복해하더라는 것이다.

이번 책의 답사 코스는 영월부터 시작하여 단양·제천·충주·원주·여주로 이어진다. 이 코스를 한 번에 다 도는 데는 4박 5일이면 충분하다. 수도권을 출발지로 할 경우 모두 각각 당일로 다녀올 수 있는 곳이기도 하다. 그러나 나는 그보다도 2박 3일 한 번에 1박 2일 또는 당일 답사로 두 차례 나누어 다녀오는 것을 권하고 싶다. 답사 떠나는 분들을 위하여 내가 남한강을 답사한 여러 버전의 일정표를 부록으로 실어두었다.

2

영월은 동강과 서강이 만나 남한강이 시작되는 고을이다. 문화유산으로는 단종의 장릉과 청령포가 널리 알려졌고 구산선문의 하나인 법흥사와 주천강변의 요선정도 훌륭한 한 차례 답사처이다. 특히 주천강변은 우리나라 강마을의 평화로움을 여전히 전해준다는 점에서 대단히 매력적이다. 서울에서 간다면 영월은 당일 답사도 얼마든지 가능하다.

제천과 단양은 남한강 답사기의 핵심인 셈인데 여기는 단양8경을 비롯한 수려한 경관을 갖고 있을 뿐만 아니라 조선시대 문인들이 여행하면서 남긴 자취가 무수히 많다. 지금은 행정구역이 제천시와 단양군이지만 그 옛날에는 제천·청풍·단양·영춘을 묶어 남한강의 사군(四郡)이라고 부를 정도로 이름 높았다.

청풍의 한벽루는 남한의 3대 정자 중 하나로 거기에 얽힌 시와 기문의 뜻이 하도 깊어 별도의 장으로 소개하였고, 박달재 아래위에 황사영 백서사건의 현장인 배론성지와 1895년 을미의병운동의 발상지인 자양영당이 있어 이 극명한 대조를 이루는 역사의 현장에 오래 머물렀다.

특히 영춘향교와 온달산성은 비장(秘藏)의 답사처로 우리나라에 아직도 이런 옛 고을이 있고 산성이 이렇게 아름다울 수 있다는 데 크게 공감할 것이다. 단양 영춘은 전란을 피할 수 있는 이른바 십승지(十勝地)의 하나로 꼽히기도 하는 곳이니 얼마나 깊은 산골인지 알 만하지 않은가.

'단양 적성 신라비'와 충주의 '중원 고구려비'는 남한강 유역을 둘러싼 삼국의 전투가 얼마나 치열했는가를 물증으로 알려주는 남한 최고의 비문인지라 그 발견 경위와 금석학적 의의를 깊이 다루었고, 충주의 중앙탑과 탄금대는 명성이 명성인 만큼 그 유래를 자세히 소개했다.

남한강의 풍광을 즐기자면 충주에서 유람선을 타고 월악·청풍·장회·신단양 나루에 이르는 뱃놀이가 우선이겠지만, 답사객에게는 청풍과 장회나루를 오가는 왕복선을 타고 옥순봉과 구담을 즐기는 것을 권해보고 싶다. 그래서 두 명승을 그림과 함께 따로 소개하였다.

제천·단양·충주에 이르는 답사는 남한강의 가장 유명한 나루터인 충주의 목계나루를 종점으로 삼았다. 이후 원주로 흘러드는 남한강변의 답사는 사실상 폐사지 답사인지라 성격을 달리하기 때문이다. 여기까지의 답사는 2박 3일이면 알차게 볼 수 있다.

이번 답사기에서 내가 처음으로 충청북도를 소개한 셈인데 주제가 남한강인지라 충주의 수안보를 비롯하여 괴산·보은·청주를 다루지 못했다. 나는 이를 별도의 주제로 저금해둔 것으로 생각하고 있다.

원주의 거돈사터·법천사터·흥법사터, 그리고 충주의 청룡사터, 여주의 고달사터는 우리나라 폐사지의 고즈넉한 정서를 남김없이 보여주는 답사의 명소이고 당일 답사의 황금 코스이다. 여기는 내가 학생들을 데리고 당일 답사로 가장 많이 다녀온 곳이기도 하다.

폐사지를 답사하다보면 절집이 그리워지기도 한다. 그리하여 여주의 신륵사에서 나의 남한강 답사기를 마무리하였다. 그곳은 우리나라에서는 보기 드문 강변의 사찰이기에 그 뜻이 잘 맞았다. 여기서 더 진행하자면 세종대왕 영릉을 답사해야 하는데 이번 테마와 성격이 달라 요담에 수도권 답사기에서 다루기로 하고 남겨두었다.

3

집필을 끝내고 독자 입장에서 찬찬히 읽어보니 내 글이 많이 달라진 것을 느끼게 된다. 글이 늘어졌다는 인상을 주는 것은 아니지만 유적 유물에 대한 설명이 전보다 길어진 것은 사실이다. 따지고 비판하는 것이 줄어들고 슬슬 얘기하는 분위기이고 유머를 구사한다는 것도 전과는 사뭇 다르다는 것을 느끼게 된다.

나이 탓도 있겠지만 처음에는 미술사적 유물을 중심으로 하던 것을 점점 폭을 넓혀 문화유산 전체를 이야기하면서 생긴 변화인 것 같다. 그

전에는 나의 전공인 미술사 이외의 유적에 대해서는 가볍게 짚고 넘어갔지만 지금은 역사·문학·민속, 나아가서는 자연유산에 관한 것도 서슴없이 말하면서 글이 길어질 수밖에 없었고 내 전공이 아닌 사항에 대해서는 날카로운 비평을 가하기 힘들어 이죽거리고 지나가곤 한 것 같다.

그리하여 앞의 답사기에서는 내 글에 꾹꾹 눌러쓰는 문어체는 아니어도 '강의체'가 간간히 섞여 있었는데 지금은 마치 달밤에 시골집 툇마루에서 오랜만에 찾아온 친구나 제자들에게 얘기해주는 기분을 갖게 된다. 독자들도 그런 편한 마음으로 읽어주었으면 좋겠다.

이번 책에 유난히 그림이 많이 소개된 것은 이를 통해 옛 풍광을 그려볼 수 있기 때문이기도 하지만 조선시대 회화사가 전공인 내가 독자에게 서비스한다는 마음으로 구도에 필치까지 설명하느라 그런 것이기도 하다. 이런 시각적 경험이 그림을 보는 안목을 높이는 데 도움이 될 것으로 기대하며 도판도 많이 실었다.

이번 책엔 신경림 시인의 시가 4편이나 소개되었다. 너무 많은 것 같아 줄이려고 다시 읽어보았지만 뺄 것이 없었다. 오히려 「농무」도 넣고 싶다. 아시다시피 신경림 시인은 남한강 유역에서 태어나 남한강을 노래한 남한강의 시인이다. 중국을 답사하다보면 가는 곳곳마다 이태백·두보·소동파의 시와 글이 소개되는 것을 보고 얼마나 부러웠는지 모른다. 시가 있음으로 해서 중국의 산하는 더욱 풍요로운 이미지를 가질 수 있었다. 시를 빼놓은 중국 답사기는 애당초 불가능할 정도다. 이에 비해 나는 그곳을 읊은 감동적인 시를 찾아내려고 무던히 애쓰곤 했다. 기왕에 나온 내 답사기에 실린 시들은 그런 생각에서 내가 애써 찾은 것이었다.

남한강편에서는 신경림 시인의 시를 옮김으로써 내가 미처 보지 못하고 생각하지 못한 것을 독자들에게 전할 수 있어서 얼마나 고마웠는지 모른다.

정호승 시인의 시도 내 책마다 한 편은 소개되었는데 이번에도 폐사지를 노래한 그의 시를 실었다. 내가 시인을 의식해서 고른 것이 아니라 시 자체가 나로 하여금 답사기에 넣게 만들기 때문이었다.

　　어찌 되었건 이렇게 또 한 권의 답사기를 펴내고 보니 큰 숙제를 해낸 개운함과 함께 다음번 답사기에 대한 부담이 시작된다. 이 답사기 시리즈가 도대체 몇 권이 되고 어디까지 갈 것인지는 나도 생각하지 않기로 했다. 다만 다음 답사기는 '서울편'으로 정해놓고 벌써부터 답사처를 하나씩 돌아다니고 있다. 그때 다시 만날 것을 약속드리며 부디 이 책과 함께 행복한 여행이 되기를 바란다.

　　동양화에서 산수화는 5세기 남북조시대 화가 종병(宗炳)이 늙어서 더 이상 산에 오르기 힘들어지자 산수화를 그려놓고 누워서 보며 즐긴 데서 나왔다고 한다. 이를 누워서 노닌다고 하여 와유(臥遊)라고 한다. 나의 답사기가 꼭 현장에 가보지 않는다 하더라도 소파에 편하게 기대어 독서하는 또 다른 와유가 되기를 바란다.

2015년 9월
유홍준

차례

책을 펴내며
남한강 따라가는 와유(臥遊)를 위하여   4

제1부 영월 주천강과 청령포

주천강 요선정
주천강변의 마애불은 지금도 웃고 있는데   15
남한강 / 영월의 옛 이미지 / 주천강 / 요선정 /
숙종·영조·정조의 어제시 / 무릉리 마애불 / 신경림의 시 / 요선암

법흥사에서 김삿갓 묘까지
시시비비 시시비(是是非非是是非)   39
법흥사 / 사자산 흥녕사 / 징효대사 비문 / 최언위 /
생육신 원호의 관란정 / 김삿갓 묘 / 방랑시인 김삿갓

청령포와 단종 장릉
고운 님 여의옵고 울어 밤길 예놋다   69
단종 애사 / 청령포 단종어소 / 두견새와 소쩍새 / 단종의 시신 /
왕방연의 시조 / 장릉과 배식단 / 이광수의 『단종애사』

제2부 충주호반: 제천·단양·충주

청풍 한벽루
누각 하나 있음에 청풍이 살아 있다   105
청풍명월의 고장 / 청풍 김씨 / 청풍문화재단지 / 한벽루 /
망월산성 / 하륜의 「한벽루기」 / 한벽루에 부친 시 / 황준량 상소문

단양8경
단양의 명성은 변함없이 이어질 것이다   141
단양8경 / 옥순봉과 구담 / 단원의 「옥순봉도」 / 능호관과 단릉 /
퇴계와 두향 / 상·중·하선암 / 사인암 / 탁오대 / 성신양회 채석장

구단양에서 신단양으로
시와 그림이 있어 단양은 더욱 아련하네   183
단양 신라 적성비 / 수양개 선사유적지 / 도담삼봉 / 삼봉 정도전 /
소금정공원 / 옥소 권섭 / 신동문 시비

영춘 온달산성과 죽령 옛길
강마을 정취가 그리우면 영춘가도를 가시오　217
단원의 「강마을」 / 영춘가도 / 향산리 삼층석탑 / 영춘향교 /
사의루 / 온달산성 / 옛 죽령 고개 / 보국사터 석불 / 죽령역

제천 의림지에서 충주 목계나루까지
산은 날더러 잔돌이 되라 하네　261
장락동 칠층모전석탑 / 의림지 / 자양영당 / 제천 의병운동 /
배론성지 / 신유박해 / 황사영 백서 / 박달재 / 목계나루

중원 고구려비에서 탄금대로
석양의 남한강은 그렇게 흘러가고 있었다　301
가흥창터 / 봉황리 마애불상군 / 중원 고구려비 /
충주 고구려비 전시관 / 중앙탑과 중원경 / 충주읍성 / 탄금대

제3부 남한강변의 폐사지

원주 거돈사터·법천사터와 충주 청룡사터
마음이 울적하거든 폐사지로 떠나라　341
흥원창터 / 거돈사터 / 거돈사터 삼층석탑 / 원공국사 승묘탑비 /
청룡사터 / 보각국사 승탑 / 법천사터 / 지광국사 현묘탑비

원주 흥법사터와 여주 고달사터
돌거북이 모습이 이렇게 달랐단 말인가　381
비두리 귀부와 이수 / 문막의 섬강 / 흥법사터 삼층석탑 /
진공대사 탑비 / 반계리 은행나무 / 고달사터 / 원종대사 승탑

여주 신륵사
절집에 봄꽃 만발하니 강물도 붉어지고　417
여강 / 강월헌 / 신륵사 다층전탑 / 나옹선사 /
보제존자 석종 승탑 / 목은 이색 / 조사당 / 신륵사 유감

부록
답사 일정표　445

제1부

영월 주천강과 청령포

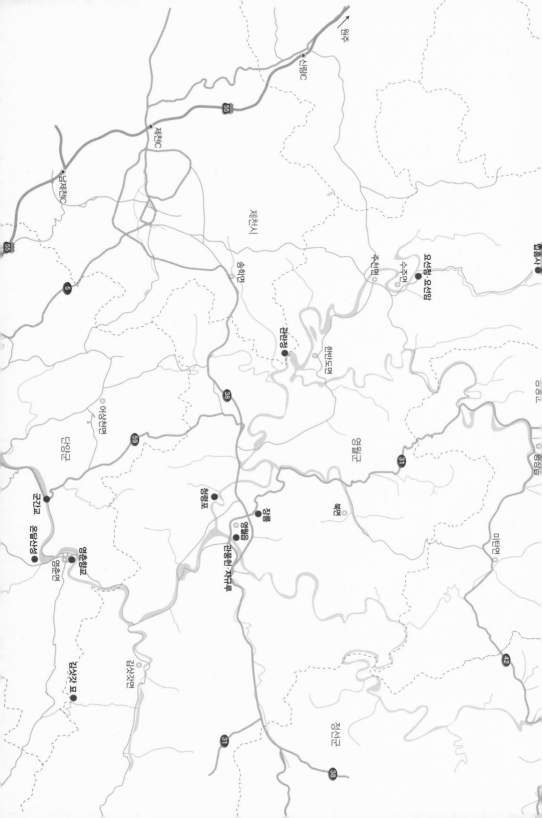

주천강변의 마애불은 지금도 웃고 있는데

남한강 / 영월의 옛 이미지 / 주천강 / 요선정 /
숙종·영조·정조의 어제시 / 무릉리 마애불 / 신경림의 시 / 요선암

남한강의 수맥

국토를 인체에 비유하면 산맥은 뼈, 들판은 살, 강은 핏줄이다. 산과
들은 국토의 골격을 이루고 강물은 대지에 생명을 불어넣는다. 강은 언
제나 그렇듯이 유유히 흐르면서 국토가 살아 있음을 보여주며 흐르는
강물은 여기에 살던 사람들의 애환을 침묵 속에 증언한다. 그리하여 강
은 그 이름만 불러보아도 국토의 향기와 역사의 고동이 일어난다. 압록
강·두만강·청천강·대동강·임진강·한강·금강·낙동강·섬진강······

그중 한강(漢江)은 국토의 허리를 가로지르는 한반도의 상징이다. 삼
국시대 고구려·백제·신라는 서로 한강을 차지하기 위해 오랜 세월을 두
고 치열한 공방전을 벌였고, 한강을 차지하는 나라가 한반도의 강자가
되었다. 우리가 20세기 후반, 반세기 만에 산업화와 민주화에 성공한 것

을 두고 세계가 '한강의 기적'이라고 말한 것에서도 그 상징성을 확인할 수 있다.

사람들은 누구든 자기가 살고 있는 지역에 흐르는 강에서 각별히 깊은 서정을 발하게 된다. 서울에 살면서 조석으로 한강을 건너다니다 보니 언젠가 한번은 저 강의 상류로 올라가 강물을 따라 내려오는 긴 답사 여정에 오르고 싶었다. 그것은 곧 한강의 역사, 한강의 고고학, 한강의 문화사가 될 것이기에 은근한 호기심이 절로 일어났는데, 이제 나는 비로소 그 길을 떠난다.

한강은 태백산에서 발원한 남한강과 금강산에서 발원한 북한강이 양수리에서 만나 도도한 강줄기를 이루며 서울을 가로질러 서해로 흘러드는 한반도의 젖줄이다. 그중 한강의 본류는 남한강인데, 태백산 검룡소에서 발원하여 서해에 이르는 물길은 약 500킬로미터에 이른다.

남한강에는 수많은 지류가 실핏줄처럼 퍼져 있어 상류로 올라가 각 고장을 지날 때마다 저마다 다른 이름으로 불린다. 남한강의 상류는 크게 두 줄기로 흘러내려 영월에서 만난다. 그것이 영월의 동강(東江)과 서강(西江)이다.

그중 동강이 남한강의 본류로 태백산 검룡소에서 발원한 골지천이 평창 황병산에서 흘러내린 송천과 아우라지에서 만나고, 정선에 이르러서는 오대산에서 발원한 오대천과 만나 조양강이라는 제법 큰 물줄기가 된다. 여기부터 어라연을 지나 영월 동쪽으로 흘러드는 물줄기가 동강이다.

서강은 남한강의 큰 지류로 계방산에서 발원하여 평창 읍내로 흘러내리는 평창강이 저쪽 태기산에서 발원한 주천강(酒泉江)을 받아들여 영월 서쪽으로 흘러들어가는 강이다.

정확하게 말하자면, 남한강이란 동강과 서강이 만나는 영월에서 시작하여 단양·충주·원주·여주·양평을 거쳐 북한강과 만나는 양수리 두물

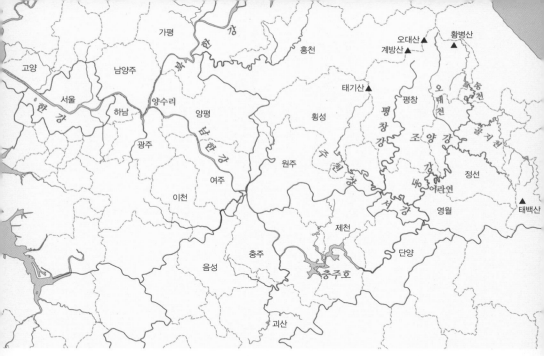

가평 · 춘 · 홍천 · 오대산 ▲ · 황병산 ▲ · 계방산 ▲
고양 · 남양주 · 양수리 · 양평 · 태기산 ▲ · 평창 · 송천
서울 · 한 · 하남 · 남한강 · 횡성 · 평창강 · 조양강 · 오대천
광주 · 원주 · 주천강 · 어라연 · 정선
이천 · 여주 · 서강 · 영월 · 태백산 ▲
제천
충주 · 단양
음성 · 충주호
괴산

| 남한강 수계 | 한강은 태백산에서 발원한 남한강과 금강산에서 발원한 북한강이 양수리에서 만나 서울을 가로질러 서해로 흘러든다. 한강의 본류는 남한강이며 남한강의 상류는 크게 두 줄기로 흘러내려 영월에서 만난다. 그것이 영월의 동강과 서강이다.

머리까지를 말한다.

영월의 동강은 근래에 동강댐 반대운동 덕에 그 풍광이 수려하다는 사실이 새삼 세상에 널리 알려지면서 오늘날 어라연의 래프팅을 비롯하여 자연관광지로 크게 각광을 받고 있지만 이름도 낯선 서강은 아직도 사람들의 발길이 뜸하다. 그래서 호젓하고 자연의 원단을 더 좋아하는 답사객으로서는 동강보다 오히려 서강 쪽으로 가는 발길이 즐겁다.

영월의 옛 이미지

영월은 유서 깊은 고을이다. 『신증동국여지승람(新增東國輿地勝覽)』은 영월의 건치연혁(建治沿革)을 다음과 같이 말하고 있다.

본래 고구려의 내생군(奈生郡)이다. 신라가 이를 내성(奈城)이라 하였고, 고려는 지금의 이름인 영월로 고치고 원주의 속현으로 하였다. 공민왕 21년(1372)에는 이 고을 사람인 연달마실리(延達麻實里)라는 환관(宦官)이 명나라에 있으면서 국가에 공이 있다고 하여 군(郡)으로 승격시켰다. 본조(조선왕조)에서도 그대로 따랐으며 정종 원년(1399)에 충청도에서 떼어내 강원도에 소속게 했다.

영월의 자연 형승(形勝)을 두고 옛 시인 정추(鄭樞)는 "칼 같은 산들이 얽히고설켜 있고, 비단결 같은 냇물이 맑고 잔잔하다"고 읊었는데, 고을 이름을 영월(寧越)이라고 하여 '편안히 넘어가는 곳'이라고 한 것은 아마도 큰 사건 사고가 없는 한적한 곳이었기 때문이 아니었을까 싶다.

영월은 예나 지금이나 강원도 산골의 작은 고을이다. 오늘날 영월은 인구 4만 명 정도여서 자칫 군의 지위도 위협받고 있을 정도인데 『세종실록지리지』에 의하면 조선 초 영월의 호구 수는 324호, 인구는 611명으로 나온다.

중앙정부에서 내려보내는 관원으로 군수와 훈도가 각 1명이고 이에 수반되는 인원이 관아를 지키고 있었다. 토산으로는 석철(石鐵)·자단향(紫檀香)·송이버섯·백화사(白花蛇)·쏘가리〔錦鱗魚〕 등이 많다는 것이 자랑이라고 했다. 『정감록(鄭鑑錄)』에서도 피난과 보신(保身)을 위한 십승지(十勝地)의 하나로 "영월 정동(正東)의 상류"를 꼽았을 정도다.

그래서 여말선초의 문신인 이첨(李詹)이 영월군수에게 보낸 시는 조용한 산골 영월의 옛 이미지를 아련히 그려보게 한다.

    성곽은 쓸쓸하고 돌길은 비꼈는데

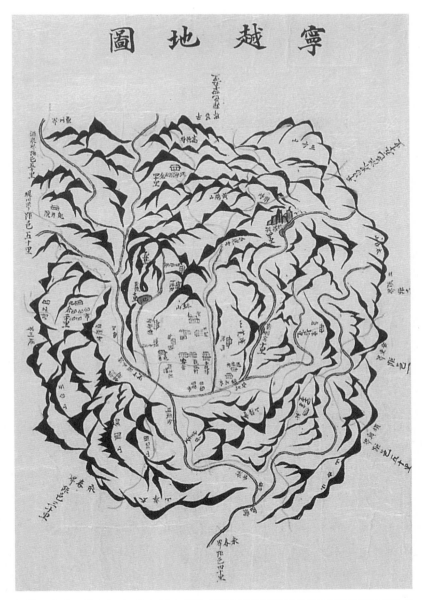

| 영월 고지도 | 군현지도는 각 고을의 자연적 지형을 배경으로 하면서 읍을 중심으로 그려 '읍지도'로도 불렸는데 전통적인 산수화법을 이용하여 산과 강의 형상을 그린 회화식 지도가 유행했다. 영월 지도는 현재 규장각에 소장된 1870년대 군현지도 중 하나다.

민가와 아전의 집이 반반씩 여남은 집 있을 뿐
(…)
관가에는 일이 없어 아침 조회를 폐지하였고
작은 고을을 누워서 다스린다고 하네
그러나 그대는 박(薄)하다고 말하지 마라
아이들이 죽마를 타고 와서 맞이함이 차라리 자랑인 것을

　　서울에서 영월로 가는 길은 충주나 원주를 거쳐 제천에서 들어가게
되어 있다. 그러나 중앙고속도로가 개통된 이후에는 원주시 신림 나들목
에서 빠져나와 영월군 주천면(酒泉面)으로 들어가는 것이 유리하다. 풍
광도 수려하고 길도 호젓하여 나의 영월 답사는 자연히 주천에서 시작
하게 된다.

주천으로 가는 길

　　오늘날 주천은 영월군의 한 면에 지나지 않지만 조선시대에는 독립
된 현(縣)이었다. 주천의 입장에서 보면 서쪽은 원주, 동쪽은 영월과 평
창, 북쪽은 횡성, 남쪽은 제천으로 닿아 있다. 도로가 사통팔달로 뚫린 오
늘날에는 다섯 고을로 뻗어나간다고 하겠지만 그 옛날에는 다섯 고을을
갈라놓는 깊은 산골이었다는 얘기다.
　　원주시 신림에서 영월군 주천으로 들어가는 길은 전형적인 강원도 산
길이다. 강원도가 충청·전라·경상 삼남 지방과 크게 다른 것은 산이 높
고 깊다는 점이다. 들판이 적기 때문에 논보다 밭이 많으며 그 밭도 대부
분 산자락 아랫도리에 비스듬히 걸쳐 있는 비탈밭이다. 전형적인 이 강
원도 산길로 들어서면 옹기종기 모여 사는 동그만 마을이 아니라 외딴

집이 점점이 이어지곤 한다. 그래서 강원도 산골의 풍광은 따뜻한 온정보다 은일자적인 처연한 느낌을 준다.

그렇게 산골짝을 따라 난 길을 가다보면 홀연히 시야가 넓게 열리면서 산중의 넓은 분지가 나타난다. 여기가 주천면 소재지로 고을 앞쪽으로는 주천강이 흐르고 있다.

이곳 마을과 강 이름이 술 주(酒) 자, 샘 천(泉) 자가 된 것은 주천리 뒷산인 망산 기슭의 바위샘 돌구유에서 술이 나왔다는 데서 비롯되었다고 한다. 고구려가 중원 지역을 지배할 때부터 이 고장 이름이 주연현(酒淵縣)이었던 것을 보면 이 술샘의 유래가 무척 오랜 것 같다.

그 술샘은 어느 때부터인가 술이 나오지 않게 되었는데 전하기로는 양반이 뜨면 술이 나오고 상놈이 뜨면 물이 나온다고 하여 어느 상놈이 부숴버렸다고도 하고, 이를 마시고자 각지에서 현으로 찾아오는 사람들이 줄을 이어 고을 아전들이 아예 이 돌구유를 현청으로 옮기려 하였는데 갑자기 벼락이 떨어져 세 동강 나 그중 한 조각이 주천강가로 굴러 떨어졌다고도 한다.

이야기를 듣자 하니 멀리서 주천의 소문을 듣고 관아로 찾아오는 손님이 많아 매번 망산에서 관아까지 퍼나르기 귀찮아지자 고을 아전인지 상놈인지가 이 돌구유를 박살내버린 것이 아닌가 싶다.

옛날엔 이런 비슷한 일이 많았다. 함경도 황초령의 진흥왕 순수비는 중앙에서 하도 탁본해서 올려보내라는 일이 많아지자 탁본 부역에 나갔던 사람이 절벽 위에 있는 비석을 발로 차서 아래로 떨어뜨려 동강나버렸다고 한다. 또 금강산 삼일포 호수 가운데 있는 돌섬은 신라 화랑들이 새긴 붉은 글씨가 있어서 단서암(丹書巖)이라고 했는데 탁본을 요구해오는 일이 하도 많아 고성군수가 글씨를 깨서 물속에 처박았다고 한다.

주천의 술샘 역시 그런 이유로 깨져버린 뒤 다시는 술이 나오지 않고 마

| 주천강 강마을 | 주천강변에 자리잡은 주천면은 전형적인 강원도의 강마을로 아름답고 호젓한 분위기를 지니고 있다.

을과 강에 그 이름만 남아 있다. 그런데 그것이 사뭇 오래된 일인지 세종 때 문신인 강희맹(姜希孟)이 주천을 노래한 시에도 이 이야기가 나온다.

원성(原城, 오늘의 원주) 부곡 옛 고을 서쪽에　　　　原城部曲古縣西
깎아 세운 듯한 높은 봉우리 우뚝 솟아 창연히 섰고　斷峯峽岘臨蒼然
벼랑 아래는 물이 깊고 맑아 굽어보면 검푸른데　　　崖下泓澄瞰黝碧
돌 술통이 부서져 강가에 가로놓였네　　　　　　　石槽破碎橫江堧

주천강변의 아름다운 강마을

주천에 더 이상 술이 나오지 않는 것은 아쉬운 일이지만 술이 아니라도 저절로 찾아오고 싶어지는 아름다운 강마을이다. 주천강은 평창강으로 흘러드는 한강의 제2지류인데 강원도의 산들이 두텁기 때문에 웬만한 강의 본류와 맞먹는 강폭과 길이를 갖고 있다. 구불구불 돌아내려오는 그 길이가 118킬로미터나 된다고 한다.

4대강 사업으로 천연스런 강마을 정경을 많이 잃어버린 탓에 주천 강마을에 다다르면 누구나 이 안온한 풍광에 절로 가벼운 탄성을 발하며 잠시 머물다 가고 싶은 충동을 느낀다.

주천에서 강물을 따라 동쪽으로 내려가면 영월읍내가 나오고 강을 거슬러 북쪽으로 올라가면 수주면(水周面)이 되는데 고을 이름이 물 수(水) 자, 두루 주(周) 자인 것에서 알 수 있듯이 강물이 계속 굽이굽이 맴돌아 흘러내린다. 본래 산이 높으면 골이 깊고, 골이 깊으면 물이 맑은 법이다. 맑은 물살을 자랑하며 유유히 흘러내리는 주천강은 구불구불 흐르는 곡률도(曲率度)가 다른 강에 비해 월등히 높다.

수주면에는 아름답고 호젓한 작은 강마을이 점점이 이어진다. 복숭아꽃이 만발하기만 한다면 무릉도원(武陵桃源)이 따로 없을 것 같은데 옛날에는 더 그랬는지 마을 이름에 무릉리도 있고 도원리도 있다. 어디엔가 유서 깊은 명소가 있음직한데 무릉리 강변 절벽에 요선정(邀僊亭)이라는 정자가 있어 우리를 부른다. 무릉이란 이상향의 상징이고 요선이란 '신선을 맞이한다'는 뜻이니 이름만 보아도 그 풍광이 아름답다는 것을 알 수 있지 않은가. 그리하여 남한강을 따라가는 나의 영월 답사는 이곳 요선정을 첫 기착지로 삼게 된다.

요선정의 숙종대왕 시

요선정은 무릉리 주천강변의 높이 60미터쯤 되는 절벽 위에 올라앉아 있다. 본래 저 안쪽 큰 절인 법흥사의 작은 암자가 있었던 곳으로 지금도

| **차창 밖으로 본 빙허루** | 주천의 망산 위에는 빙허루라는 아름다운 정자가 있어 숙종이 여기에 부친 시를 지을 정도였다. 그러나 화재로 불타고 지금 보이는 것은 근래에 복원된 것이다.

고려시대의 마애불과 무너진 오층석탑이 있어 이를 증언하고 있는데 언젠가 폐사되었고 1913년에 이곳 주민들이 이 빈 절터에 정자를 세우고 요선정이라 이름 지은 것이다.

요선정은 이처럼 연륜도 짧고, 정자 건물도 앞면 2칸, 옆면 2칸 팔작지붕의 평범한 모습으로 잘생긴 것도 아니지만 여기가 답사의 명소가 된 것은 그 정자 건물이 아니라 여기서 내려다보는 주천강의 환상적인 풍광과 함께 숙종·영조·정조 세 임금이 주천강의 아름다움을 노래한 시와 그 내력을 새긴 현판이 있기 때문이다. 하나의 정자에 세 임금의 글이 걸려 있다는 것은 아주 드문 일이 아닐 수 없는데 그 사연이 아주 길고 뜻도 깊다.

숙종은 200여 년 전 조선 초기에 일어났던 세조 왕위 찬탈의 과거사를 바로잡기 위해 심혈을 기울였다. 그것은 왕조의 정통을 확고히 하기 위한 조치였다. 숙종은 우선 노산군을 임금의 지위로 복위시켰고, 결국은 단종이라는 시호를 부여하고 종묘에 모셨다. 이때 노산군의 묘를 왕릉으로 격상시켜 새로 조성하고는 장릉이라는 능호를 부여했다. 이 일련의 작업을 위해 숙종은 단종의 영월 유배길에 있었던 일들을 소상히 물어 살피곤 하였다. 그러던 1720년(숙종 46년) 정월, 주천현에 빙허루(憑虛樓)와 청허루(淸虛樓)라는 두 누각이 있다는 말을 듣고는 여기에 부친 시를 지었다.

들건대 주천에 두 누각이 있다던데	聞說雙樓在酒泉
몇 번이나 수리하여 아직도 온전한가	幾經葺理尙能全
높고 높은 석벽은 구름에 닿아 있고	峨峨石壁靑雲接
맑고 맑은 강물은 푸르게 이어졌네	漾漾澄江碧水連
산새들은 나무 위에서 지저귀고	山鳥好禽鳴樹上
들꽃과 봄풀은 뜰아래 비치이네	野花春草映階前
술 지니고 누에 올라 아이 불러 따르게 하고	携登官醞呼兒酌
취하여 난간에 기대어 낮잠을 즐기누나	醉倚欄干白日眠

이것이 숙종이 지은 「빙허 청허 양루 시(憑虛淸虛兩樓詩)」이다. 숙종은 이 시를 직접 써서 당시 원주목사인 심정보(沈廷輔)에게 내려주며 청허루에 걸게 했다. 이것이 숙종의 어제어필시문(御製御筆詩文) 현판이다.

영조와 정조의 복원

그러나 그후 30년쯤 지나 청허루에 화재가 나 숙종의 어제시는 누대와 함께 소실되고 말았다. 얼마 뒤인 1758년에 원주목사 임집(任潗)이

| 요선정의 숙종 어제시 현판 | 애초에는 숙종이 빙허루와 청허루에 부친 시를 새긴 현판이 있었으나 소실된 후 영조가 이를 다시 복원하면서 그 내력을 써서 새 현판으로 만들어 걸었다.

청허루를 중건하게 되었는데 이 소식을 들은 영조는 선왕의 시를 직접 써서 현판으로 걸게 하면서 다음과 같은 글을 덧붙였다.

삼가 생각건대 선왕(숙종)의 어제시는 내가 약을 달이면서 이미 본 것이다. 근년에 친히 지으신 이 시가 문집의 끝에 실려 있는 것을 보면서 모르는 사이에 턱까지 눈물이 흘러내렸다. 이로써 차마 다시 시를 짓지 못하고 나의 시권(詩卷) 중에 기록해두었는데 이제 예조판서의 부탁이 있어 다시 눈물을 흘리며 써서 승지를 보내 현판으로 달게 한다.

아, 옛날의 어제시를 내가 직접 쓰자니 추모의 정이 절실하다. (…) 선왕의 찬란한 문장이 후대에까지 없어지지 않게 할지어다.

1758년 10월에 눈물을 흘리며 쓴다.

이때 소임을 맡은 원주목사 임집이 중건하고 어제시를 받들어 보전하니 호피(虎皮) 한 장을 특별히 내려 가상한 뜻을 표하노라.

이리하여 청허루에는 숙종과 영조의 시와 글이 걸려 있게 되었는데 그로부터 30년이 지난 1788년, 정조는 두 분 선왕의 글이 주천 산골 정

자에 이렇게 봉안되어 있다는 사실을 듣고는 감회가 일어 이에 부치는 시를 짓고는 이 유적의 가치를 이렇게 말했다.

주천은 옛적에는 현(縣)이었으나 지금은 원주에 속해 있다. 청허루와 빙허루의 두 누각이 있는 경치 좋은 곳으로 옛날에 심정보 목사가 있던 고을이다. 숙종대왕께서 이곳을 좋아하여 지으신 시의 현판이 그간 화재를 입었는데 선왕(영조)께서 무인년(1758) 고을을 지키던 목사가 중건하였음을 들으시고 숙종대왕의 원래 시를 찾아 손수 쓰시고 서문을 지으시어 근신에게 명하여 현판으로 달게 하였던 것이다.

대체로 하나의 누각이 세워지고 퇴락하는 것은 (그 정자가 중요하냐 아니냐의) 경중에 있는 것이 아니라 임금께서 지으신 보배로운 글이 있음으로 빛났던 것이다. 이 누각은 임금의 글로써 빛나고 그 고을의 산천은 이 누각으로 인해 빛나는 것이다. 거듭 중축함은 이 고을을 위함이니 어찌 가볍고 무거움에 달렸다고 하겠는가. 계속하여 수리(보존)하는 일에 가히 힘쓸 줄로 알겠노라. 나 또한 이를 공경해서 시를 짓고 (그 내력의) 대략을 적어 그 곁에 달게 하노라.

이리하여 정조가 숙종의 시를 차운하여 지은 시는 다음과 같다.

임금께서 주천에 글 내리신 것을 아직도 말하니　　尚說黃封降酒泉

청허루는 이로부터 더 명승이 되었네　　清虛從此勝名全

누각의 모습은 임금의 글씨와 더불어 빛나고　　樓容重與雲章煥

땅의 기운은 도리어 하늘에 닿았구나　　地氣還應壁宿連

백 리의 농사일은 달라진 것이 없고　　百里桑麻渾不改

봄날의 꽃과 새도 전처럼 여전하구나　　一春花鳥摠依前

이르노니, 지척에 근심이 있음을 분간하여　　瞻言咫尺分憂在

태수는 쉬면서 술에 취해 잠들지 말지어다　　太守休爲醉後眠

이리하여 주천의 청허루에는 숙종·영조·정조 세 임금의 시와 글이 새겨진 현판이 걸리게 되었던 것이다.

요선정의 유래

그러나 이 자랑스러운 두 누각은 그간의 세월 속에 퇴락하여 마침내 왕조의 말기에 와서는 무너지고 말았다. 그리고 세 임금의 글을 새긴 현판은 일본인의 수중으로 들어갔다. 이에 마을 사람인 김병위는 1909년에 이를 환수하여 보관했다.

그리고 1913년, 이 고장에 사는 이·원·곽(李·元·郭) 3성씨의 친목계인 요선계(邀僊契)의 원세하·곽태응·이응호 세 사람이 이 현판을 걸기 위해 요선정이라는 정자를 짓고 숙종·영조·정조의 친필시 편액을 봉안하였다. 정조의 교시대로 주천을 더욱 아름다운 고장으로 만드는 이 문화

| 요선정과 마애여래좌상 | 요선정이 있는 자리는 본래 암자였기 때문에 불상과 탑이 남아 있다. 정자 옆 큰 바위에는 마애여래좌상이 새겨져 있고 마애불 앞에는 조촐한 오층석탑이 있다.

유산을 민이 나서서 다시 일으켜세운 것이었다. 정자 정면에는 요선계의 이응호가 쓴 '요선정' '모성헌(慕聖軒)'이라는 현판도 걸었다.

그런데 얼마 뒤 주천면민들이 모금하여 읍내에 있던 빙허루를 복원하고는 이 어제 편액을 원래의 정자에 돌려줄 것을 요청하고 나왔다. 그러나 요선계 사람들은 이를 거부하고 요선정에 그대로 둘 것을 고집하였다. 이에 빙허루를 복원한 관계자들은 왕실의 맥을 이은 이왕직(李王職)까지 동원하며 돌려받기를 원했다.

결국 이 분쟁은 재판에 회부되었다. 현판이 이를 지켜온 사람의 것이냐, 원위치로 돌려주는 것이 옳으냐는 문제였는데 10여 년의 송사 끝에 법원이 요선정에 그대로 봉안하는 것이 맞다는 판결을 내림으로써 일단락되었다.

그리하여 지금도 요선정 정자 안에는 세 임금의 시와 글이 두 틀의 편액에 걸려 있다. 이와 별도로 요선정에는 홍상한의 「청허루 중건기」「요선정기」「요선정 중수기」가 걸려 이 유서 깊은 정자와 어제시들의 내력을 증언하고 있다.

요선정에 걸린 이 어제시 현판의 유전 과정을 보고 있자면 사라진 문화유산을 다시 복원하고 보존하는 것은 후손 된 자의 임무임을 새삼 깨닫게 된다. 영조와 정조 임금이 그렇게 모범을 보였고 그 뜻을 국민(마을 사람)이 본받아 이 풍광 아름다운 요선정에 다시 모셨으니 우리는 그 옛날을 기억하며 주천강의 아름다움을 더욱 아름답게 바라볼 수 있게 된 것이다.

요선정 옆 마애여래좌상

요선정은 본래 암자 자리였기 때문에 불상과 탑이 남아 있다. 정자 옆 큰 바위에는 마애여래좌상이 새겨져 있고 마애불 앞에는 무너진 오층석탑이 있다. 탑이라고 해야 납작한 청석을 쌓아 층층이 체감해 올라간 것으로 조촐하기 이를 데 없고 마애불 역시 무슨 권위나 신비감 내지는 아름다움을 표현할 뜻이 보이지 않는다.

전체 높이 3.5미터로 결코 작지 않은 이 마애불은 참으로 기묘한 모습이다. 얼굴만 보았을 때는 통통하고 복스럽게 돋을새김한 것처럼 보이지만 목 아래로는 몸체가 음각으로 새겨져 있다. 또한 언뜻 보면 서 있는 입상으로 보이지만 자세히 보면 좌상이다. 양각의 얼굴에 음각의 몸체 표현이 조화롭지도 않은데다 인체비례라는 것은 처음부터 생각도 않은 것이고 자세도 어색하기 짝이 없다. 미술사가 입장에선 참으로 솜씨 없고 불성실한 조각이라고 할 수밖에 없다.

'답사기'이기 때문에 나는 이렇게 본 대로 느낀 대로 말하고 있지만 이

| 요선정 마애여래좌상 | 전체 높이 3.5미터인 이 마애불은 얼굴만 보았을 때는 통통하고 복스럽게 돋을새김한 것처럼 보이지만 몸체가 음각으로 새겨진 좌상이다. 양각의 얼굴과 음각의 몸체 표현이 조화롭지 않아 절로 웃음 짓게 한다.

불상은 강원도 유형문화재 제74호로 '무릉리 마애여래좌상'이라는 당당한 문화재 명칭을 갖고 있으니 공식적인 문화재 안내판이 없을 수 없다. 과연 어떻게 썼을까 궁금하여 한번 읽어보았는데 글쓴이가 자랑을 할 수도 없고 그렇다고 비판적으로 쓸 수도 없어 고민한 흔적이 역력하였다.

이 불상은 (…) 살이 찌고 둥근 얼굴에 눈·코·입과 귀가 큼직큼직하게 표현되어 있다. 불상이 입고 있는 옷은 두꺼워 신체의 굴곡이 드러나지 않는다. 상체에 비해 앉아 있는 하체의 무릎 폭이 지나치게 크게 표현되어 있을 뿐만 아니라 상체의 길이도 너무 길어, 신체의 균형이 전혀 맞지 않는다. (…)

전체적으로 힘이 넘치지만 균형이 전혀 맞지 않고, 옷 주름과 신체 각 부분의 표현이 형식화되어 있어서, 고려시대 지방 장인이 제작한

것으로 추정된다. 현재 강원도에는 이처럼 암벽 면을 깎아 만든 마애
상의 유례가 매우 드문 실정이어서, 그 의미가 크다.

엉터리 조각이 분명하지만 엉터리라는 표현을 할 수 없었던 글쓴이
의 난감한 처지가 역력히 드러나 있다. 미술사적으로 보면 이런 언밸런
스 스타일은 고려시대에 지방에서 제작된 불상들의 큰 특징이기도 하다.
가장 비근한 예로 안동 제비원에 있는 석불상이 얼굴은 양각, 몸체는 음
각으로 한 것까지 똑같은데 제비원 석불은 애당초 귀기(鬼氣)가 서려 있
어 언밸런스가 이해되지만 이 무릉리 마애불은 얼굴이 귀엽고 원만하기
때문에 차라리 몸체를 표현하지 않았으면 더 좋았겠다는 생각이 들기도
한다.

신경림의 시 「주천강가의 마애불」

미술사적 시각에서 말한다면 이 불상에 대한 나의 해설은 이 이상이
될 수 없다. 그러나 하나의 사물에서 인간의 살내음을 읽어내는 시인의
감성적 반응은 다르다.

『농무』의 신경림 선생은 남한강의 시인이자 『민요기행』의 시인이기도
한데, 남한강을 따라 민초들의 서정을 찾아 나섰다가 이 마애불을 보고
절로 일어나는 웃음을 참지 못해 그 천진난만함이 낳았을 만한 얘기를
시적 상상력에 담아 이렇게 노래했다. 제목은 「주천강가의 마애불 — 주
천에서」이다.

다들 잠이 든 한밤중이면
몸 비틀어 바위에서 빠져나와

차디찬 강물에
손을 담가보기도 하고
뻘겋게 머리가 까뭉개져
앓는 소리를 내는 앞산을 보며
천년 긴 세월을 되씹기도 한다.

빼앗기지 않으려고 논틀밭틀에
깊드리에 흘린 이들의 피는 아직 선명한데.
성큼성큼 주천 장터로 들어서서 보면
짓눌리고 밟히는 삶 속에서도
사람들은 숨가쁘게 사랑을 하고
들뜬 기쁨에 소리지르고
뒤엉켜 깊은 잠에 빠져 있다.

참으려도 절로 웃음이 나와
애들처럼 병신 걸음 곰배팔이 걸음으로 돌아오는 새벽
별들은 점잖지 못하다.
하늘에 들어가 숨고
숨 헐떡이며 바위에 서둘러 들어가 끼여앉은
내 얼굴에서는
장난스러운 웃음이 사라지지 않고 있다.

　우리가 어린아이들이 그린 동화(童畵)를 볼 때 어른들의 그림에서는
볼 수 없는 천진난만함을 느낄 수 있듯이 신경림 시인은 강원도 심심산
골에 살고 있던 민초들이 제작한 민불에 서린 서정을 그렇게 노래한 것

이다. 얼마나 따뜻하고 편안한 시인가.

이럴 때면 미술사적 유물을 볼 때 조형적 잣대를 들이대며 형식을 따지는 '학삐리'의 비평을 잠시 접어두고 사물의 심성에 다가가려는 시인의 마음으로 돌아가 민중의 삶 속에서 그것이 갖고 있던 의미를 깊이 생각해보는 것이 유물을 보는 올바른 눈이라는 생각을 해보게 된다.

천연기념물 제543호 요선암 돌개구멍

마애불 바로 뒤에는 멋지게 자란 소나무 한 그루가 마치 정성 들여 가꾼 정원수처럼 벼랑 끝을 장식하고 있다. 그 소나무 너머로 비껴 보이는 주천강은 더더욱 아름답다. 거의 환상적이다.

요선정에 오른 답사객들은 너나없이 위험을 무릅쓰고 소나무 가까이 다가가 주천강을 내려다보며 사진 찍기 바쁘다. 나 또한 이 자연의 명장면을 사진에 담아 창비에서 제작하는 '문화유산달력'의 한 컷으로 사용한 적이 있다. 소나무에 의지하여 주천강을 내려다보면 산자락을 맴돌아 내려오는 강줄기가 마냥 아련히 멀어져가기만 하고, 발아래 벼랑을 내려다보면 강변 바닥엔 거대한 흰 반석들이 추상주의 조각 저리 가라고 할 정도로 기묘한 곡면과 형상을 그리며 넓게 퍼져 있다. 이것이 요선정보다도 더 유명한 '요선암(邀僊巖)'이다.

일찍이 강기슭 반석 위에 요선암이란 글씨가 새겨져 있어 이곳을 요선암이라 불러왔다고 한다. 이 글씨는 조선시대의 낭만적 시인이며 초서에서 당대 제1인자로 꼽혔던 봉래(蓬萊) 양사언(楊士彦)이 평창군수 시

| 요선정 절벽 위의 소나무와 주천강 | 마애불 바로 뒤에는 멋지게 자란 소나무가 마치 정성 들여 가꾼 정원수처럼 벼랑 끝을 장식하고 있다. 소나무 너머로 비껴 보이는 주천강은 더더욱 아름답다. 거의 환상적이다.

| 요선암 돌개구멍 | 요선암의 강바닥은 화강암 너럭바위이기 때문에 돌개구멍이 유난히 만질만질하고 보는 위치에 따라 다양한 모습을 연출하여 더욱 자연의 신비로움과 장엄함을 느끼게 한다. 요선암이 있는 주천강변 약 200미터 구간의 강바닥은 천연기념물 제543호로 지정되어 있다.

절 이곳에 와 주천강 일대의 경관을 즐기다가 새겨놓은 것이었다고 한다. 그러나 지금은 그 글씨는 다 닳아 없어져 흔적조차 보이지 않고 하나의 전설이 되어 이름만 남은 것이다.

요선정에서 요선암으로 가려면 근래에 새로 들어선 작은 암자인 미륵암을 끼고 돌아가면 곧바로 내려갈 수 있다. 강변에서 보는 요선암은 더욱더 환상적인 분위기를 연출한다. 일렁이는 물결이 그대로 굳어버린 듯한 그 부드러운 곡선의 아름다움을 생각하면 차마 밟기 미안해진다.

이 너럭바위의 곡선은 무수히 많은 구멍의 둥근 선으로 이루어진 것인데 그 구멍이 지름 1미터, 깊이 2미터가량 되고 생김새가 다양하다. 화강암에 자연스럽게 뚫린 이런 구멍을 지질학에서는 포트홀(pothole)이라고 한다. '둥근 항아리 모양의 구멍'이라는 뜻일 텐데 순우리말로는 '돌개구멍'이라고 한다.

이런 돌개구멍은 하천의 상류지역에서 빠른 유속으로 실려온 자갈들이 강바닥의 오목한 암반에 들어가 물결의 소용돌이와 함께 회전하면서 암반을 마모시켜 이루어진 형상이다. 얼마나 긴긴 세월 돌이 구르고 맴을 돌았다는 이야기인가.

요선암의 강바닥은 화강암 너럭바위이기 때문에 돌개구멍이 유난히 만질만질하고 보는 위치에 따라 다양한 모습을 연출하여 더욱 자연의 신비로움과 장엄함을 느끼게 한다. 그리하여 문화재청에서는 2013년 4월 이 요선암이 있는 주천강변 약 200미터 구간의 강바닥을 천연기념물 제543호로 지정했다.

내가 10여 년 전 요선암에 갈 때만 해도 누구도 찾는 이 없어 호젓한 강마을 정취를 만끽하며 요선정의 어제시들을 읽어보고, 절로 미소 짓게 하는 불상과 눈을 마주치고, 절벽 위의 멋진 소나무 곁에서 사진을 찍고, 요선암으로 내려와 맨발을 강물에 담그며 마냥 쉬어 갔는데, 작년(2014)에 답사객들을 이끌고 갔을 때는 제법 관광객들이 다녀가고 있었다.

드라마 「기황후」와 「무사 백동수」의 촬영지로 알려지면서 탐방객의 발길이 잦아졌다는 것인데 그래도 여느 유흥지처럼 마구잡이로 몰려드는 것은 아니어서 주천강 무릉리 요선정이라는 이름값을 다하고 있다. 그래서 주천강의 아름다움을 가장 잘 보여주는 이곳 요선정은 나의 남한강 답사 프롤로그로 삼아 한 점 부족함이 없다.

시시비비 시시비(是是非非是是非)

법흥사 / 사자산 흥녕사 / 징효대사 비문 / 최언위 /
스님들의 선문답 / 생육신 원호의 관란정 / 한반도면 /
김삿갓 묘 / 방랑시인 김삿갓

영월 문화유산의 상징, 법흥사

고향을 생각하는 마음은 누구나 지극한 것이어서 내 고장 자랑이라면 발 벗고 나선다. 향토애라는 것은 애향심의 소산이 아니라 거의 태생적인 것으로 삶 속에 농익어 있다. 당연히 자기 고장의 자랑이 나와야 할 때 그냥 지나가면 무척 서운해한다. 재판이라면 무료변론도 할 판이다.

한번은 이런 일이 있었다. 1970년대 유신독재 시절 많은 학생·노동자·지식인들이 민주화를 외치다 투옥되었다. 그 고난의 세월에 이들에게 큰 힘이 되어준 것은 무료변론을 맡아준 변호사들이었다. 이분들은 메마른 세상의 소금 같은 희망이었다. 우리는 이분들을 인권변호사라고 부르고 민변(민주사회를 위한 변호사모임)은 1988년에 이분들의 정신을 이어받은 변호사들이 결성한 것이다.

1970년대 유신 시절 인권변호사로는 이병린·이돈명·홍성우·황인철·한승헌·강신옥·고영구·조준희 등이 있었다. 지금은 모두 연로하셔서 대개 댁에서 노년을 보내고 계시거나 이미 세상을 떠난 분도 있다.

세월이 30여 년 흘러 유신 시절 긴급조치로 구속되었던 젊은 학생들이 어느덧 환갑을 넘나드는 나이가 된 어느 날이었다. 그 당시 구속학생 몇몇이 무료변론해주신 분들을 모시고 늦었지만 봄맞이 여행이라도 한번 떠나자고 했다. 이리하여 우리는 버스 한 대를 빌려 '긴급조치 효도관광'으로 남도의 고찰을 순례하는 답사여행을 떠나게 되었고 그때도 길라잡이는 나였다.

해남 미황사, 순천 선암사를 거쳐 구산선문의 하나인 곡성 태안사를 가는 길에 나는 마이크를 잡고 해설을 시작했다. 먼저 하대신라에 구산선문이 형성되는 과정을 죽 설명하고 그중 하나가 곡성 태안사이며 구산선문으로는 장흥 보림사, 남원 실상사, 문경 봉암사, 강릉 굴산사 등등이 있다고 했다. 그 순간 갑자기 버스 속에서 한 분이 큰 소리로 외치는 것이 들렸다.

"영월 법흥사!"

고영구 변호사였다. 당신의 고향이 영월인지라 법흥사 소리가 언제 나오나 기다리는데 끝내 부르지 않고 넘어가자 거의 본능적으로 나온 것이었다. 그때 정말 죄송했다. 이후 나는 어디 가서 강연을 할 때 기타 등등이라고 줄이는 일이 없게 되었다.

법흥사로 가는 길

대부분의 구산선문이 그러하듯이 법흥사(法興寺)는 대단한 산골에 위치해 있다. 경주가 수도였던 시절을 생각한다면 더더욱 심심산골이다. 요선정에서 출발하자면 주천강 본류를 왼쪽에 두고 북쪽에서 흘러내리는 또 다른 지류인 법흥천을 따라 한참 올라가야 한다.

법흥천으로 꺾어들면 강폭은 점점 좁아지고 산세는 더욱 가까이 다가온다. 깊은 산골로 빨려들어가는 것을 느끼면서 하대신라 구산선문의 장소적 특징을 남김없이 실감케 된다. 그러나 여기는 그냥 깊은 산골이 아니다. 산골은 산골이로되 명당이고 복지(福地)이다. 조선시대 대표적인 지리지인 이중환(李重煥)의 『택리지(擇里志)』에선 이렇게 말하고 있다.

적악산(치악산) 동북쪽에 있는 사자산은 수석(水石, 계곡)이 30리에 걸쳐 있으며, 주천강의 근원이 여기이다. 남쪽에 있는 도화동과 무릉동도 모두 계곡의 경치가 아주 훌륭하다. 복지(福地)라고 할 만하니 참으로 속세를 피해서 살 만한 땅이다.

법흥사는 바로 그 사자산 턱밑에 자리잡고 있다. 그래서 사자산 법흥사라고 부른다. 법흥사가 등지고 있는 사자산은 영월·횡성·평창에 걸친 험준한 산이다. 사자산이라는 이름은 법흥사가 창건될 때 불교를 수호하는 상징적 동물인 사자를 일컬어 바꾼 것이라고 생각되는데 원래 전래되던 이름이 사재산(四財山)이었다는 전언도 있다. 네 가지 재화가 있다는 것인데, 이는 산삼·꿀·옻나무·흰 진흙이란다.

사자산 흥녕사의 내력

모든 명찰이 그러하듯이 법흥사 또한 산중의 넓은 분지에 자리잡고 있다. 동서남북이 산으로 둘러싸여 있는데 우리가 골 따라 그 틈새를 파고들어온 셈인지라 산세는 더욱 웅장하게 느껴지기만 한다. 법흥천 물길 따라 산세를 비집고 들어올 때만 해도 깊은 산속에 이처럼 넓은 터가 있으리라 기대하지 못했기 때문인지 법흥사에 당도하면 답사객들은 높은 산봉우리 사이로 열린 하늘을 한번 더 우러러보게 된다.

법흥사의 옛 이름은 흥녕사(興寧寺)다. 이 흥녕사는 우리 불교사에서 두 가지 기념비적인 의미를 갖고 있다. 하나는 자장율사가 모셔온 석가모니의 진신사리를 봉안한 '진신사리 4대 봉안처' 중 한 곳이라는 점이다. 나머지 세 곳은 양산 통도사, 태백산 정암사, 오대산 상원사다. 혹은 설악산 봉정암까지 여기에 넣어 5대 봉안처라고 일컫기도 한다. 자장율사가 귀국한 것은 선덕여왕 12년(643)이고 율사가 이 절을 창건할 때의 이름이 흥녕사이다.

또 하나의 의미는 누누이 말해왔듯 9세기 후반 하대신라의 구산선문 중 하나라는 사실이다. 구산선문을 말할 때는 개창조와 법통이 중요한데 개창조는 징효대사(澄曉大師) 절중(折中, 826~900)이고 법통은 화순 쌍봉사의 철감국사(澈鑒國師) 도윤(道允, 798~868)을 이어받았다. 그리고 산문(山門)의 이름은 사자산문이라 했다.

이후 흥녕사는 고려 초에 또 한 번 크게 일어난 것으로 알려져 있다. 고려 혜종 원년(944)에 중창되었다는 기록이 전하는데 그 주역이 누구였는지는 알려지지 않았다. 그러나 흥녕사의 영광은 거기까지였다.

조선시대로 들어서면 구산선문의 모든 사찰들이 그러하듯이 흥녕사 역시 폐사로 되었다. 세상을 움직이는 주도적인 이데올로기가 불교에서

| **법흥사 대웅전에서 본 사자산** | 법흥사는 사자산 턱밑 그윽한 산중의 분지에 자리잡고 있다. 사자산은 불교를 수호하는 상징 동물인 사자를 일컫는 것이지만 원래 전래되던 이름이 사재산(四財山)이라고도 한다.

유교로 바뀐 것은 어쩔 수 없는 시류였다고 하겠지만 당시엔 문화재라는 개념이 없어 폐불정책이 결국 엄청난 문화재 파괴로 이어졌다는 것은 아픈 얘기다.

그러나 이는 우리 역사만의 상처가 아니다. 일본은 19세기 메이지시대에 폐불훼석(廢佛毁釋)이라는 광란의 세월이 있어 엄청난 불교 문화재 파괴가 있었고, 오늘날에도 탈레반에 의한 불상 훼손과 이슬람 국가(IS)의 고대 신상 파괴를 볼 수 있으니 그저 무서운 것이 이데올로기일 뿐이다.

그러던 흥녕사 옛터에 다시 불전을 세운 것은 20세기 들어와서의 일이다. 이때 절 이름을 법흥사라 함으로써 흥녕사라는 이름은 완전히 역사 속에 묻히게 되었다.

조선왕조가 막을 내린 20세기 초 심심산골의 폐사지에 다시 불전이 세워진 데는 비구니 스님들의 노력이 컸다. 흥녕사가 법통을 이어받았던 화순 쌍봉사도 비구니 스님 두어 분이 지켜왔다. 그러다 1990년대 들어 우리나라 불교계에 대대적인 중창불사가 붐을 이루면서 자못 대찰다운 모습을 갖추어갔다. 그 대신 고색창연함을 많이 잃고 말았다. 그 '웬수' 같은 포클레인이 쉬지 않고 절터를 파헤쳤고 새로 짓는 절집 건물들이 격에 맞지 않게 커지면서 우리의 국토를 아프게 했고 조상들을 슬프게 했다.

법흥사 역시 그 시류를 피해갈 수 없었다. 그러나 법흥사의 저력은 여전하다. 그 옛날 흥녕사의 자취로 진신사리 봉안처인 적멸보궁이 있고 개창조인 징효대사의 승탑이 있기에 이것을 찾아보는 것이 답사의 요체가 된다.

징효대사 승탑과 탑비

법흥사에 당도하면 가장 먼저 우리 앞에 나타나는 것은 징효대사의 승탑과 탑비이다. 대개 구산선문 개창조의 승탑은 절 뒤쪽에 모시는 것이 상례인 데 반해 절 앞에 모신 데에는 이유가 있었을 것 같다. 아마도 절 뒤쪽은 진신사리를 모신 성역인데다 절집의 자리앉음새가 뒤쪽은 여유가 없고 앞쪽이 열려 있기 때문이 아니었던가 싶다.

징효대사 승탑은 하대신라에 유행한 전형적인 팔각당 형식으로 기단부·탑신부·상륜부로 이루어졌다. 네모난 지대석 위에 장구 모양의 기단부, 팔각당의 탑신과 지붕돌을 모두 갖추고 있으며, 탑신에는 문짝과 자물통이 새겨져 있고 지붕돌의 모서리에는 귀꽃이 높이 솟아 있다. 그런데 다른 구산선문의 승탑에 비해 그 조형적 비례감이나 규모가 약하기 때문에 나라의 보물로 대접받지 못하고 강원도 유형문화재 제72호로 지정되었다.

이에 반해 탑비는 높이 약 4미터로 제법 우뚝하고 돌거북 받침(귀부龜趺)의 조각을 보면 부릅뜬 두 눈과 여의주를 물고 있는 얼굴에 생동감이 있다. 용머리 지붕돌(이수螭首)의 조각도 정교하다. 그리고 무엇보다도 비문은 최언위가 짓고, 글씨는 최윤이 쓰고, 각자(刻字)는 최환규가 맡았다는 사실이 징효대사 비석의 금석학적 가치를 높이 평가하게 해 일찍이 보물 제612호로 지정되었다.

그런데 내가 보기에 이것은 아주 잘못된 문화재 지정이다. 이런 경우는 승탑과 탑비를 일괄 유물로 지정하는 것이 옳다. 더욱이 승탑이 탑비와 함께 유존한다는 사실은 문화재적 가치를 한층 높여주는 것이기 때문이다.

문화재청장 시절 이처럼 잘못 지정된 것을 고쳐보려고 시도한 적이 있었다. 그러나 이런 것이 한두 가지가 아니었고 이걸 모두 정정하면 교과서·백과사전·지도 등을 모두 바꿔야 하는 사회적 경비가 만만치 않아 실행에 옮기지 못했다. 이는 언젠가는 사회적 합의하에 한번은 정정해야 할 사항임에 틀림없으니 현명한 후손들이 나서서 해주기를 부탁한다.

적멸보궁의 석실과 승탑

징효대사 승탑과 탑비를 곁에 두고 절 안쪽 진신사리를 모신 적멸보궁으로 향하면 돌연히 준수하게 자란 키 큰 소나무들이 줄기마다 붉은 빛을 발하며 비탈길에 도열하여 우리를 맞아준다.

그 소나무 가로수길이 자그마치 300미터나 되니 그 발걸음이 상쾌함은 이루 말할 수 없다. 이것이 오늘의 법흥사가 내세우는 가장 큰 자랑이며 법흥사에 올 때면 이 길을 걷게 된다는 기쁨과 기대가 있다. 같은 절집이라도 중국과 일본의 사찰에서는 우리나라 산사의 진입로 같은 그윽

| **징효대사 승탑** | 징효대사 승탑은 하대신라에 유행한 평범한 팔각당 형식으로 기단부 · 탑신부 · 상륜부로 이루어졌다. 네모난 지대석 위에 장구 모양의 기단부, 팔각당의 탑신과 지붕돌을 모두 갖추고 있으며, 탑신에는 문짝과 자물통이 새겨져 있고 지붕돌의 모서리에는 귀꽃이 높이 솟아 있다.

한 공간을 좀처럼 만날 수 없다. 그런 점에서 우리나라 절집의 가장 큰 매력 중 하나는 그윽한 정취의 진입로라 할 수 있으며 법흥사도 그 대표적인 예로 꼽을 수 있다.

법흥사 소나무 가로수길이 흐뭇한 것은 두툼한 솔숲 한가운데로 길이

| **징효대사 탑비** | 높이 약 4미터로 제법 우뚝하고 돌거북 받침(귀부)의 조각을 보면 부릅뜬 두 눈과 여의주를 물고 있는 얼굴에 생동감이 있다. 용머리 지붕돌(이수)의 조각도 정교하다. 무엇보다도 최언위가 짓고 최윤이 글씨를 쓴 비문의 금석학적 가치가 높아 보물 제612호로 지정되었다.

났기 때문이다. 속이 깊어야 좋은 것은 솔숲도 마찬가지여서 단풍나무·서어나무·다릅나무·상수리나무·물푸레나무가 함께 어우러진 법흥사 솔숲은 가히 명품이라 할 만하다.

솔숲이 끝나면 사자산을 등에 바짝 진 번듯한 적멸보궁이 우리 앞에 나

| 법흥사 적멸보궁 | 솔숲이 끝나면 사자산을 바짝 등에 진 번듯한 적멸보궁이 나타난다. 모든 적멸보궁은 불상을 모시지 않고 뒤쪽에 있는 진신사리탑을 향해 열어둔다. 그러나 법흥사 적멸보궁 뒤에는 고려시대 석실분이 있다.

타난다. 모든 적멸보궁은 불상을 따로 모시지 않고 뒤쪽에 있는 진신사 리탑을 향해 열어둔다. 그래서 적멸보궁의 진정성은 건물 뒤쪽에 있다.

그러나 유감스럽게도 법흥사 적멸보궁 뒤쪽엔 마땅히 있어야 할 자장 율사가 봉안했다는 진신사리처가 보이지 않는다. 상원사의 적멸보궁처 럼 탑이 새겨진 작은 비석이라도 있어야 하는데 그런 장치는 보이지 않 고 엉뚱하게도 고려시대 석실분(강원도 유형문화재 제109호)이 입구를 드러 낸 채 자리잡고 있어 당황스럽다.

강원문화재연구소에서 이 석실을 발굴한 결과보고서를 보면 고분의 입구는 몸을 굽혀서 출입할 정도이지만 석실 내부가 높이 160센티미터,

| 법흥사 소나무길 | 법흥사 적멸보궁으로 가는 길에는 준수하게 자란 키 큰 소나무들이 줄기마다 붉은빛을 발하며 우리를 맞아준다. 그 길이 자그마치 300미터나 되니 발걸음이 상쾌하다. 오늘의 법흥사가 내세우는 가장 큰 자랑이 며 법흥사에 올 때면 이 길을 걷게 된다는 기쁨과 기대가 있다.

| 법흥사 적멸보궁 뒤편 | 법흥사 적멸보궁 뒤쪽엔 마땅히 있어야 할 진신사리 장치는 보이지 않고 엉뚱하게 고려시대 석실분이 축대 위에 입구를 드러낸 채 자리잡고 있어 당황스럽다. 무언가 착오가 있었던 모양이다.

깊이 150센티미터, 너비가 190센티미터인 명백한 고려 석실분이었고 고분 안에 있는 석곽(石槨)은 이미 오래전에 도굴된 것으로 확인되었다고 한다. 그리고 돌축대 위에 쌓아둔 돌무더기는 석관의 뚜껑돌을 비롯하여 석실에서 나온 석관의 잔해란다.

석실분 바로 곁에는 승탑(강원도 유형문화재 제73호)이 하나 세워져 있는데 이 또한 적멸보궁의 원 모습과는 상관없는 것이다. 이 승탑은 징효대사의 승탑과 똑같은 팔각당 양식으로 다만 인왕상과 사천왕상을 돋을새김한 장식이 있을 뿐이다. 아마도 고려시대에 징효대사 승탑을 본받아 세운 큰스님의 승탑이었을 것으로 생각되는데 이 주인 잃은 승탑을 어느 때인가 이 축대 위로 옮겨놓은 것으로 보인다.

그렇다면 현재의 적멸보궁 건물은 그 옛날 흥녕사의 자리가 아니라는 얘기가 된다. 누군가가 이 명당자리에 묘를 쓴 것이 아니냐는 추론도 있지만 폐사지로 변한 조선시대라면 몰라도 스님이 상주하던 고려시대엔 감히 그런 일이 일어날 수는 없다.

이처럼 법흥사 적멸보궁에는 다른 곳에 있는 진신사리 봉안처 같은 경건함이 없다. 차라리 적멸보궁 건물의 뒤쪽이 그냥 산자락 맨언덕이었다면 상상력에 호소하는 신비감이라도 있었을 텐데 말이다.

실제로 이 고장에는 오래전부터 내려오는 이야기가 있다. 적멸보궁 뒤쪽 사자산 어느 산줄기에선 가끔씩 영롱한 빛줄기가 솟아나곤 한단다. 그래서 이 고장 사람들은 바로 거기가 진신사리가 묻힌 곳이라고 믿는다는 것이다. 그 전설을 생각하면서 적멸보궁 뒤쪽을 바라보니 산은 더욱 신령스러운 빛을 발한다. 역시 법흥사의 아이덴티티는 사자산에 있는 것이다.

징효대사의 일생

이처럼 오늘의 법흥사 상황을 보면 적멸보궁은 진신사리 봉안처로서 진실성이 없고, 징효대사의 승탑은 다른 구산선문의 개창조 승탑에 비해 조형적으로 열등하여 문화유산을 찾는 답사객들을 실망시키곤 한다. 그러나 그 옛날 흥녕사의 저력이 다 사라진 것은 아니다. 징효대사의 탑비에 새겨진 비문이 이 절집의 인문적 가치를 밝히 드러내주고 있기 때문이다.

천년을 두고 내려오는 비석이 증언하는 징효대사의 일생은 다음과 같다. 스님의 법명은 절중(折中)으로 황해도 봉산 출신이다. 7세에 출가했고, 15세 때 영주 부석사(浮石寺)에서 화엄을 탐구했으며, 19세 때 장곡사(長谷寺)에서 구족계를 받았다.

이때 중국에서 돌아온 철감국사 도윤스님이 금강산에 있다는 소식을 들고는 찾아가 스님 밑에서 수도했다. 그뒤 도담(道潭)스님의 문하에 들어가 16년 동안 불법을 익혔다. 구산선문의 개창자는 해외파와 국내파가 있는데 징효는 문경 봉암사의 지증대사와 마찬가지로 국내파였던 것이다.

882년 개성에서 가까운 곡산사(谷山寺) 주지로 천거되었으나 스님은 도시의 번거로움을 꺼려 사양하고 이곳 사자산에 머물렀다. 이에 헌강왕은 사자산 흥녕선원을 중사성에 예속시켜줌으로써 구산선문의 기틀을 마련했다.

이후 통일신라 왕들은 그의 도행(道行)을 흠모하여 도움을 받고자 했으나 당시의 정계와 사회의 혼란으로 뜻을 이루지 못했다. 진성여왕은 그를 국사(國師)의 예우로 대하고 보좌를 청했으나, 이미 때가 늦었음을 이유로 거절하였다.

그리고 900년(효공왕 4년), 스님의 나이 75세 되던 해 3월 9일 징효대사는 제자들을 불러놓고는 "삼계(三界)가 다 공(空)하고 모든 인연이 전부 고요하도다. 내 장차 떠나려 하니, 너희들은 힘써 정진하라"고 당부하고는 앉은 채로 입적했다고 한다. 법랍 56년이었다.

스님의 법통을 전수받은 문도(門徒)로는 여종(如宗)·홍가(弘可)·지공(智空) 등 1,000여 명이 있다고 하며 그 이름들이 비석의 뒷면에 빼곡히 새겨져 있다.

한림학사 최언위

징효대사 탑비는 스님의 일생을 증언한다는 사실만 중요한 것이 아니라 비문을 쓴 이가 최언위(崔彦撝, 868~944)라는 사실에서도 큰 의의를 찾을 수 있다. 이 비석을 말하면서 최언위에 대하여 말하지 않는다면 비

| 징효대사 탑비(오른쪽)와 비문 디테일(왼쪽) | 징효대사 탑비는 스님의 일생을 증언한다는 사실뿐 아니라 비문을 쓴 이가 최언위라는 사실에서도 큰 의의를 찾을 수 있다. 이 비석을 말하면서 최언위에 대하여 말하지 않는다면 비석의 금석학적 가치를 반도 전하지 않는 셈이다. 징효대사의 탑비에 새겨진 비문은 이 절집의 인문적 가치를 밝히 드러내주고 있다.

석의 금석학적 가치를 반도 전하지 않은 셈이다.

역사교과서에 그의 이름이 나오지 않아 일반인들은 낯설게 느끼겠지만 최언위는 당대의 대문장가였을 뿐만 아니라 그가 나말여초의 역사에서 보여준 행적은 실로 대단한 것이었다. 최언위의 본래 이름은 인연(仁渷)으로 885년 당나라 과거시험에서 급제했던 인물이다.

당나라에서는 외국인을 대상으로 치르는 과거시험인 빈공과(賓貢科)가 있었는데 신라뿐만 아니라 발해와 일본에서도 합격자를 배출하곤 했다.

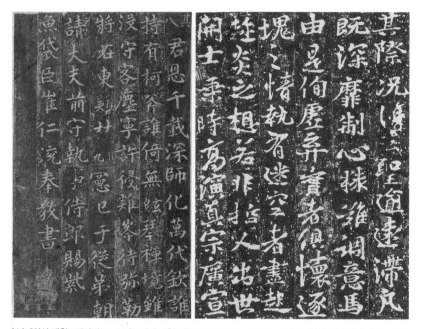

| 낭혜화상 백월보광탑비(왼쪽), 낭공대사 백월서운탑비(오른쪽) | 최언위는 문장과 글씨 모두에서 당대 최고였다. 보령 성주사의 '낭혜화상 백월보광탑비'는 최치원이 문장을 짓고 최언위가 글씨를 쓴 것이다. 태자사의 '낭공대사 백월서운탑비'는 최언위가 문장을 짓고 김생의 글씨를 집자하여 새긴 것이다. 이것만으로도 그의 문장과 글씨가 어떠했는지 알 만한 일이다.

　통일신라 말에 당나라 빈공과에 합격한 인물로는 최언위 이외에 최치원(崔致遠, 874년 합격)과 최승우(崔承祐, 893년 합격)가 있다. 이 세 명의 최씨를 일찍이 일대삼최(一代三崔)라 했다. 최언위는 최치원의 사촌동생으로 전주 최씨의 시조이기도 하다.

　나말여초라는 혼란기를 거치면서 이 세 명의 최씨는 각기 운명을 달리했다. 최치원은 벼슬을 사직하고 각지를 떠돌다 해인사에 은거하여 신라인으로서 생을 마쳤다. 최언위는 왕건에게로 가 고려인이 되었고 최승우는 견훤 밑으로 들어가 후백제인이 되었다.

　927년 고려의 왕건과 후백제의 견훤이 패권을 두고 일대 결전을 벌인 팔공산 전투를 치르고 나서 국서를 교환할 당시 양쪽에서 이를 담당한 이가 고려의 최언위와 후백제의 최승우였다니 일대삼최의 운명은 묘한 것이었다.

최언위는 문장과 글씨 모두에서 당대 최고였다. 구산선문의 하나인 보령 성주사의 '낭혜화상 백월보광탑비'(국보 8호)는 최치원이 문장을 짓고 최언위가 글씨를 쓴 것이다. 김생(金生)의 글씨를 집자한 것으로 유명한 태자사의 '낭공대사 백월서운탑비'는 최언위가 문장을 지은 것이다. 이것만으로도 그의 문장과 글씨가 어떠했는지 알 만한 일이 아닌가.

문장과 글씨뿐만이 아니었다. 그는 위대한 경세가였다. 『전당문(全唐文)』이라는 중국 측 기록에는 고려 태조 왕건의 「훈요십조(訓要十條)」를 쓴 장본인이 바로 최언위라고 기록되어 있다.

나는 최언위의 일생을 통해 통일신라가 왜 망했고 고려가 어떻게 새 왕조를 세웠는가를 생각해본다. 통일신라는 끝내 골품제를 벗어나지 못했다. 당나라 과거에 급제한 지식인들을 여전히 6두품에 두어 아찬(阿飡) 이상 올라갈 수 없게 했다. 최치원이 제시한 '시무십조(時務十條)'라는 개혁안도 받아들이지 않았다. 기득권을 갖고 있던 보수적인 귀족들이 개혁은커녕 자신들의 보호막을 더욱더 두껍게 두르다가 종국엔 멸망의 길로 들어갔던 것이다.

이에 반해 고려는 달랐다. 고려는 이 개혁적이고 진보적인 지식인들을 기꺼이 받아들여 새 국가 건설의 브레인으로 삼았다. 신라에서 6두품에 지나지 않던 최언위가 고려왕조에 와서는 태자사부(太子師傅)를 거쳐 평장사(平章事)에 이르렀다. 이것이 통일신라와 고려의 운명을 가른 것이었다.

징효대사 탑비가 세워진 것은 고려 혜종 원년, 944년이다. 그리고 바로 그해에 최언위는 세상을 떠났다. 그런 면에서 이 탑비는 징효대사의

일생을 알려주는 비석이자 최언위의 위대함을 증언하는 금석문이라고
도 할 것이다.

징효대사와 도담선사

고승의 비문을 보면 거의 예외 없이 스님의 남다름을 말해주는 일화
가 나오는데 이 비문 중에 징효대사가 도담선사에게 배움을 구할 때 주
고받은 선문답 이야기는 참으로 오묘하다.

어느 날 징효대사가 도담선사를 뵙고 배움을 구하고자 절을 올렸는데
처음 뵙는 분 같지가 않았다고 한다. 도담선사도 그러한 느낌이었는지
징효를 보면서 "이렇게 늦게야 상봉하다니 그동안이 얼마나 되었는가?"
하고 물으니 징효는 앞에 있는 물병을 가리키며 "이 물병이 물병이 아닌
때는 어쩌했답니까?"라고 대답했단다. 이에 도담선사는 속으로 '어쭈, 제
법이네'라고 생각하고는 다시 수준을 높여 이렇게 물었다.

"너의 이름이 무엇이냐?"
"절중이라고 합니다."
"그러면 절중이 아닌 때는 누구인가?"

이렇게 나오면 징효는 당황하여 대답을 잘 못할 줄 알았다. 그러나 징
효는 당당히 받아넘겼다.

"절중이 아닌 때는 이와 같이 묻는 사람이 없었습니다."

이에 도담선사는 무릎을 치며 "내가 많은 사람을 상대했지만 그대 같

56

은 사람은 많지 않았다"며 제자로 받아들였다. 이후 절중은 16년 동안 선방에서 진리를 깊이 탐구하여 드디어 '망언(亡言)의 경지'에 다다르고 '득의(得意)의 마당'으로 돌아갔다는 것이다.

선사들의 선문답

선문답이란 이처럼 대단히 매력적인 대화법이다. 그 속엔 철리를 꿰뚫는 인식론과 실천론이 다 들어 있다. 한번은 법흥사 답사를 마치고 영월로 가기 위해 버스에 오르는데 답사에 처음 따라왔다는 한 중년 아주머니가 내게 특청이 있다고 했다:

"법흥사 답사는 법흥사로 가는 길이 아름다울 뿐 절 자체는 그저 그렇다고 생각했는데 비문에 실려 있는 도담과 징효 스님이 주고받은 선문답을 듣고 보니 참으로 느끼는 바가 크네요.

우리 시아버지는 대화 중에 말이 안 통하면 '선문답하네'라며 외면하곤 하셔서 저는 그저 선문답이라는 것이 엉뚱한 소리인 줄로 알았는데 참으로 오묘하네요. 선생님, 가면서 이런 선문답 이야기 좀 더 해주실 수 있으셔요?"

나는 아무런 준비가 없었지만 달리는 버스 안에서 내가 기억하고 있는 감동적인 선문답, 한 수도승이 노승을 20년 찾아간 이야기를 들려주었다. 내가 선문답의 묘미를 처음 접한 이야기인지라 잊지 않고 있던 것이다.

한 수도승이 산중에 홀로 계신 노승이 대선사라는 소문을 듣고는 배움을 구하기 위하여 찾아가니 댓돌 위에 신발이 놓여 있는데 인기척을 듣고는 안에서 묻더라는 것이다.

"밖에 누가 왔느냐?"
"예, 아무개가 가르침을 구하고자 찾아왔습니다."
"일없다. 돌아가거라."

이에 수도승은 밖에서 종일 기다렸다가 노승이 끝내 밖으로 나오지 않자 돌아가고 말았단다. 그리고 이듬해 또 찾아갔는데 역시 똑같은 대답만 들었다고 한다. 그러기를 5년째 되는 해 또 찾아갔는데 그날은 눈이 내렸단다. 선방 앞에 당도하니 역시 안에서 이렇게 묻더라는 것이다.

"밖에 누가 왔느냐?"
"예, 스님께 배움을 구하고자 하는 제가 또 찾아왔습니다."
"밖에 눈이 오느냐?"
"예, 많이 옵니다."
"그러면 더 오기 전에 빨리 내려가거라. 길을 잃어버릴라."

수도승은 눈이 많이 온다면 어서 방으로 들어오라고 할 줄 알았는데 역시 문전에서 쫓겨난 것이었다. 그는 선사의 물음에 곧이곧대로 대답했지 선문답이라는 것을 몰랐던 것이다. 그러기를 20년 지난 어느 해 눈 내리는 날 다시 찾아갔더니 역시 똑같이 묻더라는 것이다.

"밖에 누가 왔느냐?"
"예, 제가 또 왔습니다."
"밖에 눈이 오느냐?"

"예, 길이 보이지 않을 정도로 많이 옵니다."

"길이 보이지 않는데 어떻게 찾아왔느냐?"

"옛길을 더듬어 찾아왔습니다."

"그러면 이제 옛길을 버리면 되겠구나."

이 마지막 말에 수도승은 문득 '옛길을 버리면 새길이 열린다'는 깨달음을 얻어 "예, 잘 알겠습니다"라고 대답하고는 다시는 찾아가지 않았다는 것이다.

이것은 곧 고전으로 들어가 새것으로 나온다는 입고출신(入古出新)의 자세이다. 옛것을 익혀 새것을 안다는 온고지신(溫故知新), 옛것을 본받아 새것을 만든다는 법고창신(法古創新), 옛것을 빌려와 현재 상황을 풀어낸다는 차고술금(借古述今), 옛것을 가지고 현재를 지탱한다는 이고지금(以古持今), 그 모두가 비슷한 개념이지만 이 선문답은 개념적 언어가 아니라 현재 처한 상황에 입각한 비유법을 통하여 그 깊은 뜻을 인식론이 아니라 실천론적으로 말해주고 있는 것이다. 그것이 선문답의 묘미이다.

생육신 원호의 관란정

법흥사에서 영월로 가면서 차창 밖을 바라보는 기분은 참으로 편안하고 흐뭇하다. 길은 사뭇 강을 따라 나 있다. 법흥천을 따라가다가는 이내 주천강과 만나고, 주천강이 다하면 저쪽에서 흘러오는 평창강과 만나 제법 큰 강이 되어 영월로 들어간다. 이것이 영월의 서강이다. 서강은 하류로 내려가면 갈수록 강폭이 점점 크고 장대해진다.

큰 산이 앞을 막으면 강물은 산굽이를 맴돌아가고 찻길은 고갯마루를 향해 곧장 치고 올라가 산자락 너머에서 다시 만나 나란히 달린다. 그렇

| 관란정 | 관란정은 생육신의 한 분인 원호가 단종이 영월로 유배되자 이곳에 내려와 살며 충절을 지키다 세상을 떠난 곳에 세운 정자다. 법흥사에서 영월로 가는 길목인 신천리라는 곳의 강 언덕에 있다.

게 강과 나란히 가기도 하고 누가 먼저 고개를 넘어가나 내기를 하듯 달리는 50리 길이다. 차로 20~30분 걸리는 호젓하고 편안한 드라이브 길이다.

그렇게 가다가 신천리라는 곳에 이르면 모름지기 관란정(觀瀾亭)이라는 유서 깊은 정자를 들러 갈 만하다. 그렇게 하는 것이 답사객의 도리이고 성실한 자세다.

관란정은 생육신의 한 분인 원호(元昊, 1397~1463)가 살던 곳에 세운 정자다. 원호는 세종 때 문과에 급제하여 여러 벼슬을 지내다 문종 때는 집현전 직제학에 이르렀다. 그러다 단종이 폐위되자 병을 핑계로 벼슬을 버리고 원주로 낙향해버렸다. 온당치 못한 쿠데타 정권을 거부한 것이었다. 그러다 단종이 청령포로 유배되자 생육신의 한 분인 조려(趙旅, 1420~89)와 함께 단종을 찾아뵙고는 아예 이곳에 대를 쌓고 초가집을 지은 뒤 '관란'이라 이름 지었다. 관란이란 '물결을 본다'는 뜻이다. 흐르는 물을 보면서 단종에게 충절을 지키겠다는 마음으로 그렇게 지은 것이란다.

관란정이 있는 이곳은 단종의 유배지인 청령포의 상류로, 강물이 그쪽으로 흘러간다. 원호는 나뭇잎에 쓴 글과 음식을 표주박에 담아 물에 띄워 청령포로 흘려보내며 단종을 봉양했다고 한다. 그러다 마침내 단종이 사사(賜死)되자 그는 3년간 상복을 입고 앉아서도 누워서도 동쪽으로 향하고 두문불출하다가 세상을 떠났다고 한다.

이게 무슨 대단한 일이냐고 반문할지 모르지만 이데올로기에 입각한 신념이란 이렇게 무서운 것이다. 민주화를 위해 감옥에 간 사람도 기독교를 위해 순교한 사람도 똑같은 신심과 의지가 그렇게 나타난 것이다.

300년 지나 정조가 그의 의로운 자세를 기리며 정간공(貞簡公)이라는 시호를 내려주었고, 후손들이 힘을 모아 1845년에 그가 살던 집터에 유허비와 비각을 세웠다. 비문은 당대 문인인 이계(耳溪) 홍양호(洪良浩)가 지었고, 비각은 정면 2칸, 측면 2칸의 아담한 팔작지붕 정자로 관란정이라는 현판을 달았다.

행정구역으로 보면 관란정은 영월 옹정리와 제천시 송학면 장곡리가 경계를 이루는 절벽 위에 있다. 신천초등학교 삼거리에서 제천 쪽으로 조금 더 가다보면 관란정 입구라는 표지석이 나오고 여기서 솔밭을 지나 동산 언덕에 오르면 정자가 나온다. 그러나 예나 지금이나 찾아오는 발길이 드물어 사람의 온기라곤 느낄 수 없고 그 옛날 원호가 여기서 강물을 내려다보며 지었다는 시조 한 수만이 그 옛날을 상기시킨다.

간밤의 우던 여흘 슬피 우러 지내여다
이제야 생각하니 님이 우러 보내도다
져 물이 거스리 흐르고져 나도 우러 녜리라

영월의 속사정, 한반도면

주천강·요선정·법흥사·관란정 어디를 가도 호젓하기 그지없던 이곳 영월 땅이었건만 한 10년 전부터 이상한 기류가 생기기 시작했다. 주천강 변 곳곳에 펜션이 하나둘 들어앉기 시작하더니 급기야 캠프장도 생기면 서 제법 많은 안내판이 길가에 점점이 이어졌다. 그러다 영월 서강이 굽이 지어 영락없는 한반도 지형을 그리며 돌아가는 옹정리 선암마을에는 넓 은 주차장과 함께 산언덕에 전망대까지 만들어져 관광객을 부르고 있다.

여기까지는 내가 그래도 이해할 수 있는 일이다. 그러나 2009년, 영월 군이 서면을 한반도면, 김삿갓 묘소가 있는 하동면을 김삿갓면이라고 행 정구역 명칭 자체를 개명한 것은 도저히 이해할 수 없다. 그렇게 해서라 도 관광 홍보를 하고자 한 지역주민과 자치단체의 사정을 모르는 바 아 니지만 이것을 별칭이 아니라 정식 행정구역 명칭으로 삼은 것은 용납 할 수 없는 일이다.

영월이 이처럼 무리수를 두어가며 지역 이름을 바꾼 데는 다급한 사 정이 있었다. 지금 영월군의 인구는 4만 명을 조금 넘는 정도다. 이렇게 감소하는 추세로 가다가 인구가 3만을 밑돌게 되면 군의 지위도 상실할 위기에 놓이게 되는 것이다.

영월의 더 큰 문제는 지역경제의 활성화에 아무런 희망이 없다는 점 이다. 영월엔 이렇다 할 공장도 없다. 한반도면 쌍용리에 있는 쌍용시멘 트 정도다. 한때 상동읍의 상동 중석(텅스텐) 광산이 우리나라 수출 자원 으로 외화벌이에 한몫을 했지만 채광이 중단된 지 오래이다.

그러다 동강댐 반대운동이 일어나면서 비로소 영월 동강의 아름다움 이 세상에 알려지고 관광객이 몰려들고 동강의 어라연이 래프팅의 명소 가 되면서 지역경제가 활성화되기 시작했다.

| **영월 서강의 한반도 지형** | 영월 옹정리에는 서강이 굽이지어 흐르면서 영락없는 한반도 지형을 그리며 돌아가는 곳이 있다. 이곳 선암마을에는 넓은 주차장과 함께 산언덕에 전망대가 만들어져 관광객을 부르고 있다.

    관광만이 살길임을 알게 된 영월은 어떻게든 사람을 불러모으려고 안간 힘을 쓰게 되었다. 그러나 주천강·동강으로만 관광객이 몰렸을 뿐 서강의 서면, 산골짝 하동면을 외지 사람들이 알 턱이 없었다. 이에 서면은 한반도 면, 하동면은 김삿갓면이라고 바꾸어 관광객을 불러모으고자 한 것이다.

    그러나 영월은 영월 사람들의 땅이기 이전에 대한민국의 국토이다. 그것은 애칭 또는 별칭으로 그쳤어야 했다. 그렇게 해서 관광 홍보 효과는 보았겠지만 국토의 이름을 이렇게 희화화한 바람에 잃어버린 국토의 품위는 어떻게 회복한단 말인가.

김삿갓면의 김삿갓 묘

말이 나온 김에 김삿갓면의 내력을 소개해두고자 한다. 영월읍에서 동남쪽으로 나 있는 88번 지방도로를 타고 가다 와석리에서 28번 지방도로로 들어서서 6킬로미터쯤 되는 곳에 김삿갓 묘가 있다. 여기는 강원도와 경상북도, 충청북도가 경계를 이루는 험한 산골로 그 길로 계속 가면 영주 부석사가 나온다. 또 단양 영춘에서 남한강을 거슬러 올라올 수도 있고 산 넘어 베틀재를 넘어올 수도 있다. 정말로 국토의 오지 중 오지이다.

방랑시인 김삿갓으로 더 잘 알려진 난고(蘭皐) 김병연(金炳淵, 1807~63)의 묘가 여기에 있다는 사실이 알려진 것은 불과 30년 전의 일로 영월의 향토사학자인 고 박영국의 집념이 낳은 결실이었다.

박영국은 영월에 김삿갓의 묘가 있다는 말을 듣고 1970년대 초부터 이곳저곳을 탐문하다 1982년 공직에서 물러나면서부터 본격적으로 조사에 들어갔다. 그러다 당시 영월 창절서원 원장이던 김영배 옹에게 김삿갓의 묘가 하동면 와석리 노루목 묵밭에 있다는 증언을 들었다고 한다. 묵밭은 농사짓지 않아 노는 밭이다.

한성부 판관을 역임한 김영배 옹의 증조부는 흥선대원군에게 밉보여 관직을 잃고 낙향하여 와석리에 살고 있었는데, 1872년경 자신의 구명을 위해 상경해 안동 김씨 중 유일하게 흥선대원군의 신임을 받고 있던 김병기(金炳冀)를 만났을 때 그가 "양백지간(태백산과 소백산 사이)인 영월과 영춘 사이에 김삿갓 묘소가 있는데 잘 돌봐달라"고 부탁했다는 것이다. 김병기와 김병연은 같은 문중의 같은 항렬이다.

그리하여 박영국은 1982년 10월 김영배 옹과 함께 20리 산길을 걸어 그가 알고 있는 김삿갓 묘에 도착했는데 와석리에서 3대를 살았다는 이장을 만나니 "김삿갓의 묘에 대해서는 오래전부터 익히 알고 있었으며 일제시대에도 일본 언론인들이 찾아와서 확인했고 의풍국민학교 교사도 확인한 바 있다"고 증언했다는 것이다. 이것이 김삿갓 묘의 발견이다.

| **김삿갓 묘** | 영월읍에서 동남쪽으로 나 있는 88번 지방도로를 타고 가다 와석리에서 6킬로미터쯤 되는 곳에 김삿갓 묘가 있다. 영월 향토사학자가 1970년대 초부터 이곳저곳을 탐문하여 찾았다고 한다.

이런 고증만으로 김삿갓 묘소라고 확증지을 수 있을까 싶기는 하지만 아무튼 김삿갓이 사망한 지 119년 만에 드디어 그의 묘소가 세상에 알려지게 되었던 것이다.

방랑시인 김삿갓

김삿갓, 또는 김립(金笠)이라는 호로 불린 김병연의 본관은 안동이고 경기도 양주에서 출생했다. 평안도 선천부사였던 할아버지 김익순(金益淳)이 홍경래의 난 때 투항하는 바람에 집안이 멸족을 당했으나, 형 병하(炳河)와 함께 하인의 도움으로 황해도 곡산으로 도망가 살았다.

훗날 멸족에서 폐족으로 사면되면서 영월로 옮겨와 살며 과거에 응시했는데 그때 시험문제가 '홍경래의 난 때 김익순의 죄를 논하라'였다고

| 김삿갓 묘 산신각 | 방랑시인 김삿갓으로 더 잘 알려진 김병연의 묘가 여기에 있다는 사실이 알려진 것은 불과 30년 전의 일이다. 묘소 한쪽에 마을 산신각이 있어 산골의 처연한 분위기를 전해준다.

한다. 김병연은 김익순이 바로 자신의 할아버지인 줄을 모르고 신랄하게 비판한 글을 써 장원급제했다. 그러나 어머니로부터 이 사실을 듣게 된 뒤 그 허망함을 달랠 길 없어 삿갓을 쓰고 전국 각지를 유랑하는 방랑을 하다 57세 때 전라도 화순 동복에서 객사했다. 사후 둘째아들 익균(翼均)이 부친의 유해를 영월에 묻었다고 한다.

그는 방랑길에 발걸음이 미치는 곳마다 많은 시를 남겼다. 1,000여 편의 시를 쓴 것으로 여겨지지만 현재까지 456편의 시가 발굴되었고 아직도 수많은 한시가 구전되고 있다. 김삿갓의 시들은 이응수가 수집하여 사후 76년 만인 1939년에 『김립 시집』을 펴냄으로써 세상에 널리 알려지게 되었다.

그의 시는 풍자와 해학으로 너무도 유명하고 그 형식의 파격성과 내용의 민중성은 한국문학사에서 독특한 위상을 갖고 있다. 삐뚤어진 세상

| **김삿갓 묘 앞의 조형물들** | 김삿갓 묘 앞에는 이런저런 조형물들이 어지럽게 배치되어 차라리 산신각 하나만 남아 있었을 때가 더 품위 있고 유적지 같았다.

을 희롱하고 기성 권위에 도전하는 모습과 탈속한 면모에는 큰 박수를 보내게 되며, 한글과 한자를 절묘하게 배합한 풍자시는 재미도 재미려니와 통쾌한 웃음을 선사하기도 한다.

국문학에서 그에 대한 해석은 크게 두 가지로 나뉜다. 하나는 연암 박지원, 다산 정약용의 뒤를 잇는 사회시로 보는 견해(주로 북한 학자들)이고 또 하나는 희작(戱作)의 재주를 가진 것에 불과하다고 보거나 아예 김삿갓의 시란 그 시대 떠돌던 풍자시들의 집합으로 실체가 없다는 주장이다. 그의 방랑과 풍자와 해학이라는 것도 개인사적 부끄러움에 기인한 것이었고 타락한 세상을 보기 싫어 가린 것뿐이었다고 평가절하하기도 한다.

이에 대해 한문학자 임형택(林熒澤) 선생은 김삿갓의 시는 두 가지의 집합으로 보아야 한다고 했다. 하나는 난고 김병연이라는 뛰어난 풍자시인이 직접 지은 것이고 또 하나는 봉건사회 말기 한시가 희화화되면서 나타난 민간의 온갖 풍자시들이 김삿갓의 이름 속에 들어와 섞여버린 것이라는 해석이다. 그래서 김삿갓의 시에는 수준 높은 해학이 번득이는가 하면 욕설을 한자로 버무린 시가 뒤섞이기도 했다는 것이다.

그러면 난고 김병연과 김삿갓이 분리되지 않는 한시를 하나 꼽으라면 무엇이 있을까.

나는 그의 「시시비비(是是非非)」를 꼽고 싶다. 이 시는 옳을 시(是)와 아닐 비(非) 두 자로만 된 칠언절구인데 정신을 바짝 차리고 한 자씩, 한 행씩 잘 음미하고 읽지 않으면 그 뜻이 제대로 들어오지 않는다.

是是非非非是是　　옳은 것을 옳다 하고 그른 것을 그르다 함이 꼭 옳은 것은 아니고

是非非是非非是　　그른 것을 옳다 하고 옳은 것을 그르다 해도 옳지 않은 건 아닐세

是非非是是非非　　그른 것을 옳다 하고 옳은 것을 그르다 함, 이것은 그르고 또 그른 것이고

是是非非是是非　　옳은 것을 옳다 하고 그른 것을 그르다 함, 이것이 시비(是非)일세

고운 님 여의옵고 울어 밤길 예놋다

단종 애사 / 청령포 단종어소 / 단종의 자규시 / 두견새와 소쩍새 /
단종의 시신 / 엄흥도의 암매장 / 왕방연의 시조 / 장릉과 배식단 /
단종비 정순왕후의 사릉 / 이광수의『단종애사』

영월의 상징

영월은 예나 지금이나 한적한 고을이다. 오죽했으면『신증동국여지승
람』에서 민가와 관가가 반반이고 누워서도 다스리는 곳이라고 했겠는
가. 현대에 와서도 영월의 사정은 크게 다르지 않다.

내가 자라면서 처음 영월이라는 고장 이름을 접한 것은 교과서에 등
장한 영월 화력발전소 때문이다. 지금도 잊히지 않는 것이, 중학교 사회
교과서에 우리나라 발전소들의 가동용량을 동그라미 크기로 표시한 지
도가 있었는데 수풍 수력발전소가 엄청나게 큰 흰 동그라미로 가장 컸
고, 영월 화력발전소는 빨간 동그라미로 둘째로 컸으며, 서울의 당인리
화력발전소는 아주 조그만 빨간 동그라미였다. 일제강점기에 강원도 석
탄을 이용해 가동된 이 영월 화력발전소는 총 시설용량이 40만 킬로와

| **태화산에서 바라본 영월** | 영월은 예나 지금이나 한적한 고을이다. 오죽했으면 『신증동국여지승람』에서 민가와 관가가 반반이고 누워서도 다스리는 곳이라고 했겠는가. 현대에 와서도 영월은 여전히 인구 4만의 한적한 곳이다.

트로 지금도 변함없이 가동되고 있다.

오늘날 영월의 명소로는 천연기념물 제219호인 고씨동굴을 꼽고 있고 자랑이라면 소고기가 유명하여 읍내에 한우마을, 한우센터가 있다는 것과 영월교도소가 전국의 교정(矯正)시설 중 가장 우수한 곳으로 손꼽힌다는 사실 정도다. 박중훈과 안성기가 출연한 영화 「라디오 스타」의 무대인 한적한 고을이 바로 영월이다.

이런 영월이 단 한 번 세상을 시끄럽게 하며 역사상 크게 부각된 적이 있다. 단종이 청령포에 유배되고 끝내는 여기서 죽음을 맞은 조선왕조 초기 엄청난 정치적 사건의 현장이 되었을 때이다.

그로부터 200여 년 뒤, 단종이 마침내 복권되어 왕릉의 격식을 갖춘 장릉이 조영되면서 영월은 또 한 번 세상의 이목을 끌었다. 그리하여 영월은 단종의 고장이라고 해도 과언이 아니며 답사로 가든 관광으로 가든 영월의 명승 유적은 거의 다 단종과 연관되어 있다.

단종 애사(哀史)의 시작

단종(端宗, 1441~57)은 세종의 손자, 문종의 아들이다. 아버지 문종이 재위 2년 만에 갑자기 죽으면서 1452년 5월, 12세 때 왕위에 오르게 되었다. 문종은 임종 때 영의정 황보인, 우의정 김종서 등에게 어린 단종을 잘 보필할 것을 부탁했고, 집현전 학사 출신인 성삼문·박팽년·신숙주 등에게도 협력해줄 것을 유언으로 남겼다.

그러나 이듬해인 1453년 10월, 단종의 숙부인 수양대군이 한명회 등과 결탁하여 황보인·김종서를 격살하고 자기 동생인 안평대군을 강화도로 유배 보낸 뒤 스스로 영의정에 오르고 정인지를 심복으로 삼아 좌의정에 임명하고는 권력을 장악했다. 역사에서는 이를 계유정난이라고 한다.

이듬해 단종은 앞으로 일어날 끔찍한 일은 상상도 못하고 왕통을 이어갈 후사를 위해 14세 나이에 송씨(宋氏)를 왕비로 맞았다. 그가 비운의 왕비 정순왕후이다.

수양대군의 권력욕은 여기에 머물지 않고 왕위를 찬탈하는 데에 걸림돌이 되는 아우들을 하나씩 제거하기 시작했다. 강화도로 귀양 보낸 안평대군에게 사형을 내리고, 막내동생 금성대군은 경기도 연천으로 유배보냈다. 그리고 1455년 윤6월에는 드디어 단종을 상왕(上王)으로 물러나게 하고 왕위에 올랐다.

명분도 없는 쿠데타로 왕위에 오른 세조(世祖, 1417~68)를 대신들은 그대로 따르지 않았다. 세조 2년(1456) 6월 성삼문·박팽년·하위지·이개·유응부·유성원 등 사육신은 명나라 사신을 위한 창덕궁 연회에서 세조를 죽이고 단종을 복위시키려는 거사를 꾸몄다. 그러나 사전에 모의가

| 청령포 | 청령포는 영월 읍내 서쪽 서강 건너편의 울창한 솔밭이다. 삼면으로 깊은 강물이 맴돌아가고 서쪽으로는 험준한 암벽이 솟아 있다. 형상은 반도 모양이지만 나룻배를 이용하지 않고는 들어갈 수 없는 육지 속의 섬이다.

탄로나 모두 극형에 처해지고 말았다.

　그러고도 사태는 진정되지 않았다. 세조와 정인지·한명회는 공포정치로 몰아갔다. 이듬해인 1457년 6월에는 단종 복위를 꾀했다는 이유로 단종의 장인인 송현수를 잡아들였다. 그리고 단종을 상왕에서 노산군(魯山君)으로 강등시키고 영월 청령포(淸冷浦)로 귀양 보냈다.

　이때만 해도 세조는 17세 어린 단종을 죽일 생각까지는 없었던 것으로 보인다. 자꾸 복위의 불씨가 되기 때문에 멀리 유배시키기는 하지만 한편으로는 미안한 마음이 있기도 했던 모양이다. 세조는 단종을 귀양 보내면서 첨지중추부사에게 군사 50명을 거느리고 호송하도록 했다. 그리고 승지를 보내 기름 먹인 종이우비 한 벌과 도롱이 두 벌을 내려주고, 강원도 관찰사에게는 다음과 같이 지시했다.

노산군(단종)이 있는 곳에 사철 과일을 따는 대로 바치고 원포(園圃, 텃밭)를 마련하여 수박이나 참외와 채소에 이르기까지 많이 준비하여 제공하고 또 매월 수령을 보내어 그 기거를 문안하게 하며 제공하는 물자의 수와 기거 절차를 월말에 기록하여 보고하여라.

이리하여 단종이 영월 청령포에 도착한 것은 한양을 떠난 지 7일째인 6월 28일이었다.

육지 속의 섬, 청령포

청령포(명승 제50호)는 영월 읍내 서쪽 서강 건너편의 울창한 솔밭이다. 동·남·북 삼면으로 깊은 강물이 머리띠처럼 맴돌아가고 서쪽으로는 육육봉이라 불리는 험준한 암벽이 솟아 있다. 형상은 반도 모양이지만 나룻배를 이용하지 않고는 들어갈 수 없는 육지 속의 섬이다.

지금도 청령포로 들어가자면 나룻배로 건너갈 수밖에 없다. 선착장 언덕에서 청령포를 바라보면 발아래로는 비단결처럼 고운 초록빛 강물이 휘돌아가고 강 건너 넓은 모래톱 너머로는 동그만 솔밭이 먼 산을 배경으로 다소곳이 자리하고 있다. 물이 얼마나 맑았으면 이름조차 맑을 청(淸), 물맑을 령(泠), 물가 포(浦), 청령포라 했겠는가.

단종의 애처로운 역사만 아니라면 그 풍광 수려함에 이끌려 아름답다는 찬사가 절로 나올 만한 곳이다. 유적지가 아니라고 해도 건너가보고 싶고, 나룻배가 없다면 조각배라도 얻어 타고 가보고 싶은 충동이 절로 일어난다.

수시로 오가는 나룻배를 타고 청령포로 건너가면 왕자갈이 뒹구는 모래톱에 내려놓는다. 장마 때 물이 차는 곳까지는 자갈과 모래뿐이지만

| 단종어소 | 오늘날 청령포에는 단종이 유배 살던 기와집과 하인이 기거하던 초가집이 복원되어 있다. 이는 2000년 4월 단종문화제 때 세운 것이고 원래의 집은 단종 사후 더 이상 사람 사는 일이 없어 이내 무너져버렸다.

이내 둥굴레와 구절초 같은 풀이 뒤섞여 아무렇게나 자라고 있는 넓은 풀밭이 나오고, 풀밭을 지나면 어둑한 솔숲으로 들어가게 된다.

청령포 솔밭에는 모진 강바람에 몸을 뒤틀며 굳세게 자란 소나무들이 즐비하다. 소나무 아래로는 생강나무·진달래·떡갈나무·말채나무·산뽕나무 같은 교목들이 함께 자리하고 있어 숲속은 어둑하고 붉은 줄기를 드러낸 소나무들은 훤칠한 키가 더욱 돋보인다.

| **월중도** | 1.「자규루도(子規樓圖)」 2.「장릉도(莊陵圖)」 3.「창절사도(彰節祠圖)」 4.「청령포도(淸泠浦圖)」
『월중도(越中圖)』는 정조 시절 단종을 추숭하기 위해 영월에 있는 단종 관련 주요 사적을 복원·정비하고 이를 기록한 8폭의 화첩이다. 지도식 기록화로 매우 단아한 형식을 보여준다. 위 4폭 이외에 「관풍헌도(觀風軒圖)」「낙화암도(落花巖圖)」「부치도(府治圖)」「영월도(寧越圖)」 등이 있다.

청령포 단종어소

단종은 이 솔밭 한쪽에서 귀양살이를 시작했다. 지금 청령포에는 단종이 유배 살던 기와집과 하인이 기거하던 초가집이 복원되어 있다. 그러나 이는 2000년 4월 단종문화제 때 세운 것이고 단종 사후 이 집은 더 이상 사람 사는 일이 없어 이내 무너져버렸다. 그리고 거의 300년이 지난 영조 39년(1763)에 '단종이 여기에 살던 때 집이 있었던 곳'이라는 뜻의 '단묘 재 본부시 유지비(端廟在本府時遺址碑)'라는 비석이 세워졌을 뿐이다.

그러니 우리는 이 집의 생김새에 큰 의미를 둘 것이 아니라 그저 단종의 처지를 생각하면서 호젓한 솔밭을 걸으며 저마다의 서정과 상념에 들면 그만이다. 청령포는 관광지로서 관람로가 잘 설치되어 있어 관음송·망향탑·노산대·금표비까지 한 바퀴 돌아 선착장 모래톱까지 힘들이지 않고 여유롭게 산책할 수 있다.

단종이 유배 살던 집에서 관람 데크가 인도하는 대로 솔밭으로 향하면 준수하게 생긴 노송에 절로 눈길이 간다. 이름하여 관음송(천연기념물 제349호)이라 하는데 수령 600년으로 키가 30미터나 되어 우리나라에서 가장 큰 키를 자랑한단다. 수령 600년이라면 단종이 유배 온 것을 증언하는 나이이다. 나는 관음송이라고 해서 당연히 불교의 관세음보살에서 이름을 따온 것이려니 생각했는데 전하기로는 단종이 유배 온 것을 보고 오열하는 소리를 들은 소나무라고 해서 볼 관(觀) 자, 소리 음(音) 자 관음송이라는 이름을 얻었다는 것이다.

다시 관람로를 따라 강변 반대편 언덕으로 발길을 돌리면 노산대(魯山臺)에 이른다. 노산대에서 내려다보는 서강의 풍광이 너무도 아름다워 과연 청령포 답사의 하이라이트로 삼을 만하다. 노산대라는 이름은 단종이 노산군으로 강봉되어 청령포로 유배된 뒤 해 질 무렵이면 한양을 바라보며 시름에 잠겼던 곳이라 해서 붙여진 것이라 한다.

노산대는 청령포에서 가장 높은 절벽으로 그 아래로는 서강이 동쪽에서 내려오는 동강과 만나기 위해 치달리는 모습이 아련히 펼쳐진다. 사람들은 영월 동강의 장쾌한 아름다움은 들어 알고 찾아가는데 사실 굽이굽이 맴돌아 나아가는 우리나라 특유의 강변 풍광은 오히려 여기서 바라보는 서강이 제격이다.

단종이 외로움을 달래기 위해 무심히 돌을 던져 쌓았다는 망향탑도

| 관음송 | 단종이 유배 살던 집 가까이에는 준수한 관음송이 있다. 수령 600년에 키가 30미터로 우리나라에서 가장 큰 키를 자랑한다. 전하기로는 단종이 유배 온 것을 보고 오열하는 소리를 들은 소나무라고 해서 볼 관(觀) 자, 소리 음 (音) 자 관음송이라는 이름을 얻었다고 한다.

| 노산대에서 바라본 서강 풍경 | 노산대는 청령포에서 가장 높은 절벽으로 서강이 동강과 만나기 위해 치달리는 모습이 아련히 펼쳐진다. 굽이굽이 맴돌아 나아가는 우리나라 특유의 강변 풍광은 여기서 바라보는 서강이 제격이다.

보면서 청령포 솔밭을 한 바퀴 휘돌아 다시 선착장 쪽으로 발길을 돌리자면 영조 2년(1726)에 세운 금표비(禁標碑)라는 비석과 만나게 된다. 이 비석 뒷면에 새겨진 글을 보면 '동서로 300척 남북으로 490척과, 이후에 진흙이 쌓여 생기는 곳도 또한 금지한다'는 내용이다. 이는 단종이 유배되었던 이곳에 일반 백성의 출입을 제한한다는 뜻으로 당시부터 국가 사적지로서 보호한다는 뜻이었다.

이 영역 범위는 아마도 곧 단종의 행동 제약 범위였을 것으로 짐작된다. 단종은 이렇게 세상과 격리되어 무섭도록 조용하고 을씨년스런 솔밭 속에서 귀양의 나날을 보냈던 것이다.

| **망향탑(왼쪽)과 금표비(오른쪽)** | 망향탑은 단종이 강물을 바라보며 쌓은 것으로 전한다. 금표비에는 '동서로 300
척 남북으로 490척과, 이후에 진흙이 쌓여 생기는 곳도 출입을 금지한다'는 내용이 적혀 있다.

자규루와 단종의 자규시

그러나 단종이 청령포에 머문 기간은 길지 않았다. 유배 온 지 두 달
지났을 때 남한강에 큰 홍수가 일어나 청령포가 물에 잠기게 되었다. 이
때 단종은 급히 영월 관아의 객사(客舍)인 관풍헌(觀風軒)으로 거소를
옮겼다.

지금도 영월 읍내로 들어가면 관풍헌 건물이 남아 있다. 동헌(東軒)을
비롯한 옛 관청 건물들은 다 없어졌고 넓은 빈터에 이 객사만이 덩그러
니 남아 있다. 조선시대 모든 관아의 객사가 그러하듯 가운데 개방된 건
물을 중심으로 세 채의 건물이 길게 잇대어 있다. 객사치고는 제법 큰 규
모인데 해방 전에는 영월군청이 썼고, 해방 후에는 영월중학교가 들어섰
다가 지금은 단종의 원찰(願刹)인 보덕사(保德寺)의 포교당으로 사용되
고 있다. 객사 건물이 절집 차지가 되었다는 것이 진기한 일인데, 가운데

| 관풍헌 | 단종이 유배 온 지 두 달 지났을 때 남한강에 큰 홍수가 일어나 청령포가 물에 잠기게 되자 단종은 급히 영월 관아의 객사인 관풍헌으로 거소를 옮겼다. 지금 영월 읍내에는 동헌을 비롯한 옛 관청 건물들은 다 없어졌고 시내 한가운데에 이 객사만이 덩그러니 남아 있다.

중심건물이 개방되어 있지 않고 절집 창살로 막혀 있어 낯설기만 하다.

이 관풍헌 빈 마당 한쪽 모퉁이 길가 쪽에는 자규루(子規樓, 강원도 유형문화재 제26호)라는 2층 누각이 돌담 속에 갇혀 있다. 이는 본래 관아의 동헌 누각으로 세종 10년(1428)에 영월군수 신숙근이 창건하여 매죽루(梅竹樓)라 불렸는데 단종이 이 누각에 올라 자규를 노래한 시(詩)와 사(詞)를 각기 한 수씩 지은 뒤로는 자규루라 부르게 된 것이다. 단종의 「자규시」는 정말로 애처롭다.

한 마리 원한 맺힌 새가 궁중에서 나와 　　　　一自冤禽出帝宮
외로운 그림자로 푸른 숲에 깃들었다 　　　　孤身隻影碧山中
밤마다 억지로 잠들려 하나 잠 이루지 못하고 　假眠夜夜眠無假
해마다 한스러움 끝나기를 기다렸지만 원한은 끝나지 않네

자규 울음 끊어진 새벽 멧부리에 조각달만 밝은데　窮恨年年恨不窮
피를 뿌린 것 같은 골짜기에는 붉은 꽃이 지네　聲斷曉岑殘月白
하늘은 귀머거린가 아직도 애끓는 나의 호소를 듣지 못하고　血流春谷落花紅
　　　　　　　　　　　　　　　　　　　　　　　天聾尙未聞哀訴
어이하여 수심 많은 이 사람 귀만 밝게 했는가　胡乃愁人耳獨聰

　불과 17세의 나이에 이토록 애절한 시를 지었다는 것이 놀랍기만 하다. 아픔이 그만큼 컸기 때문에 명시가 나온 것이 아니겠느냐고 말할 수도 있겠지만 본래 아픔이 승화되어야 예술로 나타난다는 사실을 생각한다면 단종은 매우 냉정하고 조신한 성격의 소유자였던 것만 같다.

　단종이 자주 올랐다는 이 자규루는 1605년에 큰물로 무너지고 그뒤 자취마저 사라졌는데 200년 가까이 지난 1790년이 되어서야 강원도 관찰사 윤사국이 단종의 혼이 서린 자규루가 없어진 것을 방치할 수 없다며 옛터를 찾아 새롭게 세운 것이라고 한다.

　이복원이 쓴 「자규루기(子規樓記)」에 자규루 복원에 관한 내력이 상세히 나와 있는데, 윤사국이 복원할 때는 이미 오래전에 자규루가 있던 관아의 담이 무너져 그 주위로 민가가 빽빽하게 들어섰기 때문에 원래 자리를 찾을 수가 없었다고 한다. 그런데 갑자기 큰 바람이 일어나더니 민가에 불이 나면서 자규루의 옛 초석과 무늬 벽돌이 드러나서 제자리에 세울 수 있었다는 것이다. 그래서 사람들은 단종의 영혼이 살아 있다고들 했다는 것이다.

| **자규루** | 관풍헌 빈 마당 한쪽 모퉁이 길가 쪽에는 자규루라는 2층 누각이 돌담 속에 갇혀 있다. 본래 관아의 동헌 누각으로 매죽루라 불렀는데 단종이 이 누각에 올라 자규를 노래한 시를 지은 뒤 자규루라 부르게 된 것이다.

자규·두견이·접동새·소쩍새

단종이 읊은 자규(子規)라는 새는 그 울음소리가 너무도 처연하여 예부터 많은 시를 낳았다. 특히 이조년(李兆年)의 시조는 절창으로 꼽힌다.

　　　이화에 월백하고 은한이 삼경인 제
　　　일지 춘심을 자규야 알랴마는
　　　다정도 병인 양하여 잠 못 들어 하노라

자규는 불여귀(不如歸)·귀촉도(歸蜀道) 등 여러 별칭이 있고 두견(杜鵑)이, 접동새라고도 한다. 불여귀와 귀촉도는 촉(蜀)나라 망제(望帝)가 하루아침에 나라를 빼앗기고 쫓겨나 그 원통함을 참을 수 없어 죽어서 자규라는 새가 되어 밤마다 '불여귀(不如歸, 돌아갈 수 없네)'를 부르짖으며 목구멍에서 피가 나도록 울었다는 고사에서 나왔다.

두견이는 순우리말로 소쩍새라고도 알려져 있는데, 사실 두견이와 소쩍새는 다른 새다. 두견이는 뻐꾸깃과에 속하고 소쩍새는 올빼밋과에 속한다. 두견이는 주행성이고 소쩍새는 야행성이다. 두견이는 주로 낮에 울고 소쩍새는 밤에만 운다.

소쩍새는 두 마디, 또는 세 마디로 연속적으로 우는데 그 소리가 '소쩍 소쩍' 또는 '소쩍다 소쩍다'로 들린다. 그래서 소쩍새가 '소쩍' 하고 짧게 울면 흉년이 들고 '소쩍다 소쩍다'로 울면 풍년이 든다는 설화가 있다. 솥이 작으니 큰 솥을 준비하라고 '솥 적다'로 운다는 것이다. 가난했던 시절에 나온 얘기다.

나는 부여에 작은 집을 짓고 주말이면 내려가서 지내는데 4월이면 봄꽃에 취하고 오뉴월이면 새소리 듣는 것이 큰 낙이다. 꾀꼬리와 휘파람새의 소리는 참으로 곱고 높고 아련하다. 낮에는 먼 산에서 우는 뻐꾸기 소리가 짙은 향수를 일으키고, 밤새 우는 소쩍새는 애수의 감정을 절로 일으킨다.

두견이의 울음소리는 느린 2박자와 빠른 4박자가 연이어지면서 '딴딴 따다다다'로 들린다. 전설에 의하면 이 새소리는 쌀 됫박이 작아 항시 밥이 모자라 굶주려 죽은 며느리가 원조(怨鳥)가 되어 시어머니에게 '쪽박 바꿔주오' 또는 '됫박 바꿔주오'라며 우는 것이라고 한다. 옛날엔 삼시 세끼 먹고 산다는 것이 보통 일이 아니었다는 사실을 이 새소리의 설화에서도 엿볼 수 있다.

두견이와 소쩍새의 차이는 무엇보다도 두견이의 울음소리는 슬프지 않고 밤새 우는 소쩍새 울음이 진짜 피를 토하는 듯한 애처로움이 있다는 점이다. 진달래꽃이 붉은 것은 두견새가 피를 토해 물든 것이라 하여 두견화라고도 부른다고 한 것도 잘못이다. 이에 대해 조류학자 원병오 박사는 시인들이 두견이와 소쩍새를 혼동하여 일어난 일이라고 했다. 그러나 시인의 잘못이라고 돌리기에는 그 혼동의 뿌리와 연륜이 너무도 깊다.

만해 한용운이 「두견새」라는 시에서 "두견새는 실컷 운다 / 울다가 못
다 울면 / 피를 흘려 운다 // 이별한 한이야 너뿐이랴마는 / 울래야 울지
도 못하는 나는 / 두견새 못 된 한을 또다시 어찌하리" 하고 통곡한 것이
나 이미자의 노래 「두견새 우는 사연」에서는 "네 마음 내가 알고, 내 마
음 네가 안다"며 "두견새야 울지 마라" 노래한 것, 그리고 김소월의 「접동
새」라는 애잔한 시는 모두 소쩍새를 노래한 것이다.

아무튼 단종이 한밤에 애처롭게 들었다는 자규 소리는 소쩍새 울음소
리였다. 단종이 지은 또 한 편의 시 「자규사(子規詞)」는 그 소쩍새 울음소
리에 실린 외로움이 더욱 애절하다.

달 밝은 밤 소쩍새 울음소리는 더욱 구슬퍼	月白夜蜀魄啾
시름 못 잊어 누 머리에 기대었노라	含愁情倚樓頭
네 울음 슬프니 내 듣기 괴롭도다	爾啼悲我聞苦
네 소리 없었으면 내 시름도 없었으리니	無爾聲無我愁
세상에 근심 많은 분들께 이르노니	寄語世上苦勞人
부디 춘삼월에는 자규루에 오르지 마오	愼莫登春三月子規樓

단종의 죽음

그러나 단종이 이 자규루에 오른 것도 사실은 몇 번 되지 않는다. 청령
포에서 관풍헌으로 급히 옮겨온 지 얼마 되지 않아 경상도 순흥(오늘의 영
주)에 유배되었던 금성대군이 순흥부사와 함께 단종의 복위를 계획하다
가 발각되어 관련자들이 무자비하게 참수되는 사건이 일어났다. 순흥에
서는 그때 처형된 사람들의 피가 냇물처럼 흘러내리다 머문 곳을 '피끝'

이라고 부르고 있으니 그 처참했던 상황을 가히 상상케 한다. 이 사건 이후 단종은 노산군에서 서인(庶人)으로 강봉되었다.

단종 복위를 시도하는 일이 이처럼 끊이지 않자 영의정 정인지는 단종을 처형하여 그 불씨를 없애자고 진언했다. 세조는 처음엔 허락하지 않았다. 그러나 정인지·한명회 등 대신들이 계속 진언해오자 결국 이를 받아들이고 말았다.

이 명을 받고 사약을 갖고 간 관리는 의금부도사 왕방연(王邦衍)으로 알려졌다. 왕방연이 단종에게 사약을 내릴 때 상황은 먼 훗날 『숙종실록』 25년(1699) 1월 2일자에 다음과 같이 쓰여 있다.

단종대왕이 영월에 계실 적에 의금부도사 왕방연이 고을에 도착하여 머뭇거리면서 좀처럼 들어가지 못하다가 마침내 입시(入侍)했을 때 단종대왕께서는 관복을 갖추고 마루로 나오시어 온 이유를 하문(下問)하셨으나, 왕방연은 차마 대답하지 못했다고 한다.

전하는 말로는 왕방연이 차마 단종에게 사약을 내리지 못하고 있을 때 단종을 모시던 자가 활시위로 단종의 목을 졸라 숨을 거두게 했다고도 한다.

이리하여 1457년 10월 24일 유시(酉時, 오후 5시)에 단종은 세상을 떠났다. 유배 온 지 4개월 만이었고 향년 17세였다. 단종 애사(哀史)는 이렇게 막을 내렸다.

왕방연의 시조 한 수

자신의 뜻과는 달리 공무를 집행해야만 했던 의금부도사 왕방연은 사

| **왕방연 시조비** | 단종에게 내리는 사약을 전달하는 명을 받았던 왕방연은 사형을 집행하고 영월을 떠나 한양으로 돌아가던 길에 남한강가에 이르러 시조 한 수를 남겼다고 한다.

형을 집행하고 영월을 떠나 한양으로 돌아가던 길에 남한강가에 이르러 시조 한 수를 남겼다고 한다.

> 천만리 머나먼 길에 고운 님 여의옵고
> 내 마음 둘 데 없어 냇가에 앉았으니
> 저 물도 내 안 같아서 울어 밤길 예놋다

'내 안'은 '내 마음'이고 '예놋다'는 '가는구나'의 옛말이다. 참으로 처연한 시조다. 의금부도사의 착잡한 심정이 절절이 배어난다.

그러나 왕방연의 생애에 대해서는 따로 알려진 것이 없고 한편에선 왕방연이 영월에 온 것은 사약을 가져갔을 때가 아니라 단종을 귀양지로 호송해갈 때라는 설이 있다. 내용을 볼 때도 의금부도사가 청령포에 단종을 남겨두고 돌아가면서 지은 시라는 것이다.

그런가 하면 이긍익(李肯翊)은 『연려실기술(燃藜室記述)』에서 왕방연이라는 이름을 알고 있으면서도 이 시에 대해서는 "이름을 알 수 없는 의금부도사가 노산군을 영월 서강 청령포에 모셔다두고 밤에 언덕 위에 앉아 슬퍼하며 지었다"라고 했다.

이렇게 혼선이 빚어진 것은 세조 당대엔 무시무시한 정치적 공포 때문에 이런 불온한 시조를 기록으로 남길 수 없어 입에서 입으로만 전해졌기 때문이다.

이 시조가 세상에 다시 알려지게 된 것은 단종 사후 150년이 지나서였다. 광해군 9년(1617) 병조참의를 지내던 용계 김지남(金止男)이 영월 지방에 순시 나왔을 때 아이들이 이 시조를 노랫가락으로 부르는 것을 듣고는 한시로 옮겨놓아 전해지게 된 것이다.

千里遠遠道　천리 머나먼 길에
美人別離秋　고운 님 여읜 가을
此心無所着　내 마음 둘 데 없어
下馬臨川流　말 내려 냇가에 앉았으니
川流亦如我　강물도 나와 같아서
嗚咽去不休　울며 쉬지 않고 흐르누나

이 한시가 훗날 『청구영언(靑丘永言)』에 다시 시조로 실린 것이 '고운 님 여의옵고……'이다.

생각건대 불의인 줄 알면서도 불의라고 말하지 못하고 정치적 공포 속에 숨죽이면서 살았지만 당시 사람들의 마음속에는 왕방연의 '고운 님 여의옵고'라는 슬픈 시조에 대한 깊은 공감이 있어 두고두고 전해지며 잊히지 않았던 것이다. 그러다 세월이 흘러 그 정치적 공포에서 해방되었을 때는 짓눌렸던 상황을 카타르시스하는 촉매제가 되어 어린애까지 부르는 노랫가락으로 다시 살아난 것이다. 이런 마음은 오늘날에도 깊은 공감을 일으켜 『한국애창가곡전집』에는 오동일이 작곡한 「고운 님 여의옵고」라는 노래가 실려 있다.

지금 청령포로 들어가는 나루터 저편 솔밭에는 무덤가 한쪽 청령포가 바라다보이는 곳에 왕방연의 이 시조를 새긴 시비가 세워져 있어 찾아오는 사람들의 심금을 울리며 그 옛날의 슬픈 이야기를 떠올리게 한다.

단종의 묘소를 찾아라

그런데 단종의 죽음에 대하여 『세조실록』의 기사를 보면 뜻밖에도 왜곡되게 기록되어 있다. 세조 3년(1457) 10월 21일자에는 다음과 같이 쓰여 있다.

(단종의 장인인) 송현수는 교형(絞刑)에 처했다. (…) 노산군이 이를 듣고 또한 스스로 목매어서 졸(卒)하니, 예(禮)로써 장사 지냈다.

하지만 이는 사실과 명백히 다르다. 아마도 실록을 편찬하던 사관(史官)이 세조의 신하로서 그때의 일을 후세에 그대로 전하고 싶지 않았던 모양이다. 『조선왕조실록』에서 이처럼 사실을 왜곡한 것은 아주 드문 일이다. 한 번의 잘못이 또 다른 잘못을 낳은 것이다. 이 점에서 세조와 그 신하들은 세상에 저지른 잘못이 많다.

단종의 시신은 동강에 버려졌고 이를 거두는 자는 삼족을 멸한다는 어명이 내려졌다고 한다. 그러나 영월 호장(戶長)이던 엄흥도(嚴興道)는 단종의 시신을 거두어 매장하기로 마음을 먹었다. 엄호장은 자식들을 데리고 밤에 몰래 강으로 가서 시신을 찾았다. 그리고 시신을 메고 눈 덮인 동을지산(冬乙旨山)으로 들어가 무덤 자리를 찾았다. 그렇게 한참을 가니 갑자기 노루 한 마리가 놀라서 도망가는데 노루가 앉았던 자리에는 눈이 없기에 그곳에 시신을 묻었다고 한다. 대개 이런 곳은 명당자리라고 한다.

단종의 시신은 이렇게 지방의 한 호장이 간수한 것이었다. 사육신이 처형되었을 때도 아무도 그 시신을 건드리지 못한 것을 매월당 김시습(金時習)이 한강 건너 노량진에 묻어두고 돌로 표시한 것이 오늘의 육신묘인데, 죽음을 무릅쓰고 이런 의로운 일을 한 것은 조선 선비정신의 소산이라고 할 것이다.

그로부터 반세기 뒤 중종 대에 들어오면 조정에서 조심스럽게 단종에 대한 제사 문제 논의가 일어난다. 과거사에 대한 정리가 필요했던 것이다. 사실 세조의 쿠데타는 조선왕조 이데올로기에 반하는 치욕이었다. 더욱이 후대 왕들의 입장에서는 왕좌를 찬탈당할 수 있다는 전례가 된 셈이었다. 왕으로서는 이 과거사 문제를 어떤 식으로든 해결할 필요가 있었다.

드디어 중종 11년(1516), 단종의 묘를 찾아 제사를 지내라는 어명이 내려졌다. 사후 59년 만의 일이었다. 그때 단종의 묘를 찾은 일이 『중종실록』 11년 12월 10일자에 다음과 같이 기록되어 있다.

묘는 영월군 서쪽 5리 길 곁에 있는데 높이가 겨우 2자쯤 되고, 여러 무덤이 곁에 총총했으나 고을 사람들이 군왕의 묘라 부르므로 비록 어린이들이라도 식별할 수 있었고, 사람들 말이 "당초 돌아갔을 때 온 고을이 황급하였는데, 고을 아전 엄홍도란 사람이 찾아가 곡하고 관을 갖추어 장사했다" 하며, 고을 사람들이 지금도 애상(哀傷)하게 여긴다고 합니다.

그러나 단종의 묘는 그후 방치되었다가 중종 36년(1541) 영월군수로 부임한 낙촌 박충원(朴忠元)이 꿈에 단종의 혼령이 나타나자 관을 갖추어 다시 매장하고 봉분을 만든 뒤 제사를 지냈다고 한다. 그리고 또 40년이 흘러 선조 14년(1581)에는 강원도 관찰사인 송강 정철(鄭澈)이 다음과 같은 장계(狀啓)를 임금에게 올렸다. 장계란 왕명을 받고 지방에 내려가 그곳 사정을 임금에게 올리는 문서를 말한다.

노산이 비록 위호(位號, 임금의 호)는 삭제되었다 하더라도 군(君)에 봉해졌으니 그 묘에 마땅한 품제(品制)가 있어야 할 것인데 묘역에 석물도 없고 나무하고 소 먹이기를 금하지도 않아 길 가는 사람마다 가슴 아파합니다. 과거 역사를 상고해볼 때 (…) 분묘를 고쳐 짓고 석물을 세울 것은 물론 관원을 보내 제사 지내게 하소서.

선조는 이를 받아들여 곧바로 시행하도록 했다. 그러나 아직은 왕으로 추존되지 않았기 때문에 왕릉 형식은 아니었다. 임진왜란 이후에도 단종의 묘소 관리와 제사에 대한 논의가 계속되었다. 그러다 숙종 7년(1681)에 단종이 노산대군(大君)으로 추봉되고 숙종 24년(1698)에는 다시 단종으로 복위되면서 무덤도 능으로 격상되어 '장릉(莊陵)'이라는 능호를 받게 되었다.

이와 동시에 단종은 조선의 제6대 왕으로 당당히 종묘 영녕전에 위패가 모셔졌다. 단종 사후 250년 가까이 지나서야 과거사 문제를 완전히 해결한 것이다.

| 장릉 | 숙종 24년에 단종이 복위되면서 무덤도 능으로 격상되어 '장릉'이라는 묘호를 받게 되었다. 이와 동시에 단종은 조선의 제6대 왕으로 당당히 종묘 영녕전에 위패가 모셔졌다. 단종 사후 250년 가까이 지나서야 과거사 문제를 완전히 해결한 것이다.

장릉의 능묘

이렇게 긴 사연을 갖고 있는 장릉은 결국 영월의 상징적 문화유산이 되었다. 조선시대 능묘 제도는 매우 엄격했다. 본래 왕릉은 서울에서 100리 안에 조성하도록 규정되어 있었지만 단종의 장릉만이 예외일 수밖에 없어 후대까지 조선 왕릉 42곳 중에서 유일하게 강원도 산골에 있게 된 것이다.

그러나 이 장릉으로 인하여 당시 영월은 군에서 도호부(都護府)로 승격되어 종3품의 부사(府使)가 다스리는 고을이 되는 영광을 얻었다. 그리고 2008년에는 다른 왕릉과 함께 유네스코 세계유산에 등재되었다.

장릉은 암매장한 무덤을 왕릉의 격식에 맞추어 조성하고 부속 건물을 배치했기 때문에 다른 왕릉과는 구조에 차이가 많다. 우선 능침(陵寢)의

| 장릉 정자각 | 장릉은 영월의 상징적 문화유산이 되었으나 암매장한 무덤을 왕릉의 격식에 맞추어 조성했기 때문에 다른 왕릉과는 구조에 차이가 많다. 특히 정자각과 능침이 일직선상에 놓이지 않아 오히려 변화가 많다.

경우, 앞 시대 이와 비슷한 사례가 있으면 그에 준해야 하는데 이처럼 일반 묘소가 왕릉으로 추봉된 예로 서울의 정릉(貞陵, 태조의 계비 신덕왕후의 능)이 있어 이에 따랐다.

왕릉의 기본 골격대로 능묘 뒤로는 곡장(曲墻)을 두르고, 앞에는 장명등(長明燈)을 세웠다. 문인석·망주석·석양(石羊)도 배치했다. 여기까지는 다른 왕릉과 같다. 그러나 능묘에 난간석과 병풍석을 두르지 않았다. 이는 봉분을 새로 조성하는 번거로움을 피한 것으로 보인다. 그리고 능침 앞 공간이 협소한 탓인지 무인석도 생략되었다. 그래서 다른 왕릉보다 다소 간소한 편이다.

장릉을 조영함에 가장 어려운 점은 능침이 산자락 가파른 곳에 있기 때문에 제향 시설을 일직선상에 둘 공간이 없다는 점이었던 것 같다. 그래서 장릉의 정자각은 능침의 측면을 올려다보는 구조가 될 수밖에 없

| **장릉 정면** | 왕릉의 기본 골격대로 능묘 뒤로는 곡장을 두르고, 앞에는 장명등을 세웠다. 문인석·망주석·석양도 배치했다. 그러나 능묘에 난간석과 병풍석을 두르지 않았고 무인석도 생략되어 다른 왕릉보다 다소 간소한 편이다.

었다. 그로 인해 홍살문에서 정자각에 이르는 길도 직선이 아니라 직각으로 굽어 있다.

장릉은 이처럼 자연조건에 맞추어 조영되었기 때문에 능침은 산자락 위쪽에 있고 재실에서 홍살문을 거쳐 수복방·비각·수라간·정자각으로 이어지는 건물들은 아래쪽 평지에 별도의 공간처럼 조성되었다. 그래서 장릉을 찾는 사람들은 마치 역사공원에 들어온 것 같은 느낌을 받는다.

오늘날 장릉은 능침까지 관람할 수 있도록 되어 있다. 잘 정비된 관람로를 따라 능침 앞까지 올라가면 전망이 사방으로 탁 트여 가슴이 활짝 열린다. 높이 올라온 만큼 발아래로는 정자각과 수라간, 수복방 건물의 지붕들이 납작 엎드린 것처럼 보인다. 그리고 건너편 산자락에는 잘생긴 강원도 소나무들이 줄지어 늘어서 있어 어느 왕릉에서도 볼 수 없는 따뜻한 인상을 받게 된다.

| **장릉 경내** | 1. 재실 정면 2. 박충원의 낙촌비각 3. 엄흥도의 정려각 4. 배식단

'장판옥'이라는 제향 공간

장릉에는 다른 왕릉에서는 볼 수 없는 건물과 시설이 많이 들어섰다. 단종의 시신을 거두었던 엄흥도의 '정려각(旌閭閣)'도 있고, 꿈속의 현몽으로 단종의 무덤을 다시 갖춘 영월군수 낙촌 박충원의 기적비(紀蹟碑)를 모신 '낙촌비각(駱村碑閣)'도 있다.

그중 각별한 의미를 갖고 있는 건물은 장판옥(藏版屋)이라는 제향 건물과 배식단(配食壇)이다. 이곳은 1791년 정조가 단종을 위해 목숨을 바친 모든 분들의 위패를 장릉에 모시고 매년 한식날 제향하라는 특명을 내려 세워진 것이다.

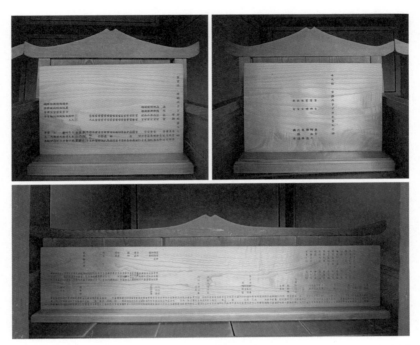

| **장판옥** | 여기에는 단종에게 의를 지킨 충신을 비롯해 억울하게 죽은 여인과 노비에 이르기까지 268명의 이름이 적혀 있다. 긴 널빤지에 이름을 새겨 모시고 있다고 하여 장판옥이라고 하며 해마다 한식날 배식단에서 제를 올린다.

정조는 계유정난 때부터 단종이 사사될 때까지 그에 연루되어 죽은 억울한 인물을 조사하라는 어명을 내렸다. 이에 신하들이 한 사람 한 사람을 거명하며 명단에 올릴 것을 진언했다. 이때의 일이 『정조실록』에 낱낱이 기록되어 있다. 그 결과 충신이 32인, 조사(朝士, 관리와 선비)가 186인, 환자군노(宦者軍奴, 환관과 군대 노비)가 44인, 여인이 6인, 총 268명이었다. 장판옥에는 이분들의 이름이 빼곡히 적힌 4개의 넓은 판이 위패로 모셔졌다. 그래서 장판옥이라 한다.

그리하여 그해 3월 한식날 정조는 친히 제문을 짓고 예조판서를 보내 고유제를 지냈는데 장릉 위로 한줄기 서기(瑞氣)가 일어나 축판(祝板)의 작은 글씨를 촛불 없이도 읽을 수 있었으니 모두들 이는 단종의 혼이 감응한 것이라고 기뻐했다고 한다.

장판옥 위패에 새겨진 이름들을 보면 안평대군·사육신·생육신 등 단종 애사의 정변 중에 희생된 이름뿐만 아니라 범삼(凡三)·석구지(石仇知) 같은 노비 이름과 아가지(阿加之)·덕비(德非) 같은 여인의 이름들이 들어 있어 이를 읽다보면 어이없이 죽은 노비와 여인네들의 영혼까지 위로하는 그 자상한 마음 씀에 절로 경의를 표하게 된다.

정조는 불의에 희생된 모든 분들에 대한 위로의 뜻을 이렇게 나타낸 것이다. 오늘날로 치면 국가유공자, 민주화운동 유공자를 매년 기리는 제단을 설치한 것이니 이 장판옥과 배식단은 조선왕조가 무고하게 희생된 사람을 300년이 지난 시점에서도 끝내는 찾아내어 기리고 억울한 죽음을 당한 이들께는 사죄를 했다는 사실을 증언하는 자랑스러운 유적이다. 정조의 경륜과 치세는 이처럼 존경스럽기만 하다.

이 모든 것을 생각하면 단종은 살아생전엔 애달프고도 슬픈 인생이었지만 혼백이 묻힌 유택만은 한을 풀고도 남음이 있다는 생각이 든다. 단종의 장릉(莊陵)을 '영월 장릉'이라고 부르고 있는 것은 파주의 장릉(長陵, 인조의 능), 김포의 장릉(章陵, 선조의 다섯째 아들인 추존 원종의 능)과 구별하기 위해서이다.

비운의 왕비 정순왕후

영월 장릉에 오면 절로 생각나는 것이 단종의 왕비인 정순왕후(定順王后)이다. 이 비운의 왕비는 죽어서도 단종 곁에 묻히지 못하고 남양주 사릉(思陵)에 모셔져 있다. 사릉은 조선 왕릉 중 가장 조촐하고 고즈넉하며 사람의 마음을 애잔하게 한다.

| **정순왕후 사릉** | 단종의 왕비 정순왕후는 죽어서도 단종 곁에 묻히지 못하고 남양주 사릉에 모셔져 있다. 사릉은 조선 왕릉 중 가장 조촐하고 고즈넉하여 사람의 마음을 애잔하게 한다.

사릉 주변엔 해주 정씨 묘 12기가 있다. 본래 왕릉 주변엔 일반 묘역이 있을 수 없는 일이지만 여기만큼은 예외이다. 그 사연은 장릉의 경우만큼이나 길다.

정순왕후는 단종보다 한 살이 많은 1440년생으로 영돈령부사 송현수의 딸로 전북 정읍에서 태어났다. 15세 때 단종비가 된 후 3년 만인 18세 때 단종과 생이별하고 82세까지 한을 품고 살았다. 왕비로 간택된 데에는 고모의 역할이 있었다는데 고모는 세종의 아들 영응대군의 부인이다.

단종이 노산군으로 강등될 때 정순왕후도 군부인(君夫人)으로 강등되었고, 단종이 서인이 될 때 군부인에서 관비(官婢)로 전락했다. 이때 신숙주가 정순왕후를 자신의 종으로 달라고 하여 아무리 관비가 되었기로서니 그럴 수 있느냐는 여론이 빗발쳤다는 이야기도 있다.

정순왕후는 비록 노비 신분이지만 백성들이 함부로 대하지 않았다고 한다. 동대문 밖 숭인동에 있는 비구니 승방인 정업원(淨業院)에서 평생을 단종을 그리며 세 시녀와 함께 살았다. 마을 사람들은 왕후를 깊이 동정하여 그녀의 통곡이 들려오면 마을 여인들도 함께 땅을 치고 가슴을 치며 동정곡(同情哭)을 했다고 한다. 왕후는 염색을 하면서 생계를 유지했다고 하는데 지금도 정업원터가 있는 숭인동 청룡사 옆에는 '자주동샘〔紫芝洞泉〕'이라는 샘물이 있다. 전설에 의하면 정순왕후가 여기서 빨래를 하면 자주색 물이 저절로 들었다고 한다.

왕후는 궁핍하게 살면서도 세조가 내려주는 그 무엇도 받지 않았고 예종·성종·연산군·중종 다섯 임금의 시대를 살다 중종 16년(1521)에 세상을 떠났다. 중종은 단종의 묘소를 찾게 하면서 서서히 복권을 시도했던바 정순왕후의 장례를 대부인(大夫人) 격으로 치르도록 각별히 배려했다.

그러나 정순왕후는 죽어서 갈 곳이 없었다. 왕실에서는 폐출되었고 친정은 풍비박산 났다. 다행히 단종의 누나인 경혜공주의 시댁인 해주 정씨가 문중의 선산에 장사 지내주었다. 거기가 바로 오늘의 사릉 자리이다.

정순왕후는 사망한 지 177년이 지난 숙종 24년(1698), 단종의 복위와 함께 왕후로 복위되었고 장릉이 조영될 때 왕후의 능역도 다시 조성하게 되었다. 묘에서 능으로 격상된 것이다. 본래 왕릉 근처에는 다른 묘가 있을 수 없고 있다면 모두 이장하는 것이 법도였다. 하지만 폐서인이었던 정순왕후를 거둬준 해주 정씨의 호의를 무시할 수 없어 경혜공주의 아들인 정미수(鄭眉壽)의 묘를 비롯하여 해주 정씨의 묘 12기를 그대로 남겨두었던 것이다.

정미수는 형조참판을 지낸 아버지가 유배 중에 낳은 아들이었다. 아버지가 사사되면서 정미수는 죄인의 아들이 되었지만 성종이 보호하여 도승지, 한성부 판윤까지 지냈다.

정미수는 정순왕후의 시양자(侍養子)가 됐으나 후사도 없이 정순왕후

| **자주동샘** | 정순왕후는 비록 노비 신분이지만 백성들이 함부로 대하지 않았다고 한다. 동대문 밖 숭인동에 있는 비구니 승방인 정업원에서 평생 단종을 그리며 세 시녀와 함께 살았다. 왕후는 염색을 하면서 생계를 유지했다고 하는데 지금도 정업원터가 있는 숭인동 청룡사 옆에는 '자주동샘[紫芝洞泉]'이라는 샘물이 있다. 전설에 의하면 정순왕후가 여기서 빨래를 하면 자주색 물이 저절로 들었다고 한다.

보다도 먼저 죽었고 정순왕후는 죽기 전에 전 재산을 정미수의 부인에게 주었다. 사릉에는 이렇게 자신의 의지와는 관계없이 시류에 휩싸여 살아간 왕가 인생들의 자취가 어려 있다.

오늘날 사릉은 일반에게 개방되어 있고, 문화재청에서 궁궐과 왕릉에 식재할 조경수를 기르는 묘목장이 있어 철 따라 볼 수 있는 야생화와 재래종 나무들이 따뜻한 인상을 준다. 그러나 그 사연만큼이나 처연한 분위기가 느껴지는 것은 어쩔 수 없다.

춘원의 『단종애사』와 신영복의 『나무야 나무야』

단종을 우리들의 가슴속에 더욱 아련하게 새겨준 것은 춘원(春園) 이광수(李光洙)의 소설 『단종애사』이다. 1928년 동아일보에 연재해 독자를 매료시키며 폭발적 인기를 끌었다고 하는데 춘원은 그 서문에서 이렇게 말했다.

육신(六臣)의 충분(忠憤) 의열(義烈)은 만고에 꺼짐이 없이 조선 백성의 정신 속에 살 것이요, 단종대왕의 비참한 운명은 영원히 세계 인류의 눈물로 자아내는 비극의 제목이 될 것이다. 더구나 조선인의 마음, 조선인의 장처와 단처가 이 사건에서와 같이 분명한 선과 색채와 극단한 대조를 가지고 드러난 것은 역사 전폭을 떨어도 다시없을 것이다.

나는 나의 부족한 몸의 힘과 마음의 힘이 허하는 대로 조선 역사의 축도요, 조선인 성격의 산 그림인 단종대왕 사건을 그려보려 한다.

이 사실에 드러난 인정과 의리 ─ 그렇다, 인정과 의리는 이 사실의 중심이다 ─ 는 세월이 지나고 시대가 변한다고 낡아질 것이 아니라고 믿는다.

사람이 슬픈 것을 보고 울기를 잊지 아니하는 동안, 불의를 보고 분내는 것이 변치 아니하는 동안 이 사건, 이 이야기는 사람의 흥미를 끌리라고 믿는다.

이렇게 쓰인 그의 『단종애사』는 당시 독자들이 식민지 현실에 빗대어 생각하기에 충분했다. 왕위를 찬탈한 수양대군은 일제의 이등박문(伊藤博文)을, 삼촌 손에 억울하게 폐위당하고 죽은 단종은 고종·순종을, 사육신·생육신은 독립투사를, 수양대군과 한패가 된 정인지·한명회는 이완용·송병준 등의 매국노를 연상시키는 뚜렷한 작중인물 설정이 있었던 것이다. 그때만 해도 춘원 이광수는 "과연 춘원이로다"라는 찬사를 받았다는데 나는 그의 명작을 이 이상 소개하는 것이 조심스러울 수밖에 없다는 사실이 안타깝기만 하다.

이에 우리 시대에 맑은 영혼을 갖고 있는 문필가 신영복 선생이 『나무야 나무야』(돌베개 1998)에서 영월 청령포에서 일어나는 상념을 말한 대목을 인용하며 나의 '단종 애사'를 끝맺고자 한다.

해 저무는 청령포의 화두(話頭)는 한 어린이의 무고한 죽음입니다. 그리고 정권쟁탈의 잔혹함입니다. (…)

정권이 정치의 목표인 한 이념과 철학이 설 자리는 없습니다. (…)

청령포는 유괴되고 살해된 한 어린이의 추억에 젖게 합니다. 무고한 백성의 비극을 읽게 합니다. 역사의 응달에 묻힌 단종비 정순왕후의 여생이 더욱 그런 느낌을 안겨줍니다. (…)

동정곡을 하던 수많은 여인들의 마음이나 동강에 버려진 단종의 시체를 수습했던 영월 사람들의 마음을 '충절'이란 낡은 언어로 명명(命名)할 수는 없다고 생각합니다. 그들의 동정은 글자 그대로 그 정(情)이 동일(同一)하였기 때문입니다. 같은 설움과 같은 한(恨)을 안고 살아갔던 사람들이었기 때문이라고 생각합니다. (…)

단종의 애사(哀史)를 무고한 백성들의 애사로 재조명하는 일이라고 생각합니다. 그것이 상투적인 역사적 포폄(褒貶)을 통하여 지금도 재생산되고 있는 봉건적 잔재를 청산하는 길이며, 구경거리로서의 정치를 청산하고 민중이 객석으로부터 무대로 나아가는 길이며 민(民)과 정(政)이 참된 벗(大友)이 되는 길이기 때문입니다.

신영복 선생의 이 글은 「'역사를' 배우기보다 '역사에서' 배워야 합니다」 중에 나온다.

제2부

충주호반

제천 · 단양 · 충주

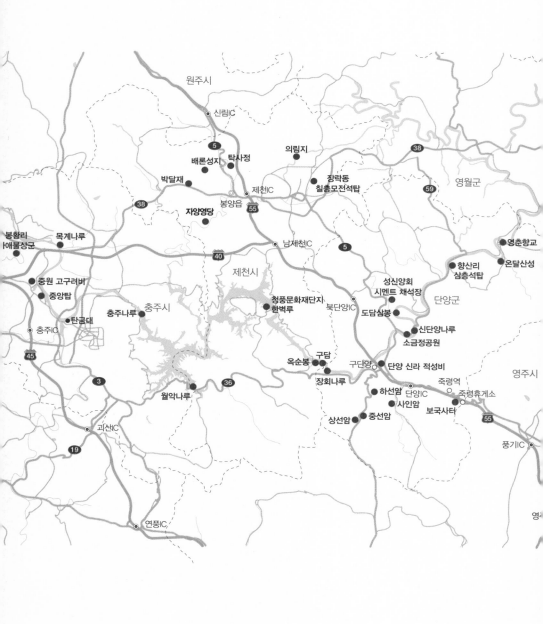

원주시

신림IC

의림지

38

배론성지 탁사정

5

박달재

장락동
칠층모전석탑

영월군

38 제천IC

59

봉양읍 55

자양영당

남제천IC

5

봉황리
마애불상군 목계나루

40

제천시

성신양회
시멘트 채석장

향산리
삼층석탑

영춘향교

온달산성

중원 고구려비

중앙탑

청풍문화재단지
한벽루

북단양IC

도담삼봉

단양군

신단양나루

소금정공원

탄금대

충주나루 충주시

옥순봉 구담

구단양

단양 신라 적성비

충주IC

45

장회나루

3

월악나루

36

하선암

사인암

단양IC

죽령역

죽령휴게소

보국사터

영주시

55

상선암 중선암

괴산IC

19

풍기IC

연풍IC

누각 하나 있음에 청풍이 살아 있다

청풍명월의 고장 / 청풍 김씨 / 청풍문화재단지 / 한벽루 /
망월산성 / 하륜의 「한벽루기」 / 한벽루에 부친 시 / 황준량 상소문

청풍명월의 고장

충청북도가 내건 지역 홍보용 캐치프레이즈는 '청풍명월(淸風明月)의
고장'이다. '맑은 바람에 밝은 달'이라는 이 청명한 이미지는 산은 아름
답고 물은 맑다는 산자수명(山紫水明)과 함께 어우러진다.

충청북도의 상징적인 대처(大處)는 청주와 충주이고, 유명한 명산대
찰은 보은의 속리산 법주사이고, 대표적인 서원(書院)은 괴산의 화양동
구곡이 있는 화양서원이지만, 충북이 내세우는 청풍명월의 고장은 제천
과 단양이다.

현대에 들어 제천과 단양은 시멘트로 널리 알려졌고, 30년 전 충주댐
건설 이후엔 청풍면과 단양읍 전체가 호수에 잠기면서 세상 사람들에게
수몰지구로 각인되었지만 조선시대엔 남한강이 지나가는 제천·청풍·단

양·영춘 네 고을을 통칭 사군(四郡)이라 묶어 부르며 수많은 문인 묵객들이 산자수명하고 청풍명월한 이곳을 찾아와 많은 시와 그림과 기행문을 남겼고, 이중환(李重煥)의 『택리지(擇里志)』에서도 이 네 고을을 사군산수로 지칭했다.

단양8경의 하나인 중선암엔 '사군강산 삼선수석(四郡江山三仙水石)'이라는 큰 글씨가 새겨져 있고 조선 후기의 대문장가인 신광하(申光河)가 네 고을을 두루 유람하고 쓴 기행문의 제목도 「사군기행」이다.

충주댐이 담수되면서 아쉽게도 유서 깊은 강변 마을의 풍광이 많이 사라졌지만 그 대신 남한강 물줄기가 넓고 깊게 차오르면서 드넓은 호수로 변신하여 전에 볼 수 없던 새로운 풍광을 연출해내고 있다.

마을을 삼킨 호수는 육중한 산자락 허리까지 차올라 산상의 호수가 되었고 산허리 높은 곳으로 새로 난 찻길은 호숫가를 따라 굽이굽이 돌아가는 그야말로 환상의 드라이브 코스가 되었다. 물길 따라 충주·월악·청풍·장회·신단양 나루터로 이어지는 유람선이 진작부터 다니고 있다.

그 유람선을 타고 아름다운 비봉산·옥순봉·구담봉을 올려다보며 지나가자면 차라리 이국적인 정취조차 일어난다. 약간 과장해서 말하자면 스위스 루체른에 있는 산상의 호수(피어발트슈테터 호)를 연상시킨다.

그리하여 충청북도가 산자수명하고 청풍명월하다는 이미지는 여전히 제천과 단양이 갖고 있다.

청풍명월 순례, 1박 2일

답사기를 새로 펴낼 때면 언제나 그랬듯이 나는 지난 2015년 1월 5일, '청풍명월 순례'라는 이름으로 답사단을 꾸려 1박 2일로 다녀왔다. 내가 처음 제천과 단양에 가본 것은 대학 3학년 때 4·19 초혼제를 지내고 중

| **청풍호** | 충주댐이 담수되면서 청풍면 전체가 수몰되어 드넓은 호수로 변했다. 이곳 사람들은 충주호를 청풍호 또는 청풍호반이라고 부른다.

석이·재현이와 함께 유람한 것이었고, 수몰되기 직전인 1983년엔 단원(檀園) 김홍도(金弘道)가 그린 옥순봉이 물에 잠기기 전 모습을 사진 찍어두기 위해 당시 전남대 교수였던 이태호와 함께 갔었다. 그뒤로는 유람선을 타보기 위해, 또 청풍문화재단지를 구경하기 위해 답사객을 이끌고 두어 차례 다녀온 바도 있다.

그러나 모든 것이 하도 잘 바뀌는 세상인지라 최근의 상태가 어떠한지 확인할 필요가 있었고, 무엇보다도 남들이 보는 이 고장의 인상과 이야기를 곁들기 위해서였다.

답사 코스는 내가 즐겨 해온 대로 짰다. 중앙고속도로를 타고 내려가 첫 기착지를 청풍문화재단지로 잡아 여기서 청풍호반의 그윽한 풍광을 만끽하면서 한벽루와 수몰지구에서 옮겨온 유적 유물들을 관람한 뒤 그곳에서 점심을 먹는 것으로 시작했다.

오후에는 단양8경 여덟 명승을 두루 돌아본 다음 신단양의 숙소에 묵었다. 여름날이라면 단양의 적성과 영춘의 온달산성에 오르는 것도 가능했겠지만 한겨울인지라 해가 짧고, 연로하신 분들을 고려해 비교적 일정을 느긋이 잡은 것이었다.

그리고 이튿날은 제천으로 올라가서 장락동 칠층모전석탑과 의림지를 답사한 다음 황사영 백서사건의 배론성지와 한말 의병운동의 발상지인 자양영당을 둘러보고 박달재 마을에서 점심을 먹은 뒤 충주 목계나루에서 서울로 돌아오는 일정이었다.

창비 식구와 내 식구들로 답사단을 꾸미는데 뜻밖에도 인기가 있었다. 한겨울인데도 시인 신경림, 언론인 임재경, 역사학자 강만길, 국문학자 임형택 선생 등 70, 80대의 연로하신 선생님들이 모두 오셨다.

내 친구 유인태 의원은 자기 고향 제천 답사인데 아니 갈 수 있느냐고 했고, 도종환 시인은 충북 답사에 빠질 수 있느냐고 했다. 강만길 선생은 청풍엘 평생 와보지 못해 따라나섰다고 했고, 무수히 남한강을 드나들었던 신경림 시인은 청풍명월의 한겨울 풍광이 그리워 참가했다고 했다. 여기에 고정 멤버인 나의 친구와 화가들도 참가하여 내가 좋아하는 선생님·선배·친구·후배·제자로 이루어진 장대한 '창비 답사단'이 되었다.

충주호인가 청풍호인가

우리는 아침 일찍 서울에서 출발하여 곧장 청풍문화재단지로 향했다. 청풍으로 가는 길은 여러 방법이 있으나 약간 돌더라도 가장 간단한 방법은 중앙고속도로를 타고 내려가다 남제천 나들목에서 들어가는 것이다.

버스가 고속도로를 빠져나와 남쪽으로 뻗은 2차선 도로(82번 지방도로)로 접어들자 길은 산허리를 타고 구불구불 넘어간다. 그러다 산자락 높은 곳으로 난 길로 들어서면서 차창 밖 저 아래쪽으로 호수의 푸른 물이 아스라이 펼쳐진다.

겨울철인지라 물이 많이 빠졌지만 호숫가로는 충주댐 만수 때 차오르는 선이 생땅으로 또렷이 나타나 있다. 거기까지 물이 찼겠거니 생각하면 호수가 정말로 깊고 넓게 퍼져간 것을 실감할 수 있다. 바로 뒷자리에 앉아 있던 강만길 선생이 내 어깨를 당기며 묻는다.

"이 호수가 충주댐으로 생긴 충주호가 아닌가요?"
"맞아요."
"그런데 도로 표지판이 청풍호(淸風湖)로 되어 있네요."

여기엔 사연이 있다. 충주댐은 1980년에 착공되어 1985년에 준공된 다목적댐이다. 북한강에는 소양강댐·의암댐·청평댐 등이 있지만 남한강에는 이 충주댐이 유일하다. 충주시 종민동과 동량면 조동리 사이의 좁은 수로에 만든 높이 약 100미터, 길이 약 450미터의 댐으로 만수위 때의 수면 면적은 약 3,000만 평(9,700만 제곱미터)이다. 이 댐으로 약 40만 킬로와트의 전기가 생산되고 있고, 충주·제천·단양 지역에 각종 용수가 공급되고 있으며, 하류 지역의 만성적인 홍수와 가뭄 피해를 막는 역할을 하고 있다.

이 다목적댐 건설을 위하여 수몰된 면적은 약 2,000만 평이나 된다. 단양은 단양읍 전체를 비롯하여 3개 면 26개 리의 2,684가구가, 제천은 5개 면 61개 리의 3,301가구가 수몰되었다. 그중 청풍면은 전체 27개 마을 중에서 25개가 물에 잠겼다.

주로 단양·제천 지역이 수몰되어 이루어진 호수이지만 댐 이름을 따라 충주호라고 불리고 있다. 그러자 제천시에서 여기에 이의를 제기하고

| 청풍호에 떠가는 유람선 | 마을을 삼킨 호수는 육중한 산자락 허리까지 차올라 산상의 호수가 되었고 산허리 높은 곳으로 새로 난 찻길은 호숫가를 따라 굽이굽이 돌아가는 그야말로 환상의 드라이브 코스가 되었으며 물길 따라 충주·월악·청풍·장회·신단양 나루터로 이어지는 유람선이 진작부터 다니고 있다.

나섰다. 청풍면 전체가 수몰되어 청풍 땅이 호수가 되었으면 청풍호라고 하는 것이 당연하지 않으냐는 것이다.

그리하여 제천시는 주민청원 서명을 첨부하여 국토부와 행정안전부에 건의하기에 이르렀는데 별무소득이었다. 게다가 충주시가 반대하고 나섰다. 그러나 제천시는 이에 굴하지 않고 여전히 청풍호라고 주장하며 관광 팸플릿, 도로표지판에 청풍호, 또는 살짝 비켜서 청풍호반이라고 쓰고 있었다. 이에 내가 제천시 관계자에게 이렇게 해도 별문제가 없느냐고 물어보았더니 대답이 그럴듯했다.

"충주호라고 하는 건 행정명칭일 뿐이쥬. 그러나 세상엔 애칭두 있구 별칭이라는 것두 있는 거 아뉴. 제천 송학면 시곡리를 그곳 사람들은 깊은골·안골·곰바우골이라고 나눠서 불러유. 그래야 외레 잘 통하는 걸유."

그래서 한번은 충주시에 갔을 때 제천에서 청풍호라고 부르는 것을 어떻게 생각하느냐고 슬쩍 물어봤더니 관계자가 펄쩍 뛰면서 이렇게 말했다.

"말도 안 되쥬. 충주댐이면 당연히 충주호지유. 충주호가 어디 청풍 땅만 수몰했나유. 충주는 읍구 단양은 읍대유? 자꾸 그렇게 나오면 충주댐 수문을 확 열어서 청풍 물을 다 빼버릴 모양이유."

이에 이번엔 단양에 갔을 때 그곳 관계자에게 이 문제를 물었더니 그쪽 대답이 희한했다.

"냅둬유. 충주호면 어떻구, 청풍호면 어때유. 관광객만 많이 오면 제일이지유. 어차피 배 타면 다 단양으로 오게 되어 있어 우린 신경 안 써유. 그래두 충주호라고 해야 많이들 오지 않겠슈. 청풍이라면 그 산골을 누가 안대유."

일행들에게 이 얘기를 들려주고 의견을 물었더니 청풍명월의 이미지에는 청풍호가 어울린다며 우리는 애칭으로 불러주자고들 했다.

청풍 김씨의 관향

우리의 버스가 청풍의 새 마을인 물태리로 들어서자 강만길 선생이 곁에 있는 임재경 선생에게 "여기가 청풍인 게죠?"라고 말을 건넸는데 아무 반응이 없자 혼잣말로 "수몰되기 전에 와봤어야 하는 건데"라며 말

끝을 흐리더니 이번엔 건너편 자리에 있는 임형택 선생에게로 넌지시 말을 건넸다.

"난 청풍이 처음인데 청풍이라면 청풍 김씨밖에 떠오르는 것이 없네요. 대단한 명문이었죠. 조선 말기의 대신 운양(雲養) 김윤식(金允植), 독립운동가 김규식(金奎植)이 다 청풍 김씨죠."

"명문이고말고요. 대동법을 시행한 김육(金堉)도 있죠. 왕비도 둘 배출했죠. 금곡에 청풍 김씨 묘역이 있고, 몽촌토성 안에도 있죠."

청풍 김씨는 신라 김알지(金閼智)의 후예인 김대유(金大猷)가 고려 말에 문하시중(門下侍中)을 지내고 청성부원군(淸城府院君)에 봉해진 뒤 청풍에 세거하면서 집안의 시조가 되었다. 그 자손들이 대대로 번성하여 조선왕조에 들어와서는 상신(相臣, 영의정·좌의정·우의정) 8명, 대제학(大提學) 3명을 배출했다. 왕비도 2명이나 나왔다. 김육의 손녀딸이 현종의 비인 명성왕후(明聖王后)가 되었고, 정조의 비 효의왕후(孝懿王后)도 청풍 김씨였다.

나는 일행을 위해 마이크를 잡고 청풍 김씨의 이런 내력을 전해주고 옛날에 청풍에 와서 들은, 현종의 비가 세자빈으로 간택될 때의 이야기를 들려주었다.

왕비가 처녀일 때 하루는 어머니가 어젯밤 꿈에 조상님이 나타나 "내일 찾아오는 손님을 극진히 모셔라" 하고 사라졌단다. 이에 처녀는 그날 손님이 오기만 기다렸는데 해 질 무렵 허름한 차림의 한 선비가 찾아와 하룻밤 묵어갈 수 없느냐고 하여 안으로 안내하고 저녁밥을 지어 올렸다.

처녀는 과연 이 선비가 어머니가 꿈에서 들었다는 귀인인지 아닌지 궁금했다. 그렇지만 감히 물을 수도 없는 일이었다. 그래서 밥상에 뉘(도

| **청풍 김씨 상여** | 김우명은 딸이 현종의 왕비가 되는 덕에 청풍부원군이 되었고, 춘천에 있는 그의 묘소는 명당으로 유명하다. 그때 사용한 상여는 지금까지 전해지는 몇 안 되는 옛 모습 그대로여서 중요민속문화재로 지정되었다.

정안 된 볍씨) 15개를 소복이 얹어 올렸단다.

선비는 뉘를 왜 15개 놓았을까 골똘히 생각해보고는 "옳거니, '뉘시오 (15)?'라고 묻는 게로구나" 하고는 밥상을 물리면서 반찬으로 나온 생선을 네 토막 내어 내놓았다. 그러자 처녀는 생선[魚]이 네[四] 토막인 것을 보고 어사(御史)임을 알아챘다고 한다.

그 어사가 바로 세자빈 간택을 나온 분이었다고 한다. 왕비가 그만큼 총명했다는 얘기다. 바로 이분이 숙종의 어머니인 명성왕후로 장희빈을 궁궐 밖으로 내쫓은 장본인이며, 임금을 잘 받들어 현종은 끝내 후궁을 들이지 않았다고 한다.

이 명성왕후의 아버지인 김우명(金佑明)은 딸이 왕비가 되는 덕에 청풍부원군이 되었고, 춘천에 있는 그의 묘소는 운구하던 도중 명정(銘旌)이 바람에 날아간 곳에 자리잡았는데 그 묏자리가 명당으로 유명하여 풍수연구가들의 필수 답사처가 되었다. 그래서인지 청풍 김씨의 자손들은 대대로 크게 번성했다.

그리고 그때 사용한 상여는 지금까지 전해지는 몇 안 되는 옛 모습 그대로여서 국가의 중요민속문화재 제120호로 지정되어 현재 국립춘천박물관에 전시되어 있다. 내 얘기가 이렇게 끝나자 강만길 선생은 나의 잡학에 놀랐다며 다시 물었다.

"유선생은 참 별난 것도 많이 아네요. 그러면 청풍 김씨가 요새도 인물이 많나요?"

"많겠죠. 그러나 요즘 누가 관향을 따지나요. 다만 연예인들은 신상이 노출될 수밖에 없어 좀 알려졌지요. 강선생님, 혹시 김태희라는 미녀 배우를 아세요?"

"잘 모르겠는데."

"그러면 가수 김세레나는 아시겠죠."

"그야 알지."

"그들이 모두 청풍 김씨예요. 사회 잘 보는 김제동도 청풍 김씨구요."

그러나 청풍 김씨의 어제오늘 명사들은 관향이 청풍일 뿐 모두 서울, 울산 등 외지에 사는 분들이고 막상 청풍엔 청풍 김씨가 몇십 세대밖에 없다고 한다.

청풍문화재단지

청풍은 오늘날 제천시의 일개 면이지만 역사적으로는 제천 못지않은 위상을 갖고 있던 때도 있었다. 고구려 때는 사열이현(沙熱伊縣)이었다

| 망월산성과 청풍문화재단지 | 호수가 내려다보이는 망월산성 자리에 수몰지구에서 옮겨온 건조물들로 역사공원을 조성하고 이름하여 청풍문화재단지라 했다. 약 1만 6,000여 평의 대지에 옛 청풍 관아 건물 5채, 고가 4채 등 43점의 문화재를 이전하고 1985년 12월 23일 개장했다.

가 신라 경덕왕 16년(757)에 우리나라의 토속적인 지명을 모두 한자 이름으로 바꾸면서 청풍으로 고쳐져 내제군(제천군)에 속하는 현이 되었다.

고려 때는 충주에 속했다가 조선왕조 들어 청풍군이 되었고, 1660년(현종 1년) 청풍에서 왕비를 배출하게 됨으로써 예우 차원에서 청풍도호부로 승격되었다. 그리고 1895년(고종 32년) 지방제도 개편 때 다시 청풍군이 되었으며, 1914년 일제강점기에 서너 개의 현이 하나의 군으로 통폐합될 때 제천군에 병합되어 청풍면이 되었다.

그러다가 1985년 충주댐으로 청풍면 전체가 수몰되기에 이른 것이다. 그때 떠날 사람은 떠나고 고향 가까이에 남고 싶은 사람들은 다시는 수몰되지 않을 높은 곳에 집단이주하여 새 마을을 형성했는데 그 동네 이름이 하필이면 물태리였다고 한다. 이를 두고 예언이라고 해야 할까, 운명이라고 해야 할까.

물태리 동북쪽, 호수가 내려다보이는 망월산성(望月山城) 자리에 수몰지구에서 옮겨온 건조물들로 역사공원을 조성하고 이름하여 청풍문화재단지라 했다. 청풍문화재단지는 1982년부터 3년 동안 약 1만 6,000여 평(54,486제곱미터)의 대지에 옛 청풍 관아 건물 5채, 고가(古家) 4채 등 43점의 문화재를 이전하고 1985년 12월 23일 개장했다.

그중 핵심을 이루는 것은 충청북도 유형문화재로 지정된 팔영루(八詠樓)·금남루(錦南樓)·금병헌(錦屛軒)·응청각(凝淸閣) 등 옛 관아 건물과 청풍향교, 그리고 청풍문화재단지의 하이라이트라 할 청풍 관아의 누각인 보물 제528호 한벽루(寒碧樓)이다.

이외에도 물태리 석조여래입상(보물 제546호), 황석리 고인돌, 관아 앞 비석들, 무덤가의 문인석 등을 곳곳에 배치하고 옮겨온 고가에는 수몰지구에서 수집한 농기계·생활용구·민속품 등을 전시하여 야외전시실이자 학습장을 겸하게 했다. 문화재단지 한쪽에는 향토유물전시관을 지어 선사시대부터 조선시대까지 청풍·제천 지역의 역사와 생활사를 엿볼 수 있게 했다.

보기에 따라서는 문화유산의 진실성은 보이지 않고 역사 테마공원처럼 되었다고 불만을 말하는 분도 있을 것 같은데, 본래 있었던 것이 아니라 새로 조성된 문화재단지임을 감안하면 수몰지구에 이런 역사공원이 있는 것을 오히려 다행이라고 볼 수 있겠다. 더욱이 아직 나라 경제에 여유가 없던 1980년대에 꾸며진 것치고는 제법한 문화역량을 보여준 것으로 받아들일 수도 있다.

더욱이 이곳에는 한벽루라는 조선시대 최고 가는 누각이 있고, 그 위치가 다름 아닌 망월산성 자리이기 때문에 여기에서 아름다운 청풍호반을 한껏 바라보는 것만으로도 답사객을 실망시키지 않는다.

망월산성은 삼국시대에 축조되어 조선시대까지 산성으로 기능해왔으

| **팔영루** | 청풍문화재단지 넓은 주차장에 당도하면 높직이 올라앉은 팔영루라는 성문이 한눈에 들어온다. 그 옛날 엔 청풍 고을로 들어가는 성문이었는데 지금은 청풍문화재단지 출입문이 되었다.

며 본래 우리나라의 산성이 사방을 조망할 수 있는 곳에 축조된 만큼 그 전망이 뛰어나다. 그래서 청풍문화재단지는 역사 드라마 「일지매」 「대망」 「장길산」 「태조 왕건」 등의 세트장이 되기도 했다.

팔영루 돌계단에서

청풍문화재단지 넓은 주차장에 당도하면 높직이 팔영루(八詠樓)라는 성문이 한눈에 들어온다. 그 옛날엔 청풍 고을로 들어가는 성문이었는데 지금은 청풍문화재단지 출입문이 되었다. 처음엔 남덕문(覽德門, 덕을 열람하는 문)이라는 자못 도덕적인 이름을 갖고 있었으나 고종 때 민치상(閔致庠)이라는 청풍부사가 '청풍8경'을 읊은 시를 현판에 새겨 걸면서 팔영루라고 고쳤다고 한다. 모르긴 해도 낭만적인 부사였던 것 같고 이 문루(門樓)에서 보는 풍광이 아름다웠다는 얘기이기도 하다.

팔영루 안으로 들어가기 위해 돌계단 앞에 모여 있는 일행들을 향해 나는 간단히 청풍문화재단지에 대해 설명하고 이렇게 말했다.

"팔영루를 들어서면 오른쪽으로는 민가의 고가들이 있고 왼쪽으로는 관아 건물들이 배치되어 있는데 관아의 누각인 한벽루가 드라마틱하게 나타날 것입니다.

한벽루는 흔히 진주의 촉석루(矗石樓), 밀양의 영남루(嶺南樓)와 함께 남한 3대 누각으로 꼽히는 희대의 명루입니다. 혹은 호남 제1루로 남원 광한루(廣寒樓), 영남 제1루로 밀양 영남루, 호서 제1루로 청풍 한벽루를 꼽는 데 아무 이론이 없습니다.

청풍이 그 옛날이나 지금이나 유서 깊은 고을로서 명성을 유지할 수 있는 것은 이 한벽루가 있기 때문이고 내가 사군산수 답사의 첫번째 고장으로 청풍을 찾은 것도 이 한벽루가 있기 때문입니다. 한벽루 하나만을 보기 위해 청풍에 온다 해도 수고로움이 헛되지 않을 것입니다."

이렇게 한껏 기대를 부풀게 해놓으니 모두들 누문 안으로 들어가 보고자 했는데, 아뿔싸, 이게 웬일인가. 한벽루는 한창 수리 중으로 공사 가림막이 높이 둘러져 있었다. 일부 부재만 교체할 예정이었는데 막상 공사를 시작해보니 서까래가 많이 부식된 것이 발견되어 해체 수리가 불가피해졌다는 것이다.

모두가 실망스러움을 감추지 못하고 가림막에 큼직하게 붙여놓은 한벽루 옛 사진을 보면서 허망을 달랠 뿐이었다.

| 한벽루 | 청풍문화재단지의 하이라이트는 청풍 관아의 누각인 보물 제528호 한벽루로, 흔히 진주의 촉석루, 밀양의 영남루와 함께 남한 3대 누각으로 꼽히는 희대의 명루이다. 이 사진은 20년 전(1995년)에 찍은 것이다.

청풍 관아 동헌

나는 풀 죽은 강아지처럼 고개를 숙이고 일행들과 함께 한벽루 곁에 있는 옛 청풍 관아 쪽으로 발걸음을 옮겼다. 동헌 건물인 금병헌은 청풍이 당당한 도호부 고을이었음을 은연중 자랑하고 있었다. 정면 6칸, 측면 3칸에 팔작지붕으로 제법 듬직하고 준수하게 생겼다. 대청마루 안쪽에는 '청풍관(淸風館)'이라는 아주 크고 멋진 글씨의 현판이 걸려 있는데 이는 추사(秋史) 김정희(金正喜)의 절친으로 시서화 모두에서 추사에 버금갔던 이재(彛齋) 권돈인(權敦仁)의 글씨다.

동헌과 일직선상에는 관아의 문루인 금남루가 당당히 버티고 있다. 앞쪽으로 가서 정면에서 바라보니 '도호부 절제 아문(都護府節制衙門)'이라는 긴 현판이 청풍의 프라이드를 직설적으로 말해주고 있다.

동헌과 한벽루 사이에는 응청각이라는 아주 독특한 건물이 있다. 아

| 청풍문화재단지 시설들 | 1. 청풍관 현판 2. 금남루 3. 응청각 4. 청풍 수몰지구에서 옮겨온 민가

래층은 창고 구조인데 위층은 잠잘 수 있는 방으로 되어 있다. 아마도 청풍에 묵어가는 길손이 많아 기존 곳간 위에 손님방을 들인 것이 아닐까 짐작한다.

망월산성 망루에서

동헌 뒤쪽은 석물 공원으로 조성되어 있다. 한가운데는 '청풍명월'이라 길게 새긴 큰 빗돌이 우뚝 서 있고 한쪽으로는 수몰지구에서 옮겨온 고인돌을 넓게 배치하고 그 곁으로 역대 청풍부사의 공덕비 수십 개를 줄지어 놓았다. 강만길 선생과 임형택 선생은 비석을 하나씩 짚어가며 역대 부사들의 이름 석 자를 읽어가고 있다.

| **청풍부사 공덕비** | 청풍 관아 동헌 뒤쪽은 석물 공원으로 조성되어 있다. 한가운데는 '청풍명월'이라 길게 새긴 큰 빗돌이 우뚝 서 있고 한쪽으로는 수몰지구에서 옮겨온 고인돌을 넓게 배치하였으며 그 곁으로 역대 청풍부사의 공덕비 수십 개를 줄지어 놓았다.

"곡운(谷雲) 김수증(金壽增)도 있었네요."

"여긴 그 조카인 농암(農巖) 김창협(金昌協)도 있어요. 삼촌과 조카가 한 고을 부사를 지낸 셈입니다."

"지촌(芝村) 이희조(李喜朝)도 있네요."

"지촌은 우암(尤庵) 송시열(宋時烈)의 문인이었죠."

"다 노론 전성시대 인물들입니다. 세력 좋은 골수 노론들이 지방관으로 나올 때 풍광 좋은 청풍을 택했구먼요."

이렇게 선생님들끼리 주고받는 인물 이야기를 곁들며 살살 뒤따라가는데 반대쪽에서 비석을 살피고 오던 지리학자 기근도 교수가 재미있다는 표정을 지으면서 내 팔을 당기며 저 앞쪽으로 끌고 갔다.

| 물태리 석조여래입상 | 수몰지구에서 옮겨온 물태리석조여래입상은 보물 제546호로 청풍문화재단지 내 유일한 불교 문화재이다. 이처럼 불교 문화재가 적은 것을 보면 확실히 청풍은 양반 고을이었다는 생각이 든다.

"여기 좀 보세요. 이 비석들을 보면 이 동네에서 나오는 각종 돌들이 다 있어요. 이건 화강암, 이건 수성암, 이건 편마암, 이건 퇴적암…… 정말 희한하네요. 이런 암석 진열대가 없어요."

누가 그랬던가! 아는 만큼 보인다고.

단지 내에는 수몰지구에서 옮겨온 고인돌도 있고 민가도 있지만 불교 유물로는 물태리 석조여래입상이 유일한 것이 좀 의아했다. 확실히 청풍은 양반 고을이었다는 생각이 든다. 우리는 내친김에 망월산성 망루까지 오르기로 했다. 망루까지는 관람 데크가 놓여 있고 성벽엔 깃발이 줄지어 있어 옛 산성의 분위기를 연출해준다. 얼마 안 되는 높이지만 산성의 전망대로 세운 망월루 정자에 오르니 굽이굽이 펼쳐지는 청풍호반의 풍광이 너무도 아름답다. 발아래 물에 잠긴 곳이 옛 청풍 고을인데 높직이 가로지른 청풍대교 너머로 호수는 한없이 멀어져간다. 누군가가 "마치 다도해 같다"고 감탄을 발하자 이때를 기다렸다는 듯이 우리를 마중 나온 제천시 관광과 공무원이 한 말씀 하신다.

"저쪽에 보이는 산봉우리는 새가 날갯짓하는 것처럼 보인다고 해서 비봉산인데유, 거기 올라가서 보면 섬이 15개 있는 바다처럼 보여유. 다도해보다 아름답지유. 다도해 가봤자 어디서 15개 섬이 한꺼번에 보이남유."

이에 모두들 한바탕 웃고 망월산성을 서서히 내려갔다.

한벽루의 멋과 현판

망월루에서 바라보는 청풍호반의 풍광이 너무도 아름답기에 모두들 한벽루를 보지 못한 서운함을 삭인 듯했다. 그러나 서운하기는 내가 더했다. 나는 이 희대의 명작을 소리 높여 설명하지 못한 것이 못내 아쉬움으로 남았다.

한벽루가 언제 처음 세워졌는지는 알 수 없다. 다만 고려시대 주열(朱悅, ?~1287)이라는 분이 한벽루를 읊은 시를 지었으니 그전에 창건된 것이 분명하고 고려 충숙왕 4년(1317)에 청풍 출생의 혼구(混丘)라는 분이

| 내륙의 바다 청풍호 | 망월루 정자에 오르니 굽이굽이 펼쳐지는 청풍호반의 풍광이 너무도 아름답다. 발아래 물에 잠긴 곳이 옛 청풍 고을인데 높직이 가로지른 청풍대교 너머로 호수는 한없이 멀어져간다. 누구든 "마치 다도해 같다"고 감탄을 발하게 된다.

충숙왕의 왕사(王師)로 책봉됨으로써 청풍군으로 승격된 것을 기념하여 중창했다고 전하니 그 연륜이 퍽 오랜 것만은 알 수 있다.

한벽루는 그 구조가 아주 멋스럽다. 처음 보는 사람은 너나없이 우리 나라 정자 중에 저렇게 멋있는 게 다 있었던가 놀란다. 정면 4칸, 측면 3칸의 팔작지붕 누각을 몸체로 삼고 오른쪽에 정면 3칸, 측면 1칸 맞배지붕의 계단식 측랑(側廊)을 잇대었다. 그 구성이 슬기롭고 건물의 높이와 넓이가 알맞아 간결하면서도 단아한 인상을 주며 누구든 거기에 올라가보고 싶은 충동을 느끼게 된다.

한벽루는 100년, 200년 꼴로 중수와 개건을 거듭하면서 그 위용을 자랑해왔다. 그때마다 정자의 모습이 약간은 달랐던 듯, 1803년에 기야(箕野) 이방운(李昉運)이 그린 한벽루의 모습은 오늘의 모습과 약간 달라 측랑에서 누마루로 오르는 나무계단이 나 있다. 그래도 기본 골격은 변하

| 한벽루 송시열 편액 | 1972년 홍수로 한벽루에 걸려 있던 10여 개의 편액은 무심한 강물이 다 휩쓸어 삼켜버려 사라지고 우암 송시열의 편액과 하륜의 기문만 복원되어 있다. 사진은 원래 있던 송시열의 편액을 찍은 것이다.

지 않았던 것으로 생각된다.

20세기 들어서는 한국전쟁 때 난간과 계단이 파괴되어 전후에 곧바로 보수되었는데 1972년 8월 19일 남한강 대홍수 때 누각 전체가 쓸려나갔다. 이때 여기에 걸려 있던 현판들이 모두 유실된 것은 돌이킬 수 없는 문화재 손실이었다.

당시까지만 해도 현판이 모두 10여 개가 있었다고 한다. 우암 송시열, 추사 김정희, 청풍부사 박필문(朴弼文), 김도근(金度根)이 쓴 '청풍 한벽루' 액자만도 4개 있었고, 청풍부사 김수증이 쓴 '제일강산(第一江山)'이라는 대액자와 누가 썼는지 모르지만 '만고청풍 한벽루(萬古淸風寒碧樓)'라는 긴 액자도 있었다. 그리고 고려 때 주열이 쓴 시도 편액으로 걸려 있었고, 하륜의 기문도 걸려 있어 한벽루의 말할 수 없는 큰 자랑이었는데 무심한 강물이 다 휩쓸어 삼켜버려 사라지고 말았다. 나는 한 번도 본 일이 없어 옛 사진이라도 구하고자 했으나 오직 우암 송시열의 편액 하나만 볼 수 있을 뿐이니 더욱 안타깝다.

1972년 홍수 피해 이후 한벽루는 4년 뒤인 1976년 4월에 다시 복원되었는데 마침내는 1985년 충주댐 건설로 인한 수몰 대상이 되어 이곳 청풍문화재단지로 이건된 것이니 장소의 진정성마저 사라진 것이다. 그러나 역대의 시인 묵객들이 한벽루에서 읊은 시문과 중수 때마다 쓰인 기문들이 한벽루의 역사적·인문적 가치를 변함없이 전해주고 있다.

하륜의 「한벽루기」

옛날엔 하나의 건물이 창건되거나 크게 수리를 하게 되면 그 내력과 뜻을 밝혀두는 기문(記文)이 쓰였다. 기문은 고을의 수령이 쓰거나 당대의 문사에게 의뢰했다. 얼핏 생각하면 하나의 의례적인 격식으로 보일 수 있지만 매스컴이 없던 시절 이 기문은 대단한 '특별기고'에 해당하는 것이었다.

정자에 걸린 기문은 거기에 오른 사람이면 누구나 한번 읽어보게 되었으니 '만년 굳짜' 대자보인 셈이었다. 그래서 문사로서 기문을 청탁받은 것은 큰 영광이었고 자신의 학식과 인문정신을 세상에 한껏 펼 수 있는 기회였다. 그래서 수많은 명문이 누정의 기문에서 나왔다.

한벽루도 중수 때마다 기문을 남겨 5, 6편의 기문이 전하는데 그중 1406년 하륜(河崙, 1347~1416)의 「한벽루기(寒碧樓記)」는 천하의 명문으로 이름 높다. 공주 취원루(聚遠樓)에 부친 서거정(徐居正)의 기문(『나의 문화유산답사기』 3권 365~66면)과 채제공(蔡濟恭)의 평양 보통문(普通門) 중수기(『나의 문화유산답사기』 4권 82~84면)와 함께 3대 기문으로 꼽히고 있다. 하륜은 전에 충청도 관찰사로 있을 때 안성군의 지사로 있던 정수홍(鄭守弘)이 청풍군수가 되어 한벽루 기문을 부탁하자 이렇게 지었다.

지금 정수홍 군이 편지로 내게 청하기를, 이 고을의 한벽루가 한 방면에서 이름나 기이하고 빼어나니 구경할 만하나 수십 년 동안 비에 젖고 바람에 꺾여 거의 못쓰게 될 지경에 이르렀는데 그가 고을에 이르러 다행히 나라가 한가한 때를 만나 금년 가을에 장인을 불러 들보·도리·기둥·마루의 썩고 기울어진 것을 새 재목으로 바꾸어 수리하고는 나에게 기문을 지어서 뒤에 오는 사람에게 보여줄 수 있게 해달라는 것이었다.

생각건대, 누정을 수리하는 것은 한 고을의 수령 된 자의 마지막 일거리[末務]에 지나지 않는다. 그러나 그것이 잘되고 못됨은 실로 다스림, 즉 세도(世道)와 관계가 깊은 것이다. 세도가 일어나고 기욺이 있으매 민생의 편안함과 곤궁함이 같지 않고 누정의 잘되고 못됨이 이에 따르니, 하나의 누정이 제대로 세워졌는가 쓰러져가는가를 보면 그 고을이 편안한가 곤궁한가를 알 수 있고 한 고을의 상태를 보면 세도가 일어나는가 기우는가를 알 수 있을지니 어찌 서로 관계됨이 깊지 않겠는가.

지금 이 누각이 수십 년 꺾이고 썩다가 정군이 정사하는 날에 이르러 중수하여 새롭게 했으니, 세도가 수십 년 전과 다름이 있음을 볼 수 있다. (…) 정군과 같은 이는 세도를 좇아 다스림을 하는 이라 할 만하다. (…)

또 계산(溪山)의 빼어난 경치와 누각의 아름다움은 눈으로 보지 않으면 자세히 알 수 없으나, 청풍(淸風)이라는 호칭과 한벽(寒碧)이라는 이름은 듣기만 해도 오히려 사람으로 하여금 뼈가 서늘하게 하리라.

참으로 서정과 경륜이 넘치는 명문이다. 이 기문 중 '하나의 누정이 제대로 세워졌는가 쓰러져가는가를 보면 민생과 세도를 알 수 있다'는 구절은 하륜이 자신의 고향인 진주 촉석루에 부친 기문에도 그대로 나온

錦屏山

| **기야 이방운이 그린 한벽루** | 기야 이방운이 그린 사군산수 화첩에 들어 있는 이 한벽루 그림을 보면 누각 가운데로 계단이 놓여 있어 훨씬 기능적으로 보인다.

다. 이처럼 두 기문에 반복된 문장이 나오는 것은 요즘 같은 세태라면 교수들이 논문을 '자기복제'한 것처럼 비난받을 수도 있다. 그러나 당시엔 대중을 위한 출판이라는 것이 미미했던 것을 생각하면 이는 강조에 강조를 더한 하륜의 지론이었음을 말해준다 할 수 있다.

한벽루의 시

청풍 한벽루에 부친 시는 많고도 많다. 옛날에 서울에서 경상좌도 안동 쪽으로 가는 길은 조령(새재)과 함께 죽령이 가장 일찍 열려 있었다. 서울에서 남한강을 따라 거슬러 올라오다 충주 목계나루를 지나면 뱃길

| **겸재풍의 무낙관 그림 「청풍부」** | 화가를 알 수 없는 화첩 중 청풍 관아를 그린 그림으로 당시 청풍 관아의 중심이 한벽루였음을 잘 보여준다.

은 한수·청풍·단양으로 이어지고 단양에서 죽령을 넘어가면 풍기가 된다. 이 여정에서 나그네는 반드시 청풍을 지나가게 되어 있다.

청풍에서 묵어가든 그냥 지나가든 문인들은 이 유서 깊은 강변 고을의 아름다운 한벽루에서 저마다의 서정을 발하는 시를 남기곤 했다. 그중 대표적인 예로 퇴계 이황, 서애 유성룡, 고산 윤선도, 다산 정약용의 시를 꼽을 수 있으니 웬만한 학식·문장·경륜으로는 여기에 어깨를 나란히 하기 힘들 것이다. 이들은 한결같이 한벽루를 신선이 사는 집에 비겼다.

다산(茶山) 정약용(丁若鏞)은 부친이 근무하던 울산에 다녀오는 길에 청풍을 지나면서 한벽루에 올라 "한가로이 말을 세워 구경하자니 (…) 여기가 다름 아닌 선관(仙官)이로세"라고 했고 고산(孤山) 윤선도(尹善道)는 28세 때 이곳에 하룻밤 머물면서 "한벽루는 선경(仙境)을 차지했고 누각은 맑고 또 호방하다"고 했다.

그런가 하면 퇴계(退溪) 이황(李滉)은 고향 안동으로 돌아가기 위해 청풍에서 하루 묵으면서 무슨 큰 근심스런 일이 있었는지 "맑은 밤 선관 (仙館)에서 구름 병풍 마주했는데 (…) 소쩍새의 슬픈 울음은 무슨 하소 연인가"라며 수심 가득한 심사를 읊었다.

그런 중 서애(西厓) 유성룡(柳成龍)이 임진왜란을 치르던 중 경상도로 가는 길에 지은 「숙 청풍 한벽루(宿淸風寒碧樓)」는 지금 읽어도 사람의 심금을 깊이 울린다.

지는 달은 희미하게 먼 마을로 넘어가는데	落月微微下遠村
까마귀 다 날아가고 가을 강만 푸르네	寒鴉飛盡秋江碧
누각에 머무는 나그네는 잠 못 이루고	樓中宿客不成眠
온밤 서리 바람에 낙엽 소리만 들리네	一夜霜風聞落木
두 해 동안 전란 속에 떠다니느라	二年飄泊干戈際
온갖 계책 근심하여 머리만 희었네	萬計悠悠頭雪白
쇠잔한 두어 줄기 눈물 끝없이 흘리며	衰淚無端數行下
일어나 높은 난간 향하여 북극만 바라보네	起向危欄瞻北極

'한국의 이미지'로서의 정자의 미학

우리나라는 정자(亭子)의 나라이다. 헤아릴 수 없이 많은 정자가 있어 그저 일반적인 것으로 생각하기 쉽지만 유럽은 물론이고 중국과 일본의 정자 문화와는 완연히 다르다.

해마다 가을이면 한국국제교류재단에서는 외국의 박물관 큐레이터들 이 참여하는 한국미술사 워크숍이 열린다. 이 프로그램에 줄곧 참여해온

| 조선시대의 대표적인 누각들 | 1. 진주 촉석루 2. 평양 연광정 3. 안주 백상루 4. 밀양 영남루

서양의 한 큐레이터에게 한국의 이미지에 대해 물으니 그녀는 단숨에
정자를 꼽았다. 한국의 산천은 부드러운 곡선의 산자락이나 유유히 흘
러가는 강변 한쪽에 정자가 하나 있음으로 해서 문화적 가치가 살아난
다며 이처럼 자연과 친숙하게 어울리는 문화적 경관은 다른 나라에서는
찾아볼 수 없는 한국의 표정이라고 했다.

정자는 누마루가 있는 열린 공간으로 2층이면 누각, 단층이면 정자라
불리며 이를 합쳐 누정(樓亭)이라 하고 흔히는 정자로 통한다. 정자는 사
찰·서원·저택·마을마다 세워졌지만 그중에서도 관아에서 고을의 랜드
마크로 세운 것이 규모도 제법 당당하고 생기기도 잘생겼다. 정자는 생
김새보다 자리앉음새가 중요하다. 그래서 강변에 세운 관아의 정자에 명
작이 많다.

진주 남강의 촉석루, 밀양 밀양강의 영남루, 청풍 남한강의 한벽루 같

은 3대 정자 외에도 평양 대동강의 부벽루와 연광정, 안주 청천강의 백상루, 의주 압록강의 통군정 등이 예부터 이름 높다.

정자는 고을 사람들의 만남과 휴식의 공간이면서 나그네의 쉼터이다. 그래서 대부분의 정자에는 여기에 오른 문인 묵객들이 읊은 좋은 시들을 현판으로 새겨 걸어놓고 그 연륜과 명성을 자랑하고 있다. 이를 국문학에서는 '누정문학'이라고 부른다.

우리나라 정자의 미학은 이웃 나라 중국이나 일본의 그것과 비교할 때 확연히 드러난다. 중국의 정자는 유럽의 성채처럼 위풍당당하여 대단히 권위적이고, 일본의 정자는 정원의 다실로서 건축적 장식성이 강한 데에 반하여 한국의 정자는 삶과 유리되지 않은 생활 속의 공간으로 세워졌다. 그 친숙함이야말로 우리나라 정자의 미학이자 한국미의 특질이기도 하다.

일찍이 일본인 민예학자 야나기 무네요시(柳宗悅)는 한·중·일 3국의 미술적 특성을 비교하면서 '중국 미술은 형태미가 강하고, 일본 미술은 색채감각이 뛰어나며, 한국 미술은 선이 아름답다'면서 중국 도자기는 권위적이고, 일본 도자기는 명랑하고, 한국 도자기는 친숙감이 감도는 것이 특징이라고 했다. 그래서 중국 도자기는 멀리서 감상하고 싶어지고, 일본 도자기는 곁에 놓고 사용하고 싶어지는데 한국 도자기는 손으로 어루만져보고 싶어진다고 했다. 그런 친숙감이 우리나라 정자에도 그대로 어려 있다.

한국문화에 대하여 줄곧 애정 있는 충고를 해온 프랑스의 석학인 기 소르망(Guy Sorman)이 올해(2015) 6월 초, 한국외국어대에서 열린 특강에서 '한 국가의 문화적 이미지는 경제와 산업 분야에 막대한 영향을 미친다'며 이제 한국은 문화적 정당성을 인지하고 그 이미지를 만들어야 하는 시기가 도래했다고 역설했다. 그리고 자신에게 한국의 브랜드 이미지를 정해보라고 한다면 백자 달항아리를 심벌로 삼겠다고 했다. 기 소르망은 모나리자에 견줄 수 있는 달항아리의 미적 가치를 왜 한국의 이미지 메이킹에 활용하지 않는지 모르겠다고 말했다.

권위적이지도 않고, 뽐내지도 않는 평범한 형식 속에 깊은 정감이 서려 있는 친숙감과 생활 속에서 은은히 일어나는 미감은 다른 나라에서는 찾아보기 힘든 한국미의 특질이다. 이런 우리 도자기의 미적 특질은 우리나라 정자 건축에도 그대로 대입된다. 확실히 정자는 한국의 이미지를 대표할 만한 우리 문화의 자랑이다.

사또 앞에서 문초당하는 백성

망월루에서 내려와 다시 관아 앞을 지나는데 역사학자인 안병욱 교수가 동헌 마당에 관광객을 위하여 전시한 마네킹을 보고 눈살을 찌푸리며 내게 한마디 한다.

"자네는 문화재청장을 4년간 지냈으면서 저런 것 하나 고치지 못하고 무얼 했나! 어쩌다가 원님 사또의 이미지가 오랏줄에 묶여 무릎 꿇고 있는 백성을 문초하는 것으로 되었느냐는 말이네. 여기뿐만 아니라 민속촌을 가든, 역사공원을 가든 전국 어디든 동헌 앞마당엔 이런 마네킹이나 곤장 맞는 장면으로 되어 있으니 한심하고 화가 나지 않겠는가."

이건 정말로 유감스럽고도 잘못된 일이다. 조선시대 지방 수령인 군수나 현감은 한 고을의 행정·군사·사법권을 모두 가졌기 때문에 흔히는 원님, 사또 나리라고 불렸지만 그 본연의 임무는 고을 백성들의 삶을 보살피는 것이어서 목민관(牧民官)이라 했다. 사극에서는 춘향전의 변사

| **문초당하는 백성을 재현한 마네킹** | 관아 앞에는 문초당하는 백성의 모습을 재현해놓은 마네킹이 있다. 많은 민속촌이나 역사공원에서 사또의 이미지가 이렇게 오랏줄에 묶인 백성을 문초하는 것으로 되어 있는 것은 참으로 유감이다.

또처럼 못된 수령을 탐관오리의 상징으로 곧잘 등장시키지만 참된 지방 수령은 백성을 위하여 헌신했기 때문에 목민관이라 불렀던 것이다.

사실 나도 이 점을 안타깝게 생각하여 단양 답사기에는 조선시대 목민관의 사표인 단양군수 황준량(黃俊良)의 눈물 어린 상소문을 꼭 소개할 마음을 갖고 있었고, 단양 수몰이주기념관 앞마당에 있는 그의 선정비를 다 함께 답사할 예정이었다.

황준량은 단양의 은인이자 역사상 가장 훌륭한 목민관으로 꼽힌다. 우리 역사에 이처럼 훌륭한 목민관이 있었다는 것이 얼마나 고맙고 자랑스러운지 모른다.

청풍을 떠나 단양으로 가는 버스 안에서 나는 마이크를 잡고 일행들에게 이 장문의 상소문을 호소하는 목소리로 읽어내려갔다.

목민관 황준량의 눈물 어린 상소문

때는 16세기 중엽, 조선 명종 연간 이야기다. 을사사화를 비롯하여 온갖 변란이 일어나던 정치적 혼란기에 백성들이 무거운 세금을 감당하지 못하여 도망가는 유망(流亡)이 도처에서 일어났다. 임꺽정이 등장한 것도 이 시기였다. 이때 단양군수로 부임한 황준량은 고을의 참상을 살피고는 장문의 상소를 올렸다.

신(臣)이 삼가 살피건대, 단양은 본디 원주의 조그마한 고을이었는데 외적을 섬멸한 공로가 있어 군으로 승격된 곳입니다. (…) 농토가 본래 척박해서 홍수와 가뭄이 제일 먼저 일어나는 곳이어서 사람들이 모두 흩어져 항산(恒産)을 가진 사람이 없습니다. 그래서 풍년이 들어도 반쯤은 콩을 먹어야 했고 흉년이 들면 도토리를 주워 연명했습니다. (…)

그런데 살아갈 길이 날로 옹색해지자 이제는 부역에 나아갈 수 있는 민가가 겨우 40호에 불과합니다. 경지 면적도 300결이 되지 않으며 창고의 곡식 4,000석도 징수할 곡식의 반밖에 되지 않는데다 그나마도 피가 많이 섞여 있습니다. 그런데도 부역의 재촉과 가혹한 세금은 다른 고을보다 심해 가난한 자는 더욱 곤궁해지고, 곤궁한 자는 이미 아내와 자식을 데리고 사방으로 흩어졌습니다.

아, 새들도 남쪽 가지에 둥지를 틀고, 짐승도 자기가 살아가던 언덕을 향해 머리를 돌린다고 하는데, 고향을 떠나기 싫기는 사람이 더욱 심한 것 아니겠습니까. 그럼에도 백성들이 농토와 마을을 버리고 돌아오지 않는 것이 인정이 없어서 그런 것이겠습니까. 살을 에고 골수를 뽑는 참혹한 형벌 때문에 잠시도 편히 살 수가 없어 마침내 온 고을이 폐허가 되기에 이르렀으니 (…) 반드시 비상한 방도가 있어야 할 것

입니다. 이에 신이 외람되게 세 가지 계책을 진달하겠사오니 삼가 전
하께서는 살펴주시옵소서.

황준량이 제시한 상중하 대책

그리고 황준량은 상책·중책·하책의 세 가지 계책을 제시하는데 그 내
용이 상상을 초월하는 파격적인 것이었다.

지금부터 10년간 모든 부역을 완전히 면제해주십시오. 그리하여 백
성들이 즐거이 살면서 일하게 한다면 (…) 모두들 돌아오고자 할 것이
고 황폐해진 100리 땅도 다시 살아나 근본이 이루어질 것입니다. 이것
이 상책입니다. 따지기 좋아하는 자들은 10년이 너무 길다고 하겠지
만 이는 근본을 아는 자의 말이 아닙니다. (…) 10년간 부역을 면제하
면 100년을 보장할 수 있지만 3년, 5년에 그친다면 도로 피폐하게 될
것이니 원대한 계획이 되지 못합니다.

이렇게 단호하게 요구하면서 만약 이것이 받아들이기 힘들다면 중책
이라도 받아달라며 이렇게 말했다.

만약에 단양의 조공만 10년간 면제할 수 없다면 차라리 군에서 현
으로 강등시켜 아직 남아 있는 백성들이라도 참혹한 피해를 면하게
해주십시오.

그리고 이마저 들어줄 수 없다면 최후의 하책으로 백성들을 고통스럽
게 하는 큰 폐단 열 가지라도 제거해야 한다며 이를 적시했는데 요지만 정

리하자면 다음과 같다.

첫째는 목재의 폐단입니다. 조정에 공납해야 할 목재가 큰 것만 400, 작은 것이 수만에 달해 이미 감당할 수 없습니다. 40호의 인구로 험한 산을 오르고 깊은 골짜기를 건너 목재를 운반하자면 남녀가 모두 기진하고 소와 말이 죽는 일도 생겨 온 고을의 농가에 수십 마리의 가축도 없으니 백성의 곤궁이 극도에 이르렀습니다.

둘째는 종이의 폐단입니다. 종이를 만드는 부역은 다른 일보다 배나 힘든데 유독 이 고을만 공납할 양이 많아 백성들이 지탱하기 어렵게 된 지가 오래입니다.

셋째는 사냥의 폐단입니다. 1년간 공물로 바치는 노루가 70이고 꿩이 200이니, 바라옵건대 숫자를 줄여주십시오.

넷째는 대장장이 일의 폐단입니다. 머릿수는 정해놓고 사람은 없으니 민가에서 책임을 지고 있습니다.

다섯째는 악공(樂工)의 폐단입니다.

여섯째는 보병(步兵)의 폐단입니다.

일곱째는 기인(其人) 제도(지방관의 자제를 서울로 올려보내는 제도)의 폐단입니다.

여덟째는 병영에 바치는 가죽의 폐단입니다.

아홉째는 이정(移定)의 폐단입니다. 본 고을의 조공도 견디기 어려운데 공주의 사노비, 해미의 목탄, 연풍의 목재, 영춘의 벌집, 황간의 기인(其人) 등 다른 고을 세금까지 떠맡고 있습니다.

열째는 약재의 폐단입니다. 무지렁이 백성들에게 이름도 모르는 약재를 부담시켜 포목으로 사서 바치고 있으니 불쌍한 백성들이 하소연할 데가 없습니다.

황준량 상소에 대한 조정의 결단

그리고 황준량은 이 열 가지 폐단이란 극히 피해가 심한 것만을 말한 것일 뿐 전체적으로 볼 때 겨우 10분의 2쯤 되는 것이니 이것조차 개혁하지 못한다면 백성을 소생시킬 수 없다며 다시 눈물로 호소한다.

아, 영동의 조그마한 고을이 이 지경에 이르러 한 가지 부역도 대비하기 어려운데 까다로운 법령과 번거로운 조항을 들어 남아 있는 백성에게 책임을 나누어 기필코 그 숫자를 채우려 하니 어떻게 배를 채우고 몸을 감쌀 수 있겠습니까. 이는 물고기를 끓는 솥에다 기르고 새를 불타는 숲에 깃들이게 하는 것과 다를 것이 없습니다. (…)

지난해처럼 관례대로 긴급하지 않은 공물이나 감면해주고 만다면 비록 감면해주었다는 말은 있어도 실상은 소생할 길이 없을 것입니다. (…) 지금 집도 없이 떠도는 백성이 궁벽한 산골짝에서 원망에 차서 울부짖는 자가 얼마인지 알 수가 없습니다. (…) 신은 두려움을 견디지 못하며 삼가 상소를 받들어 올립니다.

황준량의 상소문이 조정에 도착하자 대신들의 논의가 일었다. 혹자는 10년은 너무 길다고도 했고, 혹자는 다른 고을과 형평성 문제가 생긴다는 주장도 했다. 그런가 하면 일찍이 제갈량(諸葛亮)의 「출사표(出師表)」를 읽고도 눈물을 흘리지 않는 이가 있다면 그는 인간의 마음을 갖고 있지 않은 자라고 했는데, 조금이라도 어진 마음이 있는 자라면 이 글을 다 읽기도 전에 목이 멜 것이라고 했다. 이에 임금은 다음과 같은 소견을 말했다.

지금 상소한 내용을 보건대 10개 조항의 폐단을 진달한 것이 나라를 걱정하고 임금을 사랑하고 백성을 위하는 정성이 아닌 것이 없어 내가 이를 아름답게 여긴다.

이후 갑론을박 끝에 상소한 지 꼭 열흘째 되는 5월 17일, 마침내 황준량의 상책에 따라 단양의 조세와 부역을 10년 동안 모두 감면한다는 조치가 내려졌다.

실로 감격적인 결정이었다. 힘찬 박수를 보내고 싶을 정도다. 한 올바른 목민관이 피폐한 고을을 이렇게 살려낸 것이다. 훗날 퇴계 이황은 황준량의

| **군수 황준량 선정비** | 조선 명종 때 단양군수로 부임한 황준량은 단양 백성을 도탄에서 구해낸 역사상 가장 훌륭한 목민관으로 꼽힌다. 지방수령의 근본은 모름지기 백성의 삶을 보살피는 목민관이다. 단양 수몰이주기념관 앞마당에 있는 황준량의 선정비는 그야말로 우리가 영원히 잊어서는 안 될 영세불망비(永世不忘碑)이다.

행장(行狀)을 지으면서 "공의 정성이 하늘을 감동시키지 않았더라면 어찌 전례 없는 이러한 은전을 얻었겠는가"라고 칭송했다.

지방자치제 이후 도지사·시장·군수 자리가 정치인의 몫으로 된 요즘 세태를 보면, 이 지위를 옛날 원님이나 사또 벼슬로 생각하거나 정치적 출세를 위한 발판 정도로 삼는 안타깝고 씁쓸하고 괘씸한 일들이 일어나고 있다.

그러나 지방 수령의 근본은 모름지기 백성의 삶을 보살피는 목민관이다. 목민관 황준량의 선정비는 그야말로 우리가 영원히 잊어서는 안 될 영세불망비(永世不忘碑)이다.

단양의 명성은 변함없이 이어질 것이다

단양8경 / 옥순봉과 구담 / 단원의 「옥순봉도」 / 능호관과 단릉 /
퇴계와 두향 / 상·중·하선암 / 사인암 / 탁오대 / 성신양회 채석장

단양8경의 유래

청풍에서 단양으로 가는 길은 예나 지금이나 남한강 물줄기를 따라
일단 제천 수산면으로 내려간 다음 거기서 수몰되기 이전 단양의 다운
타운이었던 단성면, 속칭 구(舊)단양으로 들어가게 되어 있다. 그 수산면
과 단성면이 경계를 이루는 남한강변 산자락은 예로부터 풍광이 아름답
기로 이름나 있었다. 그중 빼어난 봉우리가 옥순봉(玉筍峰)과 구담(龜潭)
이다. 여기부터 그 유명한 단양8경이 시작된다.

단양8경이란 옥순봉·구담·도담·석문·사인암·상선암·중선암·하선암
등 8곳을 말한다. 단양8경은 관동8경과 함께 대표적인 8경으로 꼽히고
있지만 그 명칭이 생긴 것은 그리 오래지 않다.

본래 8경이라는 개념은 11세기 북송 때 송적(宋迪)이라는 화가가 동

정호로 들어가는 소강(瀟江)과 상강(湘江)의 사계절을 이른 봄에서 늦겨울까지 여덟 경치로 그린 「소상8경도」에서 유래했다. 늦가을을 그린 「동정추월(洞庭秋月, 동정호에 뜬 가을 달)」과 이른 겨울을 그린 「평사낙안(平沙落雁, 모래사장에 내려앉은 기러기)」이 대표적이다.

이후 소상8경은 자연에 대한 서정을 나타내는 하나의 장르가 되어 우리나라에 와서는 이상적인 관념산수로 받아들여졌다. 그리하여 중국문화를 액면 그대로 받아들이던 조선 초기 화가와 문인들은 한 번도 가본 일이 없는 소상8경을 즐겨 그림으로 그렸고, 다투어 시로 읊었다.

그러다 훗날 민족적 자각과 향토적 자부심이 생기면서 자기 고장의 명승을 사계절에 맞추어 제시한 것이 한양8경, 영주(瀛洲, 제주도)8경 등이고 오늘날에 와서는 거의 모든 지자체들이 나름의 8경을 제시하고 있다.

그러나 단양8경은 이런 유의 8경이 아니다. 조선 후기에 산수기행이 크게 유행하면서 유람자들이 그 지역의 빼어난 명승을 여덟 가지로 꼽아보면서 생긴 것이다. 관동8경과 관서8경도 비슷한 예이다.

단양엔 8경 이외에도 운암, 은주암, 봉서정, 이요루, 강선대, 장회나루, 연자산 같은 명승이 즐비하다. 그것이 지금의 8곳으로 압축되는 데는 긴 시간이 걸렸다. 대중적 동의를 얻는 데 필요한 기간이었다.

조선시대 유람객들의 사군산수 기행문을 보면 대개 단양의 명승을 5암2담(五巖二潭)으로 지목하곤 했다. 5암은 상·중·하선암, 사인암, 운암 등 5곳이고 2담은 도담(島潭)과 구담이다. 기록상 단양8경이라는 이름이 처음 나타나는 것은 권신응(權信應, 1728~86)의 「단구(丹丘)8경」이다. 단구는 단양의 별칭이다.

그가 이 그림을 그리게 된 것은 할아버지인 옥소(玉所) 권섭(權燮)이 단양의 산수를 무척 사랑하여 자주 여기에 들렀는데 어느 날 몸져누워 더 이상 단양 유람을 할 수 없게 되자 할아버지가 즐겨 다니시던 곳을 그림으로 그려드려 누워서 감상할 수 있게 한 것이었다. 본래 산수화의 유래는 이런 와유(臥遊)에 있었다.

권신응의 「단구8경」에선 옥순봉이 빠져 있고 석문(石門)은 도담과 하나의 명승으로 다루었으며 그 대신 운암(雲巖)과 은주암(隱舟巖)이 들어 있다. 이런 식으로 사람마다 이것이 좋으니 저것이 좋으니 하며 설왕설래하다가 마침내는 종래의 5암2담에서 운암이 빠지고 그 대신 옥순봉과 석문이 들어가 오늘날의 단양8경으로 고착된 것이다.

2014년 충북향토문화연구소에서 펴낸 『충북의 팔경과 팔경시』에 따르면 문헌상으로 단양8경의 명칭이 명확히 나타나는 것은 1977년에 간행된 『단양군지』가 처음이라고 한다.

그렇다고 해서 단양8경 개념이 이때 생긴 것이라고 생각되지는 않는다. 왜냐하면 단양8경에는 저 유명한 영춘의 북벽(北壁)이 포함되지 않았고 오직 단양현 지역 명승들로만 이루어져 있기 때문에 영춘현이 단양에 편입되는 1914년 이전에 생긴 것으로 짐작되며 그 시기는 대략 19세기 말, 20세기 초로 보인다.

남한강의 명승, 단양8경

단양8경이라는 명성이 생기면서 단양은 어느 시군보다 높은 지명도를 갖게 되었다. 그래서 단양이라고 하면 누구나 단양8경을 먼저 떠올릴 것이고 단양 답사라면 당연히 단양8경을 찾아가는 것으로 생각할 것이다. 그러나 명성만 듣고 잔뜩 기대에 부풀어 찾아온 분은 실망하기 일쑤다. 대표적인 예로 조선 철종 때 문인인 이유원(李裕元)이 『임하필기(林下筆記)』에서 말한 다음과 같은 혹평을 들 수 있다.

| 단양8경 | 1. 구담 2. 옥순봉 3. 도담 4. 석문 5. 사인암 6. 상선암 7. 중선암 8. 하선암

　(혹자는) 사군(四郡)의 산수를 보고 금강산과 엇비슷하다고들 하는데 금강산은 산이 높고 바다가 깊다. 이에 반해 사군에는 기이한 바위가 우뚝하여 그중 뛰어난 것으로 옥순봉, 구담봉, 도담봉을 들 수 있으나 이것을 동해 가운데 갖다놓으면 작은 돌덩이에 불과할 것이다.

　생각건대 지금도 단양8경을 여행한 다음 이렇게 말할 사람이 없지 않을 것도 같다. 그러나 이는 올바른 평이 아니다. 단양8경의 아름다움이란 산의 높이와 크기에 있는 것이 아니다. 관동8경은 동해안의 아름다운 정자만을 주로 꼽은 것이듯 단양8경은 강변의 수려한 봉우리와 계곡의 빼어난 바위에만 한정했음이 뚜렷하다.

　일찍이 효종·현종 때 문인인 윤선거(尹宣擧)가 「파동기행(巴東紀行)」에서 언급했듯이 단양8경의 아름다움은 그것이 남한강과 함께 어우러

지고 있다는 데 있다. 이 점을 18세기에 편찬된 『여지도서(輿地圖書)』에서는 다음과 같이 말했다.

금강산에는 이러한 물이 없고, 한강의 다른 곳에는 이러한 산이 없으니 우리 조선에서 제일가는 강산이 된다.

단양8경의 참된 가치는 바로 여기에 있는 것이다.

옥순봉의 유래와 구담

청풍에서 단양으로 들어가자면 가장 먼저 나타나는 단양8경은 옥순봉(해발 286미터, 명승 제48호)이다. 그런데 이 옥순봉은 행정구역상 제천시에 속하여 오늘날 '제천8경'의 하나로도 꼽히고 있다.

이 산봉우리를 옥순봉이라 이름 지은 분은 퇴계 이황(李滉, 1501~70)이다. 퇴계 선생은 학문에만 열중하고 싶어했으나 조정에서 자꾸 관직을 내려주자 이를 마냥 거절할 수만은 없어 48세 되는 1548년 외직(外職)을 자임하여 단양군수로 부임했다. 그런데 얼마 뒤 형이 충청도 관찰사가 되어 직속상관이 되는 바람에 경상도 풍기군수로 자리를 옮기게 되어 단양에 재직한 기간은 9개월에 그쳤다.

단양군수 시절 퇴계의 자취는 곳곳에 남아 있다. 퇴계는 단양의 산수를 사랑하여 일찍이 성종 때 단양군수 임제광(林霽光)이 단양의 가볼 만한 곳을 소개한 글의 속편 격으로 「단양산수 가유자 속기(丹陽山水可遊者續記)」를 찬술하기도 했다. 그러던 중 제천과 경계를 이루는 산봉우리가 죽순처럼 뾰족하게 생긴 것이 너무도 아름다워 '옥순봉'이라 이름 짓고는 청풍군수 이지번(李之蕃)에게 이를 단양 땅으로 넘겨줄 것을 요청했으나 이지번은 『토정비결』을 쓴 이지함(李之菡)의 형님으로 그 또한 누구 못지않게 산수를 아끼는 바가 있어 퇴계의 요구를 거부했다는 이야기도 있다.

이에 퇴계는 옥순봉 아랫자락으로 돌아가는 길목에 '단양으로 들어가는 입구'라는 뜻으로 '단구동문(丹丘洞門)'이라는 글씨를 새겨두었다. 그러나 이 바위 글씨는 안타깝게도 충주호 수몰로 물에 잠겨 더 이상 볼 수 없게 되었다.

퇴계는 옥순봉뿐만 아니라 구담도 좋아했다. 특히 퇴계가 구담을 사랑한 것은 그 아름다움도 아름다움이지만 성리학을 완성한 주희(朱熹)가 칩거했던 무이구곡(武夷九曲)이 이런 곳이 아니겠는가라는 생각에서였던 것으로 보인다. 퇴계는 구담을 다음과 같이 노래했다.

뭇 골짜기가 동쪽에서 나와 서쪽으로 달리다가 　　衆壑趨西出自東

| **옥순봉 장회나루** | 옥순봉의 참모습을 보자면 충주호 유람선을 타야 하는데 이 유람선은 충주나루·월악나루·청풍나루·장회나루·신단양나루로 연결된다. 이중 유람선 관광의 하이라이트는 청풍나루와 장회나루 사이의 옥순봉과 구담이기 때문에 이 구간만 오가는 왕복 배편이 따로 운영되고 있다.

협곡 어귀에서 여세를 몰아 가로질러 통했구나	峽門餘怒始橫通
격랑은 다투듯 일어나 구름 위로 흩어져 가더니	幾爭激浪崩雲上
간신히 맑은 담(潭)에 들어와 거울처럼 닦였도다	纔入淸潭拭鏡中
귀신이 새겼는가 천 가지 형상이 바위에 드러나고	鬼刻千形山露骨
신선이 노닐었나 만 길의 학바위에 바람이 일어나네	仙游萬仞鶴盤風
은암(隱巖) 남쪽 물가의 돌엔 이끼가 끼었으니	隱巖南畔苔磯石
그 신령스런 경지란 구곡(九曲) 같지 아니한가	靈境依然九曲同

미술사에서 옥순봉과 구담

우리는 일정상 충주호 유람선을 생략했기 때문에 단양으로 들어가는

| **배에서 본 옥순봉** | 1983년 여름, 나는 수몰되기 전 옥순봉과 구담을 보기 위해 당시 전남대에 재직 중이던 이태호와 함께 단양을 답사했다. 우리는 단원이 옥순봉을 그린 시각을 포착하기 위해 수상보트를 빌려 타고 옥순봉 가까이 다가갔다.

옥순대교에서 잠시 차를 세우고 멀리 호수 위로 비치는 옥순봉과 구담을 비껴보는 것으로 만족해야 했다. 그러나 옥순봉의 참모습을 보자면 충주호 유람선을 타야 한다. 충주호 유람선은 충주나루·월악나루·청풍나루·장회나루·신단양나루로 연결된다. 이중 유람선 관광의 하이라이트는 청풍나루와 장회나루 사이의 옥순봉과 구담이기 때문에 이 구간만 오가는 왕복 배편이 따로 운영되고 있어 나는 우리 학생들과도 타보았고, 답사회원들과도 두어 번 다녀왔다.

옥순봉과 구담의 진면목은 수몰되기 이전의 풍광이라고 할 수 있다. 30년도 더 된 얘기다. 1983년 여름, 나는 수몰되기 전 옥순봉과 구담을 보기 위해 당시 전남대에 재직 중이던 이태호와 함께 단양을 답사했다. 그때 태호는 조선시대 진경산수의 현장을 찾아 전국 곳곳을 헤매고 다니던 때였고, 나는 단양의 산수를 사랑했던 문인화가 능호관 이인상의 예술세계를 석사학위 논문으로 준비하던 참이었다.

우리는 대전에서 만나 시외버스를 두 번 갈아타고 단양에 도착했다. 그때 단양은 담수를 위한 마무리 공사가 한창이어서 벌겋게 드러난 생땅과 아무렇게나 버려진 폐가, 그리고 어처구니없이 높은 교각만 교차하는 수몰지구의 황량함과 을씨년스러움뿐이었다. 옥순봉으로 가는 길도 없어졌고 아직 유람선도 없었다.

우리는 한동안 멀리 있는 옥순봉과 구담을 망연히 바라만 보았다. 이윽고 태호는 있는 돈을 다 털어서라도 수상보트를 빌려 타고 옥순봉 사진을 찍자고 했다. 수몰되면 끝인데……

우리가 옥순봉과 구담에 그렇게 집착했던 이유는 여기가 조선시대 회화사의 현장이기 때문이었다. 태호는 단원 김홍도가 그린 「옥순봉도」의 실제 모습을 포착하여 어디까지가 실경이고 어디까지가 화가의 변형인지 비교해보고 싶어했고, 나는 옥순봉과 구담 사이에 있었다는 능호관의 자취를 확인하고자 했던 것이다.

단원 김홍도의 「옥순봉도」

단원의 「옥순봉도」는 1796년, 그의 나이 52세에 그린 작품으로 단원 산수화는 물론 단원 화풍의 변천과정에서 거의 기준작이 되는 명작이다. 많은 사람들이 단원 김홍도라고 하면 풍속화를 잘 그린 화가로 알고 있지만 그것은 단원의 아주 작은 단면이고 또 나이 30대의 일이다. 단원은 그의 스승 표암(豹菴) 강세황(姜世晃)의 표현대로 산수·화조·초상·풍속·신선·인물 등 모든 장르에 무소불능의 솜씨를 보인 불세출의 명수(名手)였다.

그리하여 20대에 도화서 화원이 된 후 궁중의 그림에 관계되는 일을

| 김홍도의 「옥순봉도」 | 단원 김홍도가 연풍현감에서 파직된 이듬해인 병진년(1796)에 그린 『병진년화첩』 20폭 중에는 도담삼봉·사인암·옥순봉 등 단양의 풍광을 그린 것이 3폭 들어 있다. 그의 나이 52세에 그린 이 그림은 연풍현감 이전의 단원 화풍과는 완전히 다른 원숙한 경지를 보여준다.(삼성미술관 리움 소장)

도맡았다. 정조가 '지난 30년간 궁중의 회사(繪事)는 모두 단원에게 맡겼다'고 했을 정도였다. 단원은 세 차례나 임금의 초상을 그렸는데 그 공로로 47세 되는 1791년 연풍현감이 되었다. 중인 출신의 도화서 화원으로서는 가장 높은 직위에 오른 것이었다.

그러나 단원은 풍류 화가였지 행정력을 갖춘 인물은 아니었다. 결국 '연풍의 행정이 해괴하다'는 보고가 들어와 관찰사의 감사를 받고 재임 3년 만에 파직되고 말았다. 그때의 일이 『일성록(日省錄)』에는 "김홍도는 여러 해 동안 관직에 있으면서 잘한 일이 하나도 없고, 관장(官長)의 신분으로 기꺼이 중매를 하고, 하리(下吏)에게 집에서 기르는 가축을 강제로 바치게 했다"라고 기록되어 있다. 조정에서는 처벌을 주장했지만 정조는 해직하는 것으로 끝내고 더 이상 문제 삼지 말라고 끝까지 단원을 보호해주었다.

이 일로 인해 단원은 도화서로 복귀하지 못하고 궁중의 회사에 참여하는 일도 없게 되었다. 단원으로서는 불명예이고 직장의 상실을 의미하는 것이었지만 한편으로는 모처럼 자유인이 되어 자신이 그리고 싶은 그림을 마음껏 그릴 수 있는 계기가 되었다.

단원이 연풍현감 자리에서 파직된 것은 1795년 1월이었다. 그해에 그가 그린 8폭의 산수화첩이 『을묘년화첩』이고 그 이듬해인 1796년에 산수와 화조 각각 10폭을 그린 작품이 『병진년화첩』(보물 제782호, 삼성미술관 리움 소장)이며 이 화첩에는 「도담삼봉도」 「사인암도」 「옥순봉도」 등 단양의 실경을 그린 것이 3폭 들어 있다. 단원이 현감을 지낸 연풍이 바로 단양의 옆 고을이기 때문에 익히 유람했을 것이 분명하다.

이 『병진년화첩』에 실린 단원의 「옥순봉도」는 참으로 아름답고 사랑스러운 작품이다. 40대까지만 해도 그의 그림엔 화원다운 섬세함이 있었다. 작가적 개성이 아니라 대상을 정확히 묘사해내는 '환쟁이로서의 기술', 즉 정밀묘사가 뛰어났던 것이다. 그러나 이 「옥순봉도」에서는 대상의 묘사에 생략이 많고 붓질에 강약의 리듬을 능숙하게 구사하여 진짜 화가다운 면모를 유감없이 보여준다.

특히 화강암의 절리(節理)현상으로 인해 수평 수직으로 결을 이루는 옥순봉의 자태를 독특한 선묘(線描)로 나타낸 것이 일품이다. 이를 동양화에서는 '주름 잡는 법'이라는 뜻으로 준법(皴法)이라고 하는데 「옥순봉도」에 보이는 그의 독특한 준법은 가히 단원준(檀園皴)이라고 부를 만한 것이었다.

단원의 개성적인 화풍은 이렇게 50대에 확립되었고 이후 타계할 때까

| **김홍도의 「옥순봉도」** | 간송미술관에는 단원이 그린 또 다른 「옥순봉도」가 한 폭 있다. 『병진년화첩』에서는 배를 타고 옥순봉을 바라보는 장면임에 반해 이 작품은 나귀를 타고 옥순봉 아랫자락을 돌아가는 그림으로 필치의 강약이 더욱 리드미컬하게 구사되어 있다.

지 10년간 무수히 많은 명작을 남겼다. 그 점에서 단원의 예술은 연풍현 감 이후에 완성되었다고 할 수 있다. 마치 추사 김정희가 제주도 유배생 활 이후에 추사체를 완성한 것과 같은 맥락이다.

간송미술관에는 단원이 그린 또 다른 「옥순봉도」가 한 폭 있다. 『병진 년화첩』에서는 배를 타고 옥순봉을 바라보는 장면임에 반해 이 작품은 나귀를 타고 옥순봉 아랫자락을 돌아가는 그림이다. 이 작품에서는 필치 의 강약이 더욱 리드미컬하게 구사되었다. 이럴 때 단원은 더욱 단원다 웠다.

내가 이렇게 말하면 간혹 산수화라는 것이 다 그런 것 아니냐면서 어 떻게 그렇게 단정적으로 평할 수 있느냐고 반문하는 이가 있다. 이런 질 문은 시각적 훈련이 부족한 데서 온다. 올바른 절대평가를 위해서는 상 대평가를 많이 해본 경험이 필요하다. 만약에 이와 비슷한 그림을 제시

| **김하종의 「옥순봉도」** | 단원 화풍을 따른 김하종이 단원의 「옥순봉도」를 충실히 모방한 작품이다. 둘을 비교해보면 김하종의 작품은 단원의 그것과 구도만 같을 뿐이고 중간 톤이 없어 대상과 대상 사이의 연결이 부자연스럽다.

하면서 어느 것이 더 좋은 작품이냐고 묻는다면 그 답은 자명해진다.

단원의 화풍은 조선적인 산수화의 전형이 되어 당대는 물론이고 후대까지 그를 충실히 따르는 화파가 형성되었다. 불국사 석가탑이 이후 모든 통일신라 삼층석탑의 모듈이 된 것과 마찬가지다. 이런 전형의 창조는 문화의 내용을 풍부하게 만드는 에너지로도 되지만 한편으로는 맥없이 형식만 모방하는 매너리즘도 낳는다.

단원 화풍의 매너리즘 화가로 김하종(金夏鐘)이라는 화원이 있다. 마침 그가 단원의 「옥순봉도」를 충실히 모방한 작품이 있는데 둘을 비교해보면 단원의 예술성이 얼마나 뛰어난지 단박에 알 수 있다.

김하종의 작품은 단원의 그것과 구도만 같을 뿐이고 중간 톤이 없어 대상과 대상 사이의 연결이 부자연스럽다. 이는 매너리즘에 빠진 화가의 공통점이다. 이에 반해 단원의 「옥순봉도」를 보면 곳곳에 가해진 담묵의 처리가 은은하고 산봉우리와 산자락에 적당히 배치된 아름다운 소나무들이 마치 살아 있는 듯하다. 그래서 단원의 그림에서는 말할 수 없이 짙은 시정이 화면 가득 풍기는 것이다.

능호관 이인상과 단릉 이윤영

조선시대 화가 중 단양을 진정 사랑했던 분은 영조시대의 문인화가인 능호관(凌壺觀) 이인상(李麟祥, 1710~60)과 단릉(丹陵) 이윤영(李胤永, 1714~59)이었다. 능호관과 단릉은 그림자 같은 친구로 모두 시서화에서 일가를 이루었다. 능호관은 특히 그림과 글씨에 능했고, 단릉은 시를 잘 지어 18세기 조선 인물지인 『병세재언록(幷世才彦錄)』에 그 이름이 올라 있다.

단릉은 평생 벼슬살이를 하지 않은 국중의 고사(高士)로 그의 집이 있는 반송정에서는 뜻 맞는 많은 명사들이 모임을 가져 겨울이면 얼음장에 촛불을 켜고 시를 읊었고, 여름이면 연꽃을 보면서 풍류를 즐겼다.

그러던 1751년, 단릉은 단양군수로 부임하는 부친 이기중(李箕重)을 따라 단양에 와서 이곳 산수에 심취하여 호를 단릉산인(丹陵散人)이라 하고 5년간 여기에 살았다.

능호관은 백강(白江) 이경여(李敬輿)가 고조부이며 완산 이씨 명문 출신이지만 증조부가 서출이라는 굴레를 벗어날 수 없어 마음고생이 심했다. 능호관은 신분상의 제약 때문에 현감 이상 벼슬에 오를 수 없었는데 음죽현감 시절 관찰사와 대판 싸우고는 현감을 사직하고 다시는 벼슬살이를 하지 않겠다며 단릉을 따라 단양에 은거할 뜻을 품고 당호(堂號)를 '다백운(多白雲)'이라 지어두었다. 단릉은 이때 능호관의 사정을 「운담서루기(雲潭書樓記)」에서 이렇게 말했다.

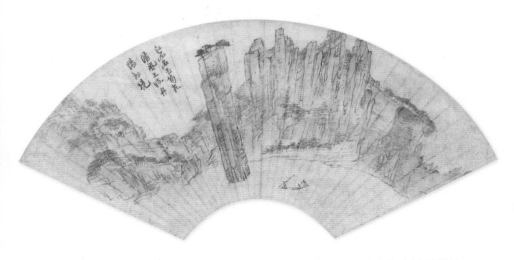

| **이윤영의 「옥순봉도」** | 단릉 이윤영은 그림 솜씨가 아마추어였기 때문에 뛰어난 작품은 아니지만 넓은 부채에 옥순봉의 이미지를 담박한 필치로 그렸다.

구담과 옥순봉 사이에는 적성산(赤城山)을 마주 보는 누(樓)가 있으니 이는 나의 벗 능호관이 복거(卜居)할 곳이다. (…) 그러나 능호관은 집이 가난하여 돈이 없어 산을 살 수 없었다. (…) 게다가 집에는 그의 뜻을 따라 멀리 갈 수 없는 노친이 계셨다.

능호관의 단양 은거 계획은 이렇게 무산되었지만 단양은 이들 마음의 고향이 되어 곳곳에 그 자취가 남아 있다. 사인암에는 누구의 글씨보다 아름다운 단릉과 능호관의 글씨가 새겨져 있어 지금도 볼 수 있고, 구담과 옥순봉 사이의 소석대(小石臺)라는 바위에는 능호관이 쓴 '유수고산(流水高山)'이라는 글씨가 새겨져 있다는데 물에 잠겨 볼 수 없다.

단릉은 그림 솜씨가 아마추어였기 때문에 뛰어난 작품은 아니지만 넓은 부채에 그린 옥순봉 그림이 전하고 있는데 조선 후기에 진실로 문인화의 참멋을 보여준 능호관의 「옥순봉도」는 아직껏 발견되지 않았다.

| **윤제홍의 「옥순봉도」** | 학산 윤제홍이 지두(指頭)로 그린 옥순봉 그림은 거친 먹맛이 일품이다. 그중 한 폭에 실린 화제를 보면 능호관이 그린 옥순봉 그림에 정자가 들어 있었음을 알 수 있다.(왼쪽 삼성미술관 리움 소장, 오른쪽 개인 소장)

　능호관이 옥순봉을 그렸다는 사실은 학산(鶴山) 윤제홍(尹濟弘, 1764~
1844 이후)의 「옥순봉도」에서 확인할 수 있다. 학산은 정조·순조 연간의
문인화가로 특히 손가락으로 그리는 지두화(指頭畵)의 대가였다. 때문
에 그의 작품은 대단히 거칠게 보이지만 붓으로 그린 그림에서는 볼 수
없는 먹맛이 일품이다. 그는 59세인 1822년 무렵에 청풍부사를 지냈는
데 청풍향교도 그가 부사 시절에 중수한 것이다.

　문인화가였던 만큼 그는 풍류를 즐겨 청풍 한벽루에 부치는 시를 짓
고는 '벽루(碧樓) 주인(主人)'이라고 낙관하기도 했고, 단양과 제천 일대
를 두루 유람하면서 벗들과 한벽루에서 놀다가 이윽고 배를 불러 기생
과 피리 부는 적공(笛工)을 데리고 한바탕 신나게 놀았던 일을 글로 남기

기도 했다.

학산은 단양의 실경을 두루 그렸는데 옥순봉을 그린 것이 두 폭 전하고 있다. 그중 한 폭(삼성미술관 리움 소장)에는 다음과 같은 화제가 들어 있다.

내가 옥순봉 아래 놀러 갈 때마다 절벽 아래에 정자 하나 없음이 늘 안타까웠는데 근래에 능호관 이인상의 화첩을 본즉, 이 그림이 나의 아쉬움을 홀연히 씻어주었다.

그리하여 학산은 실경에 없는 강변의 정자 하나를 옥순봉 아래에 그려넣었다. 옛 문인화가들의 풍류와 시정이라는 것은 이런 것이었다.

구담과 옥순봉 사이

구담봉(龜潭峰, 명승 제46호)은 옥순봉에서 멀지 않은 같은 산자락에 있다. 절벽 위의 바위가 거북이를 닮아 산봉우리가 물에 비치면 거북의 등판을 연상시키는 무늬를 나타내는 것이 신비롭기 때문에 구담봉이라는 이름을 얻었고, 줄여서 구담이라고 한다.

구담봉은 깎아지른 듯한 장엄한 기암절벽으로 주변의 산세에 감싸인 강변의 준수한 산봉우리여서 예로부터 퇴계 이황, 율곡 이이, 서포 김만중, 추사 김정희 등 수많은 문인 묵객들이 그 절경을 노래한 바 있다. 그중 한진호(韓鎭戶)가 1823년 4~5월 한 달 동안 배를 타고 남한강을 유람할 때 지은 「구담을 지나며(過龜潭詩)」는 한 폭의 그림같이 구담을 묘사했다.

강 기운은 맑고 서늘하여 길이가 가을날 같고   江氣淸凉長似秋

기이한 바위는 거듭 쌓여 거북의 머리와 같네	奇巖重疊倣龜頭
구름이 지나는 기둥엔 날던 학이 쉬어가고	雲間迴柱休過鶴
물밑에 어리는 빛은 조는 갈매기에게 다가가네	水底脩光襯睡鷗
(…)	
병풍은 백 길이 넘고 난간은 천 굽이인데	屛風百大欄千曲
벌여놓은 것이 마치 화폭을 가지런히 한 듯만 하네	鋪置依如畵裏收

태호와 수상보트를 대절해 옥순봉과 구담 사이를 지날 때 나는 구담 건너편을 뚫어져라 바라보았다. 혹시나 능호관 이인상이 집터로 잡았다는 곳이 보일까 해서였다. 강기슭 펑퍼짐한 곳을 지날 때 저기쯤이었겠지 하고 카메라 셔터를 눌렀다. 나는 지금도 거기가 능호관의 다백운 자리라고 생각하고 있다.

세월이 많이 흘러 우리 학생들을 데리고 갔을 때는 내가 사진 찍은 곳마저 물에 잠겨버렸고, 옥순봉 맞은편 제비봉 기슭에는 기생 두향(杜香)이의 묘만 또렷이 보였다.

퇴계 선생과 기녀 두향

퇴계 선생이 단양군수로 부임해온 것은 48세 때였고 그때 고을의 관기(官妓)였던 두향은 18세였다. 퇴계는 엄격한 학자이면서 속으로는 인간미 넘치는 분이었는데 당시 부인과 아들을 잇달아 잃었던 터라 외로워서인지 이내 두향이와 사랑을 하게 되었다.

두향은 외모도 아름다웠고 글솜씨며 거문고 솜씨도 빼어나서 퇴계의 귀여움과 사랑을 듬뿍 받았다. 그런 지 9개월이 지나 퇴계는 경상도 풍기군수로 옮겨가게 되었다.

| 능호관의 다백운 터 | 능호관 이인상은 옥순봉과 구담 사이에 은거할 집을 짓고자 '다백운'이라 이름까지 지었다. 그러나 가난하여 그 뜻을 이루지 못했다고 하는데 구담 건너편의 이쯤 되는 곳이 아닐까 추정한다. 지금은 이곳마저 수몰되어 찾아볼 수 없다.

　　관기는 지역을 떠나지 못하는 당시의 풍속 때문에 두향은 결국 퇴계와 생이별을 하게 되었다. 떠나기 전 마지막 밤에 두향은 이렇게 읊었다고 한다. 두보의 시 「꿈에서 이백을 보다(夢李白)」의 한 구절이다.

　　　죽어 이별은 소리가 나지 않는다는데　　　死別已吞聲
　　　살아 이별은 슬프기 그지없네　　　　　　生別常惻惻

　　이후 퇴계와 두향은 다시는 만나지 못했다. 두향은 퇴계 선생과 즐거운 한때를 보냈던 강선대(降仙臺)에 움막을 짓고 오매불망 선생만 생각하며 여생을 살았다고 한다. 그러나 서신 왕래는 있었던 것으로 보이며 퇴계 역시 두향을 그리워했던 것 같다. 사람들은 퇴계의 다음 시를 두향에게 보낸 시라고 생각하고 있다.

| **구담** | 구담은 옥순봉에서 멀지 않은 같은 산자락에 있다. 절벽 위의 바위가 거북이를 닮아 산봉우리가 물에 비치면 거북의 등판을 연상시키는 무늬를 나타내는 것이 신비롭기 때문에 구담봉이라는 이름을 얻었고, 줄여서 구담이라고 한다.

누렇게 바랜 옛 책 속에서 성현을 대하면서	黃卷中間對聖賢
비어 있는 방 안에 초연히 앉았노라	虛明一室坐超然
매화 핀 창가에서 봄소식을 다시 보니	梅窓又見春消息
거문고 마주 앉아 줄 끊겼다 한탄 말라	莫向瑤琴嘆絶絃

　　퇴계는 본래 매화를 사랑하여 100편 이상의 매화시를 지었는데 그중 91수를 직접 써 목판에 새긴 시첩이 지금도 전한다. 그런데 세상에 전하기로 퇴계가 풍기로 떠나갈 때 꾸린 짐 속에는 두향이가 준 수석 두 개와 매화 화분 한 개가 있었다고 한다.

　　퇴계의 매화 사랑을 두향이와 연관 짓는 것이 맞는지 틀리는지 나로서는 알지 못하는데 퇴계 선생이 돌아가시면서 제자에게 하신 마지막 말씀, "저 매화나무에 물 줘라"를 두향이를 염두에 둔 말이라고 주장하는 이도 있다.

퇴계 선생은 1570년 70세로 세상을 하직했고, 두향은 여전히 강선대에서 살다 얼마 뒤 세상을 떠났다. 혹은 두향이 남한강에 몸을 던져 선생을 따라 세상을 떠나며 유언으로 강선대 아래 묻어달라고 했다고도 한다.

퇴계와 두향의 애틋한 사랑 이야기는 일찍부터 전해져 강선대를 지나는 사람들을 감회에 젖게 했다. 숙종 때 문인 수촌(水村) 임방(任埅)은 두향의 묘 앞에서 이렇게 읊었다.

외로운 무덤 하나 두향이라네	一點孤墳是杜秋
강선대 그 아래 강변에 있네	降仙臺下楚江頭
어여쁜 이 멋있게 살던 값으로	芳魂償得風流債
경치도 좋은 곳에 묻어주었네	絶勝眞娘葬虎丘

강선대에 있던 두향의 묘는 충주댐 수몰로 위쪽으로 이장되고 '두향지묘(杜香之墓)'라 새긴 조촐한 묘비가 세워졌다. 퇴계 종가에서는 시월 시묘가 끝나면 제사 소임을 맡은 분이 여기에 와서 두향의 묘에 제사 드리며 그녀의 넋을 기리고 있다고 하며, 단양에선 해마다 '두향제'를 열고 있다.

상·중·하선암

단양에 오면 궁금해서라도 8경을 다 보고 싶은데 이 여덟 경승을 두루 돌아보는 일은 그리 간단치 않다. 단양8경은 한곳에 모여 있는 것이 아니라 단양 읍내를 기준으로 보자면 동서남북 네 구역으로 흩어져 있다.

옥순봉과 구담, 도담과 석문, 상·중·하선암이 세트를 이루고 사인암은 따로 떨어져 있어 이를 다 찾아가자면 발품이 많이 든다.

창비 답사 때 나는 시간상 하선암(下仙巖)·중선암(中仙巖)·상선암(上仙巖)을 생략하고 사인암으로 갈 생각이었다. 그런데 단양군청에서 마중 나온 분이 중선암에서 사인암으로 질러가는 길이 뚫렸으니 그쪽으로 돌아가도 시간상 큰 차이가 없다고 하여 주마간산으로 볼지언정 들러보게 되었다.

사실 오늘날의 상·중·하선암은 그 옛날의 삼선(三仙)계곡이 아니다. 1994년 대홍수 때 계곡이 다 쓸려나가 옛 모습을 크게 잃어버리고 말았다. 계곡을 따라 나 있던 그윽한 분위기의 옛길은 유실되어 계곡 곳곳에 잔편만 드러내고 있고 새로 닦은 2차선 찻길이 휑하니 뻗어 있어 여기가 과연 삼선계곡인가 의심스러울 정도였다.

30년 전 태호하고 왔을 때와 변하지 않은 곳은 그때 우리가 묵었던 중선암 계곡가의 허름한 2층집 여관뿐이었다. 그때 여관방에 들어가니 계곡물 소리가 마치 폭우가 쏟아지는 소리 같아 둘이 큰 소리로 대화해야 했던 삼선계곡이었다.

삼선계곡은 수리봉 기슭에서 흘러내려 남한강으로 합쳐지는 단양천 상류를 거슬러 올라가는 자리에 있다. 계곡물은 차고 맑은, 그야말로 청계옥류이고 집채만 한 멋진 바위와 대갓집 마당보다 넓은 너럭바위들이 곳곳에 퍼져 있다.

누구든 삼선계곡으로 들어서면 그 이름이 허사가 아니라며 선경(仙境)을 예찬했다. 추사 김정희는 상선암에서 "가도 가도 길은 굽어 있고 봉우리는 감돌았다"고 했고, 이정의(李正義)라는 분은 중선암에서 "붉고

| 상선암(위), 중선암(가운데), 하선암(아래) | 오늘날의 상·중·하선암은 1994년 대홍수 때 계곡이 다 쓸려나가 옛 모습을 크게 잃어버렸지만 핵심이 되는 바위들만은 여전히 건재하다.

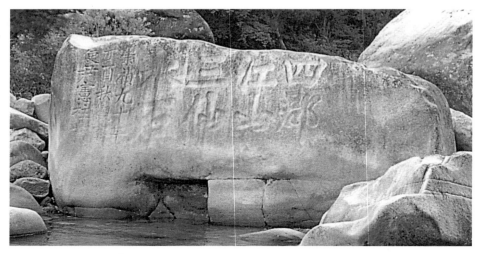

| **중선암 바위 글씨** | 중선암 옥염대에는 1717년에 충청도 관찰사 윤헌주가 쓴 '사군강산 삼선수석(四郡江山三仙水石)'이라는 웅혼한 글씨가 자랑스럽게 새겨져 있다.

푸른 석벽이 병풍같이 둘렀다"고 했고, 퇴계 이황은 하선암에서 "흰 돌이 층층이 쌓여 하얀 단을 이룬 듯하다"라고 감탄했다.

생각하자니 그 옛날의 삼선계곡이 아깝고 안타깝기 그지없다. 비록 그 옛날의 선경을 보여주지는 못하지만, 상선암·중선암·하선암의 핵심적인 경관은 그대로 남아 있어 단양8경으로 꼽히던 저력은 여전하다.

하선암은 삼선계곡의 첫머리로 100여 평이나 되는 흰 너럭바위가 넓은 마당을 이루고 그 위에 엄청나게 큰 바위가 올라앉아 사람들이 미륵바위, 또는 불암(佛岩)이라고 불렀던 것을 성종 때 군수 임제광이 하선암으로 개칭했다고 한다.

중선암은 김수증이 이름 지은 것으로 계곡 한가운데 두 개의 웅장한 바위가 있어 명경대(明鏡臺) 혹은 옥염대(玉艶臺)라 불리는데 옥염대에는 1717년에 충청도 관찰사 윤헌주(尹憲柱)가 쓴 '사군강산 삼선수석(四郡江山三仙水石)'이라는 웅혼한 글씨가 자랑스럽게 새겨져 있다.

상선암은 삼선 계곡의 가장 위쪽으로 하늘이 넓게 열려 있어 밝은 기상이 느껴지는데 풍수가들은 옥녀가 베틀을 짜는 형상이라며 '옥녀직금형(玉女織錦形)'이라고 한다. 옛날 같지는 않지만 아직도 주변엔 울창한 숲과 노송이 둘러 있고 길고 널따란 바위 사이로 맑은 계곡이 흐르며 작은 폭포와 소(沼)를 이루고 있어 상선암이라는 이름값을 여전히 하고 있다.

이 상선암은 우암 송시열의 수제자인 수암(遂菴) 권상하(權尙夏)가 칩거하여 산수와 벗하며 학문을 닦은 곳으로 상선암 이름도 그가 지은 것으로 전한다.

사인암

삼선계곡을 일별한 우리 일행은 단양군에서 나온 길라잡이를 따라 새로 난 길로 가로질러 사인암(舍人巖)에 도착했다. 사인암 또한 홍수 때 계곡이 망가져 지금은 계곡가에 나무 데크로 탐방로를 둘러놓아 전혀 옛 맛을 느낄 수 없고 계곡을 가로지르는 긴 구름다리가 놓여 맨발로 계곡을 건너가던 정취는 다 사라져버렸다. 오직 변하지 않은 것은 사인암의 높고 큰 벼랑뿐이다.

사인암은 단양군수 임제광이 옛날 고려 때 단양 사람으로 주역의 대가였던 역동(易東) 우탁(禹倬, 1263~1342)이 사인(舍人) 벼슬로 있을 때 이곳에 은거했던 것을 기념하여 이름 지은 것이다.

깎아지른 암벽이 하늘에서 내려뜨린 병풍처럼 서 있고 그 아래로는 계곡의 맑은 물이 넓게 퍼져 흐른다. 높이 솟은 바위벽은 화강암의 절리가 발달하여 가로세로로 금이 가서 마치 큰 붓으로 죽죽 그은 산수화의 준법을 입체화시킨 듯하다. 빛깔도 암벽 군데군데에 철분이 녹아내려 황토색과 밝은 노란색이 교차되고 그 틈새에 끼어 자라는 소나무와 들꽃,

| **사인암의 성명 각자들** | 사인암을 찾아온 이들은 저마다 유람을 기념하여 이름 석 자를 새겨놓았는데 더 이상 새길 곳이 없을 정도로 빼곡하다.

단풍나무들이 점점이 붉고 푸른 색을 띠어 대단히 회화적이고 조형적인 벼랑이다.

사인암은 단양을 찾는 사람들이 가장 많이 찾아와 쉬어가던 곳이다. 얼마나 많은 사람이 이곳에 와서 쉬어갔으면 암벽 아래 계곡의 너럭바위에 바둑판과 장기판이 새겨져 있을까. 바둑판을 새긴 바위 곁에 바둑 재미에 도낏자루 썩는 줄 모른다는 뜻으로 '난가(爛柯)'라 새겨놓은 것이 재미있다.

사인암을 찾아온 이들은 저마다 모처럼의 유람을 기념하여 이름 석 자를 새겨놓았는데 더 이상 새길 곳이 없을 정도로 빼곡하다. 『단양 금석문 기초조사』(단양군청 2011)에서 조사된 바에 의하면 131명의 이름이 확인되었다고 한다. 그 이름을 하나씩 읽어보는 것이 호사가들의 큰 일거

| **사인암** | 사인암은 단양군수 임제광이 옛날 고려 때 주역의 대가였던 역동 우탁이 사인 벼슬을 하며 이곳에 은거했던 것을 기념하여 지은 이름이다. 홍수로 계곡이 망가졌어도 사인암의 높고 큰 벼랑은 변하지 않았다.

| **사인암 바둑판** |　사인암 암벽 아래 계곡의 너럭바위에는 바둑판과 장기판이 새겨져 있다. 바둑판을 새긴 바위 곁에 바둑 두는 재미에 도낏자루 썩는 줄 모른다는 뜻으로 '난가(爛柯)'라 새겨놓은 것이 재미있다.

리이고 재미인지라 창비 답사 일행 중 국학 관계자들은 사인암을 맴돌아가며 저마다 아는 사람 이름을 부르고 있었다.

　　낭원군, 김수증, 민우수, 이태중, 윤심형, 이유수, 정만석, 김상묵……

　사인암엔 이름 석 자가 아니라 심오한 글귀를 아름다운 글씨로 새겨놓은 것도 적지 않다. 특히 사인암 뒤쪽 높은 계단으로 오르는 삼성각 주변 바위의 글씨들은 그 자체로 뛰어난 작품이다. 그중 가장 빼어난 글씨는 웅장한 필치의 전서체로 '退藏(퇴장)'이라고 새긴 두 글자이다. '세상에서 물러나 몸을 감춘다'는 뜻인데 아래에 '운수(雲叟)'라고만 낙관되어있다.

　사인암 각자에서 빼어난 솜씨를 보여주는 것은 단연코 능호관 이인상

| 사인암에 새겨진 능호관의 글씨 | 사인암 글씨 중 빼어난 솜씨를 보여주는 것은 단연코 능호관 이인상과 단릉 이윤영이다. 능호관 이인상은 1751년에 단릉 이윤영, 몽촌 김종수와 함께 이곳에 와 사인암을 찬미하는 글을 새겼다.

과 단릉 이윤영이다. 능호관 이인상은 1751년에 단릉 이윤영, 몽촌(夢村) 김종수(金鍾秀)와 함께 이곳에 와 다음과 같이 사인암을 찬미하는 글을 새겼다.

뻗어오른 것은 곧고 수평은 반듯한데	繩直準平
옥빛에 금 같은 소리 어리어 있네	玉色金聲
우러러보니 아득 높아	仰之彌高
우뚝할손 비할 데 없구나	巍乎無名

그리고 단릉 이윤영은 단정한 전서체로 자신이 단양에 은둔한 뜻을 『주역』의 '택풍대과(澤風大過)'에 나오는 다음과 같은 구절을 빌려 새겨 놓았다.

| '퇴장'(왼쪽)과 단릉 이윤영의 글씨(오른쪽) | 사인암 뒤쪽 높은 계단으로 오르는 삼성각 주변 바위에는 웅장한 필치
의 전서체로 새긴 '退藏(퇴장)'과 단릉 이윤영이 단정한 전서체로 단양에 은둔한 뜻을 새겨놓은 글씨들이 있다.

홀로 서니 두려운 것이 없고　　　　　　　獨立不懼

세상을 은둔하니 근심이 없다　　　　　　遯世無悶

　그런데 사인암에 이런 정성스런 작품은 적고 마구 새겨놓은 이름 석
자들이 가득한 것이 눈에 거슬렸는지 능호관은 단릉이 운화대(雲華臺)
라 이름 지은 바위 곁에 다음과 같은 글을 단아한 전서체로 아름답게 새
겨놓았다.

향기는 날로 더하고 빛 또한 영롱하니 구름꽃 같은 이 절벽에 삼가 이름을 새기지 말지어다.(有暖芬盡 有色英 雲華之石 慎莫鐫名)

단양 수몰이주기념관

사인암을 떠나 도담으로 가기 위해 구단양을 지나면서 우리는 잠시 단양 수몰이주기념관을 들르기로 했다. 옛 단양은 충주댐으로 거의 물에 잠겨버렸다. 군청 소재지였던 단양읍 등 3개 면 26개 리에 살던 2,684세대는 1984년부터 이듬해까지 상류에 새로 형성된 신단양으로 이주하거나 아예 타향으로 떠났다. 그 구단양 산자락 한쪽에는 1990년에 건립된 수몰이주기념관이 있다.

안내 나온 군청 직원 하는 말이 요즘은 찾아오는 이가 없어 아예 문을 닫아버렸다고 한다. 그래도 나는 수몰지구에서 기념관 마당으로 옮겨온 옛 단양의 석조 유물들을 보기 위해 반드시 가야 한다고 주장했다.

길 아래 버스를 세워놓고 비탈을 걸어 올라가니 기념관 마당은 예상 외로 깔끔하고 안내판도 잘 되어 있었다. 이런데도 찾아오는 사람이 없어 문을 닫았다니 안타깝다.

먼저 눈에 띄는 것은 영조 29년(1753) 단릉 이윤영의 아버지인 단양군수 이기중이 단양천에 돌다리를 놓고 우화교(羽化橋)라 이름 지은 것을 기념한 '우화교 신사비(新事碑)'다. 우화란 몸에 날개가 돋아 하늘로 날아가 신선이 된다는 『진서(晉書)』의 구절에서 온 것이다.

그 옆에는 퇴계 선생의 친필을 새긴 '탁오대(濯吾臺)'와 '복도별업(復道別業)'이라는 바위 글씨를 그대로 옮겨놓았다. '나를 씻는 곳'이라는 뜻의 탁오대는 우화교에서 단양천 상류로 약 200미터 올라간 곳에 있던 계

| 탁오대 탁본 | 퇴계 선생의 친필을 새긴 '탁오대(濯吾臺)'라는 바위 글씨는 '나를 씻는 곳'이라는 뜻으로 글씨도 아름답고 의미도 깊어 많은 사람들이 이를 본떠 정자 이름으로 삼곤 한다.

곡가 바위로 퇴계 선생이 공무를 마친 후 단양천을 거슬러 오르며 산책하다가 이 바위 아래 맑은 물에 손발을 씻고 쉬며 마음을 가다듬었다고 한다.

'복도별업' 암각자는 탁오대에서 다시 단양천 상류로 500미터쯤 올라간 길가에 있었다. 여기는 퇴계가 단양군수 시절 농사에 필요한 물을 대도록 단양천에 둑을 쌓아 만든 보(洑)가 있던 곳이다.

'복도'란 '도를 회복한다'는 의미이고, '별업'은 별장이라는 뜻이다. 이 못에서 목욕을 하면 몸뿐 아니라 마음까지 맑아진다고 하여 이런 이름을 붙인 것이다. 수몰되기 전까지 이 복도소(復道沼)는 여름마다 어린이들의 수영장이 되곤 했다고 한다.

그리고 그 옆에 눈물 어린 상소문을 쓴 황준량 군수의 선정비가 있어 모두들 새삼 감격스러운 마음으로 어루만져들 보곤 했다.

여기에 오면 내 머릿속에는 떠오르는 그림이 한 폭 있다. 그것은 겸재(謙齋) 정선(鄭敾)의 「봉서정도(鳳棲亭圖)」라는 작품이다. 봉서정은 다름 아닌 단양 옛 관아의 누정이었다.

이 그림을 보면 단양천변 높은 축대 위에 봉서정이 있고 그 곁에는

| 단양 수몰이주기념관 | 1. 단양 수몰이주기념관 2. 탁오대 3. 우화교 신사비 4. 복도별업 암각자

2층 누각인 이요루(二樂樓)가 있다. '봉서정'은 봉황이 깃드는 정자라는 뜻이니 단양이 선경(仙境)임을 은근히 내세운 것이고, '이요루'란 산을 좋아하고 물을 좋아한다는 '요산요수(樂山樂水)'에서 나온 것이니 단양의 풍광을 즐기는 누정 이름으로 삼아 과할 것이 없다.

관아의 누정이 둘이나 된다는 것은 그만큼 이 누정에 오르는 일이 많았다는 얘기다. 워낙에 타지에서 오는 손님이 많아 그분들을 따로 모시기 위한 배려가 아닌가 싶다. 그 누정 뒤로 보이는 것이 바로 관아의 건물들이다. 겸재의 눈에 단양 관아의 핵심적 이미지는 객사와 동헌이 아니라 두 누정에 있는 것으로 보였던 모양이다.

화면 하단 오른편 구석을 보면 다리 하나가 보이는데 이것이 바로 우

| **정선의 「봉서정도」** | 겸재 정선이 그린 이 그림은 단양 옛 관아의 모습을 보여준다. 그림을 보면 단양천변 높은 축대 위에 봉서정이 있고 그 곁에는 2층 누각인 이요루가 있다. '봉서정'은 봉황이 깃드는 정자라는 뜻이고, '이요루'란 산을 좋아하고 물을 좋아한다는 '요산요수'에서 나온 이름이다.

화교다. 겸재가 그릴 때만 해도 아직 나무다리였다. 그렇다면 화면 아래쪽, 그러니까 상류로 더 올라가면 퇴계의 탁오대가 있었을 것이다. 이것이 구체적인 이미지로 전하는 조선시대 단양 관아의 모습이다.

매포의 석회석 노천 광산

나는 답사 다니면서 민폐나 관폐를 끼치지 않는 것을 원칙으로 삼고 있다. 그러나 창비 답사 때는 단양군청에 연락해 성신양회 채석장 안에 들어가볼 수 있게 해달라고 특청했다. 그리하여 우리는 도담삼봉을 답사하기 전에 해 질 녘의 채석장을 깊숙이 들어가볼 수 있었다.

내가 여기를 꼭 가보고 싶은 이유가 있었다. 여행과 마찬가지로 답사도 어디에 가느냐 못지않게 누구와 가느냐가 중요하다. 나에게 가끔 누구와 답사할 때가 제일 좋으냐고 물어오는데 인솔자가 아니라 한 사람의 회원으로 회비 내고 갈 때가 정말 좋다. 그렇게 편할 수가 없다. 더욱이 고등학교, 대학교 친구들과 함께하면 버스 안에서 젊은 시절을 회상하며 희희낙락하는 즐거움이 따른다. 그리고 제각기 인생살이를 하고 만난 것이어서 배우는 것도 많다.

나의 단양 답사 중 잊을 수 없는 추억은 고등학교 동기 동창, 특히 3학년 4반 애들하고 갔을 때다. 충주에서 유람선을 타고 옥순봉 지나 장회나루에 내린 다음 도담삼봉을 보고 제천으로 가기 위해 매포읍을 지나고 있을 때였다. 차창 밖으로 한일시멘트의 육중한 공장 시설이 엄습해오면서 단양이 우리나라 최대 시멘트 생산지이고 석회석 광산이 있는 고장임을 한눈에 말해주고 있었다.

수려한 단양8경에서 잿빛 시멘트 공장으로 급변하는 시각적 충격에 모두들 눈이 휘둥그레지면서 한마디씩 했다.

"우아! 굉장하다."

"여기가 그 유명한 단양 시멘트인가?"

"시멘트 공장이 몇 개나 되나?"

"이 동네 이름이 뭐냐?"

이들은 다 단양 시멘트에 대해서는 하수들이다. 본래 하수들이 먼저 잘 나선다. 하수들이 물러서자 이번엔 조금 안다는 친구들이 나섰다.

"여기가 매포라고 하는데 우리나라에서 돼지고기 삼겹살 소비량이 제일 많대. 진폐증에 효과가 크다고 해서."
"그게 확실한 건 아니라던데."
"아무튼 공장 사람들한테 삼겹살 표를 나눠주고 있어."

동창들 중에는 건설회사 출신도 있었지만 대개는 문외한들이었다. 그런데 듣다 못했는지 상수가 홀연히 나타났는데 용국이였다.

"단양 매포엔 한일시멘트, 현대시멘트, 성신양회 세 곳이 있어. 우리나라 10개 시멘트 공장 중 셋이 모여 있으니 대단한 곳이지. 너희들 살고 있는 아파트들이 다 이 시멘트 신세를 지고 있는 거야."

김용국은 대덕연구단지 쌍용양회 중앙연구소(지금은 쌍용기술연구소)에 근무하고 있는 진짜 전문가였다. 모두들 더 듣기를 원하니 그는 모처럼 마이크를 잡고 동창들 앞에 서게 되었다.

"시멘트는 지구 표면에 가장 많이 존재하는 천연광물만을 사용한, 인간이 발명한 가장 경제적인 건축 재료예요. 지금의 현대적 시멘트가 없었다면 산을 덮고 있는 저 푸르른 나무들, 북한산의 백운대와 인수봉 화강암도 모조리 잘려서 여러분의 집을 짓고 길바닥 포장하는 데 쓰였을지도 모

| 단양 시멘트 공장지대의 산 | 단양은 우리나라 최대 시멘트 생산지로 석회석 광산이 가장 많은 고장이다. 단양의 산들은 석회석 채광으로 이렇게 변해버렸다. 이를 다시 복원하고자 식재한 나무들이 어렵게 자라고 있다.

르지. 다행히 강력한 무기질 접착제인 시멘트가 있어서 여기에 물과 모래를 섞으면 모르타르가 되어 석조물을 붙이는 데 사용하고, 자갈을 보태면 콘크리트가 되어 빌딩도 되고 고속도로, 댐도 만들 수 있는 거야.

시멘트라는 말은 라틴어 caeder(부순 돌)에서 나왔고 그 기원은 고대 이집트까지 올라가는데, 그 기술이 점점 발달하여 강력한 접착력을 갖는 오늘날의 시멘트에서 제일 중요한 원재료가 석회석이거든. 근데 우리나라엔 단양·제천·영월 지역과 동해·삼척 지역에 많은 양의 석회석이 매장되어 있어 대형 시멘트 공장이 주로 여기에 있어요."

우리 같은 하수들도 다 알아듣게 낮은 목소리로 진득하게 이야기를 풀어가니 '야, 용국이가 저런 애였구나' 새삼 감동하며 조용히 경청한다. 그는 내친김에 우리나라 얘기로 들어섰다.

"우리나라도 이미 한성백제 때 몽촌토성 축성에 소석회를 사용한 흔적을 확인할 수 있지만, 현대적인 시멘트 공장은 일제강점기 때인 1919년에 일본 오노다(小野田)사가 평양 교외 승호리에 세운 것이 처음이에요. 해방 전까지 그들이 세운 공장은 6개이지만 삼척 시멘트 공장 외에는 모두 북한에 있어서 우리나라를 대륙 침략의 전진기지로 사용하려는 그들의 속셈을 보인 거지.

해방 후 1957년에 국제연합한국재건단(UNKRA) 지원으로 문경에 시멘트 공장이 설립되고, 삼척시멘트(오늘의 동양시멘트) 공장이 1961년에 보수를 마쳐서 그때서야 우리나라에 현대적 시멘트 산업이 시작된 거야.

1962년 이후 3차에 걸친 경제개발 5개년계획 기간 중에는 시멘트 산업을 국가기간산업으로 육성하기로 해 단양·제천·영월 지역에 한일·현대·성신·아세아·쌍용 시멘트 공장, 그리고 동해·삼척 지역에는 동양·쌍용·한라 시멘트 공장 등이 생산설비를 신설하거나 증설했지. 그후로 우리나라는 1997년도에는 시멘트 생산량이 6,000만 톤이 넘어 시멘트 선진국이 되었고, 이제는 해외 수출은 물론 에티오피아 등 후진개발국에 기술원조도 하고 있어요.

또한 그간의 자연환경 파괴, 공해 유발, 에너지 다소비 산업이라는 인식을 벗어나기 위해 석회석 채굴 광산에 나무와 잔디를 심어 주민편의 시설로 쓰게 하고 있고, 제철 부산물인 슬래그와 폐타이어 등 산업폐자원을 적극적으로 활용하기도 하고, 철저한 분진 제거와 폐열 발전을 통한 에너지 회수에 많은 노력을 기울이고 있지.

현재(2009년) 우리나라는 세계 7대 시멘트 생산국이고 세계 5대 시멘트 소비국이야. 이 정도로 마치자."

| 석회석 노천채석장 | 길가에 차를 세워두고 고갯마루에서 석회석 채석장을 내려다보면 그 광활함과 허망함, 그리고 황당함에 모두들 잠시 넋을 잃게 된다.

우리는 용국이에게 감동의 박수를 보냈다. 농담 잘하는 영우는 내가 끽소리도 못하고 듣고만 있는 것이 고소했던지 "홍준인 답사 전문가라며 우리에게 뭘 보여줄 거냐?" 하고 놀렸다. 그때 내가 동창들에게 보여준 것이 성신양회 노천채석장이었다. 길가에 차를 세워두고 고갯마루에서 채석장을 내려다보니 그 광활함과 허망함, 그리고 황당함에 모두들 잠시 넋을 잃었다. 산 하나를 다 파고 땅속으로 파들어가는데 그 길이가 얼마나 되는지, 그 깊이가 얼마나 되는지 알 수가 없었다. 마치 그랜드캐니언의 한 장면 같다고들 하면서 내가 역시 답사 전문가라고 치켜세웠던 일이 있다.

그때부터 나는 이 채석장 안에도 한번 들어가보고 싶었는데 드디어 단양군청의 협조로 우리는 성신양회 채석장에 들어갈 수 있었다. 현장에 당도하자 모두들 눈이 휘둥그레지면서 할 말을 잃었다. 위에서부터 맴을

| 성신양회 채석장 풍경 | 성신양회 채석장은 엄청난 규모로 보는 이들이 할 말을 잃게 한다. 위에서부터 맴을 돌면서 포클레인, 화물차가 다니는 길을 내놓았는데 저 아랫바닥에서 작업하는 트럭이 장난감같이 쪼끄맣게 보이고, 석회석을 퍼내는 포클레인이 방아깨비가 고갯짓하는 것처럼 보인다.

돌면서 포클레인, 화물차가 다니는 길을 내놓았는데 일곱 층이 더 되어 보였다. 저 아랫바닥에서 작업하는 트럭이 장난감같이 쪼끄맣게 보였고, 석회석을 퍼내는 포클레인이 방아깨비가 고갯짓하는 것처럼 보였다.

공장 관계자가 나와 설명해주는데 채석장의 넓이는 150만 평(480만 제곱미터), 채석장의 깊이는 해수면 기준으로 최고 260미터에서 최저 140미터라고 했다. 그리고 앞으로 채굴 가능 매장량이 약 5억 톤이라고 했다.

나는 예술가들이 어떻게 감동하나 살펴보았다. 연신 스케치를 하고 있는 김정헌 화백에게 말을 걸었다.

"놀라 자빠질 거 같지 않아요?"
"항시 현실이 작가적 상상력을 뛰어넘어서 화가가 맥을 못 춘다니까."

이번엔 임옥상 화백에게 물었다.

"이미 이걸 많이 그린 화가가 있는 거 같지 않아?"
"누가 그렸어? 내가 제일 먼저 그리려고 정헌이 형보다 빨리 그리고
있는데."
"안젤름 키퍼(Anselm Kiefer)의 대폭 풍경 같지 않아? 메마른 풍경과

잿빛 빛깔이."

"그래, 맞다. 근데 안젤름 키퍼도 여길 보면 자신의 스케일이 얼마나 작았는지 반성하고 다 다시 그리고 말걸. 저 스산한 풍광 좀 봐."

이번엔 신경림 시인에게 가서 시상(詩想)이 떠오르지 않느냐고 했더니 너무 엄청나서 말이 안 나온다며 이런 건 고은 시인이 읊어야 제격이라고 물러섰다. 그래서 도종환 시인에게 물으니 이런 경우는 첫 문장이 중요한데 좀처럼 떠오르지 않는다고 했다.

날이 어두워지는 줄도 모르고 엄청난 풍광에 눌려 마냥 구경하고 나서 이제 그만 가자고 재촉하는데 도종환 시인이 첫 구절이 떠올랐다고 한다.

"아, 우리가 이렇게 파먹고 살았단 말인가!"

시와 그림이 있어 단양은 더욱 아련하네

단양 적성 / 단양 신라 적성비 / 수양개 선사유적지 / 시인 신동문 /
도담삼봉 / 삼봉 정도전 / 소금정공원 / 옥소 권섭 / 신동문 시비

구단양의 뒷산, 적성

지난겨울 창비 답사는 1박 2일 일정으로 단양8경뿐만 아니라 제천의
한벽루·배론성지·자양영당·박달재 등으로 짰기 때문에 부득불 단양의
다른 유적지들은 생략할 수밖에 없었다. 그러나 단양·청풍·영춘·제천
이른바 사군(四郡) 지역을 제대로 답사하자면 2박 3일 일정으로 해서 단
양 적성, 죽령 옛길, 영춘 온달산성까지 다녀와야 진국을 맛볼 수 있다.
그래서 평소 나의 단양 답사는 구단양에 오래 머문다.

사실상 단양의 아이덴티티는 구단양에 있다. 단양향교도 여기에 있
고, 단양의 옛 이름이기도 한 적성(赤城, 사적 제265호)의 산성에는 신라 진
흥왕 때 세운 '단양 신라 적성비'가 있다. 적성대교 건너편 남한강변 수
양개(垂楊介)에는 구석기시대 유적지가 있고 죽령도 구단양에서 시작된

다. 최소한 단양 적성은 다녀와야 단양을 답사했다고 할 수 있다.

적성이 있는 성산(성재산. 해발 324미터)은 구단양의 뒷산으로 수몰이주기념관에서 위쪽으로 난 산길을 따라 15분 정도 올라가면 정상에 다다를 수 있다. 구단양 주민들이 산책 삼아 등산을 즐기기도 하는 곳으로 현주소로는 단성면 하방리 산3-1번지 일대이다.

적성은 무너진 지 오래되어 그 이름도 잊힌 채 성산 또는 성산성이라 불렸다. 『신증동국여지승람』에도 "둘레가 1,768척이고 안에는 큰 우물이 있었다"고 하면서 고성(古城)으로만 기록되어 있다. 그러다 1978년, 이곳에서 신라시대에 세운 비가 발견되면서 비로소 이 무너진 고성이 적성이라는 사실을 알게 되었다.

단양 땅은 고구려 영토이던 때부터 적성이라 불렸으며 신라시대에도 지명을 적성현이라 했다. 그러다 고려 초에 단산(丹山)현이 되었다가 충숙왕 5년(1318)에 단양군이 되었다.

힘들 것 없이 길 따라 서너 굽이를 돌아가면 군데군데 옥수수밭과 도라지밭이 나타나고 산비탈엔 엉겅퀴 같은 억센 풀들이 그야말로 야생화로 자라고 있다. 산성인지라 다른 야산과 달리 울창한 숲은 보이지 않고 키 큰 나무 몇 그루만이 비탈을 지키고 있을 뿐 사방으로 시야가 훤히 트여 있다.

돌계단을 따라 오르다보면 무더기 지어 흘러내린 크고 작은 돌덩이를 만나게 되는데 그것이 성벽 무너진 자취임은 설명 없이도 알 수 있다. 그쯤에서 주위를 둘러보면 긴 포물선을 그리며 이어지는 적성산성이 먼 산을 배경으로 드러난다. 그리고 저편으로는 중앙고속도로가 가로질러 뻗어가고 그 아래쪽으로는 단양휴게소가 한눈에 드러난다.

적성비 발견 이후 산성은 잘 정비되어 성벽의 자태가 제법 깔끔한 모습으로 단장되었고, 단양휴게소(상행)에서도 오를 수 있는 탐방로가 마련

| 단양 적성의 정비 전 모습 | 적성산성은 산 정상을 둘러싼 테뫼식 산성으로 북동쪽으로는 성벽이 비교적 잘 남아 있으나 남쪽은 이미 허물어진 지 오래되었다. 지금은 많이 정비되었지만 한동안 적성은 이런 상태로 남아 있었다.

되어 있다.

적성산성은 산 정상을 둘러싼 테뫼식〔山頂式〕 산성으로 둘레가 약 1킬로미터, 성벽 최대 잔존 높이 3미터, 면적 약 2만 6,000평(88,648제곱미터)이다. 북동쪽으로는 성벽이 비교적 잘 남아 있고 남쪽은 이미 허물어진 지 오래되었다.

그러나 삼국시대의 산성은 성벽의 축조보다도 자리앉음새에 더 큰 의미가 있다. 지세와 방어 방향에 맞추어 산성을 경영했는데 적성은 신라가 북쪽의 고구려와 맞서 쌓은 성이기 때문에 북쪽은 절벽을 이용하여 성벽을 굳게 쌓아 높고, 남쪽은 사람과 말이 자유롭게 다닐 수 있도록 낮게 열어두었다. 성문 또한 남서쪽·남쪽·동남쪽 세 군데에 내고 북쪽에는 없다.

적성 북쪽 정상을 향해 올라가면 포물선을 그리며 멋지게 돌아가는 낮은 성벽 너머로 소백산맥 준령이 겹겹이 펼쳐진다. 특히나 겨울철에

| **단양 적성** | 적성 북쪽 정상을 향해 올라가자면 포물선을 그리며 멋지게 돌아가는 낮은 성벽 너머로 소백산맥 준령이 겹겹이 펼쳐진다. 특히나 겨울철에 가면 하얗게 눈 덮인 산자락을 타고 내려오는 나목들의 행렬이 굵고 긴 선을 그리는 것이 산수화를 그릴 때 쓰는 준법을 보여준다.

가면 하얗게 눈 덮인 산자락을 타고 내려오는 나목들의 행렬이 굵고 긴 선을 그리는 것이 산수화를 그릴 때 쓰는 준법을 여지없이 보여준다.

정상에 올라 성벽에 바짝 붙어 아래쪽을 내려다보면 눈앞에는 남한강이 유유히 흐르고 동쪽으로는 죽령천, 서쪽으로는 단양천이 남한강을 향해 흘러드는 것이 훤히 조망된다. 삼면이 강과 하천으로 자연 해자(垓字)를 이루는 천연의 요새임을 한눈에 알 수 있다. 그 장쾌한 경관 때문에 일정이 허락되지 않을 때면 서울로 올라가는 길에 잠시 이 휴게소에 들러 적성을 답사하곤 했다.

성안에서는 투석용으로 추정되는 둥근 돌덩이인 석환(石丸)이 무더기로 출토되었고 철로 만든 칼·화살촉·둥근장식편·못 등이 출토되어 산성으로 기능했음을 보여준다. 그러나 형태를 분간하기 어려울 정도로 모두 녹이 슬고 삭아서 이미 오래전에 폐성이 되었음을 말해준다.

단양 신라 적성비의 발견

이 무너진 고성에서 1978년 1월 6일, '단양 신라 적성비'(국보 198호)가 발견된 것은 역사학계의 큰 사건이었다. 이 비는 이듬해에 발견된 '중원 고구려비'와 함께 해방 후 남한 금석문 발견의 기념비적인 성과로 기록되고 있다.

이 비는 적성 중턱 평퍼짐한 곳에서 발견되었다. 단국대 정영호 교수는 죽령 일대의 삼국시대 유적을 조사하기 위하여 사학과 학생들을 데리고 단양에 왔다. 군청에 들러 적성을 조사하러 왔다고 하니 "그동안 여러 대학 여러 학자분들이 벌써부터 여러 차례 조사하고 갔으니 별것 없을 것"이라고 대수롭지 않게 듣더라는 것이다.

무슨 기대를 갖고 시작한 것이 아니기에 무너진 성벽을 따라 곳곳을 살펴보는데 그날따라 눈보라가 심하게 몰아쳤단다. 오후 4시쯤 되자 어두워지기 전에 산성을 내려오기 위해 이곳을 지나는데 땅 위로 머리를 불쑥 내밀고 있는 돌을 보게 되었단다. 이 돌은 한쪽 끝이 삐죽하게 깨져 있어 성재산에 오른 등산객들이 눈이나 비가 오는 날이면 신발에 묻은 진흙을 비벼 털곤 하던 돌이라고 한다.

정영호 교수는 돌의 생김새가 그냥 자연석이 아닌 것 같아 파보니 깊이 30센티미터 정도에서 비석 전체가 드러나고 글자가 줄줄이 새겨져 있는데 '적성'이라는 글자가 먼저 눈에 띄고 이어서 '이사부(伊史夫)' 등 신라인의 이름들이 보이더라는 것이다. 정영호 교수는 그때의 놀라움과 감격을 평생 잊을 수 없다고 했다. 이리하여 '단양 신라 적성비'가 발견된 것이다.

단양 신라 적성비의 형식

비석은 땅 위로 머리를 내민 윗부분이 누군가가 정으로 찍은 듯 떨어져나갔고 몸체가 두 동강 나 있다. 비의 형태는 역사다리꼴로 위가 넓고 아래가 좁은 둥그스름한 화강암 자연석을 다듬은 것이었다. 높이는 1미터가 채 안 되고 윗너비는 약 1미터, 아랫너비는 0.5미터 정도다.

두께도 밑으로 내려오면서 얇아져 위쪽은 22센티미터, 아래쪽은 5센티미터이다. 비의 모양으로 보아 뚜껑돌은 본래부터 없었던 것 같고, 밑부분이 좁은 것을 보면 대석(臺石)이 있었을 것으로 생각되는데 발견되지는 않았다.

비문은 자연석 한 면을 잘 다듬어 새겼다. 오랜 세월 땅에 묻혀 있어 비면이 깨끗하고 자획이 생생하여 삼국시대 어떤 비문보다도 명확히 글자를 드러내고 있다. 비문은 가로세로 줄을 반듯이 맞추어 얕게 음각으로 새겨졌다.

글자 크기는 2센티미터 내외로 모두 22행이며 19행까지는 20자씩, 20행과 21행은 19자, 마지막 22행은 12자로 전체 명문의 글자는 430자로 추산된다. 지금 남아 있는 글자는 284자로서 완벽한 판독이 가능하다.

비석 발견 이후 3개월에 걸쳐 주변 일대를 발굴하여 여러 비편을 찾아내었는데 파편에서 성재(城在), 아간(阿干) 등 21자를 읽어낼 수 있어 이제까지 판명된 비문 글자 수는 총 305자이다. 그리고 글자가 없는 비편 23조각도 발견되었는데 그중 9조각이 둥근 모양이어서 비석의 윗부분이 둥근 형태였음을 확인할 수 있게 됐다.

비석 주변을 발굴한 결과 인위적으로 다듬은 토축 흔적과 더불어 길이 7.5미터, 폭 7미터의 옛 건물터가 확인되었고 근처에서 기왓장, 삼국시대와 통일신라시대의 토기 조각, 칼이나 화살촉 등 금속제 유물들도

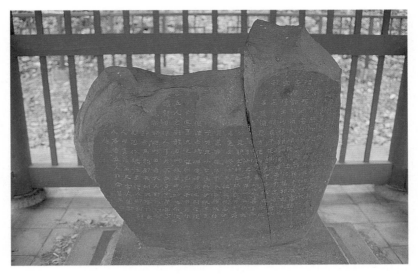

| **단양 신라 적성비** | 1978년 1월 6일, '단양 신라 적성비'가 발견된 것은 역사학계의 큰 사건이었다. 이 비는 이듬해에 발견된 '중원 고구려비'와 함께 해방 후 남한 금석문 발견의 기념비적인 성과로 기록되고 있다.

수습되어 당시 산성의 지휘본부가 있었던 곳으로 추정되었다.

그리고 건물터 서편으로 또 다른 석렬(石列) 자리가 있고 그 사이에 3미터 너비의 툇간이 있어 이곳이 비석을 보존했던 곳으로 추정되었다. 바로 그 자리에 비각을 세워 이 비석을 보호하고 있다.

단양 신라 적성비의 내용과 연대

비문의 문장은 신라비 중 가장 해석하기 어려운 것으로 유명하다. 향찰식도 아니고 그렇다고 한문체로도 통하지 않는데다 중간중간에 탈락된 곳이 많기 때문이다.

대략 그 내용을 요약해보면 왕명으로 이사부를 비롯한 여러 명의 신라 장군이 출정하여 고구려 지역이었던 적성을 공략한 뒤, 그들을 도와

공을 세운 고구려인 야이차(也爾次)와 가족 등 주변 인물을 포상하고 동시에 장차 신라에 충성을 다하는 사람에게도 똑같은 포상을 내리겠다는 내용이다.

그런데 불행히도 비문의 첫머리가 마모되어 "○○年 ○月中 王敎"로밖에 읽을 수가 없어 정확한 건립연도를 확정지을 수 없다. 그러나 문장 첫머리에 왕교(王敎)를 받은 고관 10인의 벼슬이 나오고 있어 그 행적을 『삼국사기』와 비교해보면 대략 그 연대를 추정할 수 있다.

10인의 고관 중에는 울릉도 정벌로 유명한 이간(伊干) 이사부(伊史夫)와 『국사(國史)』를 편찬한 대아간(大阿干) 거칠부(居柒夫)가 있다. 『삼국사기』「신라본기」와 「거칠부전」에 의하면 진흥왕은 545년 7월, 이사부의 건의에 따라 거칠부 등에게 『국사』를 편찬하도록 했으며, 그 공으로 파진찬(波珍湌)의 벼슬을 주었다고 한다. 그러니까 이 비는 『국사』가 완성되어 거칠부가 파진찬이 되기 전인 545년 무렵에 건립된 것이다.

또 고관 중에 아간 비차부(比次夫)가 나오는데 그는 551년 고구려를 치기 위해 파견한 '대아간 비차부'와 동일인이니 비차부가 아간에서 대아간으로 승진하기 이전, 즉 551년 이전에 건립되었음을 입증한다.

이상을 종합해볼 때 이 비의 건립 연대는 545년에서 551년 사이로, 창녕의 진흥왕 척경비, 북한산·마운령·황초령의 진흥왕 순수비와 마찬가지로 새로운 점령지의 민심을 무마하는 취지로 건립되었음을 알 수 있으며 현재까지 알려진 5개의 진흥왕 시대 비 중 가장 이른 시기의 것이다.

단양 신라 적성비의 문화사적 의의

그런데 이 비의 이름을 '단양 신라 적성비'라고 하여 일반인들은 '신라시대에 적성을 쌓고 세운 산성수축비'로 오해하곤 한다. '중원 고구려비'

라고 하듯 '단양 적성 신라비'라고 해야 맞다.

진흥왕은 신라의 영토를 대대적으로 확장하고 나서 새로 편입된 영토를 직접 순수(巡狩)하며 비를 세웠다. 그 대표적인 예가 진흥왕 29년(568)에 북한산·마운령·황초령 세 곳에 세운 진흥왕 순수비이다.

그런데 이상하게도 『삼국사기』에는 진흥왕 비에 대한 기록이 나오지 않는다. '순수비'란 비문 속에 모두 '순수관경(巡狩管境)'이라는 말이 들어 있어 붙인 이름이다.

그러다 1914년에는 창녕에서 소풍 온 초등학생이 글씨가 있는 바위가 있다고 신고해서 새로 진흥왕 비가 발견되었다. 이 비는 진흥왕 순수비보다 7년 전인 진흥왕 22년(561) 2월 1일, 왕이 42명의 신하를 거느리고 새로 점령한 가야의 창녕 지방을 돌아본 내용이 적혀 있다. 그러나 창녕비에는 '순수관경'이라는 표현이 들어 있지 않아 국경을 개척한 내용이라고 해서 '척경비(拓境碑)'라 부르고 있다.

그런데 이번에는 단양 적성에서 진흥왕 때 세운 비가 또 발견된 것이다. 진흥왕이 직접 순행한 것이 아니고 정확한 연대를 잃어버렸지만 545년에서 551년 사이에 새로 정복한 고구려 지역의 백성을 진휼(賑恤, 흉년에 가난한 백성을 도와줌)하기 위해 세워진 것만은 틀림없다. 그렇다면 이비는 '단양 적성 진흥왕 척경비' 또는 '단양 적성 진흥왕 진휼비'라고 해야 맞다. 최소한 '적성비'는 아니다.

이 기회에 그동안 발견된 5개의 진흥왕 시대 비를 살펴보면 신라 문화의 급격한 발전상을 한눈에 볼 수 있다. 진흥왕이 새로 점령한 지역을 진휼·척경·순수하면서 세운 가장 빠른 비는 단양 적성의 비이다. 이때는 직접 가지 않고 장군들을 보냈다.

그리고 그로부터 10년 내지 15년 뒤인 561년에 새로 편입된 창녕의 가야 지역을 직접 순행하여 비를 세운 것이 창녕 진흥왕 척경비이다. 그

| 북한산 진흥왕 순수비(왼쪽)와 황초령 진흥왕 순수비(오른쪽) |

리고 또 7년이 지난 568년 진흥왕은 새로 정복한 한강 이북 지역을 직접 순수하며 북한산·마운령·황초령에 진흥왕 순수비를 세웠다.

이 일련의 과정에서 진흥왕 시대의 문화가 비약적으로 발전하는 모습이 비문의 형식과 내용에 그대로 나타나 있다. 단양 적성의 비와 창녕의 척경비는 비석 형식을 갖추지 않고 자연석에 새긴 것이고, 문장은 전통적인 향찰에서 한문으로 옮겨가는 과도기적 단계의 글이며, 글씨도 아직 정제되지 않고 글자 크기도 일정하지 않은 고졸한 것이었다.

이에 반해 순수비에 이르러서는 인공적으로 비를 다듬어 지붕돌까지 씌운 반듯한 형식을 갖추었고, 문장도 유려하고 글씨는 질박하면서도 굳센 느낌의 해서체로 되어 있다. 진흥왕 순수비는 추사 김정희 등 조선 후기 학자들이 탁본하여 청나라 금석학자들에게 소개한바, 강유위(康有爲)는 『광예주쌍집(廣藝舟雙楫)』에서 역대의 서품(書品)을 논정하면서 이 비를 신품(神品)의 반열에 넣었다.

이처럼 단양 적성의 진흥왕비에서 진흥왕 순수비에 이르는 20년 사이 신라의 문화는 놀라울 정도로 비약적으로 발전했다. 그 문화 능력이 바로 신라가 삼국을 통일하는 밑거름이 되었던 것이다.

단양 수양개

우리 일행은 아쉬움을 남긴 채 예정대로 마지막 남은 단양8경인 도담삼봉을 답사하기 위해 신단양 쪽으로 향했다. 신단양으로 가는 길은 단양이 남한강변의 옛 고을임을 실감케 한다. 길은 사뭇 남한강을 곁에 두고 뻗어 있다. 일행은 모두 차창 밖으로 펼쳐지는 강변 풍경을 망연히 바라보는데 신경림 선생이 내게 묻는다.

"저 강 건너가 수양개이지?"
"예, 단양 수몰 때 구석기시대 유물이 쏟아져나왔어요."

신경림 선생이 구석기 유적지를 묻는 것이 의외였다. 수양개 유적은 충주댐 수몰지역에 대한 일체 유적조사를 실시할 때 1980년 7월 충북대 조사단의 이융조 교수에 의해 발견되었다.

1983년부터 본격적으로 조사에 들어간 결과 유적층이 광범위하여 지금까지 10여 차례에 걸쳐 발굴이 이루어졌으며 1997년에 사적 제398호로 지정되었다.

지금까지 조사된 바에 의하면 중기 구석기시대부터 청동기시대까지 여러 개의 문화층이 층위를 이루고 있음이 확인되었다. 본래 단양과 제천 지역은 선사인들이 좋아하는 강변인데다 석회암 동굴이 많아 구석기인의 터전으로 제격이었다. 그래서 일찍이 제천 점말동굴, 단양 금굴에

| **수양개선사유물전시관의 전경** | 수양개는 우리나라의 대표적인 구석기시대 유적지로 여기에는 멋진 선사시대 유물 전시관이 세워져 있다.

서 구석기인의 자취가 확인되었는데 그 규모로 보나 발굴 유물로 보나 수양개 유적이 압도적으로 크고 다양하다.

특히 수양개 유적은 10만 년 전부터 시작된 중기 구석기시대의 뗀석기 전통을 뚜렷이 드러내 주먹도끼·찍개·주먹칼·밀개·긁개·새기개·간돌도끼 등 정형화된 여러 유형의 석기가 출토되었다. 특히 많은 수의 좀돌날몸돌·슴베찌르개와 함께 잔석기가 출토되어 다양한 연모 제작 수법을 알아볼 수 있다.

하나의 석기를 이리저리 사용하는 다목적 석기가 적고 1연모 1기능의 단순연모가 많다는 것은 석기가 세분화되어 발달하고 있음을 보여주는 것이다. 그리하여 수양개 유적은 공주 석장리 유적, 연천 전곡리 유적과 함께 한반도의 대표적인 구석기시대 유적, 특히 강가의 양달유적으로 꼽히고 있다.

게다가 청동기시대부터 원삼국시대에 이르는 집터가 20여 곳이나 발견되어 수양개에서 오랫동안 사람들의 삶이 이어져왔음을 알 수 있다. 이처럼 구석기시대 유적이 신석기시대를 거쳐 청동기시대까지 이어지는 곳은 함경도 굴포리 선사유적지 외에는 아주 드물어서 주목받고 있다.

지금 수양개에는 멋진 선사시대 유물 전시관이 세워져 있다. 단양 수몰이주기념관과는 격이 다르다. 1980년대와 2000년대 문화수준의 차이를 보여준다고나 할까.

잠시 뜸을 들인 뒤 신경림 선생이 다시 묻는다.

"이번엔 거기에 안 가지?"

"예, 일정이 짧아서 못 들러요. 왜, 꼭 가고 싶으셨어요?"

"아니, 그쪽으로 가면 애곡리에 있던 신동문 선생이 가꾸던 과수원이 어떻게 되었나 한번 보려고 했지."

아차 싶었다. 지금 우리는 '창비 답사'를 하고 있는 것이 아니던가. 나는 미안한 마음을 금치 못하며 이렇게 얼버무렸다.

"듣기로는 그대로이긴 한데 돌보는 사람이 없어서 엉망이라고 해요. 그래서 신단양 읍내에 있는 신동문 시비를 답사하려고 해요."

시인 신동문

나는 신동문(辛東門) 시인을 사적으로 만나뵌 일이 없다. 다만 그분의 후배 시인이고 나에게는 대선배이신 신경림·구중서·강민·신기선 같은 분들이 자주 이야기하셔서 곁에서 들은 바 정도만 있다. 그러다 근래에

| 신동문 선생과 그의 유고시집 「내 노동으로」 |

출간된 『시인 신동문 평전 ─ 시대와의 대결』(김판수 지음, 북스코프 2011)을
읽고 비로소 그분의 삶과 문학을 구체적으로 알 수 있었다.

　신동문은 1927년 충북 청원에서 태어났다. 아버지를 일찍 여의고 5세
때 청주로 이주하여 초·중·고등학교를 다녔고 서울대 문리과대학에 입
학했으나 몸이 허약하고 등록금을 마련하지 못하여 중퇴했다. 한국전쟁
이 일어나자 1951년 공군에 자원입대하여 제주비행장에 근무하면서 연
작시 「풍선기(風船期)」를 쓰기 시작했고 만기제대 뒤에는 청주에서 시
쓰기에 전념했다.

　1956년에 조선일보 신춘문예에 연작시 「풍선기」(제6~20호)가 당선되
면서 본격적인 문학활동을 시작하여 시집 『풍선과 제3포복』을 펴냈다.
결국 이것이 살아생전에 펴낸 유일한 시집이 되었다. 4·19혁명 때는 배
후세력으로 몰려 서울로 도피해서는 「아! 신화(神話)같이 다비데군(群)
들 ─ 4·19의 한낮에」라는 뜨거운 시를 발표했다. 염무웅 선생은 당시를
회상하기를 "1960년대에 신동문은 혜성과도 같이 빛나는 시인"이라고

했다. 4·19혁명을 계기로 등장하는 참여시의 선구로는 신동엽(申東曄)과 김수영(金洙暎)을 꼽고 있지만 신동문이 더 앞섰다.

신동문 시인은 1960년 종합교양지『새벽』편집장을 맡으면서 최인훈(崔仁勳)의「광장」을 전격적으로 전재했고, 이병주(李炳注)의「소설 알렉산드리아」를 발굴하기도 했다. 1963년 경향신문사 특집부장을 맡으면서 필화사건으로 중앙정보부에 연행되어 조사를 받고 나온 뒤에는 1965년 신구문화사 주간으로『현대한국문학전집』등을 펴내며 자신의 시 쓰기보다는 좋은 작품의 발굴에 힘쓰며 출판인으로 살았다.

이 시절 많은 문인들이 그의 사무실을 찾아와 인간적인 도움을 받았다. 그의 취미는 바둑으로, 일본어 번역을 잘하고 개성적인 글씨를 쓰시며 무소유의 삶을 실천하시던 민병산(閔丙山) 선생과는 문단에서 바둑의 최고수로 쌍벽을 이루어 관철동 한국기원과 명동 기원에서 늘 바둑을 즐겼다고 한다.

신동문 시인은 1969년부터『창작과비평』대표를 6년 동안 맡다가 1975년『창작과비평』36호에 돌아가신 리영희(李泳禧) 선생의「베트남전쟁」을 게재했다는 이유로 다시 중앙정보부에 끌려갔다. 풀려나와서는 창비를 떠나 애곡리 수양개 마을로 내려가 농장을 경영하며 문단과는 인연을 끊고 그곳 농민들과 어울리며 단양 사람으로 은둔하듯 살았다.

그는 독학으로 배운 침을 잘 놓아 주민들에게 인기가 대단했다고 한다. 하루 수십 명씩 침을 놓았는데 순서를 기다리는 줄이 굴다리까지 늘어서기도 했단다. 돈은 절대로 받지 않았고 대신 노래를 한 곡 불러야 침을 놓아주었다고 한다. 그래서 이곳에선 '신(辛)바이처'라고 불렸다고 하는데 정작 자신의 지병인 담도암은 고치지 못하고 1993년, 66세로 돌아가셨다.

그의 유언에 따라 장기(臟器)는 여의도 성모병원에 기증되었고 시신은 화장하여 수양개 근처의 남한강에 뿌려졌다. 사후 문인과 친지들이 1995년 단양 소금정공원에 시비를 세웠고, 2004년 유고시집 『내 노동으로』와 산문전집 『행동한다 그러므로 존재한다』가 간행되었다. 2005년에는 청주 발산공원에 민병산 선생 문학비와 나란히 시비가 세워졌다. 이것이 신동문 시인의 간략한 이력이다.

신동문의 「내 노동으로」

나는 신경림 선생에게 물었다.

"신동문 시인이 왜 절필하셨나요?"
"필화사건으로 중앙정보부에 끌려갔다가 풀려나면서 '앞으로 절대로 글을 쓰지 않겠다'는 각서를 써서 그랬다고 해요. 우리 같으면 강제로 쓴 각서이니 무시해도 되겠건만 신동문은 그렇지 않았어요. 그는 매사에 철저하고 완벽한 사람이었어요. 거의 결벽증 같은 것이 있어 말과 행동은 어긋나서는 절대 안 된다는 것이 신조였거든."
"신구문화사 주간으로 있을 때 많은 문인들이 신동문 선생을 찾아와서 도움을 받았다던데요?"
"사람이 좋아서 인간적으로 많이 도와주었지. 김수영은 번역 일감 얻으려고 찾아오고 천상병, 고은, 김관식은 술값 뜯으려고 잘 왔지."

신경림 선생은 언제나 말을 아주 간략히 요점만 줄여서 하신다. 그래서 당신의 시는 짧고 서정성이 밝게 드러난다. 이에 반해 도종환 시인에게는 유장한 서사성이 있다. 서정성을 드러낼 때도 서사적으로 풀어가곤 한다. 도종환 시인에게 마이크를 넘겨주고 그가 존경하던 동향 선배 시인에 대해 물으니 역시 대답이 자상하다.

"신동문 시인이 청주 어디 사셨어요?"

"본래 청원군 문의(文義)에서 출생하셨죠. 고은 선생의 「문의 마을에 가서」는 삶과 죽음을 성찰하는 고은 시세계의 전환점이 되는 시인데, 신동문 선생이 모친상을 당했을 때 문상 갔다가 쓴 거예요. 청주에서는 상당산성 안에 민가가 있을 때 동문(東門) 가까이 사셨어요. 산성 안에서 장례를 치를 때 시신은 동문으로만 나가게 되어 있었는데 그 묘한 의미가 가슴에 와 닿았는지 이름을 동문이라고 개명했어요. 본명은 건호(建浩)죠."

"왜 단양으로 낙향했다고 생각해요?"

"그냥 은둔하기 위해 낙향한 건 아닌 걸로 알고 있어요. 이미 1960년대, 그러니까 나이 30대 중반께 수양개에 야산을 사두었고 마을 주민들의 도움을 받으며 개간해서 사과와 포도나무 5,000그루를 심었다고 해요. 이런 준비 끝에 1975년, 48세 때 완전히 귀농을 한 것이죠. 당신은 말과 마음과 몸이 어긋나면 안 된다는 신조를 갖고 있었죠."

『현대문학』 1967년 12월호에 실린 그의 절필(絶筆)인 「내 노동으로」에는 시인의 이런 마음자세가 잘 나타나 있다. 내가 답사 자료집을 건네며 낭송해줄 것을 부탁하니 도종환 시인은 자세를 고쳐 앉고는 호소력 있는 목소리로 행마다 강약을 넣어가며 중첩되는 시적 이미지를 한껏 고양시키며 쉼 없이 읽어간다. 아는 분은 다 아는 사실이지만 시 낭송은 도종환과 김사인 시인이 첫째 둘째를 주고받는 절창이다.

내 노동으로 / 오늘을 살자고 / 결심을 한 것이 언제인가. / 머슴살이하듯이 / 바친 청춘은 / 다 무엇인가. / 돌이킬 수 없는 / 젊은 날의 실수들은 / 다 무엇인가. / 그 여자의 입술을 / 꾀던 내 거짓말들은 / 다 무엇인가. / 그 눈물을 달래던 / 내 어릿광대 표정은 / 다 무엇인가. / 이 야위고 흰 / 손가락은 / 다 무엇인가. / 제 맛도 모르면서 / 밤새워 마시는 / 이 술버릇은 / 다 무엇인가. / 그리고 / 친구여 / 모두가 모두 / 창백한 얼굴로 명동에 / 모이는 친구여 / 당신들을 만나는 / 쓸쓸한 이 습성은 / 다 무엇인가. / 절반을 더 살고도 / 절반을 다 못 깨친 / 이 답답한 목숨의 미련 / 미련을 되씹는 / 이 어리석음은 / 다 무엇인가. / 내 노동으로 / 오늘을 살자 / 내 노동으로 / 오늘을 살자고 / 결심했던 것이 언제인데.

도담삼봉

그러는 사이 우리의 버스는 남한강 물줄기를 따라 단양역 지나 신단양을 곁에 두고 도담삼봉(嶋潭三峰)을 향해 달려간다. 도담삼봉은 신단양에서 약간 떨어진 매포읍 하괴리에 있다. 남한강이 크게 S자로 휘돌아가면서 강 가운데에 봉우리 세 개가 섬처럼 떠 있어 '삼봉'이라고 했고 섬이 있는 호수 같다고 해서 '도담'이라는 이름을 얻었다. 남한강 물줄기가 만들어낸 최고의 명장면이다.

1897년에 조선에 와 전국 팔도를 두루 여행했던 이사벨라 버드 비숍(Isabella Bird Bishop)은 『한국과 그 이웃 나라들』에서 도담의 아름다움에 취해 이렇게 말했다.

한강의 아름다움은 도담에서 절정을 이룬다. 낮게 깔린 강변과 우뚝 솟은 석회 절벽, 그 사이의 푸른 언덕배기에 서 있는 처마가 낮고

| 도담삼봉 | 도담삼봉은 남한강이 크게 S자로 휘돌아가면서 강 가운데에 봉우리 세 개가 섬처럼 떠 있어 '삼봉'이라
고 했고 섬이 있는 호수 같다고 해서 '도담'이라는 이름을 얻었다. 남한강 물줄기가 만들어낸 최고의 명장면이다.

지붕이 갈색인 집들이 그림처럼 도열해 있는데 이곳은 내가 어디에서
도 볼 수 없었던 아름다운 절경이었다.

그러나 도담삼봉으로 가면서 나는 사실 속으로 큰 걱정을 하고 있었
다. 또 얼마나 북적거리고 시끄러울까. 도담삼봉은 관광명소로 개발되면
서 망가진 대표적인 예이다. 충주댐으로 삼봉의 3분의 1이 잠기고 강 건
너 모래톱이 사라지게 된 것은 어쩔 수 없다고 하겠지만 주차장 높이 올
라앉은 휴게소에서 쉼 없이 틀어대는 유행가 소리와 관광버스로 밀려드
는 행락객들의 소동으로 항시 만원을 이루어 편안히, 조용히 이 아름다
운 풍광을 즐겨본 적이 드물다. 거기에다 광공업전시관이나 공예전시관
같은 문화시설에 음악분수까지 들어서서 그 옛날의 도담삼봉 분위기를
잃은 지 오래되었다.

| 상공에서 본 도담삼봉 |

　도담삼봉이 시끄러운 것은 유치한 전설 때문에 더하다. 모든 단양 안내책에 빠짐없이 실려 있고 관광해설사들이 소리 높여 설명한다. 세 봉우리 중에서 가운데 있는 것이 남편, 북쪽은 아내, 남쪽은 첩 봉우리란다. 남편은 아내에게 아이가 생기지 않아 첩을 얻었고, 아기를 가진 첩은 남편 쪽을 향해 자랑스레 배를 내밀며 배시시 웃고 앉았고 아내는 눈꼴이 시어 등을 돌리고 앉았다는 것이다. 이런 것도 전설이라고 들어야 한단 말인가.

　그렇다고 해서 이 천하의 경승을 보지 않고 단양을 지나칠 수는 없는 일이어서 항시 그러려니 각오하고 다녀오곤 했다. 그런데 웬일인가. 한겨울인데다 늦은 오후에 오니 관광객은 우리밖에 없었고 휴게소의 확성기 소리도 꺼졌다. 이렇게 조용한 도담삼봉을 본 것은 처음이었다. 아, 그날 정말로 행복하게 도담삼봉을 맘껏 바라보며 즐거워했다.

도담삼봉의 여러 모습

저녁나절에 보는 도담삼봉의 모습은 이제까지 내가 대낮에 보았던 이미지와는 전혀 달랐다. 밝고 사랑스럽다고만 기억되는 도담삼봉에 땅거미가 서서히 내리자 남한강의 수문장인 양 자못 늠름하기까지 했다.

2000년 단양군에서 펴낸 『단양의 향기 찾아』라는 책을 보면 시시각각 변하는 도담삼봉의 모습을 단양 사람은 이렇게 표현하고 있다.

관능적인 여배우의 분위기 연출처럼 조석으로 그리고 기후별로 제역을 능숙하게 바꿀 줄 안다. 큰물이 내려갈 적에 떠 있는 모습이 다르고, 이른 새벽 물안개가 피어오를 때의 고고한 자태가 다르고, 이슬비가 추적추적 내릴 적에 가련한 멋이 각각 다르다. (…)

그녀는 어떤 역할도 다 소화해내는 만능 연기자이다. 어떤 때는 아무렇지도 않은 늙은 아내의 얼굴이다가 또 어떤 때는 도를 갈구하는 비구니의 모습이기도 하고, 또 어떤 때는 태백산맥처럼 억세었다가 이내 바람맞은 여인네처럼 샐쭉해진다.

점점 어둠에 덮여가는 도담삼봉을 망연히 바라보다 그 신비로움에 이끌려 답사에 동행한 지리학자 기근도 교수에게 물었다.

"지리학에서는 어떻게 저런 절경을 낳았다고 설명하나요?"

"카르스트 지형이라는 것이죠. 중국의 장가계나 베트남의 하롱베이와 똑같은 현상인데 우리나라는 노년기 지형이고 화강암이 발달하다보니 씻겨나갈 것 다 씻겨나가고 저처럼 엑기스만 남아 있는 거예요. 장구한 세월 자연이 만들어낸 거대한 정원석이라 할 수 있죠."

그렇다. 도담삼봉은 자연이 만든 거대한 정원석이다. 그런 마음으로 보면 도담삼봉은 우리나라에서, 아니 세계에서 가장 큰 정원이라고 맘대로 생각해보게 된다.

조선시대 문인들도 도담을 예찬하기는 마찬가지였다. 퇴계 이황을 비롯하여 도담을 읊은 시는 정말로 많다. 화가도 마찬가지였다. 겸재 정선, 호생관 최북, 진재 김윤겸, 단원 김홍도, 기야 이방운, 그리고 또 누구누구, 모두 도담삼봉을 그린 작품을 남겼다. 가만히 생각해보면 이미 풍광 자체가 완벽한 회화적 구도로 잡혀 있기 때문에 한번 본 이상 그리지 않을 수 없었을 것이다.

삼봉 중 가운데 봉우리에는 정자 하나가 있어 삼도정이라 부른다. 이 정자는 1766년(영조 42년)에 처음 짓고 1807년에 목조 사각지붕으로 복원했다고 하는데 옛 그림에는 전혀 보이지 않아 자주 큰물에 떠내려간 것이 아닌가 생각된다. 지금 보이는 육각정은 1976년에 철근 콘크리트로 신축한 것이다.

도담삼봉 그림 중 압권은 단연코 단원 김홍도의 『병진년화첩』에 들어 있는 「도담삼봉도」이다. 부감법으로 위에서 내려다본 시각으로 구성하면서 강한 동세를 곁들여 도담삼봉이 사선으로 치닫는 듯하다. 마치 헬기를 타고 지나가면서 순간적으로 포착한 장면 같다. 영화로 치면 헬기 숏이다.

그것은 실경은 실경이로되 실경에 얽매이지 않는 회화미를 구현했다는, 즉 예술적으로 승화시켰다는 얘기다. 그 대담한 구도의 변형이란 차라리 현대적 어법이라 할 만한데 어떻게 200년 전 화가의 작품이 이처럼 모던할까 감탄스럽기만 하다.

| **김홍도의「도담삼봉도」** | 단원 김홍도의『병진년화첩』에 실린「도담삼봉도」는 부감법으로 위에서 내려다본 시각으로 구성해 마치 헬기를 타고 지나가면서 순간적으로 포착한 장면 같은 동감이 있다.

삼봉 정도전

도담삼봉 주차장 옆 빈터에는 조선왕조를 디자인한 삼봉(三峰) 정도전(鄭道傳)의 동상을 근래에 세워 그가 단양과 인연이 깊었음을 보여주고 있다. 정도전의 본관은 봉화로 고조할아버지가 봉화호장을 지냈다. 그의 출생지는 봉화라고도 하고, 혹은 외가가 있던 단양 매포읍 도전리라고도 한다. 그가 여기서 유년 시절을 보내 호를 삼봉이라 한 것으로 전해지고 있다.

전설에 의하면 도담의 세 봉우리는 원래 강원도 정선에 있었는데 어느 해 장마 때 이곳까지 흘러왔다고 한다. 그러자 정선 땅 관리들이 도담

| 정도전 동상 | 도담삼봉 주차장 옆 빈터에는 조선왕조를 디자인한 삼봉 정도전의 동상을 세워 그가 단양과 인연이 깊었음을 보여주고 있다.

을 찾아와서는 자기들 것이라면서 해마다 세금을 걷어갔단다.

그러던 어느 해 정선에서 세리(稅吏)들이 오자 한 아이가 나서 "저 삼봉은 우리가 가져온 것이 아니고 제멋대로 온 것이니 도로 가져가시오"라고 하여 그후로는 도담 사람들이 삼봉에 대한 세금을 물지 않게 되었다고 한다. 그 아이가 정도전이라고 한다.

그러나 많은 분들이 이런저런 전거로 이를 의심해오고 있는 것도 사실이다. 최근 정도전의 문집인 『삼봉집』을 새롭게 국역한 심경호 교수는 「삼봉에 올라 개경의 옛 친구를 추억하며(登三峯憶京都故舊)」라는 시에서 삼봉을 서울의 삼각산으로 풀이하고 주석에서 정도전의 호 '삼봉'은 여기에서 비롯되었다고 밝혔다.

『삼봉집』에는 이외에도 삼봉이 여러 번 나오는데 그 위치를 보면 삼각산이 맞다고 했다. 이런 논증은 단양 사람들에게 서운하게 들릴지도 모른다. 그러나 사실은 사실로서 받아들이는 것이 현명하다. 허구를 사실로 끼워맞추다보면 더 큰 허구만 낳는다. '한때 정도전의 삼봉이 도담삼봉으로 알려졌다'고 한 걸음만 양보한다고 크게 달라질 것이 없다. 그런다고 도담삼봉의 가치가 떨어지는 것은 절대로 아니다.

더욱이 단양 사람들은 타지인이라도 단양을 사랑한 사람은 단양 사람이상으로 대접해온 개방적인 훌륭한 전통이 있지 않은가. 그것은 신단양한쪽에 있는 소금정공원에서 여실히 볼 수 있다.

소금정공원에서

우리는 도담삼봉을 끝으로 단양8경 답사를 마무리했다. 삼봉 위쪽에 석문(石門)이 있지만 날이 어두워 거기까지 갈 수 없었고 그럴 정도로 정성이 있는 것도 아니었다. 그 대신 숙소로 들어가기 전에 읍내의 소금정공원에 들르기로 했다.

소금정공원은 신단양으로 이주하면서 야트막한 언덕에 만든 근린공원인데 나는 그 이름만 보고 예부터 무슨 정자가 있던 곳인 줄 알았다. 그런데 한자로 소금정(邵今鼎)이라고 한단다. 그러니 뜻을 더욱 모르겠다.

단양군에서 펴낸 『단양의 향기 찾아』에서 그 이름의 내력을 찾을 수 있었는데, 작명을 부탁받은 분이 이름을 짓기 위해 9개월간 고민했는데어느 날 좌선 중에 신안(神眼)이 열려 한글로 '소금정'이라는 이름이 보이더라는 것이다. 그래서 글자의 획수에 풍수와 주역의 원리를 도입하여소금정이라는 한자를 끼워붙인 것이니 한글도 한자도 아무 뜻이 없다는것이다. 참으로 귀신에 홀린 것만 같다. 내가 아니고 단양 사람들이!

소금정공원은 1980년대에 조성되면서 구단양 수몰의 아픔과 신단양의 꿈이 한데 얽혀 수많은 조형물·설치물·건물들이 아무런 계통 없이

| 소금정공원 상휘루 | 1980년대에 조성된 소금정공원에는 구단양 수몰의 아픔과 신단양의 꿈이 한데 얽혀 있다. 1972년 대홍수 때 유실된 단양 관아의 누각인 상휘루도 이 공원에 복원되어 있다.

들어서 있다. 1972년 대홍수 때 유실된 단양 관아의 누각인 '상휘루(翔輝樓)'가 이 공원에 새로 복원되었고, 신단양 건설을 기념하는 '웅비의 탑'이 높이 솟아 있다. 공원 한가운데는 오래된 목욕탕 타일을 붙인 것 같은 분수대가 있고, 단양이 자랑하는 정도전 선생, 장충식 선생, 항일투사 김용재 선생의 추모비가 나란히 서 있으며, 한국전쟁과 베트남전쟁에 참전해 국가 훈장을 받은 단양 사람 52명의 공덕을 기린 '대한민국 무공수훈자 공적비'도 들어섰다. 그리고 내가 미처 못 본 것도 여럿 있어 어지럽기가 수몰지구보다 더하다.

그래도 내가 일행을 이곳에 안내한 것은 단양을 누구보다 사랑하여 단양에 뼈를 묻은 두 분의 시인을 기리는 시비가 있기 때문이다. 한 분은 옥소 권섭이고 한 분은 신동문 시인이다. 문화사적으로 볼 때 단양은 '지역구가 아니라 전국구'였다.

옥소 권섭

옥소(玉所) 권섭(權燮, 1671~1759)은 숙종·영조 시대의 재야 문인으로 총 60여 책에 달하는 자필본『옥소고(玉所稿)』에는 2,000여 수의 한시와 75수의 시조,「영삼별곡(寧三別曲)」등 여러 편의 가사가 실려 있다. 또 그는 대단한 여행가여서 금강산을 비롯해 지리산·가야산·관동팔경 등 명승과 평안도·함경도까지 조선 팔도를 두루 유람하고는 4권의『유행록 (遊行錄)』(1권 유실)을 남겼다. 그런가 하면 자신이 본 산천을 그림으로 그리고 남달리 음악을 즐기기도 한 풍류의 문인이었고 끝까지 자유인이었다. 한생을 그렇게 살 수 있다는 사실이 놀라울 뿐이다.

이런 옥소 권섭이 오랫동안 잊혀왔던 것은 제천에 있는 안동 권씨들이 그의 엄청난 양의 문집들을 200여 년 동안 궤 속에 깊이 묻어두고 세상에 알리지 않았기 때문이다. 이를 박요순 교수가 1974년『문학사상』에 처음 소개하고 1993년 탐구당에서『옥소 권섭의 시가 연구』를 펴낸 이후 세상에 널리 알려지게 되었고, 그의『옥소집』이 영인 출간되면서 새롭게 주목받고 있는 것이다. 특히 국문학계에서는 그의 가사에 크게 주목하여 송강 정철, 고산 윤선도를 잇는 가사문학의 대가로 평가하고 있다.

옥소는 안동 권씨 명문가 출신으로 백부는 우암 송시열의 뒤를 이은 당대의 학자인 수암 권상하이고, 외삼촌은 영의정을 지낸 이의현(李宜顯)이다. 서울에서 태어나 8세 때부터 시를 쓰는 재능을 보였다고 하며 14세 때 아버지를 여의고 나서는 백부의 보살핌을 받았다.

그의 집안은 당시 정계를 주름잡던 송시열계의 골수 노론 집안으로 처음부터 벼슬에 나갈 뜻이 없었던 것은 아니었지만 정쟁 속에 우암이 사약을 받아 죽고 노론 4대신도 사사되는 것을 보면서 평생 벼슬에 나가지 않고 자유인으로 살았다. 화가 겸재 정선, 시인 사천 이병연 등과 교

류하여 손자 권신응(權信應)으로 하여금 겸재에게 그림을 배우게도 했으며 자신은 오직 여행과 문필에만 전념했다.

그러다 44세에 청풍으로 낙향했고 51세 되는 1721년 신임사화가 일어나 돌아가신 백부 권상하의 관작이 없어지고 외삼촌 이의현이 벼슬을 빼앗기는 참변을 겪으면서 가산마저 몰수당하자 제천 봉양면 신동리 선산 가까이 이사하여 30여 년 동안 거주했다. 한때는 부실(副室, 첩) 부인이 살고 있던 문경의 화지동으로 근거를 옮겨 살기도 했다. 이렇게 제천·청풍·문경을 오가며 살면서 그는 단양의 산수를 무척 즐겼다.

말년에 이르러 예전처럼 유람을 즐길 수 없게 되자 「몽화(夢畵)」를 제작하여 와유의 방편으로 삼았고 손자 권신응은 「단구8경」을 그려 할아버지가 단양 산수를 누워서 즐길 수 있게 했다.

그러나 병세가 나아지자 다시 여행을 떠났다. 87세 때는 가족의 반대를 무릅쓰고 함흥을 여행하여 거기서 만난 기녀 가련(可憐)과 주고받은 시조를 한역하기도 했다.

| **『옥소고』(왼쪽)와 옥소 권섭 초상(오른쪽)** | 옥소 권섭은 숙종·영조 시대의 재야 문인으로 총 60여 책에 달하는 자필본 『옥소고』에는 2,000여 수의 한시와 75수의 시조, 여러 편의 가사가 실려 있다. 또 대단한 여행가여서 조선 팔도를 두루 유람하고는 4권의 『유행록』을 남겼고, 자신이 본 산천을 그림으로 그리고 남달리 음악을 즐기기도 한 풍류의 문인이었다.

옥소 선생은 유난히 아끼던 손자 권시응(權時應)이 요절하자 구담봉 정상에 묻으면서 묘지명에 "산이 맑고 물이 맑은 이곳에 할아버지와 손자가 의지하여 영원히 천고를 누려보리라"라고 했다. 1759년(영조 35) 89세를 일기로 세상을 떠나자 그의 유언대로 손자의 묘 위편에 먼저 떠난 두 부인과 합장되었다.

제천 문암영당(門巖影堂)에 백부 권상하와 함께 영정이 모셔져 있고, 문경 당포리 옥소영각(玉所影閣)에도 초상화가 모셔져 있는데 지금은 문경 옛길박물관에 기탁되어 있다. 10여 년 전부터 제천시에서는 해마다 '옥소예술제'가 열리고 있고 안동 권씨 문중은 문암영당에 소장 중이던 고문서 330여 점을 제천시에 기증해 그중 『옥소고』는 충청북도 유형문화재 제364호로 지정됐다.

그가 살던 제천시 봉양읍 신동리 마을 입구 대로변에 문학비가 세워졌고, 그가 사랑한 단양의 소금정공원에는 이 시비를 세운 것이다. 시비에는 「황강구곡가(黃江九曲歌)」 중 '구담'이 새겨져 있다.

| **옥소 시비** | 옥소가 단양을 사랑한 뜻을 기려 소금정공원에 그의 시비를 세웠다. 시비에는 「황강구곡가」 중 '구담'
이 새겨져 있다.

구곡(九曲)은 어드메오 일각(一閣)이 긔 뉘러니
조대단필(釣臺丹筆)이 고금(古今)의 풍치(風致)로다
져긔져 별유동천(別有洞天)이 천만세(千萬世)ㄴ가 ᄒ노라

신동문의 시비 앞에서

높은 대좌 위에 흉상까지 곁들여 거룩하게 모셔진 옥소 선생의 시비
와 달리 신동문 시인의 시비는 마치 원래부터 거기에 있던 바위에 새긴
것처럼 바닥에 낮게 놓여 있다. 큼직한 화강암 바위에는 그의 「내 노동으
로」가 새겨져 있다.

시비 앞에 늘어서서 한 행씩 짚어보며 읽어보는데 앞부분을 건너뛰어
줄여놓은 탓에 도종환 시인의 낭송으로 듣던 그 맛이 살아나질 않는다.

게다가 마지막 구절의 "언제인데"가 "어제인데"로 오자가 났다.

단양 답사에서 돌아온 지 얼마 안 되어 문학평론가 구중서 선생이 내게 전화를 걸어 전주에서 작은 시화전을 여는데 연전에 내가 서울 전시때 써드린 글을 재록하고 싶다고 하셨다. 얼마든지 그렇게 하시라고 답하고, 통화한 김에 단양에 다녀온 이야기를 하면서 신동문 시인이 어떤 분이셨느냐고 묻자 말수가 적은 구중서 선생은 호흡을 가다듬는 듯 잠시 아무 말 없다가 회상조로 이렇게 말씀하셨다.

"개결한 선비 같으신 분이셨지. 필화사건으로 글을 잘 안 쓰셨지만 그 대신 출판인으로 좋은 작가를 많이 찾아냈어요. 내가 『창작과비평』에 리얼리즘론을 쓴 것, 신경림의 『농무』가 제1회 만해문학상을 받게 된 데도 신동문 선생의 역할이 있었지. 민병산 선생하고 신동문 선생은 60, 70년대 우리에게 거리의 스승 같은 분이셨어요. 진정한 4·19의 시인은 신동문 선생이었어."

『사상계』 1960년 6월호에 실린 「아! 신화(神話)같이 다비데군(群)들——4·19의 한낮에」는 젊은 학생 시위대를 성경에 나오는 다비드(다비데), 독재정권을 골리앗에 비유하며 이렇게 시작한다.

서울도 / 해 솟는 곳 / 동쪽에서부터 / 이어서 서 남 북 / 거리거리 길마다 / 손아귀에 / 돌 벽돌알 부릅쥔 채 / 떼 지어 나온 젊은 대열 / 아! 신화(神話)같이 / 나타난 다비데군(群)들 //

(…)

저마다의 가슴 / 젊은 염통을 / 전체의 방패 삼아 / 과녁으로 내밀려 / 쓰러지고 / 쌓이면서 / 한 발씩 다가가는 / 아! 신화같이 / 용맹한

| **신동문 시비** | 신동문 시인의 시비는 원래부터 거기에 있던 바위에 새긴 것처럼 바닥에 낮게 놓여 있다. 큼직한 화강암 바위에는 그의 시 「내 노동으로」가 새겨져 있다.

다비데군들 //

(…)

　마지막 발악하는 / 총구의 몸부림 / 광무(狂舞)하는 칼날에도 / 일사불란 / 해일처럼 해일처럼 / 밀고 가는 스크럼 / 승리의 기(旗)를 꽂을 / 악(惡)의 심장 위소(危所)를 향하여 / 아! 신화같이 / 전진하는 다비데군들 //

(…)

　아! 다비데여 다비데들이여 / 승리하는 다비데여 / 싸우는 다비데여 / 쓰러진 다비데여 / (…) / 누가 우는가 / 역사(歷史)가 우는가 / 세계(世界)가 우는가 / 신(神)이 우는가 / 우리도 / 아! 신화같이 / 우리도 / 운다.

염무웅 선생은 평론집 『살아 있는 과거』(창비 2015)에 실린 『시인 신동문 평전』에 대한 서평에서 "4·19혁명 자체가 반세기를 넘긴 '과거지사'로 되어서인지, 시의 작자인 (4·19의 시인) 신동문도 이제는 거의 잊힌 존재로 되어가고 있다"며 '시 쓰기 너머로 그가 찾아간 곳'을 주목했다.

우리는 신동문 시인의 시비 앞에서 첫날 답사를 마무리하고 당신 살아생전에 잘 가시던 신단양 읍내 골목 안 오학식당으로 발길을 옮겼다. 식당에 들어서니 누가 알아서 미리 주문해놓았는지 밥상에는 신동문 시인이 당신을 찾아오는 손님이 있으면 잘 사주시던 도토리묵이 상마다 한 접시씩 가득 차려져 있었다.

강마을 정취가 그리우면 영춘가도를 가시오

단원의 「강마을」 / 영춘가도 / 향산리 삼층석탑 / 영춘향교 /
사의루 / 온달산성 / 옛 죽령 고개 / 보국사터 석불 / 죽령역

단원의 「강마을」

충주댐 건설로 인한 수몰로 많이 변하긴 했어도 수려한 단양8경의 아름다움이 어디 간 것은 아닌데 단양에 오면 나는 왠지 무언가를 잃어버린 것만 같은 허전함이 일어난다. 남한강변 옛 고을의 아련한 정취를 어디에서도 찾아볼 수 없기 때문이다.

단양 하면 내 머릿속에는 떠오르는 그림이 있다. 단원 김홍도의 『병진년화첩』에 「옥순봉도」「도담삼봉도」「사인암도」와 함께 들어 있는 「강마을」이다. 어디를 그린 것인지 확정지어 말할 수는 없지만 화첩 구성을 보아 단양 풍경일 것이라는 생각을 갖게 한다.

강 건너 마을엔 강변 한쪽으로 잘생긴 정자 하나가 키 큰 나무들에 둘러싸여 있고, 돌 축대 너머로 초가 마을이 보인다. 강에는 긴 다리가 놓

| 김홍도의 「강마을」 | 단원 김홍도의 『병진년화첩』에 「옥순봉도」 「도담삼봉도」 「사인암도」와 함께 실린 강마을 풍경이다. 화첩 구성을 보아 단양 풍경일 것이라 추정되는데 참으로 시정 넘치는 그림이다.

여 있어 두 나무꾼과 지팡이 짚은 노인이 조심스레 강을 건너가는데 한편에선 두 마리 소가 사람을 태우고 느릿하게 강을 건너가고 있고 그 뒤로 송아지가 따라간다. 참으로 시정 넘치는 우리나라의 옛 강마을 풍경이다.

이처럼 단원의 산수화는 명승에 국한되지 않고 평범한 풍광에 시정을 듬뿍 담아낸 것이 많다. '버드나무 위의 새' '밭가는 농부' 등 아주 일상적인 소재를 보편적 회화미로 승화시켰다. 그래서 단원을 가장 조선적인 화가라고 하는 것이다.

이럴 때면 회화라는 장르가 얼마나 위대한가 절감할 수 있다. 겸재와 단원이 없었다면 조선시대 사람이 어떤 모습으로 살았고 그 옛날의 풍광이 어떠했는지 상상하기 힘들 뻔했다.

밀성군의 「단양 취운루」

시도 마찬가지이다. 예부터 '그림은 소리 없는 시이고, 시는 보이지 않는 그림(畵無聲詩 詩無形畵)'이라고 했다. 몇 해 전 고미술 전시회에서 밀성군(密城君)이라는 분이 단양의 취운루(翠雲樓)를 읊은 칠언율시(「단양취운루丹陽翠雲樓」)를 잔잔한 행서체로 쓴 현판을 보았다. 강문(康文)이라는 도장만 찍혀 있는데 다른 현판에선 전재진(全在晋)이란 도장이 함께 찍힌 것을 본 일이 있다.

조사해보니 이 시는 『동문선(東文選)』에 실려 있는 아주 유명한 시이고 밀성군은 고려시대 대제학을 지낸 박윤문(朴允文)임을 확인할 수 있었다. 지나가는 길손이 시로 읊은 단양의 풍광이 자못 그윽하기만 하다.

관동으로 사명(使命)을 받들고 와 이 누대에 이르니 　奉使關東一上樓
십 리 소나무 그늘이 아주 깊고 그윽하다 　　　　　　松陰十里最深幽
길가로 그늘을 드리운 노목들은 옹기종기 서 있고 　蔭程老樹童童立
성곽을 둘러싼 긴 강은 넘실넘실 흐르네 　　　　　　遶郭長江滾滾流
들판을 가로지르는 연기 속에 길 잃은 송아지 누워 있고

　　　　　　　　　　　　　　　　　　　　　　　　横麓斷煙迷犢臥
난간 가득 청량한 바람이 불어 가는 이를 붙드네 　滿軒涼吹勸人留
이번 길에는 올라가서 감상할 겨를이 없으나 　　　此行未暇登臨賞
다른 날 다시 와서 술을 싣고 놀리라 　　　　　　他日重來載酒遊

| 박윤문의 칠언율시 현판 | 고려시대 대제학을 지낸 밀성군 박윤문이 지은 칠언율시를 잔잔한 행서채로 새긴 현판이다. 단양의 취운루를 읊은 시로, 지나가는 길손이 노래한 단양의 풍광이 자못 그윽하기만 하다.

취운루가 단양 어디에 있던 누각인지는 아직 알아내지 못했지만 이 시를 읽으면서 나는 왠지 단원의 「강마을」이 떠올랐다. 그런데 단양 어디에서도 그런 강변의 정취를 그려볼 수 없기 때문에 허전함을 느끼는 것이다.

영춘현

단양의 모든 것이 다 그렇게 변해버렸지만 영춘(永春)만은 아니다. 오늘날 영춘은 단양의 한 면에 지나지 않지만 그 옛날엔 당당한 현(縣)으로 청풍·단양·제천과 함께 사군(四郡)을 이루던 고을이었다.

『여지도서』에 의하면 영춘은 고구려 때는 을아조현(乙阿朝縣)이었고, 신라 때는 자춘현(子春縣)으로 개칭되어 영월(내성군)의 속현이었다. 고려 때 영춘이라 불리며 원주에 속했다가 조선조 정종 때 충청도로 이속되었고, 태종 13년(1413)에 현감이 파견되었다. 그러다 1914년 일제가 행정구역을 개편할 때 단양군의 한 면이 되었다. 오늘날 영춘은 1,000여 가구가 살고 있는 인구 3,000명 정도의 산골이다.

조선시대에는 각 고을을 그린 군현지도라는 것이 제작되었는데 지금 규장각에 소장된 18세기 영춘현 지도를 보면 사방이 산으로 첩첩이 싸

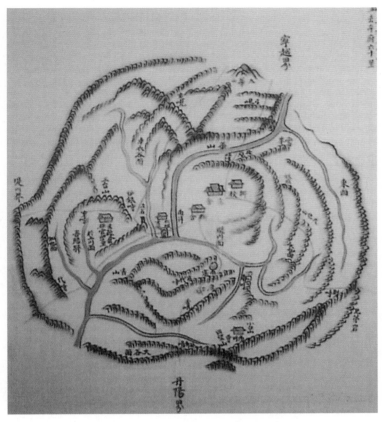

| **영춘현 고지도** | 18세기 영춘현 지도를 보면 사방이 산으로 첩첩이 싸여 동서남북이 영월·순흥·제천·단양
과 경계를 이루고 영월에서 단양 쪽으로 흐르는 남한강이 굵게 표시되어 있다.(서울대 규장각 소장)

여 동서남북이 영월·순흥·제천·단양과 경계를 이루고 영월에서 단양 쪽
으로 흐르는 남한강이 굵게 표시되어 있다.

영월에서 서쪽으로 흘러내리는 남한강의 첫번째 고을이 영춘이고 두
번째가 단양이고, 세번째가 청풍이다. 영춘·단양·청풍으로 이어지는 남
한강변 길은 환상의 드라이브 길이다. 특히 단양에서 영춘으로 가는 길
을 나는 '영춘가도(永春街道)'라 부르며 내가 가장 사랑하는 강변길로 간

직하고 있다.

내가 구례에서 하동까지 섬진강을 따라가는 길을 우리나라에서 '둘째로' 아름다운 길이라고 한 것은 이 영춘가도와 쌍벽을 이루어 어느 것이 더 낫다고 할 수 없어 그렇게 말해두었던 것이다.

영춘가도

영춘가도는 50리 옛길이다. 근대로 들어오면서 그 길이 신작로로 닦였고, 현대로 들어서면서는 2차선 찻길이 되었지만 영춘가도는 아직도 찾아오는 사람이 뜸하여 길가로 식당·여관·가겟방이 들어서는 관광지의 상처를 받지 않았다.

길은 줄곧 남한강을 따라가며 강물이 비집고 내려오는 육중한 산줄기가 둘러 있고, 길가 산비탈엔 이따금 호젓한 마을과 외딴집들이 나타난다.

가로변엔 언제 심었는지 플라타너스와 벚나무가 제법 장하게 자라 늘어서 있고, 넓은 강둑엔 옥수수나 감자 같은 강원도 작물들이 재배되며 마을 입구 길가엔 접시꽃과 해바라기 같은 낯익은 풀꽃들이 철따라 꽃을 피우고 있다.

아, 전국을 포클레인으로 파헤쳐버린 대한민국 천지에 이런 옛길의 잔편이 남아 있는 것이 얼마나 고맙게 느껴지는지 모른다. 2015년 초여름, 이 글을 쓰기 전에 영춘가도가 혹 변하기라도 했는가 확인하기 위해 차를 몰고 학생들과 다시 찾아갔는데 지나가는 차마저 드문 영춘가도는 여전히 내가 사랑하는 그 모습 그대로였다. 영춘은 변함없이 영춘 사람들이 산자락에 기대 살며 강변과 산비탈에 부쳐 먹을 곡식과 채소를 가꾸며 사는 우리의 산촌이었다.

| **영춘가도와 남한강** | 영춘가도는 50리 옛길이다. 아직도 찾아오는 사람이 뜸하여 관광지의 상처를 받지 않았다. 길은 줄곧 남한강을 따라가며 강물이 비집고 내려오는 육중한 산줄기가 둘러 있고, 길가 산비탈엔 이따금 호젓한 마을과 외딴집들이 나타난다.

나는 '여울목'이라고 쓰여 있는 동네 이름에 이끌려 잠시 차를 세웠다. 강둑 넓은 밭엔 싱싱하게 자라는 옥수수가 드넓게 펼쳐져 있다. 밭고랑 길을 따라 강변으로 나아가니 강줄기 따라 뻗어 있는 앞산은 그리 높지는 않지만 육중한 화강암 돌산으로 둥글둥글하게 뫼 산(山) 자를 연속적으로 그리며 이어져간다. 그 산자락에 바짝 붙어 흐르는 강물이 냇돌을 헤치면서 나아가다가 여울지어 흐르면서 물고기 비늘처럼 반짝인다. 참으로 오랜만에 만나는 호젓한 아름다움이었다.

학생들 또한 이 편안한 강촌 풍광에 취해 산이며 강이며 밭이며 연신 카메라를 들이대고 찍는다. 나의 학생 중에는 지방 출신이 제법 많다. 그 중 합천에서 올라온 민규라는 학생은 지방 출신 특유의 순박함이 있어 내가 답사할 때 곧잘 데리고 다니는데 그가 옥수수밭을 가리키며 내게 묻는다.

| **옥수수밭** | 강변 옥수수밭은 고랑마다 키가 다르다. 옥수수는 생육기간이라는 것이 있어서 일찍 뿌리면 일찍 익고 늦게 뿌리면 늦게 딴다. 옥수수는 오래되면 말라서 딱딱해지기 때문에 이렇게 시차를 두고 파종하여 키운다.

"선생님, 옥수수가 밭고랑마다 키가 다르네요. 저긴 옥수수가 벌써 달렸는데, 여기는 반도 자라지 않았고, 이 앞에 건 키가 요만해요."

아, 그건 내가 부여에서 텃밭을 가꾸면서 심어봐서 잘 안다. 옥수수는 생육기간이라는 것이 있어서 일찍 뿌리면 일찍 익고 늦게 뿌리면 늦게 딴다. 옥수수는 오래되면 말라서 딱딱해지기 때문에 시차를 두고 파종하는 것이다. 이렇게 설명을 해주고 통박하듯 한마디 했는데 그의 대답이 아주 당당했다.

"민규야, 너는 촌에서 자랐으면서 그것도 몰랐나?"
"전, 읍내에서 자랐는데요."

향산리 삼층석탑

지난여름 여울목에서 잠시 쉬어갈 수 있었던 것은 자동차를 몰고 갔기 때문이고 답사객을 인솔하여 버스로 갈 때는 영춘 못미처에 있는 가곡면 향산리에서 잠시 쉬어간다. 거기에는 '향산리 삼층석탑'이라는 어여쁜 석탑이 있어 결코 지나칠 수 없는 답사처이기 때문이다.

향산리는 산골치고는 제법 큰 동그만 마을인데 강변 쪽의 300년 된 늠름한 느릅나무 길 건너편으로 들어가면 뜻밖에도 마을 한가운데에 통일 신라시대 삼층석탑이 있다. 향산리 삼층석탑은 높이 4미터의 전형적인 하대신라 탑으로 단아한 형태미를 잃지 않고 보존 상태도 비교적 완전 한 편이어서 보물 제405호로 지정되어 있다.

가만히 생각해보면 단양에 와서 우리가 만난 보물은 이것이 처음인 것 같다. 단양8경은 모두 명승이고 '단양 적성 신라비'는 그 금석문의 가 치 때문에 국보로 지정된 것이니 보물로 지정된 아름다운 건축 조형물 은 이것이 유일한 셈이다.

통일신라 삼층석탑의 기본 양식은 높직하고 튼실한 2성기단에 정연 한 비례감을 지닌 3층 탑신으로 이루어진다. 하대신라로 들어오면 높이 가 4.5미터 정도로 작아지고 지붕돌의 층급받침이 4개로 줄어들어 전체 적으로 아담한 형태미를 보여준다.

향산리 삼층석탑은 그런 전형적인 9세기 하대신라 석탑으로 1층 몸돌 에 비해 2층 몸돌의 높이가 3분의 1 정도로 줄어들어 더욱 날씬한 느낌 을 주며, 지붕돌의 처마는 수평이지만 낙수면 모서리가 상쾌하게 들려 있어 경쾌한 인상을 준다.

탑신부의 몸돌과 지붕돌이 모두 1개씩이어서 깔끔하고 몸돌은 모서 리마다 기둥을 나타냈으며 1층 몸돌 남쪽 면에는 문틀과 2개의 문짝이 새겨져 있어 건축적 표정을 갖고 있다. 그리고 상륜부에는 각각 한 돌로 된 노반, 복발, 앙화, 그리고 불꽃 모양 보주가 그대로 남아 있어 더욱 안정감을 준다.

그런데 안내판을 보면 신라 눌지왕 19년(435)에 묵호자(墨胡子)가 깨달음을 얻은 이곳에 향산사(香山寺)를 처음 건립했고 묵호자가 죽은 뒤 제자들이 이 탑을 세우고 사리를 모셨다고 쓰여 있다. 이는 근거가 있는 이야기가 아니고 시대가 맞지도 않는다. 이런 이야기는 안내책에 전설로 소개할 수는 있어도 문화재의 핵심적 내용과 가치를 설명하는 안내판에 써서는 안 된다.

1935년 무렵 도굴꾼이 사리장치를 훔치려고 탑을 쓰러뜨린 것을 5년 후에 마을 사람들이 다시 세웠다고 하는데 건물이 있었을 자리에는 오래전부터 민가가 들어서 있어 본격적인 발굴은 못 했다. 그러나 탑 주변의 밭에서 기왓장과 청자 조각이 많이 나와 고려시대에도 여전히 절집이 있었음을 알 수 있었고 석탑은 원위치에 있는 것으로 확인되어 탑 주변만 깨끗이 정리해두었다. 그리고 1980년에는 아주 작고 귀여운 고려시대 금동불상이 발견되어 지금 국립청주박물관에 전시되어 있다.

향산리는 삼층석탑도 아름답지만 마을 자체가 정겹다. 여전히 농사를 짓고 살아가는 농민들이 있다는 것이 여간 고맙지 않다. 10년 전쯤 일이다. 농림부에서 농촌 마을을 지원하는 농촌마을종합개발사업이라는 프로젝트가 있었는데 향산리도 이 사업에 지원한 바 있었다. 그때 나는 농업 전문가 박진도 교수, '말하는 건축가' 정기용 등과 심사위원으로 향산리를 방문한 적이 있었다. 그때 어느 집 울타리에 완두콩 줄기가 올라가 어여쁜 꽃이 피어 있는 것을 보고 정기용은 내게 이렇게 말했다.

"프로젝트 심사 할 것 없이 지금처럼 옥수수 심고 울타리에 완두콩 올

| **향산리 삼층석탑** | 향산리 마을 한가운데에는 통일신라시대 삼층석탑이 있다. 높이 4미터의 전형적인 하대신라 탑으로 단아한 형태미를 잃지 않고 보존 상태도 비교적 완전한 편이어서 보물 제405호로 지정되어 있다.

| **향산리 삼층석탑 출토 고려 금동관음보살상** | 향산리 삼층석탑 주변에서 1980년 아주 작고 귀여운 고려시대 금동불상이 발견되어 지금 국립청주박물관에 전시되어 있다.

리며 살아가시면 이 지원금을 마을에 다 주겠다고 하면 안 될까? 그게 농촌 마을 살리는 길인데.”

나도 그럴 수만 있다면 그러고 싶었다. 지금처럼 고향을 지키고 있는 농민들이 국토의 지킴이이고 무형의 문화유산 지킴이라는 생각을 나는 지금도 갖고 있다.

영춘 옛 고을

향산리에서 다시 영춘을 향해 얼마만큼 가다가 보면 군간교(軍看橋)라는 다리가 나온다. 군간교는 군간나루 터에 놓은 다리로 옛날에 파수병을 두었던 곳이라서 군사 군(軍) 자에 볼 간(看) 자를 쓴다. 군간교 건너 영춘으로 가는 길은 1990년대 초 영춘대교가 건설되면서 새로 난 길이다.

본래 영춘으로 가는 옛길은 향산리 뒷산 넘어 구인사(救仁寺)로 들어가는 595번 지방도로이다. 엄청 구불구불한 고갯길로 그 길을 따라가면 구인사 너머 온달산성 지나 영춘으로 들어갈 수 있다. 그래서 홍수가 나거나 큰 눈이 오면 영춘은 여지없이 사방이 막힌 육지 속의 섬으로 고립되곤 했다. 그러니까 영춘이 사계절 육지로 편입된 것은 20여 년 전 영춘대교가 건설된 이후의 일이다. 영춘은 그렇게 깊은 산골이었기 때문에 아직도 호젓한 강마을 분위기를 지니고 있는 것이다.

군간교에서 남한강을 오른쪽에 두고 달리다 영춘대교를 건너면 거기가 바로 영춘면 소재지, 그 옛날의 영춘이다.

영춘 고을의 자리앉음새는 마치 엄지손가락처럼 생긴 강둑에 올라앉은 것 같다. 영월에서 흘러내리는 남한강이 크게 S자로 돌아가는 곳이 세 곳 있는데, 하나는 도담삼봉이고 또 하나가 충주이고, 또 하나가 영춘이다. 고을 삼면을 강물이 감싸고 돌아가니 그 그윽한 풍광은 설명하지 않아도 알 만하지 않은가.

그러나 그 아련한 강변 고을이 일제강점기와 한국전쟁, 1972년의 대홍수로 옛 모습을 다 잃고 지금은 새 동네가 형성되어 있다. 본래 영춘 관아는 번듯하여 동헌과 객사 이외에 9칸의 전대청(殿大廳), 6칸의 동대청(東大廳), 비장청(裨將廳), 위전청(衛前廳)이 있었으며 사의루(四宜樓)라는 관아의 2층 누각도 있었다.

그러나 일제강점기에 들어 동헌은 면사무소로, 위전청은 경찰 주재소로, 사의루는 면사무소 회의실로, 전대청과 동대청은 초등학교 건물로 사용되었다. 그러던 것이 한국전쟁 중에 사의루만 남고 다 소실되어버렸고, 1972년 대홍수로 사의루마저 고을 뒤쪽 언덕배기 향교 옆으로 옮겨졌다.

| **영춘 옛 나루터** | 영춘대교가 건설되기 전에 홍수가 나거나 큰 눈이 오면 영춘은 여지없이 사방이 막힌 육지 속의 섬으로 고립되곤 했다. 영춘은 그렇게 깊은 산골이었기 때문에 아직도 호젓한 강마을 분위기를 지니고 있는 것이다.

영춘초등학교에서

본래 영춘은 『정감록』에서 피난을 위한 십승지(十勝地)의 하나로도 꼽히던 곳이어서 이렇게 옛 모습을 다 잃어버렸다는 것이 더욱 허망스럽다. 그러나 그 지세만은 아름다운 강변 마을의 아늑함을 그대로 전해준다. 관아가 있던 영춘초등학교에 가보니 학교 바로 근처에 면사무소가 있고 정문과 파출소가 맞붙어 있어 옛 관아 건물을 나누어 썼다는 것을 바로 알 수 있다. 교문 안으로 들어가자 뜻밖에도 운동장엔 인조잔디가 깔끔하게 깔려 있는 축구장과 400미터 트랙이 있다.

학교 교사(校舍)는 긴 2층 건물로 제법한 규모인데 화단 앞에는 잘생긴 자연석에 '개교 100주년 기념비'가 자랑스럽게 세워져 있다. 2006년 6월 1일에 세웠다니 이제는 거기에 10년을 더하는 나이가 되었다. 비석 뒷면에는 '꿈과 사랑이 영글어가는 영춘초등학교'라는 제목 아래 다음

| 겸재풍 무낙관의 「영춘현도」 | 화가를 알 수 없지만 겸재풍으로 그린 이 산수화첩에는 영춘 관아의 옛 모습을 그대로 전해주는 「영춘현도」가 있어 그 옛날을 그려보게 한다.

과 같은 글이 새겨져 있다.

1906년 6월 1일 영춘 홍명학교로 개교하여 사립 영춘 보통학교, 영춘 공립보통학교, 영춘 공립심상소학교, 영춘 국민학교로 역사를 이어오다 1996년 3월 1일 영춘 초등학교로 개칭되어 오늘에 이르렀다.

1907년 정미병란(丁未兵亂, 의병운동)으로 교사가 소실되어 개교한 지 1년 만에 잠시 문을 닫아야만 했으며 한국전쟁이 한창이던 1951년 1월 8일 또다시 교실이 모두 불타 배움의 터전을 잃어야만 했고, 1972년 충북 북부 지역을 휩쓸고 지나간 엄청난 수해로 운동장이 모두 유실되는 아픔을 겪으면서도 이 배움의 전당에서는 100년 동안 4,825명의 동문들이 이 나라 역사의 증인으로, 역사의 수레바퀴를 움직이는 역군으로 오대양 육대주를 누비며 오늘을 살아가고 있다.

| **영춘초등학교** | 영춘 관아가 있던 자리엔 영춘초등학교가 자리잡고 있고 정문과 맞붙어 있는 파출소도 옛 관아 건물 자리에 들어선 것이다. 교문 안으로 들어가자 뜻밖에도 운동장엔 인조잔디가 깔끔하게 깔려 있는 축구장과 400미터 트랙이 있다.

　　우리는 100년의 역사와 전통을 자랑하는 모교가 무궁토록 이어지기를 소원하며 총 동문들과, 자라나는 새싹들의 꿈과 희망을 키워주시는 선생님들의 정성을 하나로 하여 이 비를 세우노라.

　　영춘 사람들의 고향에 대한 자부심과 애정이 물씬 묻어난다. 나 또한 영춘초등학교가 무궁히 이어지길 비는 마음이 간절해지건만 현재 학생 수가 각 학년 1개 반, 10명 안팎으로 전교생이 67명이라니 그 장래를 어떻게 보장할 수 있을까 안타까운 마음이 일어난다.

　　강변에 바짝 붙어 있는 학교 담장 한쪽으로 샛문이 있어 나가보니 남한강 푸른 물이 학교를 크게 맴돌아간다. 둑 위로는 강 따라 산책로가 마련되어 있고 길가로는 코스모스가 때 이른 꽃을 피우고 가볍게 불어오는 강바람에도 흐느끼고 있었다.

| **영춘향교 홍살문** | 영춘향교는 입구의 홍살문이 제자리에 번듯하게 서 있어 여기서 향교를 바라보는 시야가 아주 멋스럽다. 주변에 옥수수밭, 아주까리밭이 둘러져 있어 옛 고을의 향취를 느끼게 한다.

영춘향교에서

오늘날 영춘의 모습은 이렇게 변했지만 고을 뒤편 언덕배기에는 향교가 남아 있어 영춘의 옛 모습을 엿볼 수 있게 한다. 조선왕조는 건국과 동시에 전국 330여 군현마다 반드시 향교를 세워 공자를 모신 대성전(大成殿)에서 제를 지내고 명륜당(明倫堂)에서 학생을 가르치게 했다. 요즘으로 치면 국립 중고등학교다. 그래서 전국의 옛 관아는 다 사라졌어도 향교만은 그 옛날의 군현 숫자만큼 남아 있어 고을의 역사를 증언하고 있다. 이것이 얼마나 다행스러운 일인지 모른다.

영춘향교는 정종 1년(1399)에 처음 세워졌고 임진왜란과 몇 차례의 화재, 그리고 빈번한 수해로 소실되었다가 정조 15년(1791)에 현재 위치로 이건했다. 이후 몇 차례 중수가 이루어졌고 현재의 건물은 1977년에 전면 보수한 것이다.

| **영춘향교** | 영춘향교는 언덕의 기울기를 변형시키지 않고 건물을 배치했기 때문에 지붕들의 높낮이가 그대로 드러나 평면적이지 않고 입체적이다.

영춘향교는 향교의 기본 건물인 대성전·명륜당·동재·서재·전사청을 두루 갖추어 그 규모와 격식이 여느 향교 못지않다. 내가 영춘향교에 갔을 때는 문이 굳게 닫혀 있어 안으로 들어갈 수는 없었지만 담장을 낮게 둘러 밖에서도 그 전모를 볼 수 있었다.

특히 영춘향교는 입구의 홍살문이 제자리에 번듯하게 서 있어 여기서 향교를 바라보는 시야가 아주 멋스럽다. 언덕의 기울기를 변형시키지 않고 건물을 배치했기 때문에 지붕들의 높낮이가 그대로 드러나 평면적이지 않고 입체적이다.

나는 향교 담장을 따라 한 바퀴 돌면서 밖에서 건물 안쪽의 이모저모를 살펴보았다. 아무리 보아도 비탈을 경영한 솜씨가 일품이라는 생각이 들었고 담장은 남한강의 둥근 냇돌로 쌓아 더욱 보기 좋았는데 돌들이 호박만 한 크기인지라 여간 튼실해 보이는 것이 아니었다.

| **옥수수밭 너머로 본 영춘향교** | 향교 뒷담 옥수수를 심은 비탈밭 너머로 영춘향교와 앞산의 모습이 한눈에 들어온 다. 낮은 산자락이 길게 펼쳐져 있어 영춘 고을이 여간 아늑하게 느껴지는 것이 아니다.

향교 뒷담을 돌아나오니 홀연히 옥수수를 심은 비탈밭 아래로 영춘 고을의 모습이 한눈에 들어온다. 강이 끼고 도는 고을 건너편으로는 낮 은 산자락이 감싸듯 펼쳐져 있어 여간 아늑하게 느껴지는 것이 아니었 다. 대한민국 천지에 이처럼 아름다운 강마을이 남아 있다니. 영춘 고을 이 영춘초등학교와 함께 이대로 고이 이어지기를 비는 마음이 간절하기 만 하다.

사의루에 올라

향교 바로 곁에는 옛 영춘 관아의 문루인 사의루가 있다. 1972년 홍수 를 겪고 1973년에 안전한 이곳으로 옮겼다는데 이건 참으로 잘못 생각 한 것이다. 누각은 건물보다도 위치가 중요한 터라, 제자리를 잃었다는

것은 건축적 가치의 반을 잃어버린 셈이다.

　사의루 건물은 2층 누각으로 그 규모가 당당하고 구조가 튼튼해서 영춘의 자존심을 보여주는 듯했다. 내가 사의루에 올라갔을 때는 어르신 한 분이 밀짚모자로 얼굴을 가리고 낮잠을 자고 계셨다. 곤한 잠을 깨우고 싶지 않아 뒤돌아 내려오는데 내 발소리에 잠이 깬 어른께서 괜찮다며 어서 올라오라고 했다. 그리하여 나도 누각 한쪽에 길게 누워 잠시 눈을 붙여보았는데 그 한가로움과 평화로움이 영 잊히지 않는다.

　사의루는 정조 11년(1787) 현감 유시경(柳時慶)이 중수하면서 지은 이름이라고 하며 네 가지[四] 마땅함[宜]을 갖춘 누각이라는 뜻이다. 이는 영춘이 예로부터 산(山)·물[水]·바람[風]·인심(人心)이 좋아 길지(吉地)로 인식되어온 것이 마땅하다는 뜻이라고 한다.

　신경림 선생이 일찍이 『민요기행』에서 하신 말씀이 산 좋고 물 좋고

| 돌거북 비석 | 사의루 초입에는 역대 현감의 공덕비 중 잔편만 남은 2기와 돌거북 받침이 온전한 비석 하나가 서 있다. 특히 이 비석은 돌거북의 모습이 해학적이고 귀엽기만 하다.

바람 좋고 인심 좋은 곳이라는 것은 그 고을에 별 볼거리가 없다는 뜻이라고 했는데, 오늘날에 와서는 그것이 진짜 '사의'로 되었으니 영춘은 별볼 일 없는 것이 오히려 큰 볼거리가 되었다고 하겠다.

그런데 나는 이 '사의'의 뜻풀이를 약간 의심하고 있다. 다산 정약용은 강진에 유배되어 처음 4년간 동문(東門) 가까이 노파가 밥 파는 집〔賣飯家〕에서 기거했는데 다산은 이 집을 '사의재'라 한 바 있다. 다산이 말한 사의란 '맑은 생각, 단정한 용모, 과묵한 말씨, 신중한 행동' 네 가지였다. 사의루 기문(記文)을 찾아내면 명확히 알 수 있는 일이지만 꼭 다산과 같은 내용은 아니어도 그런 깊은 뜻이 들어 있었을 것만 같다.

영춘현감 기원 유한지와 사의루 현판

사의루는 현판 글씨가 아주 멋있다. 아무리 보아도 잘 쓴 글씨에 새기기도 잘했고 나이도 오래된 것 같다. 글씨도 꽤 낯이 익다. 나는 속으로 영춘현감을 지낸 기원(綺園) 유한지(兪漢芝, 1760~1834)의 글씨일지도 모른다는 생각이 들었다.

조선왕조는 기록이 풍부한 나라여서 역대 영춘현감의 이름과 재직 연도를 거의 다 알 수 있다. 본래 현감은 종6품 벼슬인데다 벽지였기 때문에 유명한 분이 오는 일이 드물었다. 다만 남유용·홍낙인처럼 관직 초년에 영춘현감을 지내고 나중에 유명해진 분이 몇 있다.

그런 중, 영춘은 미술사와 인연이 깊어서 희원(喜園) 이한철(李漢喆)이 헌종 11년(1845)에 부임했고, 소림(小琳) 조석진(趙錫晉)이 1902년에 부임하여 1906년까지 5년간 있었다. 이분들은 어진(御眞)을 제작한 공으로 벼슬을 얻은 것이었다.

그리고 기원 유한지가 순조 23년(1823)에 영춘현감에 부임하여 임기를 마치고 갔다. 그는 화원 출신이 아니라 기계 유씨 명문가 출신이었는데 그후 벼슬에 나가지 않아 유한지라고 하면 '영춘현감'이 붙어다녔다. 글씨로 당대에 크게 이름을 떨쳐 자하(紫霞) 신위(申緯)는 "청풍군수 윤제홍의 산수화와 영춘현감 유한지의 전서·예서가 한때 뛰어났다"고 했다.

그의 작품으로는 문익점 신도비, 강릉 경포대 현판, 화성의 화홍문 현판 등이 유명하고 경남대가 소장하고 있는 데라우치 문고(寺內文庫) 중 그의 예서첩(『유한지 예서 기원첩兪漢芝隷書綺園帖』)은 보물 제1682호로 지정되어 있다. 특히 유한지는 단원 김홍도와 가까워서 단원의 『병진년화첩』에 '단원 절세보(檀園折世寶)'라는 표제 글씨를 쓰기도 했다. 또한 영조시대의 문인화가로 풍속화라는 장르를 확립한 조영석(趙榮祏, 1686~1761)

| **영춘 북벽** | 영춘의 강 건너는 깎아지른 병풍바위가 족히 400미터쯤 이어졌는데 영조 때 현감이었던 이보상이 석벽에 '북벽'이라는 글씨를 새긴 뒤 영춘 북벽이라 불리게 되었다. 영춘 제일의 명승이다.

의 유명한 작품 「조영복(趙榮福) 초상」은 1724년 그가 39세 때 이곳 영춘에 유배된 형님을 찾아뵙고 그린 작품이다. 이런 서화가들 때문에 영춘이 나에게 더욱 가깝게 느껴진 점도 없지 않다.

사의루 초입에는 역대 현감의 공덕비 중 잔편만 남은 2기와 돌거북 받침이 온전한 비석 하나가 서 있다. 홍수 때 다 떠내려가고 운 좋게 남은 것을 여기에 옮겨 보존하고 있는 것이다.

그중 돌거북 비석의 글씨를 읽어보니 인조 13년(1636)에 영춘현감으로 부임한 바 있는 서정리(徐貞履)의 공덕비였다. 이 비석의 돌거북은 해학적이고 귀엽다. 대개 이런 조각은 19세기 민화가 유행할 때 많이 보이는 것인데 그 연대가 17세기 인조 연간까지 올라간다는 것이 퍽 신기했다.

사의루에서 내려와 이제 영춘을 떠나자니 좀처럼 발이 떨어지지 않는다. 영춘의 강변 정취를 한껏 느끼고 싶으면 소재지에서 좀 더 들어가면

| 베틀재 | 영춘에서 영월로 올라가는 길로 충북·경북·강원 3도가 다 조망된다는 베틀재를 넘어가는 산길(935번 지방도로)이 새로 열렸다고 하여 그쪽으로 가보았다. 듣던 바대로 깊고 깊은 산 속에 베틀재 전망대가 나온다.

바로 나오는 북벽교 옆의 상리 느티마을로 나가는 것이 좋다. 강 한쪽은 호박만 한 자갈돌과 자갈이 부서져 이룬 굵은 모래가 강가까지 넓게 깔려 있다.

　강 건너는 깎아지른 병풍바위가 족히 400미터쯤 이어졌는데 영조 때 현감이었던 이보상(李普祥)이 석벽에 '북벽'이라는 글씨를 새긴 뒤 이렇게 불리게 되었다. 그 강변 모래밭에 앉아 북벽과, 여울져 흐르는 남한강을 번갈아 바라보는 한가로움을 가질 수 있었던 것은 그 옛날 내가 만끽할 수 있는 답사의 여백이었다.

　그런데 세월이 많이 흘러 북벽은 이제 래프팅 명소가 되어 그런 고요함이 많이 사라졌고, 느티마을은 넓은 산비탈 밭에 50만 주의 해바라기를 심어 해바라기 마을로 이름을 얻고 관광객을 부르고 있다. 해바라기 꽃밭의 풍광이 싫은 것은 아니지만 옛날 옥수수밭일 때가 훨씬 영춘다웠다는 생각을 지울 수 없다. 그래도 북벽이 건재하고 남한강 푸른 물이 초록빛으로 흐르는 한 영춘과 북벽의 아름다움과 명성은 이어져갈 것이다.

영춘에서 영월로 올라가는 데는 길이 둘 있다. 본래는 남한강을 계속 따라 올라가 영월에 이르는 길(595번 지방도로)뿐이었는데, 근래에 충북·경북·강원 3도가 다 조망된다는 베틀재를 넘어가는 산길(935번 지방도로)이 새로 열렸다고 하여 그쪽으로 방향을 잡았다.

듣던 바대로 험한 산을 오르고 또 오르다보니 베틀재 전망대가 나오고 또 거기서 또 한참을 내려가니 영월 중에서도 오지로 유명한 김삿갓면이 나왔다. 그날 영춘이 참으로 깊은 산골임을 더욱더 느낄 수 있었다.

영춘 온달산성

내가 영춘이라는 옛 고을을 처음 알게 된 것은 사실 온달산성(사적 제264호) 덕분이었다. 30년 전 내가 한창 답사를 시작할 때는 흐릿한 흑백 사진 하나를 보고 한번 찾아가보는 일종의 탐사였다. 그리하여 아무 기대도 하지 않고 어느 날 온달산성에 올라갔을 때의 황홀한 감격을 잊지 못한다.

우리나라는 산성의 나라이다. 그 많은 산성 중 가장 멋지고 감동적인 산성을 셋만 들어보라고 하면 나는 주저 없이 보은의 삼년산성, 상주의 견훤산성, 그리고 영춘의 온달산성을 꼽을 것이다.

단양 적성에서도 보았듯이 우리나라 산성의 의미는 성벽의 생김새와 구조보다도 자리앉음새에 있다. 어느 산성이든 적의 이동과 동태를 살필 수 있는 곳에 쌓았다. 한번은 고 노무현(盧武鉉) 대통령이 내게 산성에 대해 단도직입적으로 물은 적이 있다.

| **멀리서 바라본 온달산성 입구** | 우리나라는 산성의 나라이다. 많은 산성 중 가장 멋지고 감동적인 산성을 셋만 들어보라고 하면 나는 주저 없이 보은의 삼년산성, 상주의 견훤산성, 그리고 영춘의 온달산성을 꼽을 것이다. 온달산성 입구에는 사극 세트장이 있어 얼핏 보면 산성과 어울리기도 한다.

"나는 산성을 왜 쌓았는지 이해하지 못하겠어요. 적이 쳐들어오면 맞붙어서 싸워야지 왜 산성으로 도망갑니까?"

"도망가는 것이 아니라 싸우기 위해서 산성으로 올라가는 겁니다. 미리 만들어놓은 보루 같은 것이죠."

"그러면 거기에 먹을 것, 마실 것이 있나요?"

"산성엔 반드시 우물이 있어야 하고 식량은 산성에 진을 칠 때 가지고 간 것으로 생각되고 있습니다."

"산성에서 진짜 싸움이 벌어졌나요?"

"남한강 유역에서는 고구려·백제·신라가 치열하게 공방전을 치렀기 때문에 삼국이 요충지마다 산성을 쌓았어요. 그래서 충청북도에는 삼국시대 산성이 즐비합니다.

그리고 임진왜란을 치르고 나서 조정에서 새롭게 알게 된 사실은 우리가 평지 싸움에서는 전멸했지만 산성 싸움에선 크게 이겼다는 사실이었어요. 행주산성 대첩이 대표적인 예이죠. 그래서 임란 후 전국의 산성에 대한 대대적인 보수공사가 이루어졌습니다."

"듣고 보니 알겠네요. 그런데 이런 걸 왜 국민들에게 잘 설명해주지 않나요. 청장님 '답사기'에도 이런 얘기가 없지요? 있었으면 내가 알았을 텐데."

"예, 아직 충청북도 답사기를 쓰지 못했거든요. 요담에 온달산성 답사기를 쓸 때 꼭 얘기해두겠습니다."

순박하고 정직한 성품에서 나온 질문이었고 다 듣고 나서 하신 말씀은 거두절미하고 요점만 찍어 말하는 직선적인 성격을 그대로 보여준다. 아무튼 나는 당신과 한 약속을 지킨 것이다.

온달산성의 내력과 구조

온달산성은 고구려의 장수 바보 온달이 쌓았다는 전설에서 나온 이름이다. 『신증동국여지승람』에는 "둘레 1,523척, 높이 11척의 석축성으로 우물이 하나 있는데 지금은 반이 무너졌다"고 했고, 『여지도서』에는 "온달이 을아조(乙阿朝)를 지키기 위해 축조했다"는 전설이 소개되어 있다.

또 『삼국사기』 「온달전」에 보면 영양왕 원년(590)에 온달이 왕에게 "신라가 우리 한북(漢北)의 땅을 빼앗아 군현으로 삼았으나 그곳 백성들이 통탄하며 부모의 나라를 잊은 적이 없습니다. 저에게 군사를 주신다면 가서 반드시 우리 땅을 되찾겠습니다"라고 아뢰고 "계립령(하늘재)과 죽령 서쪽의 땅을 되찾지 못한다면 돌아오지 않겠다"고 맹세한 후 출정했으나 아단성(阿旦城) 아래에서 신라군과 싸우다 화살에 맞아 죽었다는 내용이 있다.

| 온달산성 | 온달산성은 서쪽으로 돌아가야 제맛이다. 그리고 동쪽 성벽에 이르는 순간 누구든 아! 하는 감탄사를 발하고 만다. 성벽은 산비탈을 타고 포물선을 그리며 동벽은 앞면, 북벽은 뒷면을 엇갈려 보여주며 힘찬 움직임이 일어나는데 그 아래로 남한강은 더욱 푸르고 길게 펼쳐진다.

    고구려 때 영춘의 지명이 을아조 또는 을아단(乙阿旦)이었는데 여기서 '을'은 을지문덕의 '을'처럼 위(上)를 뜻하는 것이니 아단성이 곧 온달산성이라는 것이다.

    그러나 학자들은 온달산성의 위치가 강 건너 북쪽을 겨냥하고 있는

것으로 보아 단양 적성과 마찬가지로 신라 쪽에서 쌓은 성으로 생각하고 있다. 그러므로 온달의 전설이 맞는다면 그가 이 성을 쌓았다기보다 성을 치려다 전사한 것으로 보인다. 한편 온달이 전사했다는 아단성은 서울 광나루의 아차성(峨嵯城)이라는 견해도 있다.

온달산성의 성곽 둘레는 682미터로 그리 크지는 않다. 가파른 북쪽 산자락을 방어벽으로 이용하여 쌓은 테뫼식 산성이다. 바깥쪽에서 보았을 때 북벽은 7미터 이상으로 높다. 그러나 70도 되는 급경사면에 쌓은 것이기 때문에 성 안쪽에서 보면 그리 높지 않다.

성안에는 억새와 잡목, 낙엽송이 잔뜩 자라 있었으나 근래에 관광지로 관리되면서 많이 솎아졌다. 우물은 이미 메워진 지 오래되었지만 성안 가운데쯤에는 장마 때 물이 솟는 곳이 확인되었고 곳곳에서 신라 토기들이 발견되었다고 한다.

온달산성에서

온달산성은 관광지가 되면서 넓은 주차장에 상가들이 들어섰고 드라마 「추노」 세트장이 만들어졌으며 온달동굴(천연기념물 제261호)로 들어가는 입장료도 받고 있다. 관광지로 개발되기 전에는 주차장이 전부 논이었고 입구에는 민가가 네댓 채 어깨를 맞대고 있고 한쪽 켠으로 오래된 산신당이 산성을 지키고 있어 스산한 분위기가 물씬 풍겼다.

온달산성으로 오르는 길은 경사가 매우 급해서 숨이 가쁘고 제법 높다. 성벽까지 오르자면 족히 30분가량 가파른 산을 미끄러지면서 올라가야 했는데 지금은 계단이 있어 그리 힘들지 않다. 중턱에 사모정(思慕亭)이라는 정자가 있어 여기에서 잠시 숨을 고르고 또 그만큼 올라가면 제법 거대하고 튼튼해 보이는 온달산성 북벽에 다다른다.

성안으로 들어가 나무 그늘에 앉아 성벽 아래쪽을 내려다보면 남한강 물줄기가 훤히 드러나고 영춘대교 너머로 영춘 옛 고을이 한눈에 들어온다. 그 장쾌한 눈맛을 나는 여기서 다 표현하지 못한다.

누구든 힘들여 올라온 값으로 성벽을 한 바퀴 돌아보고 싶어지는데

| 온달산성 오르는 길 | 온달산성 성벽은 말끔히 보수했을 때보다 이처럼 풀들이 자연스럽게 덮여 있을 때가 더 역사적 정취를 느끼게 했다.

| **온달산성에서 보이는 소백산** | 온달산성 성문 터에서는 겹겹이 펼쳐지는 소백산 산자락이 그림처럼 다가온다. 가운데 보이는 봉우리가 소백산 연화봉이다.

성벽은 서쪽으로 돌아가야 제맛이다. 산성의 남쪽으로 돌아서면 무너진 성벽 사이로 소백산 연화봉이 그림같이 펼쳐진다. 그리고 동쪽 성벽에 이르는 순간 누구든 아! 하는 감탄사를 발하고 만다. 성벽은 산비탈을 타고 포물선을 그리며 동벽은 앞면, 북벽은 뒷면을 엇갈려 보여주며 힘찬 움직임이 일어나는데 그 아래로 남한강은 더욱 푸르고 길게 펼쳐진다.

영춘 고을의 나직한 집들과 점점이 이어지는 밭들이 강줄기 따라 펼쳐지는 모습을 넋 놓고 바라보고 있자면 내가 옛 전쟁터의 산성에 올라 있다는 생각은 까맣게 잊고 그림 같은 평화로움이라고 말하고 싶어진다. 언젠가 건축가 민현식도 이 온달산성에 다녀온 뒤 내게 이렇게 말했다.

"우리나라의 자연과 건축이 얼마나 잘 어울리는가를 온달산성보다 감동적으로 보여주는 곳은 없다. 그것은 전쟁에 대한 기억이 아니라 자연을 경영하는 인간의 자세를 보여준다고 해야 한다."

내가 이 온달산성에 오른 것이 벌써 몇 번인지 헤아리지 못한다. 단양을 답사할 때 단양8경은 스치듯 지나갈지언정 영춘의 온달산성은 빼놓은 적이 없다. 온달산성에 올라 성벽에 아무렇게나 걸터앉아 우리 산천의 산과 강과 들과 마을과 산성을 망연히 바라보는 그 맛에 단양으로 답사를 오기도 했다.

답사객들도 나와 같은 마음이었고 산성을 내려갈 때쯤이 되어서야 우리가 오른 이곳이 온달산성임을 새삼 깨닫고 나에게 온달의 내력을 물어보곤 했다. 나는 온달이 여기서 전사했다는 전설을 믿는 편이라고 대답하고 내가 느끼는 온달에 대해 말해주곤 했다.

내가 『나의 문화유산답사기』 '북한편'에서도 이야기한 바 있지만, 나는 온달 이야기는 시답지 않은 옛날이야기로만 알고 있다가 바보 온달 이야기의 주인공은 평강공주라는 호암(湖巖) 문일평(文一平, 1888~1939) 선생의 글을 읽고 큰 깨우침을 받았다. 그런 시각에서 보면 평강공주는 아주 진보적이고 평민적이고 영웅적인 왕녀였다.

이 이야기는 바보 남편에 장님 시어머니를 모신 지극한 사랑, 끝까지 신의를 지키는 믿음, 자기 능력을 극대화하는 인간적 성실성, 바보 남편을 전쟁영웅으로 보필하는 훌륭한 아내, 그리고 처연히 저세상으로 떠나는 대범한 죽음, 저승으로 가는 순간에도 변치 않는 사랑, 거기에다 최고의 지배층과 최하의 평민이 만나는 사회적 일체감을 다른 사람 아닌 평강공주를 통해 나타냈다는 것이다. 그러니까 고구려 사람들은 요즘 영국인들이 다이애나 왕세자비를 그리듯 평강공주를 기렸던 것이다.

죽령 고개

나의 단양 답사기는 영춘 온달산성으로 끝낼 수 있다. 그러나 이 이야기를 하지 않고 끝낸다면 단양 답사기는 부실한 것으로 될 것 같다. 바로 죽령(竹嶺) 옛길이다.

단양이 지세가 험한 산으로 이루어진 산골인지라 예부터 사람이 적게 살았음에도 어느 고을 못지않은 전국적인 지명도가 있는 것은 죽령 때문이었다.

옛날에 한양에서 남한강 뱃길을 이용해 경상도로 갈 때는 죽령을 넘어가는 것이 가장 빠르고 편한 길이었다. 오늘날로 치면 경부선에 해당하는 길목이었던 것이다. 단양8경의 아름다움이 세상에 널리 알려지게 된 것도 사실은 죽령 덕이 크다.

죽령은 소백산 산자락을 비집고 넘어가는 높은 고개다. 소백산은 국망봉(해발 1,421미터)을 비롯하여 1,000미터가 넘는 준봉들이 월악산과 속리산을 향하여 남쪽으로 힘차게 치달리는데 도솔봉(해발 1,314미터)과 연화봉(해발 1,394미터) 사이 산세가 잠시 주춤하면서 낮게 굽이진 곳이 있다. 그 사이를 비집고 넘어가는 고개가 죽령이며 그 너머가 경상도 풍기이다.

『삼국사기』에 의하면 죽령 고갯길은 신라 아달라 이사금 5년(158) 3월에 열렸다고 한다. 『여지도서』에도 "아달라왕 5년에 죽죽(竹竹)이가 죽령길을 개척하고 순사하여 죽령이라는 이름이 붙었다. 고개 서쪽에 죽죽사라는 사당이 있다"고 했다. 이것이 죽령의 내력이다.

멀리서 죽령을 바라보면 산자락 사이가 마치 말안장처럼 우묵하게 들어가 그 틈새를 가르고 고갯길이 났지만 워낙에 산이 높은지라 해발 689미터가 되는 험한 고갯길이다.

그로 인해 죽령 옛길에는 산신각이 여러 곳에 모셔져 있다. 그중 가장

| **죽령 다자구야 산신당** | 죽령 옛길에는 산신각이 여러 곳에 모셔져 있는데 그중 가장 유명한 것은 '죽령 산신당',
속칭 '다자구야 산신당'이다. 이 죽령 산신당은 죽령을 넘어가는 5번 국도로 가다보면 오른쪽으로 안내 표시가 있어
쉽게 찾아갈 수 있다.

유명한 것은 '죽령 산신당', 속칭 '다자구야 산신당'이다. 전설에 의하면
한 할머니가 관군과 짜고 자신이 도적 소굴로 가서 도적들이 다 잠자고
있으면 "다자구야(다 잠들었구야)"라고 외칠 테니 그때 와서 소탕하라고 했
단다.

할머니는 도적들에게 아들 둘을 산에서 잃어버려 찾아왔는데 한 애는
'들자구야'이고 한 애는 '다자구야'라면서 "들자구야"를 계속 불러댔다.
그러다 도적들이 다 잠들자 "다자구야"라고 외쳤고, 이에 관군들이 들이
닥쳐 도적떼를 다 잡아갈 수 있었다고 한다. 이후 사람들은 할머니를 산
신당에 모셨고 지금도 이곳 주민들은 해마다 두 번 할머니에게 제를 올
리고 있다.

이 죽령 산신당은 죽령을 넘어가는 5번 국도로 가다보면 오른쪽으로
안내 표시가 있어 쉽게 찾아갈 수 있다.

| 죽령휴게소에서 바라본 산세 | 지금은 중앙고속도로가 죽령터널을 뚫고 가볍게 지나가지만, 5번 국도는 여전히 산자락을 굽이굽이 돌며 숨차게 올라 고갯마루 죽령휴게소에 이른다. 죽령휴게소에서 보는 소백산 겨울 풍경이다.

죽령휴게소

지금은 중앙선 철길이 넘어가고 중앙고속도로가 죽령터널을 뚫고 가볍게 지나가지만, 5번 국도는 여전히 산자락을 굽이굽이 돌며 숨차게 올라 고갯마루 죽령휴게소에 이른다.

이 5번 국도는 내가 지난 세월 영주 부석사, 순흥 소수서원, 안동 하회마을을 답사할 때마다 넘어가던 고갯길이다. 지금은 왕복 3차선 도로로 닦여 별로 힘들이지 않고 넘어가지만 그것은 근래의 일이다.

10여 년 전만 하더라도 덩치 큰 버스로 비좁은 편도 1차선 고갯길을 넘어가자면 우리 답사회의 마기사님, 조기사님이 핸들을 꼭 잡고 몸을 좌우로 크게 움직이며 삼각함수 풀이하듯 사인(sin), 코사인(cos) 곡선을 그리며 넘어갔다. 가다가 앞에 화물차라도 만나면 마냥 꽁무니만 보고 엉금엉금 기어올랐다.

왜 그리도 화물차가 많았던지! 그런데 화물차 운전사 입장에선 앞이 건 뒤건, 버스건 승용차건 여간 신경 쓰이는 것이 아닌지라 굽이마다 클 랙슨을 울려대며 돌아가는데 차 뒷면에는 온갖 경고문이 다 쓰여 있다. '위험물' '화기물' '폭발물' '접근금지' '책임 안 짐'…… 그리고 해골바가 지 그림까지 곁들이며 뒤차에게 안전거리를 확보하라고 경고한다. 그 화 물차 경고문 중 정말로 겁이 나서 가까이 접근하기 무섭게 하는 기발한 문구가 있었다.

"초보운전"

그래서 노자(老子)는 부드러운 것이 강한 것을 이긴다며 "유능제강(柔 能制剛)"이라고 했고, 나는 "인생도처유상수(人生到處有上手)"라고 했던 것이다.

그렇게 고갯마루에 오르면 죽령휴게소에서 으레 한숨을 돌리고 한참 을 쉬어갔다. 휴게소에서 고개 아래로 펼쳐지는 장쾌한 소백산맥을 바라 보는 풍광은 가히 일품이다.

그러다 어느 해인가에 휴게소 아래로 난 죽령 옛길을 답사한 적이 있 다. 죽령 옛길 어드메에 보국사(輔國寺)터라는 폐사지에 머리를 잃은 커 다란 석불 입상이 하나가 있는데 이것이 신라 화랑 죽지랑(竹旨郞)의 설 화와 연관이 있다는 것이었다.

그래서 보국사터를 찾아갔다가 이름 없는 산신당만 보았을 뿐 길을 헤매다 돌아왔다. 그러고는 오랫동안 잊어버리고 있었는데 이를 확인하 지 않고는 단양 답사기를 마무리 지을 수 없어 지난 초여름 차를 몰고 학 생들과 석불을 찾아 나섰다.

| 죽령 옛길의 접시꽃 | 가파른 계곡에서 쏟아지는 물소리가 진동하고 울창한 숲을 비집고 길이 구불구불 돌아가는 데 간간이 몇 채의 집들이 다정히 이웃하여 담을 맞대고 있다. 돌담 가로 접시꽃이 무성히 피어 있었다.

보국사터의 석불 입상

옛날과 달리 요즘 죽령 옛길은 '소백산 자락길'의 일부로 정비되어 있어 쉽게 찾아갈 수 있었다. 단양에서 옛날에 '초보운전' 뒤꽁무니를 따라 갔던 그 5번 국도로 들어서니 길은 3차선으로 닦여 있고 얼마만큼 가다 보니 길가에 '소백산 자락길, 죽령 옛길'이라는 표지판이 나왔다. 그리고 한쪽엔 '용부원 2리 샛골'이라는 큼직한 빗돌 아래쪽으로 승용차 한 대가 다닐 수 있는 길이 나 있었다.

그 길로 들어서니 바깥과는 전혀 다른 세상이었다. 가파른 계곡에서 쏟아지는 물소리가 진동하고 울창한 숲을 비집고 길이 구불구불 돌아가는데 간간이 몇 채의 집들이 다정히 이웃하여 담을 맞대고 있다. 돌담 가로 접시꽃이 무성히 피어 있는 것이 여간 보기 좋은 것이 아니었다.

얼마 안 가서 길가 한쪽에 보국사터를 알리는 문화재 안내판이 나왔

| **보국사터 불상** | 보국사터를 알리는 안내판 옆으로 나 있는 돌계단을 오르자 나뭇가지 사이로 석불 입상의 몸체가 드러나는데 나는 순간 깜짝 놀랐다. 이렇게 크고 당당하고 아름다운 석불일 줄 몰랐다. 마치 그리스 신전의 파손된 신상을 보는 듯한 감동이었다.

다. 안내판 옆으로 나 있는 돌계단을 오르자 나뭇가지 사이로 석불 입상의 몸체가 드러나는데 나는 순간 깜짝 놀랐다. 이렇게 크고 당당하고 아름다운 석불일 줄 몰랐다. 마치 그리스 신전의 파손된 신상을 보는 듯한 감동이었다.

비록 얼굴을 잃었고 가슴에 상처를 입었지만 하반신에 새겨져 있는 옷자락의 의습선(衣褶線)이 정밀하고 옷에 감싸인 육체의 볼륨이 은은히 드러나 있다. 현재 남아 있는 석불의 크기가 4미터라니 얼굴까지는 아마도 4.5미터였을 테고 그렇다면 장육존상(丈六尊像)이다. 부처님의 키는 1장 6척이었다고 했다. 경주 황룡사에 모셔진 불상도 장육존상이었다. 늦어도 9세기 하대신라의 여래입상이다. 비슷한 예를 찾자면 거창 양평동의 석조여래입상과 같은 양식인데 조각 솜씨가 훨씬 훌륭하고 시대도 좀 이른 느낌이다.

| 보국사터 불상의 연꽃 좌대 | 무게감 있으면서도 곱게 다듬은 연꽃 좌대의 정밀한 돋을새김을 보니 완전했을 때는 정말로 통일신라 석불의 진면목을 보여주었을 것이라는 생각이 든다.

무게감 있으면서도 곱게 다듬은 연꽃 좌대의 정밀한 돋을새김을 보니 완전했을 때는 정말로 통일신라 석불의 진면목을 보여주었을 것이라는 생각이 든다. 보면 볼수록 이 불상을 파손한 조상이 원망스럽기만 하다.

이처럼 당당한 불상이 죽령의 사찰에 모셔졌다는 것은 예삿일이 아니다. 단양 사람들이 술종공의 미륵불이라고 주장하고 싶어하는 데에는 그만한 이유가 있어 보였다.

향가, 죽지랑을 사모하는 노래

『삼국유사』에 나오는 「모죽지랑가(慕竹旨郞歌, 죽지랑을 사모하는 노래)」의 이야기는 이렇다. 술종공(述宗公)이라는 분이 삭주(강원도)의 지방관이 되어 죽지령을 지나갈 때 길을 닦고 있는 한 거사를 만났다. 술종공은 거사가 범상치 않은 분이라 생각했고 거사는 술종공의 위풍당당한 자세에 감탄했다. 임지에 온 지 한 달쯤 되었을 때 술종공은 죽지령에서 만났던 거사가 자기 집으로 들어오는 꿈을 꾸었다. 그런데 부인도 똑같은 꿈을 꾸었다는 것이다. 술종공은 이상하게 생각되어 죽지령에 사람을 보내 알아보니 꿈을 꾼 날 거사가 죽었다는 것이다.

이에 술종공은 죽은 거사가 부인의 몸을 통해 환생하는 것이라 여기고 거사의 주검을 죽지령 북쪽 봉우리에 후하게 장사 지내고 무덤 앞에는 돌미륵을 세워주었다고 한다.(단양 사람들은 그 돌미륵이 바로 이 보국사터 석불 입상이라고 주장하는 것이다.) 그리고 꿈을 꾼 날부터 아내에게 태기가 있었고 후에 아들을 낳자 술종공은 거사를 만났던 죽지령의 이름을 따서 죽지랑이라고 했다고 한다.

이 이야기는 향가 「모죽지랑가」로 이어진다. 그 죽지랑이 화랑이 되었을 때 그를 따르는 무리 중에 득오곡(得烏谷)이 있었는데 갑자기 열흘 가까이 나타나지 않으므로 죽지랑이 그의 어미를 불러 연유를 물으니 아간(阿干) 익선(益宣)이 그를 갑자기 부산성의 창고지기로 임명하여 미처 인사도 못 여쭙고 떠나게 되었다는 것이다.

이에 죽지랑은 낭도 137인을 거느리고 떡과 술을 가지고 가서 밭에서 일하는 득오곡을 위로하고 휴가를 얻어 함께 돌아갈 수 있게 해주었고, 이에 득오곡이 죽지랑을 사모해서 노래를 지었다는 것이다.

　　간 봄 그리워하매 / 모든 것이 서러워 시름하는데 / 아름다움을 나타내신 얼굴이 / 주름살을 지으려 하옵내다. / 눈 돌이킬 사이에나마 / 만나 뵙도록 하리이다. / 낭(郞)이여, 그리운 마음의 가는 길이 / 다북쑥 우거진 마을에 잘 밤이 있으리이까. (최철 풀이)

나는 이 석불 입상이 술종공의 미륵불과 일치하는 것인지 아닌지에 대해서는 단양 사람들 마음을 잘 알기에 더 이상 따지지 않기로 했다. 단양군에서 펴낸 『단양의 향기 찾아』의 저자는 이 점에 대해 아주 위트 있게 말했다.

　　돌미륵을 술종공의 미륵과 일치시킬 것이냐 말 것이냐 하는 문제가 있는데, 더 정확한 증거가 나타나 이를 증명할 때까지 믿지 않는 것이나, 일단 믿고 일치하지 않는다는 증거가 나올 때까지 기다리느냐 하

| **죽령역** | 죽령역은 문을 닫았지만 조촐한 역사가 잘 보존되어 있어 고맙고 안심이 되었다. 언제 어느 곳에서 보아도 시골의 작은 간이역 건물은 소박하고 아담하고 정겹다.

는 것은 피장파장이라고 생각된다.

최근 단양은 관광객을 부르며 '사랑의 고장'이라고 내세우고 있다. 구담에는 퇴계와 두향이의 사랑이 서려 있고, 온달산성에는 바보 온달과 평강공주의 사랑이 들어 있고, 죽령에는 「모죽지랑가」가 있다는 것이다. 그렇게 해서라도 단양에 많은 사람들이 찾아오고 많은 사람들이 단양을 사랑해주기 바라는 단양 사람들의 절박한 마음을 나는 이해한다.

죽령역에서

보국사터 석불 입상을 한껏 감상하고 길을 돌아나와 다시 단양으로 들어가면서 오랜만에 죽령역에 들러보았다. 다시는 죽령역에 기차가 서

| **죽령 철길** | 역사 옆으로 돌아 들어가니 철길은 여전히 평행선을 그리면서 소백산맥 옆자락을 돌아 길게 뻗어 있다. 철길 가로 누가 심은 일 없을 황계국이 이제 마지막 꽃송이를 피우며 제철을 마무리하고 있었다.

는 일이 없게 되었다는데 그 간이역의 모습은 그대로 잘 있나 궁금해서였다. 나는 옛날 역사(驛舍) 건물을 아주 좋아한다. 추억이 있어서가 아니라 건축이 지닌 정직하고 소박한 아름다움 때문이다.

서울과 경주를 잇는 중앙선 철길의 옛 이름은 경경선(京慶線)이었다. 그러나 실제로는 죽령이 가로막혀 경경북부선과 경경남부선으로 나뉘어 있었다. 그러다가 1941년, 죽령 밑으로 4,500미터의 죽령터널을 뚫어 중앙선이 비로소 연결되었다. 이때 죽령을 넘어가는 길이 급경사여서 철길을 곧장 내지 못하고 원형의 '또아리굴'을 파서 360도 회전하는 루프식 터널을 건설한 것으로 유명하며 터널의 단양 쪽에 죽령역, 풍기 쪽에 희방사역이 개설되었다.

세월이 흘러 죽령역은 문을 닫았지만 조촐한 역사가 그대로 맑게 단장하고 잘 보존되어 있어 고맙고 안심이 되었다. 언제 어느 곳에서 보아도 시골의 작은 간이역 건물은 소박하고 아담하고 정겹다. 건축가들의 개성이 시각적 폭력으로 자주 나타나는 요즘 세상에 죽령역은 침묵으로 건축의 존재감을 드러내준다. 마치 조선시대 백자가 큰 기교 없이 더 큰 맛을 보여주는 것처럼.

역사 옆으로 돌아 들어가니 철길은 여전히 평행선을 그리면서 소백산맥 옆자락을 스치며 한없이 길게 뻗어 있다. 철길 가로 누가 심은 일 없을 황계국이 아무렇게나 자라다가 이제 마지막 꽃송이를 피우며 제철을 마무리하고 있는 것이 안쓰러워 보였다. 기차가 지나가는 것을 보면 죽령역에도 생기가 돌 것 같아 기다려보았지만 좀처럼 오지 않았다. 마냥 기다릴 수도 없는 일이기에 그냥 돌아서니 아무도 찾아오는 일 없는 죽령역엔 침묵만이 낮게 깔려 있다. 나의 단양 답사는 언제나 끝이 이렇게 스산하다.

산은 날더러 잔돌이 되라 하네

장락동 칠층모전석탑 / 의림지 / 자양영당 / 제천 의병운동 /
배론성지 / 신유박해 / 황사영 백서 / 박달재 / 철수네 화실 /
목계나루

제천의 역사와 범위

창비 답사 둘째날, 우리는 본격적인 제천 답사를 위해 아침 일찍 단양을 떠났다. 내가 남한강 답사기에 제천도 쓸 것이라고 말하면 사람들은 제천에 뭐가 있다고 쓰나 고개를 갸우뚱거리곤 했다. 제천 사람들도 마찬가지였다. 우리 과의 제천 출신 대학원생도 반가워하기는커녕 의외라며 이렇게 말했다.

"정말요? 저는 미술사학과에 들어와 제천에 문화유산이 없어서 주눅이 많이 들었어요. 선생님의 『한국미술사 강의』에도 제천은 나오지 않잖아요. 저는 의림지 외에는 떠오르지 않는데, 제천 어디를 쓰려고 하세요?"

"너, 정말 그렇게 생각했니? 우선 제천 시내에 장락동 칠층모전석탑(보물 제459호)이 있지, 그리고 청풍 한벽루(보물 제528호)가 있고, 월악산엔 사자빈신사터 4사자 구층석탑(보물 제94호)과 덕주사 마애여래입상(보물 제406호)이 있고, 물태리 석조여래입상(보물 제546호)이 있고, 나도 아직 가보지 않았지만 제천 신륵사 삼층석탑(보물 제1296호)이라는 것이 있지. 국가에서 보물로 지정한 것만 6개인데 없다구? 단양8경의 옥순봉도 실은 제천에 속하는 것이야. 너 혹시 제천이라고 하면 옛날 제천읍 시절의 시내만 생각한 거 아니니?"

"예, 사실 그랬어요."

"그리고 나는 미술사 답사기가 아니라 문화유산답사기를 쓰고 있잖아. 한말 의병운동의 본거지였던 자양영당과 황사영 백서사건의 현장인 배론성지도 중요한 답사처이고. 「울고 넘는 박달재」도 얼마나 유명하니. 내가 아는 것만도 그렇다."

"확실히 선생님이 저보다 제천을 더 많이 아시네요."

"'아시네요'가 아니라 지역을 생각하는 자세의 문제야. 청풍군과 제원군을 흡수해서 제천시가 되었으면 그곳을 제천으로 품어 안아야 하는 거 아닌가."

거기에는 역사적 내력이 있다. 제천은 그 범위가 여러 번 변했다. 삼한시대엔 마한 땅이었다가 4세기 초에는 백제의 영토가 되었고, 5세기에는 고구려 영토로 되어 내토군(奈吐郡)이라 했다. 그때 청풍은 사열이현(沙熱伊縣)으로 제천이 아니었다.

6세기에 신라 영토로 편입되어 통일신라 때 내제군(奈堤郡)으로 개칭되면서는 청풍이 내제군 관할로 들어왔다. 고려시대엔 제주군(堤州郡)으로 개칭되었는데, 조선시대엔 제천은 현, 청풍은 도호부로 위상이 역전되었다.

| **제천의 보물** | 왼쪽은 덕주사 마애여래입상, 오른쪽은 사자빈신사터 4사자 구층석탑이다.

일제강점기 들어 1914년 군현을 통합·개편할 때 다시 청풍을 흡수하여 제천군이 되었다. 그리고 1980년 제천읍이 시로 승격하면서 읍 이외 지역은 제원군(나중에 제천군)으로 독립해 있다가 1995년에 제천시로 다시 통합되어 오늘에 이르고 있는 것이다.

이렇게 제천의 행정구역에 출입이 잦아 옛 읍내만 생각하는 경향이 생긴 것이다. 이 점에 대해 내 친구 인태는 자기 고향인 제천을 어떻게 생각하고 있는지 슬쩍 물어보았는데 그의 대답이 의외였다.

"너는 제천이란 곳을 어떻게 생각하니?"
"무얼 어떻게 생각해?"

"제천 땅이 갖는 특징 말이야."

"다른 건 몰라도 제천의 면 이름 하나는 정말 잘 지었어. 다른 시군에 가보면 군내면·군북면·군남면·산내면·산외면·산북면·동면·서면·남면 하면서 방향만 가리키고 있어서 각 고을의 정체성이 보이질 않아요. 그런데 제천은 봉양·청풍·한수·백운·송학·덕산·금성…… 얼마나 멋있고 서정성이 있냐. 그 점에서 지자체 중 제천이 가장 좋은 전통을 갖고 있다고 생각해. 어때? 너도 잘 몰랐지?"

뜻밖이었다. 인태에게 이런 서정성이 있었다니, 정말 놀라웠다.

제천의 자존심, 장락동 칠층모전탑

제천의 첫 답사지는 장락동의 칠층모전석탑으로 잡았다. 답사 일정표를 짜면서 나는 잠깐 고민했다. 명성으로 보면 당연히 의림지가 먼저이지만 답사객들을 감동시키기 위해선 장락동을 먼저 가야 한다고 생각했다.

사실 의림지는 이름만 높지 막상 현장에 가면 옛 자취가 없는 공원이어서 허망할 수 있다. 반면에 난생처음 듣는 장락동의 모전석탑에 대해서는 어떤 기대감도 없겠지만 뜻밖의 아름다움에 감동할 것이고 그러고 나면 제천의 이미지가 확 달라질 것이라고 생각했기 때문이다.

안목 있는 사람만이 아니라 누구든 처음 이 탑을 보는 순간 저렇게 멋있는 탑이 제천 시내에 있고 그것도 세상에 잘 알려지지 않았다는 사실에 놀랄 것이다. 20년 전 나도 처음 이 탑을 보고 얼마나 반가웠는지 모른다. 장락동은 제천 시내이지만 동북쪽 구릉지대에 있어 들어가는 진입로를 찾기가 복잡하고 버스는 들어갈 수도 없었다. 그때는 절도 퇴락했지만 탑 앞 빈터에는 과수원이 있어 키 작은 사과밭 너머로 솟아 있는 탑

| **장락동 칠층모전석탑** | 높이가 9미터로 훤칠하게 클 뿐만 아니라 높고 넓은 토축 위에 모셔져 있기 때문에 더욱 안정감도 있고 거룩해 보인다. 보호 철책도 토축 바깥쪽으로 넓게 둘러 있어 감상에 전혀 방해가 되지 않는다.

| 장락사 칠층모전석탑과 아파트 단지 | 안목 있는 사람만이 아니라 누구든 처음 이 탑을 보는 순간 저렇게 멋있는 탑이 제천 시내에 있고 그것도 세상에 잘 알려지지 않았다는 사실에 놀랄 것이다.

이 더욱 멋있어 보였다.

　사실 장락동으로 가면서 나는 이 절터가 어떻게 변했을까 궁금하기도 하고 걱정스럽기도 했다. 내가 본 것은 20년 전 일이고 장락동엔 주공아파트 단지가 4단지까지 생겼다고 하여 불안한 마음이 있었다.

　큰길가에 버스를 세워놓고 사방을 살피니 다행히도 주공아파트는 개울 건너편에 있어 이 탑에 큰 영향을 주지 않았다. 탑 쪽으로 눈을 돌리자 과수원은 없어지고 그 대신 잔디가 넓게 깔려 있는데 새로 지은 법당이 뒤에서 탑을 받쳐주고 있었다. 그리고 그 뒤로는 여전히 구릉 위에 자란 무성한 숲이 병풍처럼 둘러 있었다. 얼마나 고마웠는지 모른다.

　탑을 바라다보며 무리 지어 오솔길을 걸어가는 일행들 속에서 "멋있는데" "주변이 훤해서 좋다" "생각보다 크다" "하얀 탑만 보았는데 까만 탑도 멋있네" 하는 소리들이 들렸다. 그리하여 탑 앞에 넓게 퍼져 저마다 우뚝한 탑을 올려다보며 조용히 감상했다.

이 탑은 높이가 9미터로 훤칠하게 키가 클 뿐만 아니라 돌계단이 대여섯 단이 되는 높고 넓은 토축 위에 모셔져 있기 때문에 더욱 안정감도 있고 거룩해 보인다. 보호 철책도 토축 바깥쪽으로 넓게 둘러 있어 감상에 전혀 방해가 되지 않는다.

원로 언론인으로 한겨레신문사 부사장까지 지내신 임재경 선생님은 나의 영원한 바둑 맞수로 나와 바둑 두는 재미로 항시 답사에 참여해오셨는데 단 한 번도 유적 유물을 보고 멋있다거나 내게 묻거나 하는 일이 없으셨다. 그런데 우정 내 곁에 와서 묻는다.

"이게 언제 세워진 것이라고?"

"통일신라시대 양식이에요."

"구조가 어떻게 된 거야?"

"얼핏 보면 벽돌을 쌓아 만든 것 같지만 실은 짙은 회색 점판암을 벽돌만 하게 잘라 쌓은 탑이에요. 그래서 전탑의 구조와 생김새를 모방했다고 모전석탑이라고 해요."

"경주 분황사탑 식이구먼. 이런 탑이 많나?"

"왜, 안동 답사 때 임청각 앞에서도 보았고, 권정생 선생 사시던 조탑동에서도 봤잖아요. 안동 영양 지방에만 대여섯 기가 있어서 통일신라시대 안동 지방 양식으로 분류하고 있지요. 그 문화권이 죽령 너머 여기까지 뻗어 있는 겁니다."

"근데 말이야, 이 탑은 1층 모서리하고 문틀, 문짝이 화강암으로 되어 있어서 더욱 멋있는 거 같아. 검은 돌과 대비도 되고 쭉 올라간 느낌이 생기잖아. 당신 『한국미술사 강의』에도 나오겠지?"

"아뇨."

그건 나의 큰 실수였다. 그때 통일신라시대 이형탑(異型塔)을 설명하면서 왜 이 탑을 빠뜨렸는지 모르겠다. 개정판에 꼭 반영해야겠다. 임선생님이 또 나를 붙잡고 말씀하신다.

"이 탑은 시내에 있다는 것이 아주 중요한 거 같아요. 저기 고층아파트를 배경으로 보아도 전혀 이상하지 않고, 오히려 제천이 문화적으로 역사가 깊고 당당하다는 걸 보여주잖아. 유럽에 가면 중세시대 건물이 도심 속에 있는 것이 얼마나 멋있던가.

그러니까 자네도 문화재 행정 경험이 있는 사람으로서 이런 점을 강조해야 해요. 이 앞에 있는 잔디밭에 무얼 짓거나 그러는 건 아니겠지? 그러다간 끝장나는 거지."

"옙, 명심하겠습니다."

임재경 선생님께 문화재에 대한 이런 소견이 있는 줄은 정말 몰랐다. 이번 제천 답사에서는 유인태에게 그런 서정성이 있다는 것과 임선생님의 안목이 깊다는 것을 새삼 알게 되었다. 확실히 여행은 그 사람의 새 모습을 자연스럽게 드러내준다.

제천 답사 후 나는 제천시장에게 전화를 걸어 임재경 선생님과 나눈 이야기를 전하고 가능하면 모전석탑 앞 잔디밭은 옛날처럼 사과나무 과수원으로 하면 문화재 환경으로서 가치가 있고 더 아름다울 것이라고 내 의견을 말해주었다. 중국 시안(西安)에 있는 진시황릉은 그 앞이 온통 석류밭이어서 석류꽃 필 때와 석류가 익어갈 때 더욱 사람을 매료시키는 것처럼.

제천은 높은 고원지대에 있어 올 때마다 호쾌함과 아늑함을 동시에 느끼곤 한다.

의림지

장락동을 떠나 우리는 의림지(義林池)로 향했다. 이동 거리는 얼마 안 되지만 차창 밖으로 제천 시내의 모습이 한눈에 들어온다. 올 때마다 느끼는 것이지만, 제천은 고원지대의 분지가 지닌 호쾌함과 아늑함이 함께 느껴진다. 높게 올라앉은 평평한 대지에 먼 산이 낮게 둘러 있어 편안함도 있고, 기상도 있다.

의림지(명승 제20호)는 밀양 수산제, 김제 벽골제, 상주 공갈못과 함께 중학교 때부터 교과서에서 삼국시대 인공 수리시설로 배우고 외워서 익히들 알고 있을 것이다. 이것이 왜 중요하냐 하면 그때 이미 관개용 저수지를 만들어 농지를 관리할 정도의 사회구조를 갖고 있었다는 물증이 되기 때문이다.

의림지는 제천시 북쪽 끝자락 용두산(해발 871미터)에서 흘러내리는 계

곡물을 막아 이룬 저수지로서 그 옛적부터 오늘날까지 주변 농사의 젖줄이 되어왔다. 간혹 의림지가 삼한시대에 만든 것이 아니라는 주장도 나온다.

또 전해오기로는 신라 진흥왕 13년(552)에 악성 우륵(于勒)이 의림지를 쌓았다고도 한다. 우륵은 가야금을 안고 풍광 좋은 곳을 찾아다녔는데 지금 의림지 있는 곳 동쪽의 돌봉재에서 노닐다가 이 저수지를 만들었다는 것이다. 그리고 고려시대에 박의림이라는 현감이 쌓았으므로 의림지라 부른다는 설도 있다.

그러나 제천의 고구려 적 이름이 '내토'이고 신라 때 이름이 '내제'인 것은 모두 큰 둑이나 제방을 의미하므로 의림지의 역사를 삼한시대까지 올려보는 것이 아직은 정설이다. 박의림 현감은 의림지를 수축·보완했다고 보는 편이 옳을 것이다. 충청도를 '호서'라고 하는 것은 의림지의 서쪽이라는 뜻이고 전라도는 벽골제 남쪽이라 호남이라고 부른다는 설도 있다.

문헌의 기록에 따르면 세종 때 정인지(鄭麟趾)가 충청도 관찰사를 지내며 수축했고 다시 세조 때 체찰사가 되어 단종 복위운동에 대비해 군사를 모으면서 호서·영남·관동의 병사 1,500명을 동원하여 크게 보수했다고 한다.

또 일제강점기인 1910년부터 5년 동안 연인원 3만여 명이 동원되어 보수했고 1972년에는 충북 지방을 휩쓴 폭우로 둑이 터질 위험에 처하자 하류에 사는 농민들이 일부러 한 귀퉁이를 헐어 물을 빼낸 적도 있다고 한다.

그때 의림지 둑의 축조 방식이 드러났는데 기가 막힌 자연친화적 수축법이었다. 둑을 쌓기 전에 개천 바닥에는 둥근 자갈이 깔려 있었는데, 그 바닥을 깊이 파서 진흙을 깔고 그 위에 지름 30~50센티미터 되는 통나무를 가로세로로 묻어가며 버팀벽을 만들었다.

그리고 물이 닿지 않는 바깥 면은 굵은 자갈을 섞은 흙으로 덮어 마무리했지만 물에 닿는 안쪽 면은 진흙과 모래흙, 소나무 낙엽을 층층이 다져넣고 다시 굵은 자갈이 섞인 모래흙을 두껍게 덮었다. 이렇게 해서 진흙층은 물의 침투를 막고 낙엽층은 공기가 차단되어 부식되지 않은 채 버텨낸 것이다.

지금의 모습은 발굴 뒤인 1973년에 복구해놓은 것이다. 현재 의림지는 둘레 약 2킬로미터, 수심은 8~13미터가량이며 약 300정보의 논에 물을 대고 있다.

의림지는 이처럼 2,000년 가까운 수리시설로 자기 구실을 하면서 한편으로는 호반의 경승지이자 제천 사람의 휴식처 구실도 톡톡히 하고 있다. 초등학교 2학년 때까지 여기에 살던 인태는 의림지에서 스케이트

水蘭山菊惜香衰 小棹沿洄百頃遲
有渚滄洲放罟房 誰云澔旱被盂彰
雲端不識漁鄕處 望底唯看瀑迸垂
高咏大堤彩一起 眺魚飛鴨亂天姿

義林池

| 기야 이방운의 「의림지」 | 1801년에 청풍군수로 부임했던 조영경이 청풍·단양·영춘·제천 사군을 유람하고 8곳의
명승을 시로 읊고는 이방운에게 그림을 그리게 했다. 시화첩 속에 들어 있는 의림지 시와 그림이 특히 볼만하다.

타던 추억이 있다고 했고, 우리 과 제천 출신 대학원생은 오리배를 탔다
고 즐거워했다.

의림지 주위로는 산책로가 있고 호숫가 언덕에는 잘생긴 노송들이 늘
어서 솔밭을 이루고 그 사이로 1807년(순조 7년)에 세워진 영호정(映湖亭)
과 1948년에 세워진 경호루(鏡湖樓)가 있다.

조선시대 이쪽을 유람하는 시인 묵객들도 의림지만은 빼놓지 않고 다
녀가며 많은 시를 남겼다. 그런데 그림은 별로 없고 단지 기야 이방운
의 그림이 한 폭 전한다. 이 그림은 1801년에 청풍군수로 부임하여 1년
간 근무했던 조영경(趙榮慶)이 청풍·단양·영춘·제천 사군을 유람하고서
8곳의 명승을 시로 읊고는 이방운에게 그림을 그리게 한 시화첩 속에 들

어 있다. 이 시화첩의 제목은 중선암에 있는 암각 글씨를 따서 『사군강산 삼선수석(四郡江山參僊水石)』이라 했다. 화첩 중 의림지를 그린 그림과 조영경의 시는 한번 음미할 만하다.

수란(水蘭)과 산국화 향기가 시드는 것을 애석하게 여겨

水蘭山菊惜香衰

조그만 배를 타고 넓은 강을 더디게 올라가네　　　小棹沿洄百頃遲

(…)

누가 장마와 가뭄으로 차고 준다고 말하겠는가　　誰云潦旱被盈虧

(…)

방죽 노래[大堤曲] 한 곡조를 큰 소리로 부르니　　高唱大堤歌一曲

뛰어오르는 물고기와 나는 오리가 각기 천연의 제 모습이네

跳魚飛鴨各天姿

박달재의 아랫마을과 윗마을

이제 제천을 떠나 박달재 아래윗마을로 가자니 옛날 생각이 난다. 내가 25년 전에 처음 답사기를 쓸 때는 이처럼 오래도록 이어갈 생각이 아니었기 때문에 앞 시기에 나온 기행문을 거의 참고하지 않았다. 더욱이 나는 기행문이 아니라 답사기를 쓴다는 생각이었고, 또 읽고 참고할 만한 것이 많다고 생각되지 않았기 때문이다. 그러나 첫 책이 출간되자 많은 분들이 서평을 쓰면서 내 글을 기행문학으로 평하는 것을 보고 안 되겠다 싶어 앞 시대 글들을 찾아 읽기 시작했다.

그리하여 나에게 큰 감동을 준 책이 두 권 있었는데 하나는 육당 최남선(崔南善)의 『심춘순례(尋春巡禮)』(1926)이고 또 하나는 역사학자 최영

희(崔永禧) 선생이 쓰신 『한국사 기행 — 그 터』(일조각 1987)였다. 특히 최영희 선생이 제천의 배론 천주교 성지와 장담(長潭)의 자양영당을 쓴 글은 아주 인상적이었다.

이상한 일도 있다. 19세기 한국의 사상과 정치의 갈등이 충청도 제천군 박달재 산골짜기에서 이글거리고 있었다.

박달재 마루턱에서 제천을 향해 왼쪽으로 10리에 있는 배론에서는 골수 천주교인들이 숨어 있었고 오른쪽 10리에 있는 장담에서는 골수 위정척사론인(衛正斥邪論人)들이 의병(義兵)을 일으켰다.

상대를 사특(邪慝)한 것으로 규탄하여 타협할 수 없는 극과 극의 양극이 시기의 차이는 있었으나 박달재를 사이에 두고 산골짜기에 자리잡게 된 것은 우연한 일만은 아니었다. 사교로 몰린 천주교인들은 나라의 박해를 피해 숨어 살아야 했고, 주자학의 전통을 이은 위정척사론인들은 개화의 물결 속에서 세속을 떠나 그 전통성을 이어나가기 위해서였다.

이 글이 나로 하여금 배론과 장담 마을을 답사하게 이끌었던 것이다. 한국사 책이면 반드시 나오는 1801년 신유박해 때 황사영 백서가 쓰인 곳이고, 1895년 을미의병운동의 첫 봉기가 일어난 곳이라니 그야말로 '한국사의 그 터'가 아니던가.

제천 봉양읍

의림지를 떠난 우리는 일단 봉양으로 향했다. 자양영당을 가든 배론 성지를 가든 봉양을 거쳐야 한다. 그리고 박달재를 넘어가기 위하여 또

| **탁사정 계곡** | 봉양읍에는 탁사정이라는 명승 계곡이 있다. 탁사정은 규모는 작아도 참으로 어여쁘고, 그윽하고, 환하다. 제천 최고의 탁족처라 할 만하다.

봉양으로 나올 것이다. 봉양은 제천·충주·원주로 가는 세 갈래 길이 있는 교통의 요충이다. 그래서 봉양은 면이 아니라 읍이다.

봉양엔 가볼 곳도 많다. 배론성지·자양영당·박달재가 다 봉양에 있을 뿐만 아니라 지금 우리가 들르지 못하는 것이 아쉽기만 한 탁사정(濯斯亭)이 있다.

탁사정은 선조 때 임응룡(任應龍)이라는 분이 제주도 수사(守使)를 지내고 귀향하면서 육지에서는 보기 드문 해송(곰솔) 8그루를 가져와 계곡 언덕에 심었는데 이 곰솔이 잘 자라자 그의 아들이 곁에 정자를 짓고 팔송정(八松亭)이라 한 데서 유래했다. 세월이 많이 흘러 팔송정이 퇴락하자 1925년 그의 후손이 복원했고 의병장 원규상(元圭常)이 탁사정이라 이름 지은 것이다.

탁사란 '이것을 씻는다'는 뜻으로 초나라 애국시인 굴원(屈原)이 「어

부사(漁父詞)」에서 "냇물이 맑으면 갓끈을 씻고, 냇물이 흐리면 발을 씻는다"고 한 탁영탁족(濯纓濯足)에서 왔다. 즉 군자는 시류에 나아가기도 하고 물러나기도 할 줄 알아야 한다는 뜻이다.

이 탁사정이 멋있는 것은 사실 정자가 아니라 계곡 때문이다. 탁사정 계곡은 규모는 작아도 참으로 어여쁘고, 그윽하고, 환하다. 아마도 제천 최고의 탁족처는 탁사정 계곡일 것인데 여기까지 와서 그런 여유를 갖지 못하는 것이 못내 아쉽다.

이 계곡의 물은 치악산에서 흘러내려와 주포에 이르러 다른 쪽에서 흘러오는 냇물을 받아 제법 큰 주포천이 되어 산자락을 돌고 돌아 충주호로 흘러든다. 자양영당은 이 주포천변에 자리잡고 있다.

자양영당과 위정척사

자양영당(紫陽影堂)에 당도하니 자리앉음새가 제법 넓고 밝은데 번듯한 홍살문 너머로 낮은 돌기와 지붕의 긴 콩떡 담장이 둘러 있고 그 안에 있는 영당과 서사(書舍)가 밖에서도 훤히 들여다보인다. 그리고 그 곁에는 2001년에 건립된 제천의병전시관이 있고 또 의병봉기 기념 조형물이 있는 역사공원으로 꾸며져 있다.

자양영당으로 오는 길에 강만길 선생님은 의병운동에 대해 간략히 이렇게 말씀하셨다.

"19세기 말 조선왕조가 멸망의 길로 들어설 때 이에 저항하는 투쟁이 크게 두 가지가 있었어요. 하나는 의병의 근왕(勤王)투쟁이고, 하나는 만주 독립군의 독립투쟁이죠.

의병운동은 여러 가지 한계를 갖고 있었지만 조선 군대가 해산할 때

| **자양영당** | 구한말 의병운동이 처음으로 일어난 곳으로, 1906년 처음 세워질 때는 주희·송시열·이항로·유중교 네 분. 8·15해방 직후 유인석·이소응 두 분이 더해져 현재 여섯 분의 초상화가 모셔져 있다. 이분들이 위정척사파의 정신적 지주와 맥을 잇는 학자들이다.

그 수가 8,800명 정도였는데 전국에서 크게 세 번에 걸쳐 일어난 의병의 전사자를 3만 내지 4만 명으로 추산하고 있으니 그 투쟁이 얼마나 컸는지 알 수 있죠. 그리고 의병운동은 자기 한계를 인식하고 결국 독립투쟁으로 이어갑니다. 이것이 의병운동의 역사적 의의입니다.”

그 의병운동의 첫 봉기가 이곳에서 일어나게 된 것을 이야기하자면 먼저 자양영당에 여섯 분의 초상화가 모셔져 있는 것부터 설명할 필요가 있다.

1906년 처음 세워질 때는 주희(朱熹)·송시열(宋時烈)·이항로(李恒老)·유중교(柳重敎) 네 분이었는데 8·15해방 직후 유인석(柳麟錫)·이소응(李昭應) 두 분이 더해져 현재 여섯 분이다. 이 여섯 분은 한말의 위정척사(衛正斥邪) 사상의 한 계보이다.

조선 말기 서양 문물이 밀려들어오고 천주교를 배경으로 한 서학이 일며 서서히 개화 바람이 일어날 때 전통 유학에서는 이에 완강히 저항하며 성리학(주자학)의 전통을 더욱더 확고히 하려는 사상이 일어났다. 정학(正學)인 성리학의 질서를 수호하고(위정), 성리학 이외의 모든 종교와 사상을 사학(邪學)으로 보아서 배격하는(척사) 운동이다.

성리학은 주희에 의해 완성되었고 조선 성리학은 송시열에 의해 뿌리를 확고히 내렸다고 하여 주희와 송시열을 모신 것이고, 자양은 주희의 별호이다. 이항로는 위정척사 사상을 주창한 분이었고 그 학맥은 제자 유중교에 의해 확대되었고 또 그의 제자 유인석은 의병대장이었다.

을미의병운동의 호좌의진

제천이 의병운동의 발상지가 되는 것은 유중교가 1889년 춘천에서 이곳 장담으로 거처를 옮겨 후학 양성을 위해 창주정사(滄洲精舍)를 열면서부터이다. 그후 1893년 유중교가 죽으면서 그의 밑에서 가르침을 받았던 유인석이 그 학통을 이어가게 되었다. 1895년(고종 32) 을미년에 명성황후가 시해되고 단발령이 내려지자 유인석은 이곳에 모인 유생들에게 세 가지를 제시하며 각자 뜻대로 하기로 했다. 그것이 유명한 처변삼사(處變三事)이다.

첫째, 거의소청(擧義掃淸): 의병을 일으켜 왜적을 소탕하는 것.
둘째, 거지수구(去之守舊): 고국을 떠나 옛 정신을 지키는 것.
셋째, 자정수지(自靖遂志): 스스로 목숨을 끊어 뜻을 이루는 것.

이에 모두가 "싸우지 않으면 죽는 길이니 모두가 죽기로 싸우자"고 했

| 의병기념탑 | 자양영당의 의병전시관 앞에는 우리가 으레 볼 수 있는 기념탑이 있다. 국내 어디를 가나 관습상 이런 탑이 있어야 기념관이 된다는 생각을 오랫동안 갖고 있는 것을 모르는 바 아니지만 이제는 좀 달라질 때도 되지 않았나 하는 생각이 든다.

다. 이것이 한말 의병운동이 제천에서 가장 먼저 일어나게 된 내력이다.

제천의병전시관에 기록된 의병운동 연표를 보면 그해 11월에 이순신 장군의 후예인 장담 출신 이필희(李弼熙)를 대장으로 하는 의병 3,900명이 제천을 출발하여 충주성을 함락시켰다. 그리고 인근 지역의 의병들이 대거 합류하자 유인석을 대장으로 추대했다. 이 의병부대를 호좌의진(湖左義陣)이라 했다.

그러나 일본군의 공세에 유생과 평민으로 구성된 의병이 버텨낼 수 없었다. 완전히 패퇴하고 유인석은 압록강을 건너가 항일근거지 건설에 주력하면서 호좌의진은 해산되었다.

1905년(고종 42년)에는 을사늑약에 저항하는 을사의병이 일어났고 1907년(순종 1년)에는 고종황제의 강제퇴위와 군대해산에 저항한 정미의병이 또 일어났다. 이때 관군과 일본군에 의해 초토화된 제천의 모습을

| 일본군에 의해 폐허가 된 제천 |　1907년 정미의병운동 당시 관군과 일본군에 의해 초토화된 제천의 모습을 영국 『데일리 메일』의 매켄지 기자가 『조선의 비극』이라는 책에서 "이날 제천은 지도에서 사라졌다"고 증언하기도 했다.

영국『데일리 메일』(Daily Mail)의 매켄지(F. A. Mckenzie) 기자는 『조선의 비극』(The Tragedy of Korea)에서 다음과 같이 증언했다.

　　내가 제천에 이르렀을 때는 햇살이 뜨거운 초여름이었다. 마을이 내려다보이는 언덕 위 제천 시내 한가운데 아사봉(관아 뒤쪽에 있는 동산)에는 펄럭이는 일장기가 밝은 햇살 아래 선명하게 보였고, 일본군 보초의 총검 또한 빛났다. (…)
　　한 달 전까지만 해도 번화했던 거리였었는데 그것이 지금은 시커먼 잿더미와 타다 남은 것들만이 쌓여 있을 따름이었다. 완전한 벽 하나, 기둥 하나, 된장항아리 하나 남아 있지 않았다. 이제 제천은 지도 위에서 싹 지워져버리고 말았다.

위정척사 사상과 의병운동에 대해서는 완고한 보수적 고집이라는 측면이 강한 유교의 극단적인 이단(異端)으로 보는 역사적 평가도 있다. 그

280

러나 위정척사는 외세와 일본의 침탈에 대한 완강한 저항과 투쟁이었다
는 점에서 흔히 생각하는 보수반동과는 다르다.

국가가 풍전등화로 멸망하기에 이르고, 외세의 지배를 눈으로 보고
있는 현실 속에서 이에 맥없이 굴종하는 것이 아니라 죽을 것을 뻔히 알
면서도 일어선 용기에 대해서만은 누구든 경의를 표하지 않을 수 없을
것이다.

비극은 그들이 기꺼이 목숨을 바친 봉기에도 불구하고 결국 1910년
조선왕조가 일제에 의해 멸망했다는 사실이다. 그래서 우리 같은 답사객
들이 큰 볼거리가 없을지라도 장담 마을 자양영당을 찾아와 그때의 아
픔을 새기고 그 의로운 봉기에 대한 교훈을 가슴속에 새겨보게 되는 것
이다.

제천에서는 1995년 을미의병운동 100주년을 계기로 해마다 10월이
면 '제천 의병제'를 개최해오고 있다.

배론과 황사영

우리는 자양영당을 떠나 봉양을 거쳐 배론성지로 갔다. 배론은 산골
짝 지형이 배처럼 생겼다 해서 붙은 이름이고 한자로는 주론(舟論)이라
고 쓴다. 배론은 제천시 중심가에서 15킬로미터 정도 떨어진 봉양읍 구
학리에 있다. 옛날에는 산길로 40리라고 했다. 일찍부터 도점촌(陶店村)
이라고 했으니 오래전부터 옹기 굽는 마을이었음을 알 수 있다.

옛날에 배론은 70여 호의 가구가 옹기종기 모여 살던 곳으로 옹기 굽
는 깊은 산속의 어둡고 음울한 곳이어서 쉽게 찾아가기 어려웠다. 그래
서 박해를 피해 숨어든 힘없는 천주교도의 마을이 되었다.

그런 배론이 세상에 드러나게 된 것은 1801년(순조 1년) 신유박해 때 황

사영(黃嗣永, 1775~1801)이 배론의 토굴에 숨어 청나라 주교에게 호소문을 써서 보내다 발각되어 능지처참되는 '황사영 백서(帛書)사건'의 현장으로 지목되면서였다.

황사영은 1775년 강화도에서 태어났다. 다산 정약용의 형님인 정약종(丁若鍾)을 사사(師事)하여 1790년(정조 14) 약관 16세에 사마시에 합격하여 진사가 되었다. 이때 정조가 그를 불러 특별히 격려하고 손을 잡아주자 이후 황사영은 임금과 잡았던 손에 비단을 감고 다녔다고 한다. 이렇게 촉망받는 인재였던 그는 정약종의 맏형인 정약현(丁若鉉)의 딸 명련(命連)과 혼인하여 명문가의 사위가 되었다. 다산의 조카사위였던 셈이다.

그는 스승이자 처삼촌인 정약종에게서 교리를 배우고 천주교에 입교했다. 세례명은 알렉시오였다. 입교 직후에 발생한 신해박해의 와중에서도 신앙을 굳게 지켜 조상에 대한 제사를 중단하고 관직 진출을 단념했다.

초기 교회의 지도자들이 1794년 말에 청나라 신부 주문모(周文謨)를 영입하며 조직적인 교회활동을 펴자 황사영은 주문모의 측근으로 활동했으며, 1798년 경기도 고양에서 서울 애오개(아현동)로 이사하여 서울 지역의 지도적인 활동가로 활약했다.

1800년 천주교는 교인 1만 명으로 교세가 확대되었다. 이러한 천주 신앙의 전파에 대하여 천주교를 공격하는 공서파(攻西派)의 성토와 상소가 불같이 일어났다. 그러나 정조는 "정학(正學, 유학)을 크게 천명한다면 사설(邪說)은 일어났다가도 저절로 없어질 것이다"라며 적극적으로 박해하지는 않았다.

그러나 천주교를 묵인하던 남인 시파(時派)의 재상 채제공(蔡濟恭)이 1799년 세상을 떠나고 이듬해인 1800년 정조마저 타계하자 정계의 주도세력이 벽파(僻派)로 바뀌면서 1801년 신유박해가 일어났다.

신유사옥과 배론의 토굴

신유박해는 무자비했다. 역사상 유례없는 일종의 반국가 사상범 체포 소탕작전이었다. 전국의 천주교도를 수색하여 300여 명의 교인이 희생되었다. 이때 자진해서 순교한 신도도 적지 않았다고 한다. 주문모 신부는 스스로 의금부에 나타나 취조를 받은 뒤 새남터에서 군문효수(軍門梟首)되었다.

이승훈·정약종 등 6명은 서소문 밖에서 참수되었고, 이가환·권철신은 옥사했다. 왕족인 은언군(恩彦君)의 부인과 며느리도 사사(賜死)되었다. 수많은 지방교회 지도자들도 순교했다. 정약전은 흑산도로, 정약용은 강진으로 유배되었다.

이때 황사영은 상복으로 위장하고 배론으로 피신하여 옹기 굽던 신자인 김귀동의 집에 숨었다. 김귀동은 황사영이 숨을 곳을 마련해주었는데 혹은 토굴이라고 하고 혹은 옹기 굽던 가마라고도 한다. 샤를 달레(Charles Dallet)의 『한국천주교회사』(*Histoire de l'Église de Corée*)에서는 지하실을 만들고 통로를 옹기로 덮었다고 했다.

최영희 선생의 『한국사 기행』에 의하면 1923년 뮈텔(Mutel) 주교의 부주교인 드브레(Devred) 신부가 처음으로 이 움집을 찾아 나섰고, 1972년 유홍렬 박사와 한국교회사 연구소장 최석우 신부 일행이 조사했으나 모두 발견하지 못했다고 한다. 현재 배론성지에 있는 토굴은 1988년 양대석 신부가 이원순 교수의 고증에 의해 복원한 것이다.

우리는 토굴부터 답사했다. 전형적인 옹기 저장고 모습으로 입구가 아주 좁았다. 토굴 안은 한 사람이 충분히 눕고 앉아서 글을 쓸 만했다. 내 느낌보다는 김훈이 소설 『흑산』에서 묘사한 것이 더 실감날 것 같다.

| 배론성지 황사영 토굴 | 현재 배론성지에 있는 토굴은 1988년에 복원한 것이다. 전형적인 옹기 저장고 모습으로 입구가 아주 좁았다. 토굴 안은 한 사람이 충분히 눕고 앉아서 글을 쓸 만했다.

나무로 기둥을 세우고 진흙을 구워서 벽을 치고 기둥을 덮었다. 입구와 지붕 위에 깨진 옹기 조각을 쌓아서 토굴은 옹기 창고로 보였다. 토굴 뒤쪽에 개구멍을 뚫어서 드나들게 했고, 사람이 안으로 들어가서 오지로 구운 뚜껑을 덮으면 개구멍은 보이지 않았다. (…) 바닥에는 고래가 없었고 모래에 부들자리를 깔아서 습기를 막았다. 천장에 봉창이 뚫려 있었는데 낮에는 옹기를 덮어서 막았고 밤에만 열어서 바람을 통하게 했다. 어두워서 낮에도 등잔을 켜야 했다. 작은 서안과 밥상, 밥그릇, 이부자리 한 채와 요강이 놓여 있었다.

토굴 안 벽에는 그 유명한 '황사영 백서'의 실물대 사본이 걸려 있었다.

황사영 백서

'황사영 백서'는 길이 62센티미터, 너비 38센티미터의 흰 비단에 극세 필 붓을 사용하여 먹으로 쓴 깨알 같은 글씨 1만 3,311자로 이루어진 장 문의 편지이다. 누구든 이 편지를 보면 내용은 둘째 치고 그 정성에 감복 하지 않을 수 없다. 2013년 울산 대곡박물관에서는 '천주교의 큰 빛, 언 양'이라는 기획전을 하면서 이 황사영 백서의 정밀 복제본을 전시했는 데 박미연 학예사의 말에 의하면 천주교인들은 그 내용보다 깨알 같은 글씨를 보면서 울먹이며 기도하더라는 것이다.

황사영이 얼마나 걸려서 썼을까. 그가 토굴에 들어온 것은 1801년 음 력 2월이었다. 그는 여기서 각지의 천주교인 박해 상황에 관한 정보를 수집하고 토굴로 찾아온 교우 황심(黃沁)과 조선 교회를 구출할 방법을 상의한 끝에 백서를 썼다고 하는데 완성된 날이 음력 9월 22일이니 7개 월 이상 걸렸다는 얘기다.

황사영이 흰 비단에 쓴 편지는 청나라 북경교구장인 구베아(Gouvea, 湯士選)에게 보내는 장문의 호소문이다. 그 내용은 크게 두 가지로 첫째 는 주문모 신부의 처형과 신유박해의 실상, 조선에서의 천주교 박해 실 태에 대한 고발이다.

아, 죽은 자들은 이미 목숨을 던져 진리를 증명했으나 (…) 저희들은 양떼가 흩어져 달아난 것처럼 산골짜기로 도망쳐 숨고 길에서 헤매며 눈물을 삼키고 숨죽이고 있습니다. (…) 저희들은 백번 생각해보아도 살길이 없습니다.

두번째는 조선에서 천주교를 부흥하기 위한 방안의 제시인데 그는 서

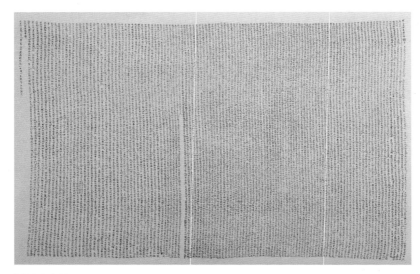

| **황사영 백서** | 길이 62센티미터, 너비 38센티미터의 흰 비단에 극세필 붓을 사용하여 먹으로 쓴 글씨 1만 3,311자로 이루어진 장문의 호소문이다.

슴없이 외국 군대가 쳐들어와야만 구제될 수 있다고 했다.

그 방안으로서 그는 첫째로 교황이 청나라 황제에게 편지를 보내어 조선도 선교사를 받아들이게 하거나, 둘째로 조선을 청나라의 한 성(省)으로 편입시켜 감독하게 하거나, 셋째로 서양의 그리스도교 국가들에 호소하여 군함 수백 척과 5, 6만 군대를 데리고 오거나, 그렇지 못하면 수십 척의 군함에 5, 6천 명의 군대라도 가능하다고 했다.

서양은 곧 성교(聖敎)의 근본이 되는 땅으로 2,000년 이래로 모든 나라에 성교가 전해져 귀화하지 않은 곳이 없는데 홀로 탄환만 한 작은 이 나라만이 명령에 순종하지 않을 뿐만 아니라 도리어 교화를 방해하고 성교를 잔혹하게 해치고 성직자를 학살하고 있습니다. (…) 성경에서 기독교의 전교를 용납하지 않는 죄는 소돔과 고모라보다도 무겁다고 했으니 비록 이 나라를 섬멸한다 하여도 성교의 명분에 해로울 것이 없을 것입니다.

그의 다급한 심정을 토로한 이 문장은 당시는 물론이고 오늘날까지 두고두고 황사영 개인의 신앙과 사상의 문제일 뿐만 아니라 천주학의 도덕성에 상처를 주게 되었다.

액면 그대로 본다면 신앙의 자유를 위하여 외세의 무력 진압을 요구한다는 것은 국가의 존재를 부정하는 것이라고 분개할 수밖에 없는 얘기다.

그런가 하면 한편에선 당시 20대였던 그가 1만 명의 목숨이 위태롭고 자신도 죽음의 공포에 떠는 급박한 현실을 호소하고자 극단적인 표현을 쓴 것이며 사실상 실현 가능성 없는 호소였음을 감안해야 한다고 그를 이해해주려는 분도 있고, 오늘날과 같은 민족주의가 성립하기 이전의 생각이니 이를 오늘의 잣대로 무조건 반민족주의라고 몰아붙일 수만은 없다고 비호하는 분도 있다.

황사영 백서, 그후

황사영은 이 백서를 황심과 옥천희(玉千禧)에게 맡겨 1801년 10월에 북경으로 떠나는 동지사(冬至使, 동짓날에 맞추어 정례적으로 중국에 보내던 사신) 일행 편에 끼워 보내려고 했다. 그러나 관계자들의 혹심한 고문으로 토굴이 발각되어 음력 9월 29일 체포되었다. 그는 서울로 압송된 뒤 대역부도(大逆不道) 죄로 음력 11월 5일 서소문 밖에서 능지처참되었다. 그때 그의 나이 26세였다.

그의 어머니·작은아버지·아내·아들은 모두 귀양 가게 되었다. 황사영의 아내 정명련은 제주 대정현의 관비가 되어 떠나는 길에 두 살 난 아들 황경한을 노비가 되지 않도록 추자도에 내려놓고 갔다고 한다.

한편 조정에서는 10월에 파견하는 동지사에게 진주사(陳奏使, 중국에 보고할 일이 있을 때 보내는 사신)를 겸하게 하여 신유박해의 정당성과 중국인 주문모 신부의 처형 등에 관해 해명하는 내용을 담은 토사주문(討邪奏文)을 보냈다.

그때 조정에서는 황사영 백서 중에서 중국의 보호 감독을 요청하는 내용은 빼고 서양 선박과 군대를 동원하여 조선을 멸망시키려 한 부분을 강조하여 10분의 1도 안 되는 923자로 축소해 만든 가짜 백서(假帛書)를 청나라 예부(禮部)에 제출하며 천주교도들이란 서양 군대를 끌어들여 나라를 멸망시켜도 좋다는 생각을 갖고 있는 나쁜 무리임을 물증으로 제시하는 데 사용했다.

황사영 백서의 원본은 압수된 후 의금부에 계속 보관되었다. 그러다

| **배론성지 전경** | 배론성지에는 황사영이 백서를 썼던 토굴뿐 아니라 우리나라 두번째 신부인 최양업 신부의 묘가 있고 최초의 신학교인 성 요셉 신학교가 있어 현재는 천주교 성지로 말끔히 조성되어 있다.

세월이 90여 년 지난 뒤 세상에 모습을 드러내게 된다. 1894년 갑오개혁 후 옛 문서를 파기할 때 당시 조선교구장이던 뮈텔 주교가 인수했고 1925년 한국순교복자 79위 시복식(諡福式, 신앙을 위해 목숨을 바친 순교자들을 공식적으로 복자福者로 인정하고 선포하는 행사) 때 교황에게 전달되었다. 그래서 황사영 백서의 원본은 현재 로마 교황청에 보관되어 있다.

배론을 떠나며

황사영 백서사건 이후 50여 년 지난 1855년(철종 6년), 이곳 배론에 조선 최초의 신학교인 성 요셉 신학교가 세워졌다. 그러나 11년 만에 병인박해가 일어나면서 강제 폐쇄되었다.

그러다 천주교 박해가 끝나고 신앙의 자유를 얻게 된 후 배론은 다시

교우촌으로 형성되었다. 일제 강점기였던 1922년에는 배론 공소 강당을 신축했고 1940년에는 제천 본당 관할이 되었으며 1945년에 우리나라 두번째 신부인 최양업 신부의 묘소가 정비되었다.

1956년 배론공소에 강당과 사택이 완공되고 1988년에는 황사영이 숨어 백서를 집필했던 토굴을 복원했다. 2003년에는 한국전쟁 때 불탄 성 요셉 신학교가 복원되었고 2006년에는 배론공소가 배론성당으로 승격되었다. 현재는 천주교 원주교구에 속한 성당이다.

| 지학순 주교의 묘소 | 배론성지에는 1970년대 유신독재에 항거한 가톨릭 원주교구 지학순 주교의 묘소가 있다. 신부님은 민청학련 사건 때 배후세력으로 몰려 징역 15년을 선고받고 투옥되기도 했다.

배론은 이처럼 황사영이 백서를 썼던 토굴이 있을 뿐만 아니라 우리나라 두번째 신부인 최양업 신부의 묘가 있고, 최초의 신학교인 성 요셉 신학교가 있어 현재는 천주교 성지로 말끔히 조성되어 있다.

경내에 '순교자들의 집' '성 요셉 성당' '황사영 순교 현양탑' '사제관' '경당' '최양업 신부 기념성당' '봉쇄수녀원' 등이 곳곳에 들어서 있다.

그래서 전국 각지의 성지순례 신자들이 끊임없이 찾고 있다고 하는데 우리 같은 답사단도 이따금 다녀간다고 한다. 우리는 온 김에 이곳저곳을 산보 삼아 거닐었다. 현대식 성당 건물도 있고, 개량한옥 건물도 있고, 흉상도 있고, 기념조각도 있어 대충 보고 나오는데 인태가 내 팔을 당기며 저 위 성직자 묘소에 지학순(池學淳) 주교 묘소가 있다니 절이라도 올리고 오자고 했다.

요즘 젊은 사람들이야 지학순 주교를 잘 모르겠지만 나이 드신 분들은 다 한 번쯤 들어보았을 것이다. 원주교구의 주교로 원주가 유신 항쟁의 진원지이자 민주화투쟁의 성지가 된 것은 지주교 덕분이었다. 지주교는 1974년 민청학련 사건 때 배후세력으로 몰려 징역 15년을 선고받고 투옥되었다. 그때 박형규(朴炯圭) 목사와 지학순 주교의 투옥으로 민청학련이 좌익세력이 아니라 순수 학생운동임을 세상 사람들이 인식하게 되었으니, 그야말로 정의구현 신부님이셨다. 인태와 나하고는 '공범'인 셈이었다.

그러던 분이 5공 군부독재 시절 북한을 방문하여 누님을 상봉하고 돌아온 뒤로는 일체 바깥세상과 인연을 끊고 사셨다. 왜 그러셨는지는 아직 알려진 것이 없다. 그분의 묘소가 여기에 있는 것은 배론이 원주교구 관할이기 때문이다. 인태와 나는 산 중턱에 있는 지주교의 묘소에 올라가 수북이 쌓인 눈 위에서 큰절을 두 번 올리고 잠시 주교님을 회상하는 묵상을 하고 내려왔다.

묘소에 다녀오느라 뒤늦게 버스에 오르니 모두들 둘이 어디 갔다 왔느냐고 물었다. 지학순 주교 묘소에 다녀왔다고 하니 왜 둘이만 갔다왔느냐고 서운해들 했다.

그렇게 우리는 배론 답사를 마치고 박달재로 가기 위해 봉양읍 쪽으로 향했다. 배론 답사의 여운이 좀처럼 가라앉지 않아 나는 뒤에 앉아 계신 신경림 선생님께 여쭈었다.

"선생님, 배론의 황사영을 읊으신 시가 있죠?"
"있지. 제목을 '다시 남한강 상류에 와서'라고 했을걸."
"만감이 교차하는 가운데 황사영과 부인의 아픔을 읊은 시 같은데 잘 이해되지 않는 부분이 있었어요."

> 배론땅은 여기서도 삼십리라 한다
> (…)
> 사기가마 굳은 벽에 머리박고 울었을
> 황사영을 생각하면 나는 두려워진다
> 나라란 무엇인가 나라란 무엇인가고
> 친구들의 목숨 무엇보다 값진 것
> 질척이는 장바닥에 탱자나무 울타리에
> 누룩재비 참새떼 몰려 웃고 까불어도
> 불과 칼로 친구들 구하려다
> 몸 토막토막 찢기고 잘리고 씹힌
> 그 사람 생각하면 나는 무서워진다
> (…)
> 그 아내 원통해 차마 혀 못 깨물 때
> 누가 그더러 반역자라 하는가
> 나라란 무엇인가 나라란 무엇인가고
> 헐벗은 가로수에 옹기전에 전봇줄에
> 잔비가 뿌리고 바람이 매달려 우는
> 다시 남한강 상류 궁벽진 강촌에 와서
> 그 아내를 생각하면 나는 두려워진다
> 내 친구를 생각하면 나는 무서워진다

"왜 친구를 생각하면 무서워진다고 하셨어요? 여기서 친구가 누구인가요?"

"아, 그때 진짜 그런 생각을 했었어. 유신 시절에 학생들을 마구 잡아 가고, 박형규 목사와 지학순 주교까지 끌어넣고, 문인간첩단을 조작해서 소설가·시인·평론가들을 옥에 가두고, 동아투위·조선투위 기자들을 잡 아가고, 그러는 공포의 시절에 배론에 오니 나도 누가 빨리 와서 박정희 를 쫓아내고 민주인사들을 다 석방시킬 수는 없나 하는 생각이 들더라 고. 그래서 황사영처럼 생각하게 될까봐 무서워진다고 했던 것이지."

사람들은 신경림 시인을 서정시인이라고들 하는데 내가 겪어본 바로 는 오히려 인간적 이해가 많으신 휴머니스트 시인이다. 인간적 한계를 용인하고 인간적 실수까지 이해해주는.

박달재

제천에서 충주로 가자면 봉양면에서 백운면으로 넘어가는 박달재를 넘어야 한다. 산에 박달나무가 많이 자생하여 생긴 이름이겠건만 사람들 은 박달이와 금봉이의 이루지 못한 사랑 이야기를 더 좋아한다.

옛날에 박달이라는 청년이 과거 보러 가는 길에 고개 아래 마을 금봉 이와 눈이 맞아 사랑을 했는데 급제해서 돌아오겠다고 약속하고 떠나서 는 낙방하여 돌아오지 못했고 기다리다 지친 금봉이는 가슴앓이하다 죽 고 금봉이를 끝내 못 잊어 뒤늦게 찾아온 박달이는 금봉이의 허상을 보 고 껴안다가 절벽 아래로 떨어져 죽었다고 한다.

이 고개는 「단장의 미아리고개」 등 서민들의 애환이 서린 고갯마루를 유행가 가사로 많이 쓴 반야월(半夜月, 1917~2012)이 1948년에 「울고 넘 는 박달재」를 발표해 크게 히트하면서 전국적인 지명도를 갖게 되었다.

박달재(해발 453미터)는 유행가 가사 때문에 천등산 고개인 줄 알지만 실

| 박달재 비 | 대중가요 「울고 넘는 박달재」는 제천에서 충주로 넘어가는 박달재 고개를 노래한 것이다. 박달재 비에는 제천 출신으로 1960, 70년대 대표적인 언론인이었던 천관우 선생이 박달재의 내력을 쓴 글이 새겨져 있다.

제로는 구학산(해발 983미터)과 시랑산(해발 691미터) 사이 푹 내려앉은 능선을 가로지르고 천등산은 남서쪽으로 조금 떨어진 곳에 있다.

지금은 박달재에 터널이 뚫려 쉽게 넘어가는데 우리는 우정 고갯마루 휴게소에 들렀다 가기로 했다. 버스에서 내리니 스피커에서는 쉼 없이 이 노래의 여러 버전을 틀어주고 있었다. 나는 이 유행가 가사 중 '물항라 저고리'가 무언지 몰라 이참에 신경림 선생님께 여쭈었더니 역시 우리말에 밝으셨다.

"물빛처럼 연한 파란색으로 물들인 '항라' 저고리란 뜻이지."

그렇다면 알겠다. 석가탑 사리장치에서 항라(亢羅) 조각이 나왔다는 것이 이것이었구나. 항라는 비단처럼 촘촘히 짜지 않고 성글게 짜기 때문에 구멍이 송송 뚫어져 속이 얼비친다. 그렇다면 '연한 하늘빛 시스루 저고리'란 뜻인가보다.

유행가의 파워는 대단하여 박달재 고개에는 커다란 노래비가 새겨져 있고 금봉이와 박달이 동상도 서 있다. 그런 것을 이리저리 살피고 있는데 강만길 선생님이 이것 좀 보라며 나를 부른다. 제법 오래된 '박달재비'였다. 비문을 읽어보니 문장이 유장하다. 그리고 "1216년 고려의 김취려(金就礪) 장군이 거란의 대군을 여기서 물리쳤고 1268년에 고려의 이 고장 별초군(別抄軍)이 또한 여기서 몽고의 군사를 막아냈다"는 구절이 눈에 띄었다. 언론인 천관우(千寬宇)의 글이었다. 그분은 제천 출신이었다.

천관우는 1960, 70년대 대표적인 언론인이셨다. 그때는 각 분야에 원로라는 거목들이 있어서 언론계에서는 최석채·홍종인·천관우 같은 분들의 일갈이 세상을 울렸다. 그는 대단한 문필가로 우리 고등학교 다닐 때 그의 기행문 「그랜드캐년」이 국어교과서에 실려 있었다. 지금도 잊히지 않는 것은 사방이 지평선으로 보이는 대평원을 지나면서 '기차는 원의 중심을 달린다'라고 한 오묘한 표현이다. 이 말을 이해 못하는 학생을 위해 선생님이 칠판에 원을 그리며 줄을 그으셨던 것도 생각난다. 천관우는 역사학자로서도 큰 업적을 남겼다. 강선생님이 말씀하신다.

"내가 천관우의 책을 서평으로 쓴 적이 있는데, 그가 대학 졸업논문으로 쓴 「반계 유형원 연구」는 1952년 『역사학보』에 상·하 2회에 걸쳐 실렸어요. 요즘 박사논문보다 뛰어났지. 이는 실학 연구의 단초를 연 해방 후 최고의 논문으로 평가되고 있어요. 문필가로도 뛰어났고 동아일보 주필 시절에도 꿋꿋했는데…… 그만 아까워."

이때 곁에서 가만히 듣고 있던 임재경 선생이 끼어들면서 말을 막았다.

"천관우는 1980년으로 끝이야. 더 이상 얘기하지 마."

그분이 어쩌다 1980년 신군부독재에 침묵의 협력을 했는지에 대해서는 세상 사람들이 아직도 의아해한다. 그것이 무엇이든 생사를 뛰어넘어 자신의 소신을 지켰던 옛 분들의 자취가 생생한 박달재 아래윗마을을 답사하고 온 뒤끝이기에 더욱 쓸쓸한 마음을 지우기 힘들다.

철수네 화실에서

우리는 박달재를 떠나 박달이가 금봉이를 만났다는 아랫마을, 을미년 제천 의병들이 충주로 쳐들어가기 위해 박달재 너머 하룻밤 야영하며 진을 쳤다는 평동 마을에 있는 '철수네 화실'로 향했다.

이철수는 1980년대 초 '현실과 발언' '임술년' 그룹 등 민중미술의 소집단들이 여기저기 일어나고 있을 때 단기필마로 등장하여 오윤(吳潤)의 뒤를 잇는 목판화가 중 한 명으로 맹활약을 했다. 나는 그의 개인전 때마다 팸플릿 서문을 썼다. 그것이 세 번이나 된다.

그리고 1987년 6월 민주항쟁 이후 나는 한국미술사로 돌아섰고, 철수는 박달재 아랫마을로 와서 고요히 대상을 관조하는 목판화가로 변신했다. 초기의 「우리 집」 같은 작품에는 사물을 긍정적으로 해석하는 서정성이 보였다. 그러다 그의 그림은 점점 선미 넘치는 명상적 분위기로 나아갔다. 법정 스님이 철수를 좋아한 것은 그런 면 때문이었다.

섬진강 저녁나절 수만 마리의 도요새떼가 하루를 마치고 잠들기 전에 마지막 비행을 하는 장면을 무수한 점묘로 화면을 가득 채운 작품을 보면서 나는 무릎을 쳤다. 그의 목판화에는 간략한 도상에 으레 한두 마디의 화제를 달았는데 그 내용과 글씨체가 그림과 아주 잘 어울린다.

| **이철수 판화 「우리 집」** | 80년대 민중미술 판화가였던 철수는 90년대 들어와 박달재 아랫마을로 와서 고요히 대상을 관조하는 목판화가로 변신했다. 초기의 「우리 집」 같은 작품에는 사물을 긍정적으로 해석하는 서정성이 보인다.

그런 철수이기 때문에 나에겐 남이 아니었고 사실상 그는 창비 식구나 진배없었다. 철수는 우리가 온다고 자기 동네 어귀에 있는 '열두달밥상' 집에 점심을 차려놓았다. 그 집 가마솥 곤드레밥은 일품이었다.

식사 후 동네 깊숙이 들어앉은 그의 화실로 가서 낙향하여 사는 모습과 요즘 그리는 작품을 두루 둘러본 다음 이제 떠나려 하니 좀 더 있다 가라고 붙잡는다. 그래도 일정대로 가야 한다고 서둘러 나서자 그러면 목계나루까지는 배웅하겠다며 따라나섰다.

목계나루

목계나루는 남한강 뱃길이 열려 있던 시절 충주 어귀에 있던 나루터

였다. 서울로 올라가는 길목일 뿐만 아니라 물산(物産)이 모이는 곳이어서 옛날엔 엄청 큰 장이 열렸다. 이곳에서 그리 멀지 않은 노은면에 사시던 신경림 선생은 어렸을 때 처음 목계장터를 보고 세상에 이런 대처가 있는가 놀랐다고 한다.

배가 닿을 때면 사람들이 벌떼처럼 모여들었고 대보름에 여기서 벌어지는 줄다리기는 서민들의 대단한 축제였다. 그 모든 것을 생각하며 쓴 신경림 선생의 「목계장터」 시비가 목계나루 강 언덕에 세워져 있다. 넓적한 화강암 바위에 철수의 글씨로 새겨져 있는데 위에는 구름, 아래는 산이 아주 작게 그려져 있다.

하늘은 날더러 구름이 되라 하고
땅은 날더러 바람이 되라 하네

| 신경림 시비 | 목계나루 강 언덕에 세워진 신경림 선생의 시비는 넓적한 화강암 바위에 「목계장터」가 이철수의 글씨로 새겨져 있는데 위에는 구름, 아래는 산이 아주 작게 그려져 있다.

청룡 흑룡 흩어져 비 개인 나루

잡초나 일깨우는 잔바람이 되라네

뱃길이라 서울 사흘 목계나루에

아흐레 나흘 찾아 박가분 파는

가을볕도 서러운 방물장수 되라네

산은 날더러 들꽃이 되라 하고

강은 날더러 잔돌이 되라 하네

산서리 맵차거든 풀 속에 얼굴 묻고

물여울 모질거든 바위 뒤에 붙으라네

민물새우 끓어넘는 토방 툇마루

석삼년에 한 이레쯤 천치로 변해

짐 부리고 앉아 쉬는 떠돌이가 되라네

하늘은 날더러 바람이 되라 하고
산은 날더러 잔돌이 되라 하네

'산은 날더러 잔돌이 되라 하네'라는 마지막 구절은 우리 남한강 답사의 마침표를 찍는 데 제격이었다. 창비 답사 1박 2일은 그렇게 대단원의 막을 내렸다.

석양의 남한강은 그렇게 흘러가고 있었다

가흥창터 / 봉황리 마애불상군 / 중원 고구려비 /
충주 고구려비 전시관 / 중앙탑과 중원경 / 악성 우륵 /
충주읍성 / 탄금대

충주의 상징

충주라고 했을 때 먼저 떠오르는 이미지는 사람마다, 경우에 따라 제 각기 다를 것이다. 나이 드신 분은 한국전쟁이 끝나고 자유당 시절에 처음으로 공장다운 공장으로 기공한 충주비료공장이 중고등학교 교과서에 반드시 나와 그것부터 생각날 것이고, 물산으로 얘기하자면 충주 사과가 유명하고, 산을 좋아하는 분이라면 하늘재라 부르는 계립령(鷄立嶺)이, 물을 좋아하는 분이라면 충주호 유람선, 관광지로 놀러 다니기 좋아하는 분은 수안보온천, 역사의 자취를 찾아다니는 분은 중원 고구려비가 먼저 떠오를 것이다.

충주 사람의 입장에서 말한다면 그 이름도 거룩한 중앙탑이 한반도 중심에 우뚝한 것을 자랑할 것이고, 우륵의 전설과 신립 장군의 비극이 어

| **가흥창터** | 목계나루 강 건너 저편에는 고려·조선시대 최대의 조창인 가흥창이 있었다. 여기는 그 옛날 남한강 물류의 허브였던 곳이다.

린 탄금대가 충주의 하이드 파크(Hyde Park)라고 간직하고 있을 것이다.

그런가 하면 남한강을 따라 내려오는 나의 답사길 충주란 남한강 최대의 나루터인 목계나루인지라 청풍·단양·영춘·제천의 사군 산수를 둘러본 마지막 답사를 거기에서 마무리하고 서울로 올라갔던 것이다.

그러나 목계나루는 충주 답사의 출발점이기도 하다. 거리로도 그렇고, 역사적으로도 그렇고, 정서적으로도 여기서 충주로 들어가야 충주에 온 것 같다. 목계나루 강 건너 저편에는 고려와 조선시대 최대의 조창(漕倉)인 가흥창(可興倉)이 있었다. 여기는 그 옛날에 남한강 물류의 허브였던 곳이다.

남한강의 조창, 가흥창

고려와 조선시대에는 세금으로 거둔 조세미(租稅米)를 중앙으로 운송할 때 뱃길을 이용하면서 중요한 집하장에 창고를 설치하고 이를 관할하였다. 이를 조창이라고 한다. 각 조창에 집결된 조세미는 다시 뱃길을 이용해 고려시대에는 예성강을 통해 개성으로 들어갔고, 조선시대에는 한강 용산의 경창(京倉)으로 옮겨졌다.

고려시대 13곳의 조창 중 11곳은 서해와 남해의 바닷길을 이용한 해운창(海運倉)이었고, 강을 이용한 수운창(水運倉)은 2곳이었다. 조선시대 수운창은 한강에만 3곳이 있어 북한강에는 춘천의 소양강창, 남한강에는 원주의 흥원창과 충주의 가흥창이 있었다. 가흥창에서 서울의 용산창까지는 260리 뱃길이었다. 수운창에는 대개 200석 적재량의 평저선(平底船)을 20여 척씩, 해운창에는 1,000석 적재량의 초마선(哨馬船)을 6척씩 배치했다.

가흥창은 조선 전기에 충청도 동북부의 13개 고을과 경상도 세곡까지 수납하여 조선 초 9개 조창 중 세곡 수납 범위가 가장 넓었다고 한다. 『경국대전(經國大典)』에는 "충주의 가흥창은 충청도와 경상도의 전세(田稅)를 수납한다"라고 기록되어 있다.

그러나 후기로 들어가면 전세를 면포나 돈으로 환산하여 받고 경상도에도 3조창이 설치되어 정조 이후로 가흥창은 호서 6읍의 전세만 수납하였다.

그러다 조선 말기로 들어 관선(官船) 조운(漕運)이 쇠퇴하고 민간 사선(私船)업자에게 넘어가 각 고을이 조세미를 곧장 서울로 올려보내면서 조창은 이름만 남고 사라지게 되었고 지금은 옛 조창터라는 안내석만 달랑 서 있다.

가흥창을 읊은 김종직의 시

조창에는 판관(判官)이 배치돼 조운 사무를 관장하고, 중앙에서 감창사(監倉使)를 파견해 부정행위가 없도록 감독했다. 그러나 그것이 제대로 될 사회구조가 아니었다. 다산 정약용은 「책문(策問)」에서 조운책(漕運策)을 말하면서 이렇게 통탄했다.

법령이 해이되고 명령이 시행되지 않아서 (…) 호조(戶曹)의 세입(歲入)이 도합 12만 석인데, 그중에서 제대로 도착하는 것이 열에 네댓이요 지연되지 않고 도착하는 것이 열에 서넛이다. 이리하여 국가의 재용이 모자라고 백성들의 식량이 부족하여 허둥지둥 어찌할 바를 모르게 된다.

이런 부패상은 조선 초부터 내려오는 뿌리 깊은 악행으로 김종직(金宗直, 1431~92)의 「가흥참(可興站, 가흥 역마을)」이라는 시를 읽다보면 당나라 유종원(柳宗元)이 농민의 아픔을 읊은 「전가(田家)」라는 유명한 시와 비견하게 된다. 이 시에서 북인(北人)은 서울 양반, 남인(南人)은 남쪽 백성으로 번역하였다.

우뚝 솟은 저 계립령이　　　　　　　　　　　　嵯峨鷄立嶺
예로부터 남북을 가로막았네　　　　　　　　　　終古限北南
서울 양반들은 호화로운 생활을 다투는데　　　北人鬪豪華
남쪽 백성들은 기름과 피를 짜는구나　　　　　南人脂血甘
(…)
밤 강가에선 (일꾼들이) 서로 베고 자는데　　　江干夜枕藉

(…)

아전들은 방자히 취해서 떠들어대네	吏姿喧醉談

(…)

관에서 부과한 건 십분의 일인데	官賦什之一
어찌하여 십분의 이삼을 바치게 하나	胡令輸二三
강물은 스스로 도도히 흘러가고	江水自滔滔

(…)

서울에서 내려와 다투어 실어가네만	北下爭驂驔
남쪽 백성들 얼굴 찡그리고 보는 것을	南人蹙頞看
북쪽 양반들 누가 알 수 있겠는가	北人誰能譜

지금 가흥창은 흔적도 없이 사라졌고 조창이 있던 강 언덕은 사철 소채가 재배되는 비탈밭으로 변한 지 오래되었다. 빈터 한쪽에 '가흥창터'라는 푯말 하나만 남아 있어 그 옛날을 알려주고 있을 뿐이다. 가흥창터 언덕밭에 서면 저 멀리 목계다리를 건너온 남한강이 원주 흥원창을 향하여 유유히 흘러가는 것이 보인다.

봉황리 마애불상군

가흥창터에서 남한강을 뒤로하고 돌아서면 바로 마주 보이는 둥근 산이 봉황산(장미산)이다. 그 산자락에는 장미산성(薔薇山城)이 있고 그 안쪽 산속에는 봉황리 마애불상군(보물 제1401호)이 있다.

장미산성은 고구려가 이곳을 지배하면서 수축한 것으로 생각되지만 성은 이미 허물어진 지 오래되어 아직 확정지어 말할 수 없고, 전문가도 아닌 답사객 입장에선 그쪽으로 발길이 닿은 적 없이 멀리서 바라보며

| 봉황리 마애불상군 | 먼저 만나는 마애불상군은 암벽 높이 1.7미터, 너비 5미터 되는 화강암 바위에 새겨져 있다. 비바람에 마모되고 바위가 갈라지고 일부는 떨어져나갔지만 그래도 원래의 형태를 상상해낼 수는 있다.

지나갈 뿐이다.

그러나 산자락 돌아 조금 안쪽으로 들어가면 바로 나오는 마애불상군은 비록 감동스런 명작은 아니지만 내가 충주 답사 때면 즐겨 찾아가는 곳이다. 표지판 따라 찾아가기도 쉽고 빈터엔 버스도 능히 주차할 수 있다. 그리고 벼랑 위에 새겨진 불상 위까지 철제계단이 놓여 있어 바로 앞까지 올라갈 수 있고 거기서는 남한강을 멀리 조망하는 시원한 눈맛을 만끽할 수 있다.

봉황리 마애불상군은 1978년에 발견되었다. 전형적인 삼국시대 불상인데 한강 유역에서 6세기 삼국시대 불상이 발견되면 미술사가와 불교사가의 머리가 복잡해진다. 아무 기록이 없는데 양식만 보고 삼국 중 어느 나라일까 그 국적을 밝혀내야 하는 어려운 과제가 놓이기 때문이다.

이 불상이 처음 발견되었을 때 학계에선 대체로 삼국시대 불상으로

| 봉황리 마애불 | 위쪽에 있는 마애불은 산자락 바위에 독립된 도상으로 새겨져 있다. 사실성이 추구된 것은 아닌지라 고졸한 인상을 주는데 광배에 새겨진 화불이 아주 또렷하다.

애매하게 인식하는 경향이 있었다. 그러나 이듬해 중원 고구려비가 발견되면서 대체로 고구려 불상으로 보는 데 동의하고 있다. 그렇다면 이 불상이 지닌 장소적 의의는 백제의 서산·태안·예산 마애불만큼이나 큰 것이다.

봉황리 마애불은 이곳 사람들이 햇골산이라 부르는 산 중턱 바위에 돋을새김으로 새겨져 있다. 높이 30미터쯤 되니 그리 높은 편은 아니지만 가파른 돌계단과 철제계단을 오르자면 숨이 가빠진다. 그러다 철계단 난간 너머로 마애불이 드러나면 절로 반가워 다시 한번 바라보게 된다.

마애불은 바로 이웃한 두 절벽에 새겨져 있다. 먼저 만나는 불상군은 암벽 높이 1.7미터, 너비 5미터 되는 화강암 바위에 새겨져 있다. 비바람에 마모되고 바위가 갈라지고 일부는 떨어져나갔지만 그래도 우리나라 화강암이 워낙에 경질이어서 원래의 형태를 상상해낼 수는 있다.

| 건흥 5년명 금동삼존불 광배 | 노은면에서 출토된 '건흥 5년명 금동석가삼존불 광배'(국립청주박물관 소장). 건흥 5년은 잃어버린 고구려 연호로 추정되며 명문에 병진년이라 쓰여 있어 536년이나 596년으로 추정된다.

가운데 있는 여래상은 오른손은 들고 왼손은 내린 전형적인 삼국시대 불상의 손모습으로 오른손은 두려움을 없애준다는 뜻의 시무외인(施無畏印)이고, 왼손은 소원을 들어준다는 여원인(與願印)이다. 얼굴과 옷자락의 표현이 섬세한 것이 아니라 선이 굵고 형태를 간략히 했다는 것이 또한 삼국시대 특징인데 전체적으로 힘이 있어 보이는 것은 고구려 양식으로 통한다.

그 옆에는 공양상, 반가사유상 등 5구의 불보살상이 있는데 세장(細長)한 체구에 단정한 모습이라는 인상을 줄 뿐 정확한 표정은 알아볼 수 없어 아쉽기만 하다.

다시 철계단을 지나 까만 돌로 반듯하게 깔린 길을 따라 몇 발짝 더 올라가면 이번엔 큰 마애불좌상이 나온다. 높이 3.5미터, 너비 8미터 화강암 자연석에 결가부좌로 앉아 있는 이 마애불좌상은 무릎이 넓고 높아 인체비례가 맞지 않지만 얼굴은 둥글고 네모난 모습으로 눈코는 길고 가늘어 고졸한 인상을 준다. 그런 중 머리의 나발만은 명확히 나타냈고 머리 주위로 연꽃 대좌에 앉아 있는 화불(化佛) 5구가 광배처럼 장식되어 있다.

이러한 양식은 봉화 북지리 마애불상의 선행양식으로 생각게 하는데 이것이 아래쪽 마애불과 함께 조성된 고구려 불상인지 나중에 신라시대로 들어와 따로 제작된 것인지는 학자마다 견해가 좀 다르다.

또 한편으로는 이 부근(노은면)에서 출토된 것으로 알려진 '건흥 5년명 금동석가삼존불 광배'(국립청주박물관 소장)와 비슷한 양식을 하고 있는 것이어서 주목된다. 건흥 5년은 잃어버린 고구려 연호로 추정되며 명문에 '병진년'이라 쓰여 있어 536년 또는 596년으로 추정되고 있다.

봉황리 마애불상을 뒤로하고 앞을 내다보면 눈앞에는 낮은 지붕의 마을, 길고 느릿한 산자락, 유유히 흐르는 강과 함께 중원 들판이 넓게 펼쳐진다. 전형적인 충청도 시골 풍광으로 마애불의 모습만큼이나 평온하고 아늑하다는 생각이 절로 나온다. 그래서 불상을 볼 때는 부처님이 바라보고 있는 곳을 바라보는 것이 가장 좋은 전망이라는 말이 맞다는 생각이 든다.

중원 고구려비

중원 고구려비는 한반도에서 발견된 유일한 고구려비로 5세기 말에 세워진 것으로 추정된다. 비의 높이는 2미터, 폭은 55센티미터, 두께는 33센티미터이고 충주시 중앙탑면 용전리 입석마을에 있었다. 발견 당시 행정구역이 중원군이었기 때문에 '중원 고구려비'라는 이름을 갖게 되었다. 그래서 이를 '충주 고구려비'라고 부르기도 한다.

1979년 4월 22일, 중원 고구려비 현장설명회에서는 열띤 취재 경쟁이 벌어졌다. 이튿날 경향 각 신문은 1면부터 대서특필하여 이 비에 대해 상세히 보도했다. 이날 현장설명회에 참가한 전문가를 보면 당대 역사학·금석학·한문학·미술사·고고학의 원로 태두들이 다 모였음을 알 수 있다.

이병도, 이선근, 최영희, 이기백, 김철준, 변태섭, 신석호, 임창순, 권오돈, 황수영, 진홍섭, 김정기, 김동현, 안휘준, 김석하, 차문섭, 서길수……

아마도 이분들이 이렇게 한자리에 모인 일은 이때가 처음이었을 것이다. 마침 바로 전해(1978)에 '단양 적성 신라비'가 발견되었기 때문에 더욱 학계를 흥분시켰던 점도 있다. 진흥왕의 순수·척경비는 5개나 되어 문헌에 나오는 신라 영토를 물증으로 확인할 수 있지만 고구려는 광개토왕비 외에는 그 영토 범위를 확정지을 수 있는 금석 유물이 발견되지 않아 학계를 안타깝게 했는데 이제 충주에서 고구려 남하정책의 실체를 보게 되었다는 사실이 학계를 흥분시키고도 남음이 있었던 것이다. 해방 후 최대의 금석문 발견이었다.

그러나 이 비는 안타깝게도 건립 시기 부분의 글자를 잃어버렸기 때문에 유물 명칭을 고구려비라고만 한 것이다.

예성동호회의 비석 발견

이 비는 1979년 2월, 충주의 문화유산을 사랑하는 '예성(蘂城)동호회' 회원들이 처음 발견하고 4월 단국대박물관 조사단이 정밀조사하여 고구려비임을 확인함으로써 세상을 놀라게 했다.

예성동호회는 1978년에 만들어진 충주 지역 문화재 애호가 모임이다. 예성은 충주의 옛 지명 중 하나로 꽃술 예(蘂) 자, 재 성(城) 자, '꽃성'이라는 예쁜 이름이다. 이 모임을 주도한 분은 당시 충주 검찰지청 유창종 검사였다. 그는 우리나라 와당(瓦當)에 관심을 갖고 수집하여 2002년에 약 2,000점의 와당과 전돌을 모두 국립중앙박물관에 기증했고, 이후 다시 와당을 수집하여 '유금와당박물관'이라는 와당 전문 사설박물관을 세우고 관장으로 계신 분이다.

예성동호회는 고교 교장과 교사, 병원 원장, 군청 간부, 문화예술인 등이 창립 발기하였고 그 산파역인 유창종 검사가 회장을 맡았다. 그런데 유검사가 그해 3월 2일 의정부 검찰지청으로 전보 발령을 받게 되어 2월 24일 송별기념 답사가 있었다.

이들은 먼저 중앙탑을 답사하여 기와편들을 수습한 뒤 '단양 적성 신라비' 같은 것이 충주에도 있을지 모른다는 생각에 장미산성에 올랐다가 아무 성과 없이 귀가하는 길에 가까이 있는 용전리 입석마을의 이른바 백비(白碑)라도 보고 가자는 의견이 나왔다.

이 비석은 오래전부터 이 마을에 있었기 때문에 '입석마을'이라는 이름이 생겼고, 팔십 노인의 말로는 당신이 어렸을 때는 대장간집 기둥이었다고 했다. 비석처럼 생겼으나 글자가 없다고 해서 백비라 불렸고, 혹은 이씨 집안의 사패지비(賜牌地碑)라고도 했다. 1972년 충북 지역 대홍수 때 쓰러졌던 것을 동네 청년들이 '칠전팔기(七顚八起)의 마을'이라는 글씨를 새긴 비를 세울 때 마을 입구에 나란히 세워놓았던 것이다.

회원들이 입석마을에 와서 비면을 들여다보는 순간 누군가가 글자가 보인다는 말을 하였고, 석양빛 때문에 글자 비슷한 인공의 흔적이 역력하게 드러나 보였다. 이들은 모두 드디어 진흥왕비를 찾았다는 들뜬 마음에 흥분을 감출 수가 없었다고 한다. 누구도 고구려비일 것이라고 상상하지 못했다. 이리하여 중원 고구려비가 세상에 첫 모습을 드러내게 되었다.

신라비에서 고구려비로

유창종 검사는 그날 밤 서울의 황수영 박사(당시 동국대박물관장)에게 진홍왕비를 발견한 것 같으니 빨리 충주에 다녀가시도록 당부하였다. 그리고 회원인 장준식 교사는 대학원 지도교수인 단국대 정영호 교수에게 이 사실을 알렸다.

그리하여 4월 5일, 황수영 박사와 정영호 교수가 일본인 학자 몇 명과 내려왔다. 전년도(1978)에 발견된 봉황리 마애불상군을 답사하고 이 비석도 조사하러 온 것이었다.

황박사 팀이 봉황리를 다녀오는 동안 정교수는 이 비를 탁본했고, 이를 다방에 들어가 병풍에 걸쳐놓고 조사하면서 두 분은 드문드문 읽히는 글자들을 보면서 신라비가 맞다며 흥분을 감추지 못하였다고 한다. 그때까지 누구도 고구려비가 여기 있으리라고는 상상하지 못했던 것이다.

그리고 이틀 뒤인 4월 7일, 단국대박물관 학술조사단(단장 정영호 교수)이 충주에 내려와 본격적으로 이 비를 조사하기 시작했다. 청태와 이끼를 정성스럽게 제거한 뒤 정밀하게 탁본하고 다음 날부터는 비문을 철저히 조사했다.

그러나 워낙에 글자 마모가 심하여 판독하기 어려웠다. 광개토왕 비문에도 나오는 '고모루성(古牟婁城)' 같은 글자가 확인되기는 했으나 비석 서두 부분의 이끼가 너무 심해 탁본에 나타난 '○○대왕'이 누구인지가 좀처럼 보이지 않았다. 그리하여 다시 끓는 물을 부어 이끼를 불린 뒤 손톱으로 한 획 한 획 긁어내기를 30분간 계속하니 '고려대왕(高麗大王)'이라는 글자가 선명하게 나타났다. 탁본을 지휘하던 정단장은 감격의 눈물을 흘렸다고 한다.

이에 4월 22일 임창순 선생을 비롯한 금석학 전문가들을 모셔 판독 가능한 글자들을 확인하고 세상에 공개하게 된 것이다.

| 중원 고구려비 | 한반도에서 발견된 유일한 고구려비로 5세기 말에 세워진 것으로 추정된다. 높이는 2미터, 폭은 55센티미터, 두께는 33센티미터이고 충주시 중앙탑면 용전리 입석마을에 있었다. 발견 당시 행정구역이 중원군이었기 때문에 '중원 고구려비'라는 이름을 갖게 되었다. '충주 고구려비'라고 부르기도 한다.

중원 고구려비의 내용

중원 고구려비는 자연석을 돌기둥 모양으로 다듬고 글씨를 새길 면을 갈아 비문을 새긴 것이다. 얼핏 보아도 광개토왕비와 아주 닮았다. 다만 키가 3분의 1도 채 안 되어 만약 둘을 나란히 놓고 본다면 아버지가 어린 아들을 데리고 있는 형상이 될 것이다.

비문은 예서체로 한 글자의 크기가 대략 3~5센티미터 정도이며, 1행 23자 꼴이어서 4면 전체에 새겨진 글자의 총수는 730여 자로 추정되는데 판독 가능한 글자는 270여 자 정도이다.

비문은 아직 완전하게 판독하지 못했고 중간중간에 탈락한 글자가 많아 문맥이 정확지 않을 뿐만 아니라 글자 하나하나에 대해서도 학자들 간에 이견이 많아 해석도 여러 가지다. 비문 중 가장 주목받고 있는 부분만 간추리면 다음과 같다.

> 5월 중 고려태왕은 조왕(祖王)이 명령하신 대로 신라의 매금(寐錦, 신라왕)과 세세토록 형제처럼 상하가 서로 화목하기를 원하여 하늘에 맹세함을 지키고자 동쪽으로 왔다 (…) 12월 23일 갑인에 동이(東夷, 신라) 매금의 상하가 우벌성에 이르니 교를 내려 (…) 300명을 모집하였다. 신라토내당주(新羅土內幢主, 직함 이름)는 (…) 신라토내 중인들을 움직였다.
>
> 五月中 高麗太王祖王令○新羅寐錦 世世爲願 如兄如弟 上下相和守天東來之 (…) 十二月廿三日甲寅 東夷寐錦上下至于伐城教 (…) 募人三百新羅土內幢主 (…) 新羅土內衆人○動○

이 비문을 보면 고구려(당시 고려라고도 했음)는 왕을 '태왕'이라고 칭하

면서 신라는 '동이'라 하고 신라왕은 '매금'이라고 낮추어 불렀다. '매금'
이란 문자 그대로 '비단 잠자리에 드는 고귀한 분'이라는 뜻이다. 그리고
상하가 형제처럼 화목하기를 원한다는 것은 고구려는 형, 신라는 아우임
을 나타낸 것이다.

'신라토내당주'는 신라의 영토 내에 주둔하는 고구려 군사의 지휘관
을 의미한다. 그렇다면 391년 가야와 왜가 신라에 쳐들어왔을 때 광개토
왕이 5만의 군대를 보내 함안 종발성까지 물리친 이래로 고구려 군대가
신라에 주둔해 영향력을 행사하고 있었음을 뜻한다. 이는 『일본서기(日
本書紀)』 웅략(雄略) 8년, 즉 464년(고구려 장수왕 52년, 신라 자비왕 7년) 2월조
의 다음과 같은 기사를 연상케 한다.

> 이때 신라왕이 고구려가 거짓으로 지켜주고 있다는 것을 알고 급히
> 사신을 보내 고하기를 집에서 기르고 있는 수탉을 죽이라 하니, 나라
> 사람들이 그 뜻을 알고 국내에 있는 고구려인들을 모두 죽였다.

수탉이란 고구려인들이 머리관에 새털을 꽂고 있었던 것을 암시하는
것이다. 결국 이 비가 고구려가 충주 지방을 지배하고 세운 비라는 데는
아무 이론이 없다. 그러나 이 비는 건립 연도를 밝혀줄 글자가 마멸되고
말았다.

다만 '12월 23일 갑인'이라는 날짜가 이 비의 건립 연도를 추정하는
데 중요한 정보를 제공하는데 12월 23일이 갑인일인 때는 480년(장수왕
68년)과 506년(문자왕 15년)으로 압축된다. 그중 480년으로 보는 견해가 우
세한데 그렇다고 해서 이 날짜가 곧 비의 건립 연도를 의미하는 것은 아
니며 대체로 문자왕(재위 491~519) 연간인 495년에 건립된 것으로 보는
견해가 우세하다.

| 중원 고구려비 비각 | 현재 이 비각은 없어졌고, 중원 고구려비는 전시관 안으로 옮겨져 있다.

충주 고구려비 전시관의 시말

지난겨울 나는 충주 답사기를 쓰기 전에 이 중원 고구려비의 현재 상태를 확인하고자 현장을 다시 찾았다. 와서 보니 '충주 고구려비 전시관'이라는 아주 특이한 전시관이 세워져 있었다. 전시관 안으로 들어가기 전에 비각이 어떻게 되었는지 보고자 했는데 비가 보이지 않았다. 이게 어찌 된 일인지 관계자에게 물어보니 비가 전시관 실내에 모셔져 있다는 것이었다.

전시관 안으로 들어가니 이건 중원 고구려비 전시관이 아니라 고구려역사 교육관으로 되어 있고 마지막 전시실에 비가 놓여 있었다. 전시 형태의 졸렬함은 말할 것도 없고 멀쩡한 비가 전시관 안에 갇혀 있다는 것에 너무 놀라서 할 말을 잃었다.

그런데 전시관 개관을 기념하여 지역신문에 예성동호회 회원이 기고

| **충주 고구려비 전시관** | 이 중원 고구려비 전시관은 고구려 역사 교육관으로 되어 있고 마지막 전시실에 비가 놓여 있어 찾아온 사람을 당황스럽게 한다. 문화재청은 전면적인 재검토에 들어갔다.

한 「충주 고구려비에 관한 일반적인 보고서」(『동양일보』 2012년 7~8월)에 다음과 같은 글이 실려 있는 것이었다.

2004년 10월 고구려비를 방문한 당시 유홍준 문화재청장이 고구려비 보존의 문제점과 환경오염 등을 제기하며 종합정비계획을 지시함으로써 고구려비 보존에 새로운 국면 전환이 이루어졌다. 2010년 4월 착공된 전시관의 설계는 건축학도의 롤 모델이라고 할 수 있는 이로재의 승효상 대표의 작품으로 그의 건축철학인 '공간을 나누고 비움으로써 숨 쉴 수 있는 건축물'이 우리의 눈앞에 와 있게 됐다.

내가 돌아와 승효상에게 이 사실을 말하니 "아니! 그 건물이 지어졌단 말입니까?" 하고 놀라면서 "그건 내가 설계한 것 아닙니다!"라고 단호히 말하며 정정할 수 있게 해달라는 것이었다.

그 시말(始末)은 이렇다. 우리나라 석조문화재 보존의 가장 큰 문제점은 산성비와 강풍에 의한 풍화에 있다. 내가 2004년 9월에 부임해 한 달도 안 된 10월에 중원 고구려비를 방문한 것은 이 문제를 해결하기 위해서였다.

내가 보존과학계의 원로이신 화학자 이태녕 박사(1924~)께 자문하였더니 화강암으로 된 비석은 적당한 광선과 통풍이 있어야 건강을 유지한다는 것이었다. 그러니까 보호각이 만능도 아니고 실내로 옮기는 것도 보호책이 아니라는 것이다.

그러면서 제시하시는 것이 형태는 건축가가 알아서 할 것이고 유리로 되었건 아크릴로 하건 보존과학 입장에선 광선이 들어오고 통풍이 되면서 산성비와 강풍을 막는 것이 최선이라는 것이었다. 이미 그런 방식을 취한 것이 유리 보호각 안에 보존되고 있는 서울 종로 탑골공원의 원각사 십층석탑이다.

그러나 이건 누가 보아도 잘못된 보호책이다. 어떻게 하면 보존과학의 요구에 맞는 비석 보호각과 멋진 전시관을 만들 수 있을까? 이 점을 승효상에게 의뢰한 것이었다. 그러나 당시 기준으로 3,000만원 이상 되는 용역이나 설계는 조달청에서 공개입찰을 해야 한다.

그래서 내가 생각해낸 것이 기본계획이라는 것이었다. 승효상은 통풍과 채광이 모두 충족되는 보존과학 입장의 현대식 유리비각을 설계하고 그 곁에 검소하면서도 아주 모던한 전시관을 그린 기본계획을 내놓았다.

나는 이 기본계획안의 실시설계와 시공을 조달청의 공개입찰로 넘겼다. 그러나 내가 청장으로 있는 동안은 이 제약 많고 골치 아픈(?) 프로세스가 진행되지 않았다.

그리고 내가 2008년 청장을 떠난 뒤 공개입찰을 하여 2010년에 착공된 것이 이 전시관이다. 승효상 안을 실시설계한 것이 아니고 전시관의 외부형태만 '커닝'하여 자기들 맘대로 바꾼 것이다. 승효상의 유리보호각은 없어지고 전시실 안으로 들어가버린 것이었다.

전시설계가 엉망으로 된 것은 쓸데없이 각종 마네킹을 과도하게 만들었기 때문이다. 건축 철학과 미학은 사라지고 예산만 잔뜩 들어간 토목사업이 된 것이다. 이것이 우리나라 행정과 예산 집행의 후진적 실상이다.

이참에 세상에 대고 한마디 건의한다면, 좋은 건축을 지으려면 공개입찰이 아니라 좋은 건축가를 모셔올 수 있는 시스템을 마련해야 한다. 공개입찰을 하더라도 가격 평가가 아니라 질, 퀄리티의 평가가 이루어져야 한다. 그런 바람직하고도 선진적인 예산 집행 시스템이 우리나라에서 언제 시행될 수 있을까? 생각하자니 답답하고, 씁쓸하다.

나는 승효상에게는 미안하다고 사과하고 현직 문화재청장에게 이 사실을 알려주고 시정해줄 것을 간곡히 부탁했다. 이후 문화재청에선 곧바로 현장 조사가 이루어졌고 뒤이어 담당 과장은 전시 내용과 비석의 위치 및 환경에 대한 전반적인 리모델링을 위해 2015년도 추가예산을 반영하였다고 내게 알려왔다. 이것이 전화위복의 계기가 되기를 바라는 마음이다.

신경림 생가 앞의 느티나무

중원 고구려비 답사는 탑평리 중앙탑으로 이어지게 된다. 그러나 몇 해 전 충주 답사 때 나는 중원 고구려비에서 멀지 않은 노은면 연하리의 신경림 시인 생가를 들러보았다. 차로 불과 10분 거리인데다 표지판이 있어 쉽게 찾아갈 수 있었다. 그러나 남의 집이 된 지 오래여서 마을만 둘러보고 당신이 다닌 노은초등학교로 가서 교정에 있는 「농무」 시비만

| **신경림 생가 앞의 느티나무** | 중원 고구려비에서 멀지 않은 연하리에 신경림 시인 생가가 있다. 오래전부터 남이 살고 있지만 마을 어귀의 느티나무가 지금도 변함없이 자라고 있는데 신경림 시인의 「더딘 느티나무」와 「다시 느티나무가」라는 시는 바로 이를 두고 읊은 것이다.

보고 왔다.

그런데 신경림 시인이 연전에 펴낸 『사진관집 이층』(창비 2014)에 실린 「다시 느티나무가」라는 시를 읽고 큰 감동을 받아 다음번에 답사 가면 이 느티나무 앞에 잠시 쉬었다 가야겠다는 생각을 갖고 있었다. 신경림 시인은 일찍이 「더딘 느티나무」라는 시를 쓰신 바 있다. 그리고 팔순 나이에 이 느티나무를 보고 느끼는 새로운 감회가 있어서 '다시' 읊은 것이다.

고향집 앞 느티나무가
터무니없이 작아 보이기 시작한 때가 있다.
그때까지는 보이거나 들리던 것들이
문득 보이지도 들리지도 않는다는 것을 알면서
나는 잠시 의아해하기는 했으나

내가 다 커서거니 여기면서,
이게 다 세상 사는 이치라고 생각했다.

오랜 세월이 지나 고향엘 갔더니,
고향집 앞 느티나무가 옛날처럼 커져 있다.
내가 늙고 병들었구나 이내 깨달았지만,
내 눈이 이미 어두워지고 귀가 멀어진 것을,
나는 서러워하지 않았다.

다시 느티나무가 커진 눈에
세상이 너무 아름다웠다.
눈이 어두워지고 귀가 멀어져
오히려 세상의 모든 것이 더 아름다웠다.

인생에서 노년의 너그러움이 무엇인가를 말해주는 처연한 시다. 충주가 신경림 시인을 갖고 있다는 것은 문화적으로 큰 복이다. 어쩌면 신경림 시인이 충주 남한강변 고을에서 태어난 것이 더 큰 복인지도 모르는 일이지만.

국원성과 장미산성

중원 고구려비는 고구려의 남하정책을 명확히 증언한다는 점에서 더없이 중요한 유물이지만 한편으로는 충주 땅 중에서도 바로 이 자리에 있다는 의미도 중요하다. 중원 지역을 차지한 고구려가 충주에 국원성(國原城)을 설치하였다는 것은 익히 알려져왔지만 그 국원성의 위치에

| **장미산성** | 고구려의 국원성은 중원 고구려비와 멀지 않은 곳에 있었던 것이 분명한데 북쪽 봉황산 자락에는 고구려시대 산성인 장미산성이 있고, 남쪽 남한강변에는 훗날 신라의 중원경 자리라고 생각되는 곳에 중앙탑이 있다.

대해서는 아직도 확정짓지 못해왔다. 그러나 국원성은 중원 고구려비와 멀지 않은 곳에 있었던 것이 분명해지는데 바로 앞 북쪽 봉황산 자락에는 고구려시대 산성인 장미산성이 있고, 남쪽 남한강변에는 훗날 신라의 중원경(中原京) 자리라고 생각되는 중앙탑이 있다.

『삼국사기』「지리편」을 보면 "중원경은 본래 고구려의 국원성인데 신라가 평정하였다"고 하였다. 그렇다면 중원 고구려비는 국원성과 장미산성을 잇는 길목에 있는 것이다. 국원성의 다운타운이 중앙탑 공원이고, 전투를 대비한 산성이 장미산성인 것이다.

중원의 상징, 중앙탑

중앙탑공원은 근래에 공원을 조성하면서 지은 이름이고 본래 이곳은 중원군 가금면 탑평리로 강변 한쪽 들판에 우뚝 서 있는 이 탑은 '탑평리 칠층석탑'이라고 불리며 일찍이 국보 제6호로 지정되었다.

탑평리 칠층석탑은 중앙탑공원 한가운데 높직한 축대 위에 있어 멀리서도 한눈에 보이고 가까이 가면 더욱 우뚝해 보인다. 석탑의 구조와 양식을 보면 통일신라 전성기에 세워진 것이 틀림없는데 동시대에 유행한 삼층석탑과는 달리 7층 구조이고 높이도 14.5미터로 가장 높다.

1916년도 조사 때 기단부 일부가 파손되어 점차 기울어지게 되자 다음해에 전면적인 해체복원공사가 진행되었는데 그때 탑신부와 기단부에서 사리장치가 발견되었다.

6층 탑신에서 문서편과 동경(銅鏡) 2점, 목제칠합, 은제사리합 등이 나오고, 기단부에서는 청동합이 나왔다. 은제사리합 안에는 사리가 든 유리 사리병이 들어 있었는데 동경과 청동합은 고려시대 유물이어서 고려시대에 수리하고 사리장치가 봉안된 것으로 생각되고 있다.

이 탑에 대하여는 아무런 기록도 없고 사찰 이름도 알려진 것이 없다. 그동안 이 탑 주위는 경작지로 변했고 가끔 연화문 기왓장이 출토되어 신라시대 절터라고 생각해왔다.

이 탑과 관련해 전해오는 설화가 하나 있다. 신라 원성왕(785~98) 때 신라 국토의 중앙 지점을 알아보기 위해 남북 끝 지점에서 같은 날 같은 시간에 같은 보폭을 가진 사람을 출발시켰더니 이곳에서 만났기에 이곳에 탑을 세웠다는 것이다. 중앙탑이 있는 가금면에는 '안반내'라는 지명이 있는데 남북 끝에서 반이 되는 지점의 개울이라고 해서 반내〔半川〕라고 했다고 한다.

그리하여 이 탑은 언제부터인지 중앙탑이라고 불려오고 있다. 사실 그동안 학자들 중에는 이 탑이 일반적인 사찰의 탑과는 달리 경덕왕 16년(757) 중원경을 설치하면서 상징탑으로 세운 것이 아닐까 생각하는

| 중앙탑 | 중앙탑공원은 근래에 공원을 조성하면서 지은 이름이고 본래 이곳은 중원군 가금면 탑평리이다. 강변 한쪽 들판에 우뚝 서 있는 이 탑은 '탑평리 칠층석탑'이라고 불리며 일찍이 국보 제6호로 지정되었다. 이 탑은 통일신라 전성기에 세워진 것으로 동시대에 유행한 삼층석탑과는 달리 7층 구조이고 높이도 14.5미터로 가장 높다.

분들이 있어왔다.

이를테면 선덕여왕이 황룡사 구층탑을 세운 것도 신라가 외적을 물리치기 위한 것으로 신라에 무릎을 꿇어야 할 아홉 나라로 1층은 일본, 2층은 중화, 3층은 오월, 4층은 탁라(탐라), 5층은 응유, 6층은 말갈, 7층은 단국, 8층은 여적, 9층은 예맥을 상징한다는 것은 널리 알려진 이야기이다. 또 여주 신륵사 강변 절벽에 높이 세운 다층전탑도 남한강 뱃길의 이정표 같은 역할을 했다고 생각되고 있다.

탑평리 칠층석탑의 높은 토축 가운데로는 위로 올라갈 수 있는 계단이 있다. 이를 따라 올라가보면 석탑 앞에는 석등 받침으로 보이는 팔각 연화대석이 남아 있고 탑은 더욱 고준하여 첨탑을 보는 것만 같다. 그리고 사방이 훤히 열려 있는 넓은 전망을 갖고 있다. 그 옛날을 생각하자면 이 탑은 더욱더 중원경의 상징적인 타워로 다가온다.

고대도시 유적, 국원경과 중원경

문화재청에는 부속 연구기관으로 국립문화재연구소와 5곳의 지방문화재연구소가 있다. 국립경주문화재연구소, 국립부여문화재연구소, 국립나주문화재연구소, 창원의 국립가야문화재연구소, 그리고 충주에 국립중원문화재연구소가 있다.

그중 가장 나중에 설립된 국립중원문화재연구소는 그동안 고고학적·미술사적으로 소외되었던 이 지역 유적의 실체를 밝히는 데 큰 역할을 하고 있다. 이 연구소의 큰 업적 중 하나가 '고대도시 유적 중원경' 발굴 조사이다.

중앙탑 주위는 그동안 부분적인 조사가 이루어졌지만 본격적인 발굴은 2008년부터 3차에 걸쳐 국립중원문화재연구소에서 진행한 것이다.

그 결과 4~5세기 백제문화층과 6세기의 고구려 유물이 일부 확인되었고, 주로 6~7세기 신라 유물들이 대량으로 출토되어 백제·고구려·신라로 이어지는 이 땅의 역사를 그대로 반영하는 것을 확인했다.

그러나 탑 주위로는 여전히 사찰의 흔적을 찾을 수 없고 그 대신 대형 건물지와 창고 및 생산시설 등 생활유적들이 발견되어 이곳을 중원경 자리로 추정할 수 있으며 이 탑은 일반적인 절집 탑과 다른 상징적 타워였을 가능성이 높다는 의견이 제시되었다.

그동안 이 탑의 조형미에 대해서는 높이에 비해 너비의 비례가 적어서 지나치게 삐죽한 느낌을 주어 안정감이 적어 보인다는 평이 일반적이었다. 그러나 이것이 법당 앞의 탑이 아니라 중원경의 타워라는 상징을 갖는다면 저 높이 치솟은 상승감이 오히려 볼만한 것이다. 이 탑이 높은 석축 위에 모셔진 것도 이 뜻에서 멀지 않을 것 같다.

지금 중앙탑은 공원으로 조성되었지만 1972년 폭우가 있기 전에는 넓은 밭과 민가들로 둘러싸여 있었다. 10여 년 전만 하더라도 빈터에 홀로 우뚝한 중앙탑은 중원경의 상징 타워라고 느끼기에 충분했다. 공원으로 조성된 뒤 중앙탑이 갖는 중원경의 타워라는 이미지가 많이 약해졌지만 야간이면 라이트업이 되는 이 탑을 보면서 충주 시민들이 그 옛날의 상징성을 가슴 듬뿍 새기길 바라는 마음이다.

신라의 중원경

탑평리 칠층석탑은 중앙탑이라는 사실뿐만 아니라 바로 이 자리가 중원경의 센터였다는 사실도 증언해준다. 중원경 이전에는 국원(國原) 소경(小京)이었다. 이에 대해서는 『삼국사기』 「신라본기」 진흥왕 18년(557)조에 다음과 같은 기사가 나온다.

진흥왕 18년, 국원을 소경으로 삼았다.

진흥왕은 신라의 영토를 넓혔을 뿐만 아니라 국가를 새로 디자인한 장본인이다. 경주에 2만 5,000평에 달하는 황룡사를 짓기 위해 17년간 터를 닦은 것도 진흥왕이었다. 그는 그런 원대한 구상을 갖고 새로 차지한 국토 경영에 나섰다.

그것이 충주의 국원에 제2의 수도로 소경을 둔 것이었다. 이는 당시

| **중원경 전경** | 진흥왕은 고구려의 국원성이던 충주 지역에 소경을 설치하고 우륵을 비롯해 가야의 귀족과 인재들을 대거 이주시켰다. 신라시대 제2의 도시였던 자리다.

충주가 신라에서 차지하는 비중이 얼마나 큰지를 말해준다.

이후 통일신라로 들어서면 기존의 국원 소경을 비롯하여 전국에 5곳의 소경을 두었다. 신라 5소경이다. 이것을 경덕왕 때 이름을 고쳐 중원경(中原京, 충주)·북원경(北原京, 원주)·김해경(金海京)·서원경(西原京, 청주)·남원경(南原京)이라 하였다.

진흥왕이 새로 개척한 영토를 관리하기 위하여 직접 순수·관경하며 순수비를 세운 것은 너무도 잘 알려져 있다. 진흥왕은 그렇게 영토만 순수·관경한 것이 아니었다. 중앙의 인재들을 대대적으로 국원 소경으로 이주시켜 충주를 제2의 수도답게 건설하도록 했다. 『삼국사기』 「신라본기」 진흥왕 19년(558)조에는 이 사실이 다음과 같이 쓰여 있다.

진흥왕 19년 2월, 귀족의 자제와 6부의 부호를 국원에 이주시켰다.

진흥왕 때 충주로 이주한 인재 중 하나가 탄금대 전설의 주인공인 우륵이다. 진흥왕이 우륵을 국원 소경으로 보냈다는 것은 충주 지역을 군사적으로뿐만 아니라 문화적으로도 발전시키려는 큰 뜻이 있었던 것이다. 진흥왕은 문화적으로도 진흥왕이었다.

이런 연유로 충주는 역사적 인물들을 많이 배출하게 되었다. 통일신라의 강수(强首), 김생(金生), 고려시대의 보각국사(普覺國師), 대지국사(大智國師), 조선시대의 권근(權近), 임경업(林慶業)…… 오늘날에는 『충주의 인물 33인선』이라는 책이 나올 정도인데 반기문(潘基文) 유엔 사무총장도 충주에서 학교를 다녔다고 충주인으로 끌어안았다.

악성 우륵

우륵(于勒, ?~?)은 대가야의 악사로 고구려의 왕산악(王山岳), 조선의 박연(朴堧)과 함께 우리나라 3대 악성(樂聖)으로 꼽는다. 출생지에 대해서는 『삼국사기』에서 성열현(省熱縣) 사람이라고 하였는데 청풍의 옛 이름이 사열이현(沙熱伊縣)이어서 청풍이라는 설이 있다.

그는 대가야 가실왕의 명을 받들어 중국의 악기인 쟁(箏)을 모방해 가야금(伽倻琴)을 만들고 12악곡을 지었다. 훗날 나라가 어지러워지자 진흥왕에게 귀부하여 대가야의 음악을 신라에 전수하였다.

우륵은 진흥왕 12년(551) 3월에 낭성(娘城)의 하림궁(河臨宮)에 행차한 진흥왕 앞에서 가야금을 연주해 보였다. 낭성은 충주의 국원 소경의 별칭으로 생각되고 있다.

진흥왕은 우륵을 국원에 안치하고, 제자 세 사람을 시켜 우륵에게 대가야의 음악을 배우게 했다. 세 사람은 우륵으로부터 각각 가야금과 노래와 춤을 배웠는데, 우륵에게 전수받은 12곡을 음란한 음악이라며 5곡으로 줄여버렸다. 우륵은 이에 분노했지만, 음악을 들어보고 나서는 "즐거우나 넘치지 않고 슬프면서도 비통하지 않다"고 평하며 그들이 바꾼 음악을 인정하였다.

신라의 대신들은 진흥왕에게 "가야를 망친 망국(亡國)의 음악 따위는 본받을 것이 못 됩니다"라고 가야악을 받아들이지 말 것을 간언하였지만, 진흥왕은 "가야왕이 음란해 망한 것이지 음악이 무슨 죄가 있는가. 성인(聖人)이 음악을 만드신 뜻은 사람의 감정에 호소해 법도를 따르게 하고자 한 것이다"라고 하여, 결국 우륵이 전수한 가야악이 신라의 궁중 음악으로 받아들여졌다고 한다.

이러한 우륵의 전설이 깃든 곳은 제천 의림지의 우륵정, 경북 고령의 금곡(琴谷)을 비롯하여 아주 많다. 그중 가장 유명한 곳이 그가 가야금을 연주했다는 탄금대이다. 다산 정약용도 『아방강역고(我邦疆域考)』에서 우륵이 노닐던 곳으로는 충주의 탄금대와 사휴정(四休亭)이 있다고 하였다. 그래서 충주를 답사하면 자연히 탄금대를 한번 가보게 된다.

충주읍성

중앙탑에서 탄금대(彈琴臺)로 가자면 달천(達川) 다리 건너 시내 쪽으로 들어가야 한다. 충주는 남한강 물줄기가 단양·청풍·제천의 산자락을 비집고 흘러내리다 마침내 넓은 들판을 S자로 휘돌아가는 강변에 위치해 있다. 이런 경우 도시는 대개 엄지손가락처럼 머리를 내민 강변 언덕에 형성되는데 충주는 반대로 강줄기 바깥쪽으로 크게 맴돌면서 넓게 퍼졌다.

그리고 충주는 남쪽에서 흘러들어오는 달천이 도시를 둘로 갈라 중앙

| 관아공원 청령헌 | 충주읍성은 일제강점기 들어 신시가지를 건설한다며 모두 헐리고 말았다. 오늘날엔 성내에 남아 있는 청령헌을 중심으로 공원을 조성하고 관아공원이라 부르고 있다.

탑이 있는 서쪽은 신라의 중원경이 있던 옛터로 남아 있고 동쪽은 고려·조선시대를 거쳐 오늘에 이르기까지 충주의 도심이 되었다.

충주읍성은 신라 문무왕 13년(673)에 쌓은 낭자성(娘子城)으로 추정되기도 하는데, 고려 충렬왕 3년(1277)에 다시 쌓아 당시에는 예성(蘂城), 즉 꽃성이라 불렸다고 한다.

오늘날 충주읍성은 자취를 알아볼 수 없을 정도가 되어 성내동이라는 이름만 남겼고 옛 충청감사가 근무했던 관아는 관아공원이 되어 시민들의 쉼터가 되었다.

마지막 충주읍성은 1866년(고종 3년) 병인양요를 치른 뒤 흥선대원군이 전국의 읍성을 수축하여 유사시에 대비하라고 명을 내려 1869년(고종 6년) 2월 충주목사 조병로(趙秉老)가 개축하여 10개월 만인 11월에 완성하였다. 이때 개축된 성의 둘레가 약 1킬로미터, 두께 7.5미터, 높이 6미

| **관아공원 밖 느티나무** | 관아공원은 옛 감영의 모습을 엿볼 수 있게 했으나 역시 새로 지은 건물인 터라 공원의 분위기가 앞서고 옛 충주의 영광을 증언하는 것은 꿋꿋이 노목으로 살아남은 담장 밖의 느티나무 한 그루였다.

터였다고 한다.

　그러나 기껏 새로 쌓은 충주읍성은 불과 30년도 안 되어 1896년 제천 을미의병군의 첫번째 공격 대상이 되어 4개의 문루가 다 소실되었다. 그러고는 이내 일제강점기로 들어가 신시가지를 건설한다는 명분으로 모두 헐리고 말았다. 그리하여 성내에 있던 44칸의 객사와 60칸의 장대한 관아 건물이 다 사라지고 현재는 청령헌(淸寧軒)과 제금당(製錦堂)이 남아 있어 옛 관아의 면모를 보여줄 따름이다.

　충주시는 옛 관아를 공원으로 조성하면서 '충청감영문(忠淸監營門)'이라는 자랑스러운 현판이 걸린 누문(樓門)도 복원하였다. 충청도라는 말이 충주와 청주에서 나왔음을 강조하는 듯했다. 『조선왕조실록』을 보관하던 4곳의 사고(史庫) 중 하나였던 충주사고도 임진왜란 때 불탔던 것을 복원했다.

이렇게 옛 감영의 모습을 엿볼 수 있게 하였으나 역시 새로 지은 건물은 공원의 분위기가 앞서고 옛 충주의 영광을 증언하는 것은 모진 풍파에도 꿋꿋이 노목으로 살아남은 담장 밖의 멋진 느티나무 한 그루였다.

탄금대

가만히 보니 충주는 역사유적을 공원으로 많이 만들었다. 중앙탑공원과 관아공원이 그렇고, 탄금대공원이 그렇다. 역사유적을 보존하는 차원이 아니라 현대작가의 조각품을 많이 설치한 조각공원이라는 인상이다.

탄금대는 남한강과 달천이 합류하는 지점의 벼랑 언덕에 자리잡고 있다. 어디에 탄금대가 따로 있는 것이 아니라 공원 전체가 탄금대이다. 탄금대를 일주하는 산책로를 따라 거닐다보면 1953년에 세운 탄금대비를 비롯하여 근래에 세운 악성 우륵 선생 추모비, 신립 장군 전적비, 권태응 (權泰應)의 감자꽃 노래비, 그리고 탄금정 정자, 충혼탑, 충주문화원, 야외음악당 등이 있다.

산책로를 따라 발걸음을 옮길 때마다 조각 작품이 하나씩 나타나는데 눈에 띄는 명작은 아니어도 크게 눈에 거슬리는 것도 없다. 나는 그것만으로도 높이 평가한다.

그리고 조각 작품의 배치에 나름대로 기준이 있는 듯 크기와 주제, 그리고 받침대 등이 그런대로 주변 환경과 잘 어울린다. 한 가지 재미있는 것은 넓은 주차장 맞은편에 있는 충주문화원 건물 뒤쪽으로 화장실이 있는데 그 화장실 가는 솔밭에 맵시 있는 누드 조각 세 점이 있는 것이었다. 가만히 생각해보니 어린이도 많이 오는 공원이니 19금 조각은 잘 안 보이는 데에 배치한 것이 아닌가 싶다. 그러나 실은 애고 어른이고 가장 많이 오는 길이 여기 아니던가.

| 탄금대 공원 | 왼쪽은 우륵 추모비, 가운데는 팔천고혼위령탑, 오른쪽은 감자꽃 노래비이다.

탄금대의 하이라이트는 역시 탄금정 정자가 있는 열두대이다. 우륵이 여기서 12곡을 작곡했다는 강변의 절벽이다. 높은 벼랑에 세워진 정자는 우륵이 가야금을 탔다는 전설적인 낭만을 전해준다. 여기서 바라보는 풍광은 가야금 소리가 아니라도 참으로 그윽하다. 오른쪽을 보면 짙고 푸른 남한강 물줄기가 긴 포물선을 그리며 유유히 굽이져 흐르는데 그 너머로는 충주 시내 고층아파트가 비껴 보인다. 충주가 정말로 아름다운 물의 도시임을 한눈에 말해준다.

고개를 돌려 왼쪽을 바라보니 달천과 만나는 물목에 있는 긴 섬이 그림같이 펼쳐지며 석양에 역광으로 어스무레 비치는 것이 사뭇 서정적이다.

그러나 여기는 임진왜란 때 신립(申砬) 장군이 배수진을 치고 싸우다

| **탄금대에서 바라본 강변 풍경** | 탄금대에서 바라보면 남한강 물줄기가 긴 포물선을 그리며 유유히 흐르는데 그 너머로는 충주 시내 고층아파트가 비껴 보인다. 충주가 정말로 아름다운 물의 도시임을 한눈에 말해준다.

순절한 비극의 현장이기도 하다. 정자 아래 절벽으로 내려가는 나무계단 한쪽에는 신립 장군이 죽은 곳이라는 비석이 세워져 있다.

신립은 당시 여진족의 침범을 막아낸 용장(勇將)이었다. 그러나 그가 조령을 지키지 않고 이곳 탄금대에 배수진을 치고 전멸한 것은 뼈아픈 실책이었다. 1801년 다산 정약용은 유배를 떠나는 길에 탄금대를 지나면서 이렇게 읊었다.(「탄금대를 지나며(過彈琴臺)」)

강 복판에 불쑥 탄금대가 튀어나왔네   江心湧出彈琴臺

신립을 일으켜서 얘기나 좀 해봤으면 欲起申砬與論事

어찌하여 문을 열고 적을 받아들였는지 啓門納寇奚爲哉

| **탄금정** | 탄금대의 하이라이트는 열두대의 탄금정 정자이다. 열두대는 우륵이 이 절벽에서 가야금을 타며 12곡을 작곡했다고 하여 붙은 이름이다.

신립 장군을 위한 변명과 교훈

왜장 고니시 유키나가(小西行長)는 상주를 지나 조령에 닥쳐 숲속에 매복이 있으면 큰일이라 생각했는데 새들이 자유롭게 나는 것을 보고 안심하고 고개 너머 충주로 진격했다고 한다. 명나라 지원군 사령관인 이여송(李如松)도 훗날 조령을 지나면서 혀를 끌끌 차며 "이런 천혜의 요새지를 두고 지킬 줄 몰랐다니 신립은 지모(智謀)가 부족한 장수였구나!"라고 탄식했다고 한다.

이로 인해 임진왜란 때 왜군이 서울로 곧장 쳐들어오게 된 것을 모두 신립이 덮어쓰게 되었다. 유성룡(柳成龍)은 『징비록(懲毖錄)』에서 이렇게 말했다.

원래 신립은 날쌘 사람으로 그 당시에 비록 이름은 있었지만 주도

| **신립 장군의 순국을 기린 비석** | 탄금대는 임진왜란 때 신립 장군이 배수진을 치고 싸우다 순절한 비극의 현장이기도 하다. 정자 아래 절벽으로 내려가는 나무계단 한쪽에는 신립 장군이 죽은 곳이라는 비석이 세워져 있다.

면밀한 전략에는 능하지 못했다. 옛사람이 말한 바 '장수가 군사 쓸 줄을 알지 못하면 그 나라를 적에게 주는 것과 마찬가지다'라고 한 것이 바로 이를 두고 한 말일 것이다. 지금 와서 후회한들 무슨 소용이 있으랴. 다만 뒷날을 위해서 경계해야 할 것이기에 여기에 덧붙여 써둘 따름이다.

당대 사람들은 신립의 배수진에 대한 통한의 안타까움을 이렇게 거듭 말하였다. 그러나 세월이 흘러 임진왜란이 먼 옛날 이야기가 되면서 신립에 대한 동정, 그를 위한 변명, 나아가서는 옹호까지 말하게 되었다. 요지인즉, 적들에겐 조총이라는 신식 무기가 있지만 활과 창으로 이에 맞서야 했던 군장비의 열세도 있었고, 전쟁 경험이 없는 오합지졸 8,000명으로 10만 대군을 상대해야 했는데 자신이 북방을 지킬 때 훈련시킨 500의 기병이야말로 믿을 수 있는 유일한 군대였으니 들판에서 죽기를 각오하고 기마전으로 싸우기 위해 배수진을 친 것이라고 분석하기도 한다.

신립은 전설적인 장군이었기 때문에 그의 삶과 죽음에 관한 두 가지 전설이 전해온다. 신립이 젊은 시절에 요괴(또는 도적)에게 납치된 젊은 처녀를 구출해주었는데 처녀는 신립이 거두어주기를 청했지만 이를 거절하자 자살했다. 그 처녀의 혼이 신립의 꿈속에 나타나 "탄금대에서 싸우세요"라고 하여 앙갚음을 했다며, 여자가 한을 품으면 한여름에도 서리가 내린다는 얘기로까지 이어진다.

또 하나는, 신립의 유해를 경기도 광주부(廣州府)로 옮겨 장사 지냈는데 그후부터 묘지에서 얼마 떨어지지 않은 곳에 있는 고양이 모양의 커다란 바위 앞에선 말이 좀처럼 앞으로 가지 않으려 했단다. 그러던 중 한 장군이 이 근처를 지나다 신립의 묘소를 찾아가 왜 지나는 사람들을 괴롭히느냐고 호통 치자 갑자기 벼락이 떨어져 바위가 쪼개지며 괴이한 모습은 없어지고 그 옆에 연못이 크게 생기면서 더 이상 그런 일이 일어나지 않았다고 한다. 이때부터 이곳을 맏 곤(昆), 연못 지(池), 바위 암(巖), 곤지암(昆池巖)이라고 부르게 되었다고 한다.

그리하여 우암 송시열은 「신립 장군 묘갈명(墓碣銘)」을 지으면서 그를 두둔하였고, 나라에서는 그에게 영의정을 추증하였으며, 충주 탄금대에는 그의 순절비와 전적비를 세워 넋을 기리고 있다.

이렇게 내 머릿속에 맴도는 이런저런 이야기를 어지럽게 말하고 있자니 그렇다면 탄금대가 말해주는 역사의 교훈이란 도대체 무엇이냐는 질문이 일어난다. 얼마 전 사마천(司馬遷)의 『사기(史記)』에서 읽은 이런 구절이 문득 떠오른다. 요순시대 고요(皋陶)라는 신하가 순(舜)임금과 훗날 임금이 되는 우(禹), 충절의 상징인 백이(伯夷) 앞에서 정치를 논하

| **석양의 탄금대** | 탄금대에서 해 질 녘에 흘러가는 남한강을 바라보면 눈부시게 빛나는 강물이 아련한 풍광을 자아낸다. 이를 바라보면서 나는 '강물은 지금도 그렇게 흘러간다'는 혼잣말을 하였다.

면서 마지막에 한 얘기다.

그 사람이 그 자리(관직)에 있을 만한 인물이 못 되면, 이는 하늘을 어지럽게 하는 일이 된다.(非其人居其官 是謂亂天事)

석양의 탄금대 아래로는 검붉게 물든 남한강이 그 모든 사연을 담고 그렇게 흘러가고 있었다.

제3부
남한강변의 폐사지

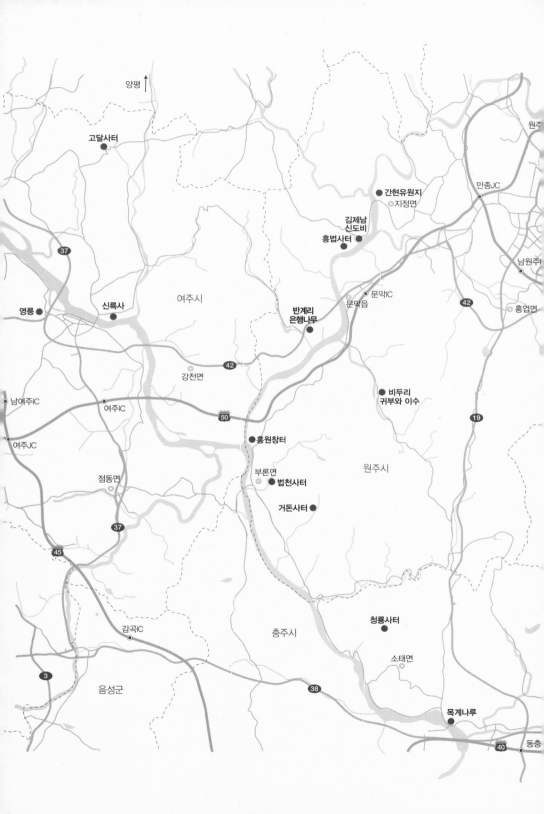

양평 ↑

원주

고달사터

간현유원지
◎지정면

만종JC

37

김제남
신도비
흥법사터

남원주

여주시

반계리
은행나무

문막IC
◎ 문막읍

42

흥업면

영릉 ●

신륵사

42

강천면
◎

비두리
귀부와 이수

19

남여주IC

여주IC

50

흥원창터

여주JC

점동면

부론면
◎ 법천사터

원주시

거돈사터

37

45

감곡IC

청룡사터

3

충주시

소태면
◎

음성군

38

목계나루

40

동충

마음이 울적하거든 폐사지로 떠나라

홍원창터 / 거돈사터 / 거돈사터 삼층석탑 / 원공국사 승묘탑비 /
청룡사터 / 보각국사 승탑 / 법천사터 / 지광국사 현묘탑비

폐사지에 이는 서정

깊은 산골의 폐사지(廢寺址). 절도 스님도 지나가는 사람도 없는 적막
한 빈터. 뿌리째 뽑힌 주춧돌이 모로 누워 하늘을 바라보고, 무성히 자
란 잡초들이 그 옛날을 덮어버린 폐사지에 가면 사람의 마음이 절로 스
산해진다. 단청 화려한 건물에 금색 빛나는 불상을 모셔놓은 절집에서는
느낄 수 없는 처연한 정서의 환기가 있고, 고요한 절터에는 사색으로 이
끄는 침묵이 있다.

산 넘고 물 건너, 열 굽이 스무 굽이 고갯길 넘어, 깊은 산중 한갓진 빈
터의 녹슨 안내판에서 절터의 만만치 않은 내력을 읽어보고, 발부리에
걸리는 돌멩이를 일없이 뒤집어보며 무너져가는 삼층석탑 앞에서 이 사
라진 절집의 나이를 헤아려보기도 하다가, 절터 한편에 돌거북이 짊어

진 비석에 다가가 손가락으로 비문을 짚으며 읽어보기도 하고, 품 넓게 자란 해묵은 느티나무 그늘에 앉아 바람에 실려가는 새털구름이 산자락 넘어가는 모습을 하염없이 바라보다보면 머릿속은 무엇에 빨려가듯 텅 비고 마음은 넓게 열린다. 어제의 내가 아닌, 세상에 갓 태어나 첫울음을 터뜨릴 때의 내 모습 원단으로 돌아가게 된다. 그래서 나는 "마음이 울적하거든 폐사지로 떠나라"고 권했는데 정호승 시인은 「폐사지처럼 산다」라는 시에서 아예 폐사지에 살듯 하라고 했다.

> 요즘 어떻게 사느냐고 묻지 마라
> 폐사지처럼 산다
> 요즘 뭐 하고 지내느냐고 묻지 마라
> 폐사지에 쓰러진 탑을 일으켜세우며 산다
> (…)
> 부서진 석등에 불이나 켜며 산다
> 부디 어떻게 사느냐고 다정하게 묻지 마라
> (…)
> 입도 버리고 혀도 파묻고
> 폐사지처럼 산다

　폐사지에서 일어나는 정서가 이렇게 가슴 깊이 파고드는 이유는 뭘까? 더 큰 슬픔을 만날 때 슬픔이 저절로 사라지기 때문일까? 아니면 이상이 「날개」에서 "육신이 흐느적흐느적하도록 피로했을 때만 정신이 은화처럼 맑소"라고 한 말이 이런 것인가? 아무도 가르쳐준 일 없는 불가(佛家)의 공(空) 개념이 저절로 다가오는 것만 같다.

| 전국의 주요 폐사지 전경들 | 1. 서산 보원사터 2. 보령 성주사터 3. 산청 단속사터 4. 합천 영암사터

5천 곳이 넘는 폐사지

우리나라에 폐사지가 얼마나 있는지 알게 되면 놀랄 것이다. 그간 답사기에서 찾아간 폐사지만 해도 경주 감은사터, 강진 월남사터, 양양 진전사터, 선림원터, 서산 보원사터, 보령 성주사터, 산청 단속사터, 합천 영암사터…… 이루 다 헤아리기 힘들다. 문화재청과 불교문화재연구소에서는 2010년부터 4년간 전국의 폐사지를 정밀하게 조사하는 기초작업을 펼친 결과 무려 5,393개소를 확인했다.

답사를 다니다보면 정말로 우리나라 산천에 폐사지가 없는 곳이 없다. 그 많은 폐사지 중 내가 가장 즐겨 찾아가는 곳은 남한강변의 폐사지들이다. 충주 목계나루에서 여주 신륵사까지 이름난 폐사지가 5곳이나 있다. 충주시 소태면의 청룡사터, 원주시 부론면의 법천사터·거돈사터, 문막의 흥법사터, 여주의 고달사터, 서울에서 불과 2시간 안에 다다를 수 있는 곳에 이런 폐사지가 하나도 아니고 다섯씩이나 자리잡고 있다는 것이 신기할 정도다. 더욱이 이곳에는 모두 나라에서 국보와 보물로 지정한 탑·승탑·탑비들이 하나둘씩 있어 우리나라 석조미술문화의 저력을 유감없이 보여준다.

벌써 30년이나 된 이야기다. 내가 신촌에서 좌판을 벌인 '젊은이를 위한 한국미술사' 공개강좌 때 수강생들에게 "우리나라는 전 국토가 박물관"이고 미술사는 문화유산이 있는 현장답사에 기초해야 한다는 생각을 각인시키고자 당일 답사로 안내할 때 가장 먼저 찾아간 곳이 바로 남한강변의 폐사지였다. 당시 나를 따라온 젊은 미술학도·미학도·미술사학도들이 놀란 눈으로 바라보고 기쁜 마음으로 절터를 오가던 모습을 나는 지금도 잊지 못한다. 이후 나는 강좌 때마다 거르는 일 없이 봄가을혹은 한겨울에도 여기를 들렀으니 그게 몇 번일지 헤아리지 못한다.

문화유산답사회원들과도 자주 찾아갔고 문화패들과 다녀간 것도 여러 번이고 세상 사람들에게 환상의 답사처로 '강추'하여 저번 때는 노신사의 모임인 '무무회(無無會)' 회원들과도 다녀갔다. 그리고 내년 봄이나 가을에도 또 누군가와 여기에 갈 것이다.

남한강변의 흥원창

남한강변 폐사지 답사는 거돈사(居頓寺)터부터 가야 제격이다. 서울에서 떠나자면 여주의 고달사터, 원주의 흥법사터·법천사터·거돈사터, 그리고 충주 청룡사터 순으로 이어지지만 거돈사부터 가는 것이 폐사지의 깊은 정취를 만끽할 수 있다. 요즘에는 길이 사통팔달로 뚫려 어디든 빨리 가는 길이 따로 있다. 내비게이션에 '강원도 원주시 부론면 정산리 189번지'라고 치고 가라는 대로 가기만 하면 거돈사터에 쉽게 다다를 수 있다.

그러나 답사는 그렇게 가면 안 된다. 내가 원주의 폐사지라고 하지 않고 남한강변의 폐사지라고 말한 데는 이유가 있다. 지금은 모든 길을 자동차길 위주로 생각하지만 그 옛날의 고속도로는 뱃길이었다. 나말여초의 명찰들이 여기에 들어서 있었던 것은 남한강의 뱃길이 이렇게 이어졌기 때문이다.

남한강변 폐사지로 인도하는 나루터는 부론면 흥호리 강변의 흥원창(興原倉)터이다. 서울에서 가자면 영동고속도로로 가다가 문막 나들목에서 빠져나와 49번 지방도로를 타고 섬강(蟾江)을 따라 내려가다가 남한강과 만나는 흥호리 강변이 바로 그곳이다.

흥원창터 강 언덕에서 남한강을 내려다보면 충주 목계나루를 지나온 남한강 물줄기가 여주 신륵사 쪽으로 휘돌아가는 모습이 아련히 펼쳐진다. 옛날에 이곳은 물길이 험하여 한 척의 배가 홀로 여울을 헤쳐나갈 수 없어 서너 척이 선단(船團)을 이루어서 만나는 여울마다 힘을 합해 한 척씩 끌어서 통과했다고 한다.

그렇게 힘차게 북쪽으로 흐르는 남한강 물줄기는 원주 부론면에 이르면 북동쪽 태기산에서 문막을 지나 내려온 섬강 물을 받아 제법 장대한 강물을 이루며 북한강과 만나기 위해 양수리 쪽으로 달린다. 그 남한강과 섬강이 만나는 언덕 위에는 흥원창이 있었고, 섬강 강가엔 흥법사가, 부론면 산중엔 법천사와 거돈사가 자리하고 있었다.

본래 강물은 직선으로 곧게 흐를 때보다 곡선을 이루며 휘어져 돌아갈 때가 아름답다. 모래톱이 활처럼 휘어진 강 건너에 키 큰 포플러가 줄

| **곡선으로 휘돌아가는 강** | 목계나루를 떠난 남한강은 흥원창터 앞을 지나면서 신륵사 쪽을 향하여 곡선을 그리며 휘돌아간다. 강은 이처럼 포물선을 그리며 돌아갈 때 더욱 아름답다.

지어 있거나 오붓한 강마을이 펼쳐지면 말할 수 없이 짙은 향토적 서정을 불러일으킨다.

4대강 사업 이후 강변 풍광이 다 변하여 천연스런 모래톱은 반듯한 고수부지가 되었고 강변엔 '4대강 국토종주 한강 자전거길'이 을씨년스럽게 휑하니 뚫려 있다. 그러나 흥원창터 쉼터에서 신륵사 쪽으로 흘러가는 남한강 물줄기를 바라보면 강은 여전히 푸르고 물살은 여유롭기만 하다.

언제 어느 때 보아도 남한강은 북한강이 우리에게 주는 인상과 다르다. 북한강에 아버지 같은 늠름한 위엄이 있다면 남한강에는 어머니 같은 안온함이 있다. 그런 남한강 물줄기 중에서도 그 너른 품에 마냥 안기고 싶어지는 곳이 이곳 흥원창터에서 바라보는 강변 풍광이다.

| **흥원창터 안내석** | 흥원창은 충주 가흥창과 함께 남한강에 있던 두 개의 조창 중 하나였다. 흥원창에 집결된 영서 내륙지방의 조세미는 뱃길을 이용해 한강 용산의 경창으로 옮겨졌다. 지금은 길가에 옛 조창터라는 안내석만 있다.

그 옛날의 흥원창

흥원창은 충주 가흥창과 함께 남한강에 있던 두 개의 조창 중 하나였다. 강원도 평창·정선·횡성·원주 등 영서 내륙지방의 전세(田稅)가 모이던 곳이었으나 가흥창과 마찬가지로 조선 후기 들어 쇠퇴해 흥원포(興元浦)라는 이름의 나루터로만 남게 되었고, 간간이 이용되던 그 뱃길도 1940년 중앙선 철도가 개통되면서 명맥이 끊어져 지금은 길가에 옛 흥원창터라는 안내석만 세워져 있다.

원주시는 흥원창 복원사업을 추진하여 조세미를 운반하던 평저선(平底船) 두 척을 제작해 남한강에 띄우고 주변에 한옥 30동을 복원하고 부대시설로 민속공연장과 전통혼례장, 민속장터도 조성할 방침이라고 하니 아마도 역사 테마공원을 생각하고 있는 것 같은데 그로 인해 그윽했던 옛 모습이 사라지지나 않을까 걱정스럽다.

| **지우재 정수영이 그린 흥원창 풍경** | 조선 후기 화가인 지우재 정수영이 그린 흥원창 실경을 보면 왁자지껄한 조창의 번창함이 아니라 초가집들이 옹기종기 모여 있는 강마을 풍경이다. 생각건대 조운선이 들어오는 때가 아니면 이처럼 평온한 강마을이었던 모양이다.

　　그 옛날의 흥원창은 마침 조선 후기 화가인 지우재(之又齋) 정수영(鄭遂榮, 1743~1831)이 실경산수로 그린 그림이 남아 있어 알 수 있다. 그가 그린 흥원창 실경을 보면 목계나루 같은 왁자지껄한 조창의 번창함이 아니라 초가집들이 옹기종기 모여 있는 강마을 풍경이다. 생각건대 조운선이 들어오는 때가 아니면 이처럼 평온한 강마을이었던 모양이다.

　　나는 지금 세월을 건너뛰어 이 풍광 속에서 이렇게 아늑함을 읽고 있지만 세상의 아픔을 온몸으로 안고 살았던 다산 정약용은 그 남루한 초가집에 살고 있던 백성의 간고한 삶을 말하고 있다. 1819년 4월 15일, 그러니까 다산이 귀양살이에서 풀려난 이듬해 그는 부모의 묘소와 외가가 있는 충주의 하담으로 가기 위해 남한강 뱃길에 올라 흥원포를 지나면서 이렇게 읊었다.

흥원포에 있는 옛 창고 건물은　　　　　　　　古廥興元浦

가로지른 서까래 일자(一字)로 연했어라 　　　橫樑一字連
봄철 조운을 이미 다 마쳤는데도 　　　　　春漕已調了
또 호탄전(護灘錢)을 강요하여 받아내누나 　猶索護灘錢

호탄전이란 나루터를 관리하면서 받는 사용료를 말한다. 다산의 민중에 대한 사랑이란 이처럼 끝없는 것이었다.

거돈사터 가는 길

흥원창터에서 거돈사터로 가는 길은 부론면 법천리에서 산길로 돌아가게 되어 있다. 그러나 나는 조금이라도 남한강 물줄기를 곁에 두고 싶어서 강 따라 난 작은 길로 돌아서 좀재라는 재미있는 이름을 가진 나직한 고개 너머 있는 솔미마을을 지나 정산리(鼎山里)에서 꺾어 들어간다.

정산마을 비탈길 삼거리에서 부론 농협창고 아래쪽 길로 꺾어들면 작은 개울을 끼고 난 시골길이 나온다. 개울가 양쪽으로는 산자락을 바짝 타고 일구어낸 밭이 이어지는데, 20년 전에는 보리며 옥수수를 심던 전형적인 강원도 산밭이었지만 지금은 사과밭이 차지하고 있다.

여기부터 거돈사까지는 3킬로미터, 느리게 가도 차로 5분이면 들어갈 수가 있다. 그러나 자동차를 타고 가기엔 정말로 아까운 호젓한 시골길이다. 조금 전까지만 해도 강줄기를 따라 내려왔는데 고개 하나 넘어 이렇게 한적한 강원도 산골로 들어왔다는 것이 신기할 정도다. 길가엔 농가들이 외딴집으로 점점이 이어지고 연이은 산봉우리들이 책장을 넘기듯 하나씩 펼쳐진다.

재작년(2013) 봄 우리 과 대학원생들과 당일 답사로 왔을 때는 모두 버스에서 내려 따스한 햇살을 받으며 마냥 걸어서 갔다. 지금도 우리 학생

| 거돈사터의 마을 장승(왼쪽)과 도로표지판(오른쪽) | 몇 해 전만 해도 거돈사터 앞엔 마을 장승이 있어 대보름마다 새로 깎은 장승이 세워졌다. 그러나 지금은 무뚝뚝한 돌장승이 그 자리를 차지하고 있다. 개울가 돌다리에는 다리가 부실할 때 군대 통행차량 무게 제한을 표시한 신기한 도로표지판이 여전히 남아 있다.

들은 거돈사보다 그때 콧노래 부르며 걸어갔던 그 길이 더 기억에 깊이 남는다고 한다. 그리하여 거돈사터 초입에 이르면 오른쪽으로 자그마한 학교가 나타난다. 여기가 오래전에 폐교가 된 정산초등학교 자리다.

정산초등학교는 정말로 아담한 학교였는데 1995년에 마침내 폐교되고 지금은 어느 공장에 불하되었다. 학교 운동장 한쪽 화장실 건물 앞에는 거돈사를 알리던 덩치 큰 당간지주 한 짝이 심드렁히 누워 있다. 짝을 잃고 누워 있던 이 9.6미터의 긴 당간지주는 그동안 학생들이 운동장에서 쉴 때면 20명 정도는 넉넉히 앉을 수 있는 의자 구실을 하여 윤이 번지르르하게 났다.

몇 해 전만 해도 학교 울타리 옆 거돈사를 마주 보는 개울가엔 마을 장승이 있어 대보름마다 새로 깎은 장승과 솟대가 무수히 세워져 있었다. 그러나 지금은 무뚝뚝한 돌장승이 그 자리를 차지하고 해묵은 장승들만이 빛바랜 잿빛으로 여기저기 넘어져 있다. 이 개울가 돌다리에는 아주 신기한 도로표지판이 있는데 다리가 부실할 때 군대 통행차량 무게 제한을 표시한 것이다. 탱크는 40톤, 화물차는 30톤이란다. 내용은 무섭지만 디자인은 아주 귀엽다. 군복을 비롯하여 군대 디자인은 편하고 알기 쉽고 간단하게 하는 것이 생명이어서 이런 멋진 도로표지판이 나왔다.

거돈사터

거돈사터는 현계산(해발 535미터)에서 흘러내리는 작은 골짜기 한쪽 산자락에 높직이 올라앉아 있다. 낮은 야산이 삼면으로 병풍처럼 절터를 감싸안고, 계곡 건너편 산은 멀찍이 떨어져서 하늘이 넓게 열려 있다. 시원스러우면서도 나른할 만큼 포근한 분위기다. 절터는 경사면에 축대를 쌓아 반듯하게 다듬어 길에서 보면 높은 석축이 비탈길을 따라 위로 갈수록 좁아지며 성벽처럼 길게 뻗어나간다. 그 중간쯤에 절 마당으로 오르는 계단이 있다.

석축 모서리에는 수령 700년에 몸 둘레 7.2미터를 자랑하는 거대한 느티나무가 있다. 그 늠름하고 장대한 모습에 거돈사터에 처음 온 사람들은 탄성을 지른다. 그런데 몇 해 전 석축을 정비하면서 나무뿌리를 건드려 심하게 몸살을 앓았다. 볼 때마다 안타깝고 행여 죽을까 조바심이 났는데 몇 해를 고생하더니 다시 새순이 나기 시작해 한숨을 놓았다. 다만 감량을 위해 가지치기를 해서 예전 같은 위용은 없다. 그래도 또 한 해, 두 해 지나면 나무는 언제 그랬느냐는 듯이 다시 활개를 칠 것이다.

절터로 오르는 가파른 돌계단을 조심스럽게 밟고 올라 고개를 들면 눈앞에 아담한 삼층석탑 하나가 홀연히 나타난다. 너무도 오롯하게 서 있어 절로 탄성을 지르게 되는데 그 드라마틱한 출현을 위해 계단은 그렇게 가팔랐던 모양이다.

| 거돈사터 석축 | 반듯하게 다듬어 성벽처럼 길게 뻗어나간 석축 모서리에는 수령 700년에 몸 둘레 7.2미터를 자랑하는 거대한 느티나무가 있다. 그 늠름하고 장대한 모습에 거돈사터에 처음 온 사람들은 탄성을 지른다.

거돈사터 삼층석탑

거돈사터 삼층석탑(보물 제750호)은 아담한 균형미를 뽐내며 주변 환경과 그림같이 어울린다. 이 탑이 있음으로 해서 거돈사터는 사람의 마음을 편안하고 차분하게 만들어주며 폐사지의 쓸쓸한 분위기를 차라리 애잔한 아름다움으로 승화시킨다.

언젠가 답사회에 동행한 한 아가씨는 그 정감 어린 모습을 "하루 종일 바라보아도 좋을 것 같고, 가까이 다가가선 도란도란 얘기도 하고픈 탑"이라고 했고, 또 언젠가는 나이 드신 분이 "꼭 우리 집 막내사위 같다"고 했다.

양식상으로 보면 높이 5.4미터의 전형적인 9세기 통일신라시대 삼층석탑으로 별다른 문양도 없이 단아한 비례감을 보여주는 것이 특징이다. 동시대 탑과 다른 점이 있다면 3단의 장대석으로 넓은 단을 쌓고 그 위에 안치해 탑이 더욱 상큼해 보이는 점이다.

| 거돈사터 삼층석탑 | 거돈사터 삼층석탑은 아담한 균형미를 뽐내며 주변과 그림같이 어울린다. 이 탑이 있음으로 해서 거돈사터는 사람의 마음을 차분하게 만들어주며 폐사지의 쓸쓸함을 차라리 애잔한 아름다움으로 승화시킨다.

탑 앞에는 아름다운 연꽃이 새겨진 아담한 배례석(拜禮石)이 놓여 있다. 처음 온 사람들은 이 배례석이 예쁘다면서 깊은 정을 느끼곤 한다. 그러나 조금 있다가 법천사터에 가서 그곳 배례석을 보고 나서는 꼭 한 마디씩 딴소리를 하게 된다. (뭐라고 그러는지는 그 자리에 가서 얘기하겠다.)

거돈사터 가람배치

거돈사터는 7,500여 평. 한림대박물관에서 역사학자 고 최영희 선생 주관으로 1989년부터 1992년까지 발굴해 전각의 위치가 완전히 파악되고 절터 자체가 사적 제168호로 지정됐다. 발굴조사 결과 신라 후기인 9세기경에 처음 지어지고 고려 초기에 확장·보수되어 조선 전기까지 유

| 거돈사터의 무대 | 절터를 내려다보면 세상에 이렇게 훌륭한 야외무대가 또 어디에 있을까 싶어진다. 반듯하게 구획된 넓은 절터에 삼층석탑과 불상 좌대가 중앙무대처럼 느껴지고 한쪽 구석의 느티나무와 비석이 절터를 감싸주듯 서 있다.

지된 것으로 밝혀졌다. 절집은 중문·탑·금당·강당·승방·회랑 등이 정연하게 배치되어 있었음이 확인됐다.

삼층석탑 뒤로 금당이 있고 금당을 중심으로 회랑을 두른 가람배치이다. 금당의 규모는 앞면 5칸, 옆면 3칸으로 2층 건물이었을 것으로 추정된다. 회랑 뒤쪽 산자락에 단을 쌓아 강당과 전각들이 연이어 들어서게 되어 있다. 산중의 절집이지만 회랑이 감싼 가람배치여서 평지 사찰처럼 아주 정연한 모습이다.

발굴 뒤 건물 자리는 약간 높게 돋워놓고 주춧돌로 집 자리를 명확히 표시해두었다. 금당 자리에는 불상을 모셔놓았던 튼실한 대좌가 마치 떡시루 앉히듯 조성돼 있다. 아마도 여기엔 단정하면서도 야무진 인상의 철불이 모셔졌을 것이고 돌대좌는 아름다운 수미단으로 장식됐을 것으로 생각된다.

| **거돈사터의 대좌** | 거돈사터의 금당 자리에는 튼실한 대좌가 마치 떡시루 앉히듯 조성돼 있다. 아마도 여기엔 단정하면서도 야무진 인상의 철불이 모셔졌을 것이고 돌대좌는 아름다운 수미단으로 장식됐을 것으로 생각된다.

불상 좌대에서 사위를 둘러보면 거돈사터는 더없이 아늑하게 다가온다. 옛 절집 자리는 하나같이 명당이라는 감탄을 말하게 된다. 그러나 명당은 그냥 있는 것이 아니라 이처럼 방향에 맞추어 석축을 쌓고 높낮이를 감안해 단을 쌓음으로써 얻어낸 것이니 차라리 자연을 경영하는 옛분들의 안목이 그렇게 높았다고 해야 옳을 것이다.

원공국사 승묘탑비

거돈사터 동남쪽 모서리에는 돌거북이 지고 있는 비석이 있다. 이는 거돈사를 중흥한 원공국사(圓空國師, 930~1018)의 승묘탑비(勝妙塔碑, 보물 제78호)이다. 고려 현종 16년(1025)에 세워진 것으로 돌거북 받침대(귀부)와 용머리 지붕돌(이수)을 모두 완벽하게 갖추고 있다.

비신은 가늘어 날씬한 편인데, 받침대와 지붕돌은 꽤 큰 편이어서 안정감을 주며 조각 기법도 매우 치밀하다. 돌거북의 머리는 거북이 아니라 양의 머리처럼 조각한 것이 특이하고 목을 바짝 세우고 입을 꽉 다물어 부드러우면서도 야무진 느낌을 준다. 거북 등에는 정육각형의 귀갑문(龜甲文)이 덮여 있고 그 안에 만(卍) 자, 왕(王) 자, 연꽃무늬를 교대로 새겼는데 문양이 또렷하고 조각이 공교롭다. 그런데 어느 해인가 이 귀갑문의 일부가 껍질 벗어지듯이 떨어져나가는 흉터가 생겼다. 원인을 조사해보았더니 산성비의 작용이라고 한다.

아, 이를 어쩌나. 산성비를 막자고 전국의 비석에 비각을 세울 수도 없고, 그렇다고 이대로 방치해둘 수도 없고…… 게다가 비각이 능사가 아니란다. 한참 이런 고민을 하던 중 나는 문화재청장 자리를 떠났다. 이것은 내가 알면서도 하지 못한 일인지라 지금도 미안하고 안타까운 마음이 가슴속에 맺혀 있다.

용머리는 구름 속에서 노니는 용(이무기)이 꿈틀거리는 듯 사실적으로 조각돼 있다. 앞머리에는 비석의 이름을 새겨넣기 위한 네모난 비액(碑額)이 새겨져 있는데 무슨 이유에서인지 빈칸으로 남아 있다. 비문을 보면 최충(崔沖)이 글을 지었고, 김거웅(金巨雄)이 전액(篆額)과 비문을 썼다고 되어 있다. 그런데 왜 비의 이름표만 새기지 않았을까? 풀리지 않는 의문이다.

이 비석의 글씨는 방정한 해서체로 필획이 정연해 힘이 있는 가운데 붓끝이 유려하여 고려시대 금석문 중에서 가장 뛰어난 글씨의 하나라는 평을 받는다. 『조선금석고(朝鮮金石攷)』에는 "글자 크기 6푼의 해서로 구양순체(歐陽詢體)를 체득했다"고 했다.

| **원공국사 탑비** | 원공국사 승묘탑비는 돌거북 받침대와 용머리 지붕돌을 모두 완벽하게 갖추고 있다. 비신은 가늘어 날씬한 편인데, 받침대와 지붕돌은 꽤 큰 편이어서 안정감을 주며 조각 기법도 매우 치밀하다. 돌거북의 머리는 거북이 아니라 양의 머리처럼 조각한 것이 특이하고 목을 바짝 세우고 입을 꽉 다물어 야무진 느낌을 준다.

원공국사

비석 옆에는 청명(青溟) 임창순(任昌淳) 선생이 비문을 요약한 것을 동판에 새겨놓아 누구든 한번은 읽어볼 만하다. 어려운 비문을 이처럼 쉬운 한글로 번역해 새겨놓은 것이 참으로 고맙다.

대사의 성은 이(李)씨, 이름은 지종(智宗), 자는 신측(神則), 전주(全州) 출신이다. (…) 8세 때에 사라사(舍那寺)의 스님 홍범삼장(弘梵三藏)에게 가서 머리를 깎고 중이 되었으나 홍범이 우리나라를 떠났기 때문에 다시 광화사(廣化寺) 경철(景哲)스님에게서 배우고 고려 정종 1년(946) 17세 때에 영통사(靈通寺)에서 계(戒)를 받고 광종 4년(953)에 희양산(曦陽山) 혜초(惠超)의 문하에서 공부하고 뒤에 승려에게 실시하는 선과(禪科)에 합격하였다. (…) 오월(吳越)에 들어가서 영명사(永明寺)에 들러 수선사(壽禪師)를 만나고 다시 국청사(國淸寺)의 정광대사(淨光大師)를 찾아서 대정혜론(大定慧論)과 천태교의(天台敎儀)를 배웠다. 광종 19년(968)에 (…) 그곳 전교원(傳敎院)에서 대정혜론(大定慧論)과 법화경(法華經)을 강의하고 광종 21년에 본국에 돌아왔다. 광종은 대사를 맞이하여 금광선원(金光禪院)에 머물게 하고 중대사(重大師)에 임명하였다. (…) 현종은 대사를 대선사(大禪師)에 임명하였고 뒤에 다시 왕사(王師)에 봉하였다. 현종 9년(1018) 4월에 원주 현계산 거돈사에 은퇴하여 그달 17일에 89세로 입적하였다. 현종은 국사로 추증하고 시호는 원공(圓空), 탑의 명칭은 승묘(勝妙)라 하였다. 대사의 법호(法號)는 여러 번 추가되어 혜월광천 편조지각 지만원묵 적연보화(慧月光天遍照至覺智滿圓默寂然普化)라 하였다.

불교사적으로 보면 원공국사는 고려 초기의 천태학을 계승해 훗날 대각국사(大覺國師) 의천(義天)이 고려 천태종을 일으키는 초석을 다진 공이 있다. 이로 인해 대각국사가 고려의 천태종을 열었을 때 거돈사는 영암사(靈巖寺)·지곡사(智谷寺) 등과 함께 천태종의 기반사원이 됐다고 한다. 그런 거돈사였다.

원공국사 승묘탑

마을 주민의 말에 따르면 이 비는 원래 현재의 위치가 아닌 다른 곳에 있던 것을 옮겨왔다고 한다. 내 생각엔 금당 뒤쪽 언덕 위에 있는 원공국사 승탑 옆에 있었던 것이 아닐까 싶다. 원공국사 승묘탑(보물 제190호)은 일제강점기 때 서울에 살던 일본인 와다(和田)라는 자가 훔쳐서 서울로

옮겨간 것을 회수해 1948년 경복궁으로 옮겨졌고 현재는 국립중앙박물관 옥외전시장에 있다.

승탑이 본래 있던 자리엔 주인 잃은 지대석 두 쪽이 남아 있었다. 그래서 국립중앙박물관으로 옮겨진 승탑에는 지대석이 없다. 전형적인 팔각당 승탑으로 앞뒤 양면에는 문과 자물쇠, 좌우 양면에는 창을 냈으며, 나머지 네 면에는 사천왕 입상을 조각했다. 지붕돌은 추녀가 얇고 귀퉁이의 반전이 뚜렷해 경쾌하다. 전체적으로 조형적 비례

| **원공국사 승묘탑** | 원공국사 승묘탑(보물 제190호)은 일제강점기 때 서울에 살던 일본인이 훔쳐서 서울로 옮겨간 것을 회수해 1948년 경복궁으로 옮겨졌고 현재는 국립중앙박물관 옥외전시장에 있다.

| 거돈사터의 사계절 |

가 흠잡을 데 없고 중후한 품격이 느껴지는 전형적인 고려시대 승탑이다.

이 원공국사 승묘탑 빈자리엔 서울로 옮겨간 내력을 알려주는 안내판이 서 있었다. 이 점은 법천사터 지광국사 현묘탑, 흥법사터 진공대사 승탑도 마찬가지다. 그래서 원주 사람들은 원주의 국보와 보물들이 전부일제강점기에 도난당한 것을 가슴 아파해왔다. 그리고 나라에 부탁하기를 원 유물을 돌려주지 않으려면 안내판 대신 복제품이라도 제자리에세워달라고 했다.

그리하여 거돈사 원공국사 승묘탑은 2007년에 실물대 크기의 복제품이나마 세워지게 됐다. 그러나 그것은 아무래도 복제품인지라 보는 이들은 어째서 21세기 사람들은 1,000년 전 솜씨를 따라가지 못하느냐고 힐난을 보내니 우리 시대 문화능력이 그것밖에 안 되는 것을 그저 안타까워할 뿐이다.

원공국사 승묘탑 자리에서 절터를 내려다보면 거돈사터의 아름다움에 다시금 탄성을 지르게 된다. 세상에 이렇게 훌륭한 야외무대가 또 어디에 있을까 싶어진다. 반듯하게 구획된 넓은 절터에 삼층석탑과 불상 좌대가 중앙무대처럼 느껴지고 한쪽에는 느티나무가, 한쪽에는 비석이 절터를 감싸주듯 서 있다.

지금은 제주도에 살고 있는 장선우 감독이 한창 영화에 열을 올리고 있을 때 거돈사터를 무대로 영화 한 편을 만들고 싶다고 했다. 서울대 이애주 교수는 "달밤에 여기서 춤 한번 춰보고 싶다"고 했고, 음악 애호가들은 "여기서 야외음악회가 열리면 환상적일 것 같다"고 했다.

언젠가 석양 무렵 거돈사터에 왔을 때 나도 그런 꿈을 그려보았다. 석축에 관객들이 둘러앉아 불상 좌대를 무대로 삼아 음악회를 열어보는 것이다. 그때 내 마음속에 떠오른 레퍼토리는 이생강의 대금산조, 이애주의 살풀이춤, 김덕수의 사물놀이였다. 그리고 서양에서도 한 명 데려올까 생각하니 불현듯 떠오른 것은 야니(Yanni)의 피아노 연주였다.

충주시 소태면의 청룡사터

거돈사를 떠나 다음 답사처로 가자면 둘 중 하나를 선택해야 한다. 남한강을 따라 내려가자면 법천사터로 되고 남한강을 거슬러 올라가면 충주 청룡사터로 된다.

충주 청룡사(靑龍寺)터는 언제부터인가 천태종 사찰이 들어서 폐사지가 아닌 셈이 되어 폐사지의 멋을 느끼기 힘들다. 그러나 여기에는 국보

| 청룡사터 위전비(왼쪽)와 적운당 석종형 승탑(오른쪽) | 숙종 18년(1692)에 세운 청룡사 위전
비에는 청룡사를 위해 신도들이 전답을 기증했다는 내용이 쓰여 있다. 적운당이라는 조선 후기
스님의 석종 모양 승탑도 있다. 이 두 유물은 그때까지 청룡사가 건재했음을 알려준다.

가 1점, 보물이 2점, 충청북도 유형문화재와 문화재자료가 1점씩 있으니
아니 보고 지나갈 수가 없다. 남한강을 따라 내려오는 나의 긴 답사 여정
으로 보면 충주 목계나루 다음 기착지는 이곳이 된다. 그래서 청룡사터
는 원주 폐사지 답사 때보다 충주 답사 때 다녀오는 것이 유리하다.

목계나루에서 남한강을 따라가면 육중한 산자락이 강가로 바짝 붙어
있다. 그 산 정상이 청계산이고 청룡사터는 이 산 남쪽 기슭에 자리잡고
있다.

청룡사터로 가려면 소태면 소재지인 오량마을을 지나야 하는데 마을
이 참 예쁘다. 고갯길 위에서 길 따라 마을을 향해 가자면 그 오붓한 농
가 풍경에 마음이 절로 아늑해진다. 목계나루 가흥창의 도도한 강물을
본 것이 바로 조금 전인데 고개 하나 너머에 이런 산마을이 있으니 우리
나라 국토의 표정이 얼마나 다양한가를 절감케 된다.

청룡사는 산중 깊숙한 곳에 들어앉아 있다. 풍수가들은 비룡상천형(飛龍上天形)의 길지(吉地)라고 한다. 전설에 의하면 어느 화창한 봄날 한 도승이 근처를 지나다 갑자기 소나기가 쏟아져 나무 밑에서 비를 피하고 있으려니까 하늘에서 용 두 마리가 여의주를 갖고 놀다가 땅에 떨어뜨렸는데, 한 마리가 여의주를 향해 내려왔다가 다시 청계산 위로 올라가자 여의주가 큰 빛을 발하고는 사라지면서 비가 멎었단다. 그래서 도승은 지세를 살핀 다음 용의 힘이 모여 있는 꼬리에 해당하는 곳에 암자를 짓고 청룡사라 했다는 것이다. 그래서 절터가 깊고 그윽하면서 하늘이 넓게 열려 있다.

주차장 왼쪽으로 가면 옛 절터로 가는 길이 나온다. 참나무가 우거진 어두운 산길로 들어서면 오솔길에 비석 하나가 이끼를 덮어쓴 채 서 있다. 숙종 18년(1692)에 세운 청룡사 위전비(位田碑)라는 것인데 당시 청룡사를 위해 신도들이 전답을 기증했다는 내용이 쓰여 있다. 그리고 조금 더 가면 적운당(跡雲堂)이라는 조선 후기 스님의 석종 모양 승탑이 나온다. 이 두 유물은 그때까지 청룡사가 건재했음을 알려주며 충청북도 유형문화재와 문화재자료로 지정되어 있다.

보각국사 승탑과 석등, 비석

거기서 좀 더 산으로 올라가면 마침내 국보 제197호 '보각국사(普覺國師) 승탑'이 밝게 모습을 드러낸다. 승탑 앞에는 석등(보물 제656호), 뒤에는 비석(보물 제658호)이 일직선상에 놓여 있다. 이런 배치는 여말선초에 유행한 양식으로 신륵사에 가면 약간은 다르지만 보제존자 승탑에서도 볼 수 있다.

비문에 따르면 보각국사는 고려 충숙왕 7년(1320)에 경기도 광주에서 태어났다. 법명은 혼수(混脩)이고, 법호는 환암(幻菴)이다. 어려서 출가하여 22세 때 선선(禪選)의 상상과(上上科)에 올랐다. 51세인 공민왕 19년(1370)에 왕이 나옹(懶翁)스님을 초청하여 시험관으로 삼고 스님들의 공부를 점검하는 공부선(功夫選)을 베풀 때 혼수는 최고의 성적을 받았다.

그후 왕이 요직에 임명하였으나 응하지 않다가 거듭된 왕의 청으로 내불당(內佛堂)에서 왕에게 법을 가르쳤다. 64세 되는 우왕 9년(1383)에 국사가 되었으며 조선 태조 1년(1392)에 73세의 나이로 청룡사에서 입적했다. 태조는 스님의 덕과 지혜가 나라의 추앙을 받을 만하다 하여 보각(普覺)이라는 시호와 정혜원융(定慧圓融)이라는 탑명을 내리면서 왕명으로 비를 세우게 하였다. 그리하여 스님 열반 2년 뒤인 태조 3년(1394)에 승탑과 비가 건립되었다.

이 보각국사탑은 9세기 하대신라부터 시작하여 근 600년간 유행한 팔각원당형 승탑의 전통을 잇는 마지막 명작이다. 이후 조선시대 승탑은 원형·석종형·보주형으로 바뀌었고 어쩌다 이런 형식이 나타나기는 하였지만 조형적인 성취가 크게 주목받을 것은 아니었다.

이 승탑의 가장 큰 특징은 몸돌을 한껏 부풀려 거구라는 인상을 주는 것인데 각 면마다 무기를 든 신장상(神將像)을 높은 돋을새김으로 새겨 돌출시켰다. 그리고 모서리에는 반룡이 휘감긴 배흘림기둥이 높은 부조로 새겨졌고 기둥 위에는 목조건축물처럼 창방(昌枋)이 표현되었다. 이 빈틈없는 조각들 때문에 대단히 화려한 인상을 준다.

이에 비해 받침대는 낮은 돋을새김으로 단정한 모습이고 지붕돌의 기왓골이 면으로 처리되어 몸체의 조각이 더욱 두드러지게 하였다. 그리고 약간의 장식을 가해 지붕 합각마루 끝마다 봉황과 용머리가 차례로 조각되었고 그 위로 앙화·복발·화염보주로 이루어진 상륜부가 놓였다.

| **청룡사터 보각국사 승탑과 석등, 비석** | 국보 제197호 '보각국사 승탑' 앞에는 석등(보물 제656호), 뒤에는 비석(보물 제658호)이 일직선상에 놓여 있다. 이런 배치는 여말선초에 유행한 양식이다.

그 모든 예술적인 구성이 팔각원당형 승탑의 룰을 지키면서 앞 시대 어느 것을 모방한 것이 아니라 자신감 있는 창의성을 보여준다. 그래서 아름답고 또 조형적인 힘이 있다. 바야흐로 국가의 이데올로기가 성리학으로 이동하기 시작한 때이지만 아직은 불교의 힘이 남아 있을 때였기에 태조 이성계는 국사의 승탑을 조영하라는 왕명을 내린 것이었다. 그래서 이 승탑은 조선시대의 유물이지만 고려 불교 유물의 마지막 영광을 보여주는 것이다. 이 점 때문에 나라에서 국보로 지정한 것이다.

보각국사탑은 지대석 아래 지면과 몸돌 윗면에 사리공이 있어서 사리를 비롯하여 옥촛대, 금잔 등의 장엄구가 있었으나 일제강점기 말에 도둑맞았고 상륜부가 오랫동안 땅속에 묻히고 쓰러져 있었던 것을 1968년 제자리에 복원했다.

사자 석등은 보각국사탑이 건립된 때 만들어진 것으로 고려시대에 유행했던 전형적인 방형(方型) 석등을 따르면서 하대석을 사자상으로 대신하였다. 사자 한 마리가 거북이처럼 엎드려 하대석 구실을 하는데 사자 같지 않고 힘있는 상상의 동물로 표현되었다. 이처럼 탑 앞에 석등을 놓는 형식은 조선왕조에 들어와 능묘 앞에 놓는 장명등으로 이어진다.

부론면 법천사터와 지광국사

이제 우리는 다시 남한강을 따라 법천사터로 향한다. 법천사(法泉寺)터는 거돈사터에서 산 하나 너머에 있는 가까운 거리다. 자동차로 불과 15분 걸린다. 법천사터가 있는 부론(富論)은 아담한 시골 마을이다. 1936년 대홍수로 흥원창이 범람하자 주민들이 이곳으로 이주하면서 생긴 마을이다.

그런데 부론이라는 범상치 않은 동네 이름이 알 듯 모를 듯 재미있다. '여론(論)이 많다(富)'는 것인지, '부(富)를 논(論)한다'는 것인지, 아니면 순우리말을 한자로 옮기면서 생긴 이름인지 알 수 없다. 『여지도서』 『1872년 지방지도』에도 부론면으로 표시돼 있다.

이 동네 이름에 대해서는 세 가지 설이 있다. 하나는 흥원창에 사람이 많이 모여들면서 언론의 중심지 역할을 하게 돼 '말이 많이 오가는 곳'이라는 뜻으로 부론이 되었다는 설이 있다. 또 일설엔 부론에는 조선시대에 3대 판서가 있어 고을 원이나 감사가 정치를 자문하러 많이 찾아왔기 때문에 '논의가 풍부했다'고 해서 부론이 되었다고도 한다. 그런가 하면 지금의 부론동 골짜기를 '부놋골'이라 부르는데 이는 이 동네가 옛날부터 보를 막아 논농사를 지었으므로 '보논'이라고 불러오던 것이 변이돼 '부논'이라고 했다가 마침내 한자로 표기할 때 '부론'이 되었다는 설도 있다. 나는 마지막 설에 손을 든다.

| **법천사터 전경** | 법천사터는 오래전에 밭으로 변하여 최근에 절터를 발굴하고 있고 지광국사 탑비가 있는 뒤쪽만 축대로 복원되었다.

　법천사터는 부론에서 불과 1.5킬로미터 떨어진 거리다. 지금 법천사
터로 가는 길은 법천 2리 마을회관에서 꺾어들어 400미터쯤 들어가 있
는 서원마을이 초입이다. 마을 입구에는 온갖 풍상에 시달린 해묵은 느
티나무가 절터의 이정표로 서 있다. 그러나 이 절의 당간지주는 여기서
부터 500미터 앞에 있으니 예전에는 마을 전체가 법천사터였음을 알 수
있다. 그러나 지금 남아 있는 것은 오직 지광국사 현묘탑비(玄妙塔碑)뿐
이다.

　법천사는 통일신라 성덕왕 24년(725)에 창건돼 법고사(法皐寺)로 불
리던 절이었다. 그러다 지광국사(智光國師, 984~1067) 사후 절 이름이 바
뀌었다. 지광국사는 원주 출신이며 속성은 원씨, 법호는 해린(海麟)이다.
어려서 출가의 뜻을 품고 법고사(법천사) 관웅(寬雄)스님을 찾아가 수업
을 받다가 스승을 따라 개경 해안사(海安寺)에서 머리를 깎았다.

해린은 불과 21세에 대선(大選)에 급제했는데 "이때 법상(法床)에 앉아 불자(拂子)를 잡고 좌우로 한 번 휘두르니 가히 청중이 모여 앉은 걸상이 부러진 것 같았다"고 한다. 이에 임금은 해린을 찬양하고 대덕(大德)이라는 법계를 내렸다. 이때부터 해린은 성종·목종·현종·덕종·정종·문종에 이르는 여섯 왕을 거치며 대사·중대사(重大師)·승통(僧統)의 법계를 받는다. 문종은 직접 거동해 개성 봉은사(奉恩寺)로 찾아와 수차례 거절하는 해린스님을 왕사(王師)와 국사(國師)로 추대했다. 그는 임금과 함께 어가를 타고 다니며 부처님에 버금가는 예우를 받았다고 한다.

국사는 도도하고 훌륭한 문장력을 갖추었으며, 음운학과 서화에도 능했다고 한다. 역대 왕들은 자주 지광국사를 왕실로 초청해 『법화경(法華經)』과 『유식학(唯識學)』 등의 법문을 들었으며, 문종은 넷째아들을 출가시켜 지광국사가 법을 펴던 개성 현화사(玄化寺)에 머물게 하니 그가 곧 대각국사 의천이다.

국사는 나이 84세(1067)에 당신의 명이 다했음을 알고 처음 출가했던 법천사로 돌아와 머물다 그해 10월 23일 열반에 들었다. 문종은 시호를 지광(智光), 탑호를 현묘(玄妙)라 내리고 비문을 지으라고 명했다. 그리하여 세워진 것이 지광국사 현묘탑과 탑비이다.

지광국사 현묘탑비

지광국사 현묘탑비(국보 제59호)는 천하의 명작이다. 높이 4.5미터의 장대한 이 탑비는 조각에서도 고려시대의 대표적인 걸작이고 금석문에서도 명작으로 꼽힌다. 탑비의 조각은 더없이 정교하고 화려하다. 넓은 지

| 법천사터 지광국사 현묘탑비 | 지광국사 현묘탑비는 우리나라의 가장 크고 가장 아름다운 비석이다. 조각이 섬세하고 비문 글씨도 뛰어나 가히 국보라 할 만하다.

대석 위에 힘차고 당당한 돌거북이 구름무늬 위에 올라앉아 있는데, 목에는 물고기 비늘이 조각돼 있다. 바둑판처럼 조각된 거북 등에는 칸칸이 임금 왕(王) 자가 수놓아져 있다. 거북 등에는 비석을 받치기 위한 연꽃 받침대가 따로 마련돼 있고 비신의 양 측면에는 운룡을 깊게 새겨 생동감이 넘친다. 우리나라 조각에 이처럼 섬세하고 화려한 것이 있었던가 싶은 명작이다.

비석 상단부에는 긴 사각의 틀을 돌려 가운데에 '지광국사 현묘탑비'라고 편액을 새기고 양옆으로 봉황을, 또 위로는 비천상·나무·당초문·해·달을 정교하게 새겨넣었다. 문양의 아름다움은 고려 상감청자, 나전칠기, 청동은입사, 고려불화에서 볼 수 있는 바로 그 솜씨다. 용머리 지붕돌에 해당하는 상륜부는 갓 모양으로 연꽃과 구름 문양 등이 조밀하고 현란하게 조각돼 있다. 정말로 디테일이 아름다운 명작이다.

비문은 당대의 명신 정유산(鄭惟産)이 찬하고, 당대의 명필 안민후(安民厚)가 구양순체를 기본으로 단아하게 썼으며, 이영보(李英輔)와 장자춘(張子春)이 새겼다. 이 비문은 뒷면에 쓴 음기(陰記, 비석 뒷면에 새긴 글)도 유명하다.

지광국사 현묘탑

지광국사 현묘탑비 바로 곁에 서 있었던 지광국사 현묘탑(국보 제101호)은 1912년에 일본 오사카로 밀반출됐다가 1915년에 반환돼 경복궁 뜰에 세워두었는데 한국전쟁 때 직격탄을 맞아 산산조각 난 것을 1975년에 다시 복원했다. 국립중앙박물관이 용산으로 이전하면서 옥외전시장에 설치하려고 했으나 부서질 위험이 있어 원래 자리인 고궁박물관 뜰에 그대로 놓아두었다.

| **지광국사 현묘탑비의 디테일** | 지광국사 현묘탑비는 고려시대의 대표적인 걸작이자 천하의 명작이다. 특히 탑비의 조각이 더없이 정교하고 화려하다. 우리나라 조각에 이처럼 섬세하고 화려한 것이 있었던가 싶다.

높이 6.1미터의 승탑은 팔각당이라는 기본형에서 벗어난 대단히 화려한 2층탑이다. 지광국사는 살아서 부처님에 버금가는 대우를 받았다더니 승탑 역시 불탑에 준한다. 지붕돌 밑에는 휘장이 둘러져 있고 몸돌에는 창과 문이 세밀하게 새겨져 있다. 지대석의 네 모서리에는 용의 발톱 같은 것이 길게 뻗어 견고하게 땅을 누르고 있고 몸돌·지붕돌·상륜부 전체에 안상·운문·연화문·당초문·불보살·봉황·신선·문짝·장막·영락·앙화·복발·보탑·보주 등 온갖 화려한 장식과 무늬가 빈틈없이 새겨져 있다. 그 조각의 섬세하고 정교함이란 이루 다 말할 수 없을 정도다. 우리나라 단일 석조물 중에서 가장 화려하다는 데 아무도 이론(異論)이 없다.

제자들은 이 승탑과 비를 조성하는 데 이처럼 온갖 공력을 쏟아 지광국사가 열반에 든 지 18년 만인 고려 선종 2년(1085)에 완성했다.

지광국사 현묘탑은 너무도 화려해 일본까지 밀반출되는 수난을 겪었다. 그러나 너무도 아름다웠기에 산산조각으로 부서진 것을 다시 짜맞추어 그 모습을 전하게 되었으니 화려한 것이 죄가 아니다.

법천사터 그후

법천사는 폐사된 지 오래되어 오직 지광국사 현묘탑비만이 그 옛날을 증언하고 있다. 그리고 탑비 곁에는 절터에 흩어져 있던 깨어진 광배, 연화문 배례석, 어디에 쓰였는지 모를 아치형 석조물들이 한쪽에 모여 있을 뿐이다. 그중 배례석의 연화문 돋을새김은 너무도 어여뻐서 모두가 "거돈사에서 본 것은 상대도 안 되는구나"라며 '인생도처유상수'를 말한다.

조선시대로 들어오면 법천사터에서는 두 분의 대학자가 부론면 법천의 이름을 드높인다. 조선 초기의 태재(泰齋) 유방선(柳方善, 1388~1443)

| 지광국사 현묘탑 | 지광국사 현묘탑비 바로 곁에 서 있었던 지광국사 현묘탑(국보 제101호)은 높이 6.1미터의 승탑으로 팔각당이라는 기본형에서 벗어난 대단히 화려한 2층탑이다. 일제 때 일본에 반출된 것을 되찾아 경복궁에 세워놓았지만 한국전쟁 뒤 산산조각으로 부서져 이를 다시 짜맞추어 간신히 복원해놓았다.

| **법천사터의 석조물들** | 1. 광배와 불상 2. 배례석 3·4. 법천사의 다른 석조물들

은 사마시에 합격해 태학(太學)에서 공부하던 중 집안에 재앙을 맞아 19년의 유배 생활을 마치고는 줄곧 이곳 법천사 아래에 거주한 재야학자였다.

『신증동국여지승람』에서는 한명회와 서거정 등이 그의 문하에서 수학했다고 했는데 서거정은 『태재집(泰齋集)』 서문에서 "조정의 문학하는 선비들이 의심스러운 것이 있으면 모두 선생에게 나아가 질정하였다"라고 했다. 그리고 「홍길동전」의 허균(許筠)은 유방선의 삶을 소재로 하여 「원주 법천사 유람기(遊原州法泉寺記)」를 지을 정도였다.

또 한 분은 숙종 때 산림(山林)의 대학자로 「산중일기(山中日記)」를 쓴

우담(愚潭) 정시한(丁時翰, 1625~1707)이다. 그는 부친 때부터 법천사터에 살면서 온갖 버슬을 내려도 항시 마다하고 칩거해 이잠(李潛)을 비롯한 많은 선비가 그를 예방해 예와 도에 대해 가르침을 받고 돌아갔다고 한다.

그러고 보니 부론이란 동네는 '논(論)이 부(富)'했던 동네였다는 얘기가 나올 만도 하다는 생각이 든다. 그 옛날의 법천사가 얼마나 장했는가는 현묘탑비에서 족히 500미터는 떨어져 당간지주가 있다는 사실로 알 수 있다.

그런 법천사터이건만 지금은 폐가만 즐비하고 옛터를 찾아오는 이도 드물어 갈 때마다 쓸쓸한 마음으로 돌아서게 된다. 25년 전이라면 그리 먼 시절은 아닐 것인데 그때 법천사터로 들어가는 냇가에선 동네 아낙들이 빨래를 했다. 살얼음이 언 겨울에 빨래하는 여인들을 보면서 나도 모르게 카메라 셔터를 누른 것이 있어 여기 사진으로 실어놓는다. 독자들은 아마도 법천사터가 얼마나 조용하고 아늑한 시골이었나를 실감할 수 있을 것이다.

전에는 현묘탑비에서 내려다보면 싱싱하게 자란 담배밭 너머로 잘생긴 당간지주가 높직이 서 있는 것이 여간 보기 좋은 것이 아니었다. 30년 전, 원욱스님이 비구니 스님 33분과 남한강변의 폐사지를 답사하게 안내해달라고 해서 같이 왔을 때 이 빈터에 스님들이 줄지어 당간지주 쪽으로 걸어가는 모습에 쓸쓸한 폐사지에 홀연 생기가 살아나는 것을 느꼈다. 그런데 세월이 무심하여 담배는 더 이상 재배되지 않고 여러 채의 비닐하우스가 당간지주 주위로 둘러쳐져 찾아가기 전에는 보이지도 않는다.

답사를 다니면서 나는 폐사지의 보호는 빈터에 잔디를 심는 것보다 농가의 서정을 그대로 간직하는 것이 더 좋다고 생각해왔다. 그 대표적

| **법천사터 앞개울에서 빨래하는 부인** | 법천사터 근처는 지금은 폐가만 즐비하고 찾아오는 이도 드물어 갈 때마다 쓸쓸한 마음으로 돌아서게 된다. 25년 전 법천사터로 들어가는 냇가에선 동네 아낙들이 빨래를 했다. 살얼음이 언 겨울에 빨래하는 여인을 보면서 박수근의 그림을 연상했다.

인 예가 서산 보원사터의 호밀밭과 법천사터의 담배밭이다. 그러나 청장이 되어서도 문화재 행정에 옮기지는 못했다. 땅의 소유주 문제도 있고, 아직도 우리가 문화재 정책을 슬기롭고 융통성 있게 적용하거나 받아들이지 못하기 때문이기도 했다.

그래서 법천사터에 가면 현묘탑비에서 당간지주까지 가는 길에 보았던 그 싱그러운 담배밭이 마냥 그리워진다.

고별연

내가 법천사터의 담배밭에 깊은 향수를 표하는 것은 내가 지독한 애연가였기 때문인 것도 같다. 그러던 내가 2015년 새해 들어서면서 신문에 「고별연(告別烟)」이라는 글을 기고하며 금연을 선언했다.(『한겨레』

2015년 1월 23일자)

　내가 담배를 끊은 이유는 그때 담뱃값이 폭발적으로 올라서도 아니고, 건강이 나빠져서도 아니었다. 세상이 담배 피우는 사람을 미개인 보듯 하고, 공공의 유해사범으로 모는 것이 기분 나쁘고, 집에서도 밖에서도 길에서도 담배 피울 곳이 없어 쓰레기통 옆이나 독가스실 같은 흡연실에서 피우고 있자니 서럽고 처량하고 아니꼽고 치사해서 끊은 것이다.

　담배가 우리나라에 들어온 것은 17세기로 『조선왕조실록』에선 광해군 때부터 담배 얘기가 나온다. 담배라는 말은 포르투갈어 타바코 (tabaco)에서 온 것이고 옛날에는 연초(煙草)라고 했다. 이후 많은 애연가를 낳아 영조 때 허필(許佖)이라는 문인은 아예 호를 연객(烟客)이라고 했다. 연초는 연차(煙茶)라는 매력적인 이름으로도 불렸다. 정조대왕이 어느 신하에게 "창덕궁에서 재배한 연차 두 봉지를 보낸다"고 한 자상한 편지가 전하고 있다.

담배의 해독을 부정하지 않지만 순기능이 없는 것도 아니다. 옛날 영화를 보면 일터에서도, 공원에서도, 전쟁터에서도 휴식의 상징은 담배였다. 담배는 신사의 유력한 액세서리이기도 했다. 영화 「카사블랑카」에서 험프리 보가트가 담배 피우는 모습이 얼마나 멋있었는가. 특히 한숨이 절로 나오는 상황엔 담배가 약이다. 정희성은 「동년일행(同年一行)」에서 이렇게 읊었다.

괴로웠던 사나이 / 순수하다 못해 순진하다고 할 밖에 없던 / 남주는 세상을 뜨고 / 서울 공기가 숨쉬기 답답하다고 / 안산으로 나가 살던 김명수는 / 더 깊이 들어가 채전이나 가꾼다는데 / 훌쩍 떠나 / 어디 가 절마당이라도 쓸고 싶은 나는 / 멀리는 못 가고 / 베란다에 나가 담배나 피운다

또 누구는 말한다. 싸우지 않고는 살 수 없었고, 술이 아니면 잠들 수 없었던 저 캄캄한 시절에 담배마저 없었다면 그 간고한 세월을 어떻게 견뎠겠느냐고. 1970년대 유신 시절, 감옥에서 출소한 어느 민주인사는 바깥세상이 감옥과 다른 것이라곤 담배 피울 수 있는 자유가 있는 것뿐이라고 했다.

다산 정약용도 유배객에게 가장 잘 어울리는 것이 담배라고 하며 이렇게 읊었다.

요즘 새로 나온 담바고	淡婆今始出
유배객에게는 가장 잘 어울리지	遷客最相知
살짝 빨아들이면 향기 그윽하고	細吸涵芳烈

슬그머니 내뿜으면 실처럼 간들간들 　　微噴看裊絲
객지의 잠자리 언제나 편치 못한데 　　旅眠常不穩
봄날은 왜 이리도 길기만 할까 　　春日更遲遲

　나로서는 글을 쓰다 펜이 멈출 때 담배 한 대 물고 잠시 사색에 잠기는 것은 큰 위안이었다. 지금도 글을 쓰려면 먼저 생각나는 것이 담배다. 이렇게 담배를 미워할 뜻도 없으면서 세상이 하도 못살게 굴어서 마침내 끊게 되니 정말이지 사랑하는 이와 강제로 헤어지는 것만 같은 기분이었다. 연인과의 이별도 이렇게 힘들지는 않을 것이다.

　그래도 나는 단호히 담배를 끊으면서 그동안 내 인생의 벗이 되어주었던 것에 깊이 감사하며 사무치는 아쉬움 속에 이별을 고했다. "잘 가라, 담배여. 그동안 고마웠다, 나의 연차여."

　그리고 고별연 마지막 연기를 내뿜으면서 소월이 애절하게 노래한 「담배」라는 시를 아련히 그려보았다.

　나의 긴 한숨을 동무하는
　못 잊게 생각나는 나의 담배!
　(…)
　나의 하염없이 쓸쓸한 많은 날은
　너와 한가지로 지나가라.

돌거북이 모습이 이렇게 달랐단 말인가

비두리 귀부와 이수 / 문막의 섬강 / 흥법사터 삼층석탑 /
진공대사 탑비 / 반계리 은행나무 / 고달사터 / 원종대사 승탑

비두리라는 시골 동네

길이란 묘해서 나올 때보다 들어갈 때 멀게 느껴진다. 초행일 때는 특
히나 심하다. 나올 때는 길을 잃지 않지만 찾아 들어갈 때는 행여 길을 잃
을까 어리벙벙해지기도 한다. 요즘은 내비게이션이 있고, 길도 잘 닦여
답사 다니면서 헤매는 일이 거의 없다. 그러나 1980년대만 해도 지방도로
는 비포장길이 많았고 특히 폐사지 가는 길은 거의 다 흙먼지 날리는 비
좁은 길이었다. 제대로 된 이정표도 없어 길을 잃기 일쑤였는데 한번 길
을 잘못 들어서면 큰 버스를 되돌려 나오기 여간 힘든 게 아니었다.

그 시절 인솔자는 길을 잃지 않고 답사처를 제대로 찾아가는 게 가장
중요한 일이었다. 그래서 나는 버스 운전석 옆자리에 앉아서 바짝 긴장
하며 지도를 펴놓고 이정표를 일일이 확인하면서 다녔다.

그런데 남한강변의 폐사지를 답사할 때 한번은 길을 잘못 들었다. 문막삼거리를 지나면서 곧 남한강이 나타나겠거니 하고 오른쪽 차창 밖을 뚫어져라 바라보는데 강은 안 나오고 줄곧 들판 길을 달리다가 고개를 넘어간다. 문막에서 법천사터로 가자면 49번 도로로 계속 가야 하는데 그만 404번으로 잘못 들어섰기 때문이다.

뒤늦게 길을 잘못 들어선 줄 알고 차를 세운 다음 살펴보니 '비두넘이'라 쓰여 있는 시외버스 푯말 아래서 버스를 기다리던 점잖은 차림의 촌로 한 분이 사람 찾아올 일 없는 촌에 웬 관광버스가 다 왔느냐는 의아한 표정으로 우리 쪽을 쳐다보고 계셨다. 그분에게 다가가 물으니 그 길은 귀래면으로 가는 길이라며 다시 돌아 나가라고 친절하게 가르쳐주셨다. 여쭙는 김에 왜 동네 이름이 '비두넘이'냐고 물으니 자세히 알려주셨다.

"우리는 비두네미라고 하는데 군에서 저렇게 써 붙여놓았구먼. 동네 이름은 비두리라고 합니다."
"왜 비두리라고 해요?"

그러자 촌로는 길 한쪽을 가리키며 말했다.

"저쪽에 비석받침 돌거북이가 하나 있어서 비석 비(碑) 자에 머리 두(頭) 자를 써서 비두리(碑頭里)라고 불렸다오."

비두리 귀부와 이수

촌로의 손가락이 가리킨 방향으로 가보니 길가에 우람한 비석받침 돌거북이 생뚱맞게 놓여 있었다. 문화재 이름으로 '비두리 귀부(龜趺)와 이

| **비두리 귀부와 이수** | 비두리 귀부와 이수(강원도 유형문화재 제70호)는 규모도 웅장하거니와 귀부의 귀갑문과 이수의 운룡 조각이 매우 뛰어나다. 우람한 몸체의 목에 돋은 비늘이 선명하고 고개를 돌린 모습까지 사실적이다.

수(螭首)'(강원도 유형문화재 제70호)다. 그것은 뜻하지 않은 답사의 횡재였다.

'비두리 귀부와 이수'는 규모도 웅장하거니와 귀부의 귀갑문과 이수의 운룡 조각이 매우 뛰어나다. 우람한 몸체의 목에 돋은 비늘이 선명하고 귀갑무늬가 정연하며 등판과 꼬리까지 사실적이다. 용머리 이수는 사방으로 6마리의 운룡이 온몸을 뒤틀며 용틀임하고 구름무늬도 겹겹이 묘사돼 동감이 생생하다.

이 돌거북을 보는 순간 나는 웃음을 참지 못했다. 통일신라 이래로 무수한 비석이 돌거북 받침으로 되어 있지만 비두리 돌거북처럼 능청맞게 고개를 돌려 비석을 바라보고 있는 모습은 드물기 때문이다. 마치 "어떤 놈이 무겁게 내 등 위에 있느냐?"라는 듯이 고개를 뒤로 젖히고 있다. 대단한 유머 감각이다.

본래 유머 감각이란 내용이 충실하면서 슬쩍 집어넣을 때 그 효과가 커진다. 내용이 부실하면 오히려 불성실 내지는 장난기 정도로 전락한다. 그런 점에서 볼 때 비두리 돌거북은 확실히 유머 넘치는 멋진 조각품이다.

비석을 볼 때 사람들의 관심이 비문 자체에 쏠리다보니 귀부와 이수의 조각은 부차적인 것으로 소홀히 넘기는 수가 많다. 그러나 귀부와 이수는 당대를 대표하는 당당한 조각품인 경우가 많다.

우리나라 비석은 661년에 세워진 신라 태종무열왕릉비(국보 제25호)부터 귀부와 이수로 만드는 게 하나의 정형이 됐다. 거북 모양의 잔등에 장방형의 받침인 비좌(碑座)를 마련하고 그 위에 비석을 세운 다음, 용을 조각한 머릿돌을 얹었다. 이를 귀부와 이수라고 부른다. 귀(龜)는 거북이, 부(趺)는 책상다리한다는 뜻이고 이(螭)는 이무기, 수(首)는 머리를 뜻한다.

광개토왕비와 진흥왕 순수비를 비롯하여 삼국시대까지만 해도 자연석을 그대로 이용하던 우리 비석이 당나라 유행 양식을 받아들여 귀부는 정확히 거북의 머리이고 이수는 몸을 비비 꼰 이무기라는 교룡(蛟龍)으로 조각됐다.

미술사에 나타난 모든 새로운 형식은 최초가 가장 아름답다. 삼층석탑은 감은사탑이 가장 아름답고, 한글 서체는 훈민정음체가 가장 아름답듯이 비석은 태종무열왕릉비의 돌거북과 용머리가 가장 아름답다.

이렇게 하나의 정형이 탄생하고 나면 곧이어 형식에 변형이 일어난다. 그래서 하대신라로 들어서면 돌거북의 머리가 용으로 변하기도 하고 사실적인 형태에서 추상적인 형태로 바뀌며 장식성이 높아지기도 했다. 그러다 고려시대로 들어오면 변형과 과장이 심하게 일어난다. 이것이 양식(style)의 흐름이고 '양식사(樣式史)로 보는 미술사'가 그래서 가능하다.

돌거북이 고개를 돌린 이유는

남한강변의 폐사지를 답사하다보면 절터마다 돌거북을 한 마리 이상씩 만나는데 모두 다르게 생겼다. 큰 흥밋거리이자 볼거리이며 미술사적 연구 대상이다. 거돈사터에서는 거북 머리가 양처럼 바뀌었고, 법천사터에서는 거북 머리가 턱수염이 길게 난 용 머리였다. 이제 흥법사터로 가면 여의주를 문 전형적인 용 머리 거북을 보게 되며 고달사터로 가면 천하장사를 방불케 하는 우람한 거북을 만나게 된다.

그런데 비두리 돌거북은 고개를 뒤로 돌린 것이다. 이처럼 고개를 외로 돌린 비석이 몇 있다. 여기에서 그리 멀지 않은 천안 성환읍의 '봉선 홍경사 갈기비'(奉先弘慶寺碣記碑, 국보 제7호)가 유명하다(홍경사의 사적事蹟을 새긴 비갈碑碣이라고 해서 이런 이상한 이름이 되었다). 그러나 그것은 고개를 돌려 딴 데를 바라보는 모습이어서 비두리 돌거북 같은 유머가 아니라 생동감을 나타내려는 변형으로 보인다. 그 점에서 비두리 돌거북은 홍경사 거북보다 한 발짝 더 나아간 해학이 담긴 조각이다.

그때 이후 남한강변 폐사지를 다니면서 더는 길을 잃는 일이 없어서 다시는 비두리로

| 천안 홍경사 갈기비 | 비두리 돌거북처럼 고개를 외로 돌린 비석이 몇 있는데, 천안 성환읍의 '봉선 홍경사 갈기비'(국보 제7호)가 유명하다. 그러나 그것은 고개를 돌려 딴 데를 바라보는 모습이어서 비두리 돌거북 같은 유머가 아니라 생동감을 나타내려는 변형으로 보인다.

가지 않게 되었다. 답삿길에 유적지 하나를 더 보려면 오고 가고 사진 찍는 데 최소한 30분에서 1시간이 소요되니 거돈사터·법천사터를 답사한 뒤에는 곧장 문막으로 향하게 되기 때문이다.

그러다 한번은 버스 안에서 이 웃기는 돌거북 얘기를 재미 삼아 들려주었더니 답사객들은 돌거북의 모습이 다양하다는 사실에 새삼 흥미를 느끼면서 비두리 돌거북이 도대체 어떻게 생겼을까 몹시 궁금해하는 것이었다.

답사회원들은 웬만해서는 답사일정을 바꾸지 않는다는 내 원칙을 잘 알기 때문에 감히(?) 부탁하지 못한다. 그럴 때면 마음씨 좋은 김효형 총무(도서출판 눌와 대표)한테 가서 애교를 부리며 부탁도 하고 떼도 쓴다. 그러면 마음 약한 총무는 나에게 와서 답사객들의 요망사항을 전하면서 "선생님, 게릴라 답사로 다녀가죠"라고 건의한다. 그것은 5분 안에 후딱 보고 사진만 찍고 간다는 뜻이다.

사실 이 돌거북은 바로 길가에 있기 때문에 버스를 세워둘 곳도 없다. 총무 체면을 봐서 비두리에 들러 얼른 다녀오라고 하니 답사객들은 신이 나서 달려가 이리 보고 저리 보고 사진 찍고 분주히 돌거북을 한 바퀴 맴돌고는 버스로 올라왔다. 버스로 들어오면서 신나는 표정으로 저 나름대로 한마디씩 하는데 그 내용이 가지각색이다.

"진짜로 '어느 놈이 무겁게 하는 거야' 하는 표정이다."
"내가 보기엔 비문에 뭐라고 쓰여 있나 읽고 있는 모양 같던데."
"나는 지붕돌의 이무기가 지금도 잘 있는가 궁금해서 보는 것 같더라."

사람의 눈이란 이렇게 다 다르다. 나는 그들의 반응에서 새로운 것을 배웠고 그들은 이번 답사에서 의외의 보너스를 받았다며 즐거워했다. 돌거북의 모습이 이렇게 재미있고 다를 줄은 몰랐다는 것이다.

비두리 돌거북의 내력

그런데 이 돌거북 비석받침이 왜 절터도 아닌 길가에 있을까? 참으로 이상스러운 일이다. 동네 이름이 비두리이고 고개 이름이 '비두네미', 즉 '비두'와 '넘이'의 합성어라는 것도 뭔가 내력이 있을 성싶다.

알고 보니 이 비석받침 돌거북이 처음 있었던 곳은 여기서 북쪽 2킬로 미터 되는 곳인 문막읍 후용리 용바위골이었다고 한다. 이것을 언젠가 원주시 학성동의 군부대에서 법웅사(法雄寺)라는 법당을 지으면서 절간 장식품 삼아 옮겨갔는데, 1976년에 비두리 주민의 건의에 따라 지금 이 자리로 다시 옮겨왔다고 한다.

그러면 비두리 주민은 왜 자기 마을에서 가져가지도 않았는데 이 돌 거북을 돌려달라고 했을까? 사연인즉 석질이 비두리 화강암으로 되었기 때문이란다. 예로부터 비두리는 질 좋은 화강암이 많이 나와 부근 석조 물들은 거의 다 비두리 화강암으로 만들었다는 주장이었다. 대단한 향토 적 자부심과 사랑이 아닌가! 우리나라 시골 곳곳에는 이처럼 향토애를 보여주는 곳이 의외로 많다.

비두리 돌거북이를 정식으로 찾아가자면 문막에서 귀래면 방향으로 가야 한다. 비두초등학교 조금 지나면 길 왼편에 있다. 얼마 전에 돌거북 이 잘 있는가 궁금해서 한번 가보았더니 지금은 주변이 정비되어 보호 각이 세워졌고 반듯한 돌축대에 문화재 안내판도 있었다.

문막의 섬강

거돈사터·청룡사터·법천사터·비두리에 이어 남한강변의 폐사지를 순례하는 우리의 다음 행로는 문막의 흥법사(興法寺)터이다. 흥법사터의 정확한 주소지는 원주시 지정면 안창리 517-2번지이다. 그럼에도 나에게 문막의 흥법사터로 각인된 까닭은 문막에서 섬강 다리만 건너면 바로 나오고 또 절터에서 내려다보이는 넓은 들판이 문막평야이기 때문이다.

문막은 제법 넓은 들판이고 그 한가운데를 가로질러 섬강이 흐른다. 문막(文幕)은 섬강의 물을 막았다는 '물막이'라는 이름을 한자로 표기한 것이다. 섬강은 참으로 아름다운 강이다. 송강 정철이 「관동별곡(關東別曲)」에서 "흑수(黑水)로 돌아드니 섬강은 어드메뇨 치악(雉岳)이 여기로다"하고 읊었던 그 유서 깊은 강이다.

섬강의 물줄기는 멀리 횡성 쪽 태기산에서 발원해 물길이 200리가 넘는다. 안도 다다오(安藤忠雄)가 설계한 '뮤지엄 산(SAN)'으로 더욱 유명해진 한솔 오크밸리가 바로 이 섬강의 상류에 있다. 산자락을 이리 피하고 저리 피하며 굽이굽이 돌면서 칼날 같은 기암절벽, 구름 같은 백사장을 이루다가 간현리에 이르면 또 다른 샛강인 삼산천을 받아들이면서 수량이 제법 거대해진다. 이곳이 간현협곡이다.

간현은 섬강 중에서도 가장 아름다운 곳이다. 그래서 1985년 나라에서 국민관광지로 개발했다. 그러나 그것은 큰 실수였다. 국민관광지로 개발한다면서 상춘객과 유흥객에게 편의를 제공하려고 넓은 주차장과 식당가를 만들어주었다. 그 탓에 천혜의 자연 풍광은 치명상을 입고 시끄러운 유흥지로 변해버렸다. 1980년대만 해도 우리의 생각이 그렇게 짧았다. 거창의 수승대, 영춘의 온달산성, 문막의 간현협곡 등 국민관광

| **문막 간현유원지 절벽** | 흥법사터로 가는 길의 문막 간현협곡은 국민관광지로 선정될 정도로 뛰어난 명승지였는데 관광지로 개발한 탓에 더는 옛 시인들이 말한 천혜의 승경이라고 말하기 힘들게 됐다.

지로 선정한 곳은 모두 뛰어난 명승지였는데 관광지로 개발한 탓에 더는 옛 시인들이 말한 천혜의 승경이라고 말하기 힘들게 됐다.

간현협곡 강가의 기암절벽에는 토정(土亭) 이지함(李之菡)이 썼다고 전하는 '병암(屛巖)'이라는 큼직한 글씨가 새겨져 있다. 그 병풍바위 위에는 마치 두꺼비 한 마리가 올라앉은 듯해 두꺼비 '섬(蟾)' 자를 쓰는 섬바위가 있다. 여기서 섬강이라는 이름이 생겨났다고 한다. 섬강의 유래에는 또 다른 설이 있다. 본래 이 강의 이름은 달강(月江)이었는데 두꺼비가 달의 상징인지라 섬강이 되었다는 것이다.

달강이라! 강물에 비친 달빛이 얼마나 아름다웠기에 이런 이름으로 불렸을까. 그런 섬강이었다. 흥법사터로 들어가기 위해 섬강 다리를 건너자면 나는 옛사람들의 시정을 불러일으켰던 아름다운 자취를 억지로라도 되살려보려고 강줄기 먼 곳으로 시선을 돌려 한참을 아련히 바라보며 지나가곤 하는데, 국민관광지로 변해버린 간현에서는 더 이상 그런 시정을 찾을 수 없다.

김제남 신도비

섬강 다리를 건너 왼쪽으로 3킬로미터쯤 가면 김제남 사당이 있고 그 맞은편에 흥법사터로 가는 좁다란 농로가 나오는데 100미터쯤 들어가면 '김제남 신도비'(원주시 지정면 안창리 산67-3번지)가 먼저 나온다. 비두리 귀부와 이수를 본 다음이라면 이 김제남 신도비를 보지 않고 갈 수 없다. 왜냐하면 이 비석 돌거북도 고개를 뒤로 돌린 재미있는 모습이기 때문

| 김제남 신도비 | 신도비란 고인의 평생 업적을 기록해 후세에 전하고자 그의 묘 가까이에 세워두는 비석을 말하는데, 신도비가 있다면 그만한 사회적 지위가 있던 인물이라는 뜻이다. 이 비의 주인공은 김제남으로 인목대비의 아버지였다.

이다. 세월로 따지자면 비두리보다 500년 뒤에 세운 비석 돌거북인데 이 고장의 전통에 따라 고개를 외로 돌렸을 뿐만 아니라 거북의 조각도 용머리 지붕돌의 이무기 조각도 더 정교하고 우수하다. 전통은 이렇게 무서운가 싶을 정도로 참으로 긴 생명력과 강한 전파력을 가졌다.

신도비(神道碑)란 고인의 평생 업적을 기록해 후세에 전하고자 그의 묘 가까이에 세워두는 비석을 말한다. 원래는 종2품 이상의 벼슬을 한 분에게만 세울 수 있는 것이었다. 그래서 신도비가

있다면 그만한 사회적 지위가 있던 인물이라는 뜻인데 이 비의 주인공은 김제남(金悌男, 1562~1613)이다.

역사책으로만 읽으면 김제남이 누구인지 별로 주목하지 않을 것이다. 그러나 답삿길에 이 신도비를 만나면 그가 누구인지 궁금해서라도 알아보게 된다. 그래서 답사를 많이 다니면 상식이 늘고 에피소드도 많이 알게 된다. 그게 답사의 큰 매력이기도 하다. 김제남은 바로 사극에 자주 등장하는 인목대비(仁穆大妃)의 아버지이니 한번 그 일생을 들어볼 만하다.

김제남은 연안(延安) 김씨 명문 출신으로 문과에 급제한 뒤 이조좌랑에까지 올랐다가 1602년 둘째딸이 선조의 계비로 들어가 인목왕후가 되면서 임금의 장인 자격으로 연흥부원군(延興府院君)에 봉해졌다. 1606년에 인목왕후가 아들을 낳았으니 그가 영창대군이었다.

당시 왕세자는 공빈 김씨의 소생인 광해군이었고 1608년 선조가 죽자 광해군이 예정대로 왕위에 올랐다. 이때 소북파(小北派)에서 광해군은 서자라며 영창대군을 옹립하려는 움직임이 일어났고 대북파(大北派)는 광해군을 지지했다. 힘겨루기에서 대북이 이겼다.

결국 광해군 5년(1613), 김제남은 영창대군을 왕으로 추대하려 했다는 누명을 쓴 채 사약을 받고 세 아들과 함께 죽임을 당했다. 그의 딸인 인목왕후는 서궁(경운궁)으로 쫓겨나 폐비가 되었으며, 영창대군은 강화도로 유배되었다가 이듬해인 1614년 사람을 방에 가둔 채 불을 때 죽이는 증살(蒸殺)을 당했다. 게다가 1616년엔 폐모론이 일어나면서 죄가 재론되어 김제남은 부관참시까지 당했다.

1623년 인조반정이 일어나 정권이 바뀌면서 인조 2년(1624)에 김제남은 명예가 회복돼 그를 위한 사당이 지어지고 이 신도비가 세워졌다. 이때 제주도에 유배됐던 며느리 정씨와 손자 김천석은 살아 돌아왔고 인목

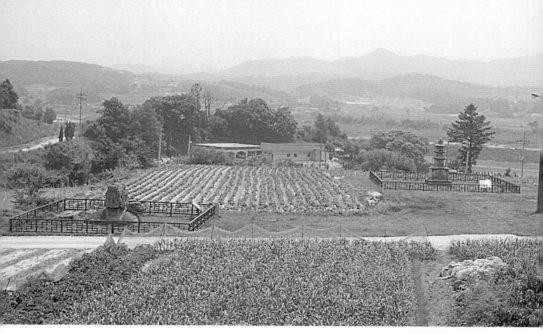

| 흥법사터 전경 | 원래 흥법사는 1만 평에 이르는 대찰이었다. 그러나 폐사된 후 절터는 완전히 농가와 논밭으로 변했다. 밭에는 지금도 깨진 돌조각이 나뒹군다. 주위 농가를 보면 집은 다 쓰러져가지만 옛 절집의 주춧돌과 장대석을 가져다 지어 석축만은 반듯반듯하다. 이를 보고 있으면 세월의 무상함이 절로 다가온다.

왕후가 대비의 자격으로 국정에 손을 대니 이때부터 인목대비라 불렸다.

김제남 사당은 '의민공 사우(懿愍公祠宇)'라는 이름으로 번듯하게 지어졌지만 몇 차례 불이 나서 소실되었고 지금 건물은 근래 복원된 것이어서 고풍이 없다. 김제남의 묘소는 사당에서 산속으로 400미터는 들어가야 나온다. 그러나 길가 해묵은 느티나무 아래 세워진 이 김제남 신도비가 있어 지나가는 답사객의 발길을 멈추게 하니 역시 역사의 증언으로 비석을 등진 돌거북만 한 게 없다고 할 만하다. 이 또한 예술의 힘이라고 말할 수 있지 않은가.

흥법사터 삼층석탑과 돌거북

김제남 신도비를 지나 마주 오는 차가 비켜가기도 힘든 좁은 시멘트

| **흥법사터 거북이와 삼층석탑** | 흥법사터 삼층석탑(보물 제464호)은 2중 기단에 3층 몸돌을 한 전형적인 나말여초 석탑이며, 삼층석탑 바로 곁에 있는 진공대사 탑비 귀부와 이수(보물 제463호)는 당당한 조각품이다. 여의주를 입에 문 전형적인 용머리 돌거북이다.

　도로를 따라 들어가다 산비탈 모퉁이를 돌아가면 약 1킬로미터 떨어진 곳에 석탑 하나가 외롭게 서 있는 것이 보인다. 그곳이 흥법사터다. 삼층 석탑 앞에 서면 절터는 언덕배기에 높직이 올라앉아 앞으로는 섬강 너머 문막 들판이 내다보이고 뒤쪽으론 영봉산 자락에 포근히 기대고 있어 앉은자리는 아늑하고 전망은 시원스럽다. 옛 절터들은 어쩌면 이렇게도 좋은 자리에 있었던가 다시 한번 감탄사가 절로 나온다.

　원래 흥법사는 1만 평에 이르는 대찰이었다. 그러나 절이 폐사된 이후 절터는 완전히 농가와 논밭으로 변했다. 밭에는 지금도 깨진 돌조각이 나뒹군다. 주위 농가를 보면 집은 다 쓰러져가지만 옛 절집의 주춧돌과 장대석을 가져다 지어 석축만은 반듯반듯하다. 이를 보고 있으면 세월의 무상함이 절로 다가온다.

　'흥법사터 삼층석탑'(보물 제464호)은 2중 기단에 3층 몸돌을 한 전형적인 나말여초 석탑으로 특별한 특징이 있지는 않다. 기단 면석에는 안상과 꽃무늬가 새겨져 장식을 아름답게 하려고 애쓴 흔적은 있으나 그 시대 형식을 답습한 매너리즘적 타성이 있어 별 감동을 주지는 않는다.

그러나 삼층석탑 바로 곁에 있는 '진공대사 탑비 귀부와 이수'(보물 제463호)는 당당한 조각품이다. 거돈사터·법천사터·비두리의 돌거북과 달리 여의주를 입에 문 전형적인 용머리 돌거북이다. 쌍계사 진감선사 탑비(887), 보령 성주사터 낭혜화상 탑비(890) 등 하대신라의 전통을 그대로 이어받은 것이다.

거북 조각은 근육질이 느껴질 정도로 정교하고 깊게 새겨 힘이 장사로 느껴지며 거북의 엄청난 발이 지면을 힘차게 누른다. 거북 등은 육각형의 귀갑무늬를 겹으로 조각하고 그 안에 연꽃무늬와 만(卍) 자를 번갈아 새겨 단아하게 장식했다.

이수의 정면에는 '진공대사'라 쓰인 전액을 중심으로 대칭을 이룬 두 마리의 교룡이 힘찬 구름무늬와 조화롭게 어울린다. 보존 상태도 양호하고 귀부의 높이는 75센티미터, 이수 높이는 99센티미터 되는 대작이어서 대단히 웅장하다는 인상을 준다.

진공대사

흥법사는 원래 하대신라에 창건된 작은 선종 사찰이었는데 이 비석의 주인공인 진공대사(眞空大師, 869~940) 대에 와서 비로소 대찰이자 명찰이 됐다. 대사의 속성은 김씨이며, 경주의 귀족 출신으로 법호는 충담(忠湛)이다. 스님은 일찍이 부모를 여의고 출가해 진성여왕 3년(889) 나이 21세에 구족계를 받고 율장(律藏)을 공부했다. 그뒤 당나라에 유학해 운개사(雲蓋寺)의 정원대사(淨圓大師)를 찾아가 법을 묻고 교학을 연구하

| **진공대사 승탑과 석관** | 현재 국립중앙박물관 옥외전시장에 전시된 진공대사 승탑은 석관과 함께 있는 구조여서 더욱 이채롭다.

는 등 선종과 교종을 두루 섭렵하고 918년, 나이 50세에 귀국했다.

당시 도당(渡唐) 유학승의 평균 유학기간은 무려 30년이나 됐다. 한때 외국 가서 박사 받고 오면 국내에서 극진한 대접을 받았듯이 그들도 귀국 후에는 큰 대우를 받았다. 진공대사가 귀국하자 고려 태조는 곧 스님을 왕사로 임명하고 극진한 예우를 다하여 이곳 흥법사를 중건케 해주었다. 이때부터 흥법사는 흥법선원이 되고, 선수행을 닦고자 찾아오는 스님이 수백 명에 이르렀다. 대사가 72세로 입적하니 태조는 시호를 진공(眞空)이라 내리고 비석과 승탑이 여기에 세워졌다.

진공대사의 승탑과 비는 모두 천하의 명작이었다. 그러나 미인의 팔자가 박복하다더니 흥법사가 폐사되면서 수난을 당해 모두 도난당하고 제자리를 떠났다. 진공대사 승탑(보물 제365호)은 1931년 총독부박물관에서 서울로 옮겨가 지금은 국립중앙박물관 옥외전시장에 전시돼 있다. 전형적인 팔각원당형 승탑인 진공대사탑은 석관(돌함)이 딸려 있는 당대의 명작이다. 돌거북이 등에 지고 있던 비석은 깨어진 채 국립중앙박물관에 소장돼 있고 오직 돌거북만 제자리에 남아 그 옛날을 증언하고 있을 뿐이다.

원주 반절비의 당 태종 글씨

진공대사 탑비는 문장과 글씨 모두 대단히 드문 예에 속한다. 비문은 태조 왕건이 직접 지은 것이고 글씨는 당(唐) 태종(太宗, 598~649)의 글씨를 집자(集字)해서 새겼으니 그 귀함이 여느 비석보다 더하다. 그 때문에 이 비는 일찍부터 천하의 명비(名碑)로 이름 높았다.

당 태종은 신라의 삼국통일 때 원군을 보낸 황제이기 때문에 우리에게 낯익은 이름이지만 그는 중국 서예사에서 손꼽히는 당대의 명필일 뿐만 아니라 중국 서예사의 기틀을 다진 장본인이었다. 그의 후원 아래 우세남(虞世南)·구양순(歐陽詢)·저수량(褚遂良) 같은 명필이 배출되었다. 이들은 모두 방정한 글씨체를 보여주며 독자적인 서법을 확립하였다.

우세남의 글씨는 부드러우면서 우아한 아름다움으로 유명했고, 구양순은 해서의 교과서가 될 모범적인 서체를 보여주었다. 그래서 장회관(張懷瓘)의 『서단(書斷)』에서는 "우세남의 글씨는 안으로 아름다움을 감추었고 구양순의 글씨는 근골(筋骨)이 밖으로 드러났다"고 했다.

이에 반해 저수량의 글씨는 같은 해서체라도 획의 구사가 어여뻐서 "봄날 아리따운 여인이 얇은 비단옷을 입고 거니는 것 같은데 그렇다고 해서 색태(色態, 섹시한 분위기)가 드러나는 것은 아니다"라는 절묘한 평을 얻었고 안진경은 종이를 뚫을 듯한 강력한 필력에다 필획에 근육이 있

어 '안근(顔筋)'이라는 말이 나올 정도로 강인한 서체를 보여주었다.

당 태종은 이 세 대가에게 정말로 아낌없는 지원을 보냈다. 그리하여
당나라 때 중국 서예의 전성시대를 맞이하게 된 것이었다. 당 태종 자신
은 글씨의 이상을 앞 시대의 왕희지(王羲之)에게서 찾았다. 특히 그는 왕
희지의 유명한 「난정서(蘭亭序)」를 좋아해 임종할 때 자신의 무덤 안에
는 다른 것은 필요 없고 오직 왕희지의 「난정서」만 넣어달라고 유언할
정도였다. 그래서 왕희지의 「난정서」는 지금도 전하지 않는다.

진공대사 탑비에는 이러한 당 태종 글씨의 멋이 잘 드러나 있다. 신운
(神韻)이 감도는 듯한 리듬이 있다. 익제(益齋) 이제현(李齊賢)은 이 비석
의 가치를 다음과 같이 말했다.

말뜻이 웅장하고 깊고 위대하고 고와서 마치 검은 홀(笏)을 쥐고 붉은 신을 신고 낭묘(廊廟)에서 읍양(揖讓)하는 듯하다. 글씨를 보면 큰 글자와 작은 글자, 해서와 행서가 서로 섞여 있어 마치 난봉(鸞鳳)이 일렁이듯 기운이 우주를 삼켰으니 진실로 천하의 보물이다.

이런 명비이건만 크게는 두 동강, 작게는 네 동강으로 나뉘어 원주 반절비(半折碑)라고 불리며 현재 국립중앙박물관에 보관돼 있다. 이 비가 동강 난 사연을 영조 때 금석학자인 이계 홍양호(洪良浩)는 『이계집(耳溪集)』의 「원주 반절비에 제(題)함」이라는 글에서 이렇게 말했다.

원주 영봉산 반절비는 고려 태조가 짓고 최광윤(崔光胤)이 왕명을 받들어 당 태종의 글씨로 집자한 비다. 임진왜란 때 왜놈들이 수레에 싣고 가다가 죽령에 이르렀을 때 비가 두 동강이 났다. 이에 왜놈들은 반을 버리고 갔다. 난리가 평정된 뒤 관동의 수령이 원주로 다시 가져 오니 '원주 반절비'라고 불리게 되었다.
내가 그것을 탁본해 와 글씨를 보니 호방하고 웅장하기가 실로 천인(天人)의 필적이었다. (…) 당 태종 글씨는 판각에 판각을 거듭해 원래의 모습을 잃었지만 오직 이 비만이 옛 모습을 온전히 전하니 중국에서도 찾아보지 못할 천하의 보배이다. 언젠가 중국에서 이 비문을 보게 된다면 나의 말에 수긍할 것이다.

아닌 게 아니라 이 원주 반절비는 중국의 금석학자도 귀하게 여기고 있다고 한다.

진공대사 탑비의 태조 왕건의 문장

진공대사 탑비는 글씨뿐만 아니라 그 비문 또한 명문이다. 우리는 임금이라면 막연히 통치자로만 기억하고 그가 닦은 학문적 수련은 생각조차 해주지 않는 경향이 있다. 그러나 태조 왕건도 당 태종도 대단한 학식의 문장가였고 명필이었다.

왕건은 비문에서 "과인은 어려서 위무(威武)는 숭상했으나 학문에는 힘을 쓰지 아니한 탓으로 선왕(先王)의 법도를 알지 못합니다"라고 자신을 낮춰 말했지만 그것은 겸손이었다. 왕건은 진공대사의 행적을 일일이 비문에 밝히고 난 뒤 대사의 열반을 애도하는 대목에서는 이런 비유로 표현했다.

지금 비록 스님의 육체는 사라졌지만 그 진실인 법체(法體)는 길이 남아 있도다. 전에는 물이 고이니 고기가 찾아옴을 기꺼워했건만 이제는 숲이 없어지니 날아가는 새를 슬퍼하도다.

학식이 얕은 사람이 쓸 수 있는 문장이 아니다. 그리고 왕건은 대사를 추모하는 명(銘)을 지으면서 다음과 같이 글을 맺었다.

보배를 감추고 법인(法印)을 알았도다.
자비의 그 배는 풍랑에 빠졌고
지혜의 등불은 그 빛을 잃지만
은빛 석등의 불꽃은 영원히 비추리.

이 비석은 뒷면에도 글이 새겨져 있다. 이는 진공대사가 태조 왕건에게 올린 글을 최광윤이 직접 쓴 것이다. 임금이 비문을 지었기 때문에 임금에게 예의를 다한다는 뜻에서 대사가 왕에게 표했던 글을 새겼다. 그래서 이 비는 일찍부터 금석학자들이 앞뒤 면 글씨 모두를 다투어 탁본해가곤 했다.

흥법사터의 망실 유물들

흥법사가 언제 폐사가 되었는지는 명확하지 않다. 아마도 조선 초 폐불정책 때가 아닐까 싶다. 그러나 일제강점기로 들어서기 전까지는 비록 폐사는 되었을지언정 석조 유물은 모두 그대로 남아 있었던 게 분명한데, 이 유서 깊은 절의 아름다운 석조미술품은 도굴꾼의 표적이 돼 하나씩 절터를 떠나 지금은 상처받은 대로 국립중앙박물관에 보관되어 있다.

그중 미스터리의 하나가 유명한 국보 제104호 '전 흥법사터 염거화상 승탑'이다. 이 승탑은 하대신라 팔각당 승탑의 출발을 알려주는 기념비적 유물이다. 염거화상(廉居和尙)은 하대신라 선종의 개산조인 도의국사(道義國師)의 법을 이은 제2조로 그의 법맥이 제3조인 보조선사(普照禪師) 체징(體澄)에게로 이어졌다. 그리고 체징이 장흥 가지산에 보림사(寶林寺)를 개창한 것이 하대신라 구산선문의 제1가람이 됐으니 염거화상의 불교사적 위상을 더 이상 말하지 않아도 알 만한 일이다.

염거화상 승탑은 일제강점기 곤도 사고로(近藤佐五郞)라는 일본인이 흥법사터에서 불법 반출해 일본으로 가져가려다 실패한 후 1914년 무렵 회수돼 서울 탑골공원에 두었다가 경복궁으로 옮겨졌으며 현재는 국립중앙박물관에 있다.

이 승탑은 서울로 옮겨질 때 해체되면서 신라 문성왕 6년(844)에 건립됐다는 금동제 탑지(塔誌)가 발견돼 조성 연대와 스님의 이름이 확실한 우리나라 최초의 팔각원당형 승탑이 되었다. 너무도 중요한 유물인지라 1929년 총독부박물관은 도굴꾼이 가져왔다는 흥법사터를 조사했지만 현장을 확인하지 못했다.

해방 후 정영호 교수 등 미술사학자들이 원위치라 전하는 흥법사터를 다시 샅샅이 조사했지만 기단부를 확인하지 못하여 여기서 반출됐다는 뚜렷한 증거를 찾지 못한 채 미스터리로 남았다.

염거화상은 주로 설악산 억성사(億聖寺)에 머물면서 선종의 포교에 힘썼다고 한다. 그러나 억성사가

| 염거화상 승탑 | 일제강점기 한 일본인이 흥법사터에서 불법 반출해 일본으로 가져가려다 실패한 후 회수돼 현재는 국립중앙박물관에 있다. 이 승탑은 흥법사터에서 옮겨왔다고 전하지만 절터에서는 그 원래 자리가 확인되지 않았다.

어디인지도 아직 확실치 않아 이 염거화상 승탑 자리는 도굴꾼의 진술대로 '전(傳) 흥법사터'로 일컬어지고 있다. 최근 미술사학계에서는 양양 선림원(禪林院)터가 억성사였다고 보고 염거화상 승탑은 선림원터에서 가져온 것으로 추정하는 학설이 강하게 대두되고 있다.

흥법사터는 몇 차례 정비사업이 있었다. 그런 중 1989년 정비사업 때는 1191년 4월에 만들었다는 동종(銅鐘)이 땅속에서 발견돼 현재 국립중앙박물관에 보관돼 있다. 아담하고 전형적인 이 고려 동종은 화상이나 상처를 입은 흔적이 없어 폐사될 때 매장됐다고 추정된다.

따라서 흥법사터뿐만 아니라 남한강변 폐사지 답사의 종점은 국립중앙박물관 옥외전시장이 된다. 거기에 가면 '거돈사 원공국사 승묘탑' '흥법사 진공대사 승탑' '염거화상 승탑'이 있고 또 경복궁 고궁박물관 뒤뜰

엔 '법천사 지광국사 현묘탑'이 있다.

그러나 일제강점기 이전만 해도 이 유물들이 모두 절터에 그대로 남아 있었으니 그때의 답사객은 천하의 명작들을 현장에서 보는 행복을 누렸었다. 조선 초기 성종 때 대학자인 서거정은 우리가 다녀온 법천사와 흥법사 등 남한강변의 사찰을 여행하면서 지은 시에서 이렇게 읊었다.

법천사의 뜰에서는 탑을 보며 시를 읊고	法泉庭下詩題塔
흥법사의 대 앞에선 비석을 탁본하네	興法臺前墨打碑

문막 반계리 은행나무

이제 원주의 남한강변 폐사지 답사를 마치고 여주의 고달사터로 가려면 다시 문막으로 나가야 한다. 문막은 섬강이 남한강과 합류하는 지점이어서 넓은 평야가 펼쳐진다. 이 문막평야는 강원도에서 철원평야 다음으로 넓은 들판으로 여주·이천 평야로 이어진다.

문막이 우리에게 널리 알려지게 된 것은 영동고속도로에 문막휴게소가 생기고부터다. 그러나 문막은 본래 경기도와 강원도의 경계선상에서 원주의 초입이 되는 오래된 마을이다. 문화재 조사에서 첫 단계인 지표조사를 할 때는 우선 나무부터 살펴본다. 근처에 오래된 느티나무가 있으면 마을이 있었다는 증거이고 감나무가 많으면 민가가 있었다는 증거다. 그리고 해묵은 은행나무가 있다면 마을 역사가 그 나이만큼 올라간다는 뜻이다. 문막에는 흥법사의 연륜과 맞먹는 은행나무가 있다. 바로 천연기념물 제167호인 '반계리 은행나무'(원주시 문막읍 반계리 1495-1번지)다.

남한강변 폐사지 답사 때 나는 이 은행나무를 일정표에 넣지 않고 시

| 반계리 은행나무 | 문막에는 흥법사의 연륜과 맞먹는 은행나무가 있다. 천연기념물 제167호인 반계리 은행나무이다. 품이 넓기로는 우리나라에서 최고다.

간이 허락되면 보너스 코스로 삼곤 했다. 그럴 때면 답사객들은 예기치 않은 답사에 본봉보다 푸짐한 보너스를 받았다고 무척이나 즐거워했다.

은행나무는 지구상의 생물 중 가장 오래된 것이고 수명도 어떤 식물보다도 길다. 특히 우리나라 은행나무에서는 혈액순환 개선제인 양질의 징코라이드가 추출되는 것으로 유명하다. 우리나라에는 수령이 오래된 은행나무가 아주 많다. 현재 천연기념물로 지정된 노거수 총 142주 중 은행나무가 22주다. 이와 별도로 명승과 지방기념물로 지정된 은행나무가 77주 있다. 합쳐서 근 100주의 은행나무가 자연문화재로 지정된 것이다.

각지의 은행나무는 저마다 우리나라에서 가장 크고, 가장 오래된 은행나무라고 자랑한다. 용문사 은행나무, 부여 주암리 은행나무, 함양 운곡리 은행나무······

어느 것이 진짜로 가장 오래되었는지는 확실치 않지만 다만 반계리 은행나무의 키가 가장 크고 둘레도 가장 굵다. 높이는 32미터이고 가슴 높이의 둘레가 16미터로 어른 8명이 팔을 둘러야 잡힌다. 그러나 이보다도 반계리 은행나무의 더 큰 자랑거리는 가지들이 사방으로 퍼진 웅장한 모습이다. 반계리 은행나무는 외줄기로 올라가지 않고 아래서 2개, 2.5미터 높이에서 다시 7개로 뻗어올라 전체가 둥근 공처럼 부풀었으며 사방으로 번진 폭이 11미터에서 14.5미터에 이른다.

반계리 은행나무는 건물도 나무도 없이 논밭으로 이루어진 허허벌판 한가운데 있어 맘껏 활개를 펴고 자라났다. 하도 품을 넓게 잡아 어떤 가지는 부러질 염려 때문에 바지랑대로 받쳤다. 장대하고 탐스럽고 거룩하기까지 한 은행나무가 들판 너머 멀리 치악산을 배경으로 펼쳐져 있으니 그 모습이 어찌 장관이 아니겠는가.

전설에 의하면 이 마을에 살던 성주 이씨 한 사람이 나무를 심고 관리하다가 마을을 떠났다고도 하고, 어떤 큰스님이 이곳을 지나는 길에 물을 마시고 지녔던 지팡이를 꽂고 갔는데 그 지팡이가 자랐다는 이야기도 있다. 또한 나무 안에 흰 뱀이 산다고 하여 아무도 손을 대지 못하는 신성한 나무로 여겼으며, 가을에 단풍이 한꺼번에 들면 그해에는 풍년이 든다고 믿었다. 무엇이 맞든 문막의 신목(神木)이라는 얘기다.

반계리 은행나무는 사계절 모두 아름답다. 한여름 잎이 무성할 때는 줄기가 보이지 않고 온통 푸르름이다. 가을날 단풍이 물들 때면 그야말로 환상적이다. 그때 탄성이 나오지 않으면 인간의 감성을 가진 사람이라고 할 수 없다. 겨울이면 아름다움이 덜할 듯하지만 그 많은 가지가 저마다의 방향으로 뻗어나간 모습은 그 자체로 하나의 조형미를 보여준다. 손장섭 화백이 처연한 회색 톤으로 그린 「문막 은행나무」라는 작품의 모델이 바로 이 나무다.

아쉬움이 있다면 이 은행나무는 수나무인지라 은행이 열리지 않는다는 것이다. 한번은 내가 답사객들에게 그것을 아쉬움으로 말하자 곁에서 내가 하는 말을 귀 기울여 듣던 동네 어른이 내 말을 가로채면서 나섰다.

"이 은행나무가 수나무라는 건 맞는 말이여. 그래서 은행을 맺지 않는다는 것도 맞는 말이여. 그러나 이 은행나무가 있어서 사방 10리 안에 있는 은행나무 암컷 100여 그루가 실한 은행을 맺고 있으니 그게 얼마나 고마운 일인감. 서운키는 뭐가 서운하단 말이여!"

왜 잘 알지도 못하면서 남의 동네 신목에 와서 흠을 잡느냐는 호통이었다. 그때 답사회원들은 반계리 촌로에게 우레 같은 박수를 보냈다. 그 박수는 분명 깊은 향토애를 나타내는 촌로에게 존경의 뜻으로 보냈음이 틀림없다. 그러나 항시 답사 질서를 지키라고 회원들을 야단치면서 엄하게 굴던 인솔자가 보기 좋게 녹다운된 모습이 고소해서 박수 소리가 더 커졌다는 것도 내가 잘 안다.

비두리나 문막에서 겪었듯 시골 촌로들의 향토애는 참으로 귀하고 존경스러운 것이다. 반계리 촌로의 일갈 이후 나는 그동안 언필칭 객관적으로 말한답시고 그야말로 '남의 동네 얘기하듯' 해온 걸 미안하고 죄스럽게 생각하며 다시는 답삿길에 남의 동네 가서 아쉽다느니 어디 있는 무엇에 비해 못하다느니 하는 말을 하지 않게 되었다. 이것을 아는 데까지 30년이 걸렸다.

고달사터 상교리 마을

이제 나는 남한강변 폐사지 답사의 마지막을 장식할 고달사터로 향한

| **고달사터의 옛 모습** | 고달사터 앞은 아주 평온한 시골 마을이어서 폐사지 못지않은 향수를 일으켰다.

다. 고달사터는 여주군 북내면 상교리라는 아늑한 산마을 깊숙이 들어서 있다. 요즘은 고달사터 한쪽으로 지방도로가 뚫려 이포나루에서 곧장 들어갈 수 있게 되었지만, 원래는 여주에서 양평으로 가다가 상교리라는 입간판을 보고 산자락을 꺾어들어 이정표를 따라 한가로운 시골길로 들어서면 20여 호의 농가가 도란도란 머리를 맞대고 있었다.

마을 한가운데에 있는 수령 400년 된 느티나무 아래에는 항시 동네 분들이 모여 담소를 나누고 있었고, 한쪽 샘물가에선 빨래하는 아낙네를 볼 수 있었다. 어느 해 겨울에 갔을 때는 동네 아이들이 비료부대를 들고 눈 덮인 언덕에서 미끄럼을 타며 놀고 있었다. 그런 정겨운 시골 마을이었다.

그러나 지금 고달사터는 사적지로 정비하면서 정자나무 주위의 집들이 모두 철거되었고 샘물가 빨래판으로 쓰이던 옛 절터의 주춧돌도 제자리를 찾아 깔끔하게 정비되었다. 불상 좌대가 있는 금당터도 알아볼

| **고달사터 불상 좌대** | 고달사터는 시원하게 트인 앞면을 제하고는 삼면이 야트막한 산봉우리들로 싸여 수행터로 더없이 좋은 곳이었음을 짐작게 한다. 지금도 입구로 들어서면 금당 위에 변함없이 남아 있는 불상 좌대가 보인다.

수 있게 해놓았고, 산자락에 있는 국보와 보물로 지정된 두 승탑을 둘러볼 수 있는 관람로가 잘 나 있다. 그리고 한쪽에는 조계종 고달사라는 이름의 작은 새 절이 들어서 있다. 그래도 나에겐 그 첫인상이 잊히지 않아 자꾸 옛날 상교리 마을을 그려보게 된다.

고달사의 불상 좌대

고달사터는 혜목산(慧目山)을 등지고 산비탈에 자리잡고 있다. 시원하게 트인 앞면을 제하고는 삼면이 야트막한 산봉우리들로 폭 싸여 수행터로 더없이 좋은 곳이었음을 짐작게 한다. 정자나무 지나 입구로 들어서면 바로 금당 위에 변함없이 남아 있는 불상 좌대가 보인다.

이 불상 좌대는 높이 약 1.5미터로 상·중·하대석과 지대석을 다 갖추

| **복원된 원종대사 탑비** | 원래 비석은 1915년 봄에 쓰러져 지금은 국립중앙박물관에 보관 중이다. 그러다 사적으로 정비하면서 원래 모습대로 복원한 비석을 얹어놓아 옛 모습을 능히 상상할 수 있게 해놓았다.

고 있는 우리나라에서 가장 크고 잘생긴 방형대좌이다. 중대석에는 안상 (眼象)이 명확히 새겨져 있다. 안상이란 밋밋한 면에 곡선을 주는 장식으로 마치 코끼리 눈처럼 생겼다고 해서 얻은 이름이다. 통일신라 이후 유행하여 조선시대 목기에도 나타나는 단아한 장식 방법이다.

상하 지대석에는 각각 앙련(仰蓮)과 복련(覆蓮)이 아름답게 장식되어 있는데 꽃잎이 옆으로 펼쳐진 모습까지 나타내고 있다. 옛날 불상 좌대의 높이는 우리들의 눈높이에 맞추었기 때문에 1.5미터가 보통이었다. 이 멋진 좌대에 올라앉았을 불상을 상상해보면 아마도 보원사터에서 출토된 것과 비슷한 거룩한 철불이었을 것이라는 생각을 갖게 된다.

불상 좌대에서 위로 올려다보면 보물 제6호 원종대사 탑비가 보인다. 이 비는 1915년 봄에 쓰러지면서 비석이 여덟 동강으로 깨져 지금은 국립중앙박물관에 보관되어 있다. 그리고 그 자리에는 귀부 위에 이수가

| **복원되기 전 원종대사 탑비의 귀부와 이수** | 이 탑비의 귀부와 이수는 우리나라에서 가장 크고 우람한 형상을 보여주는 것으로 이름나 있다. 어떤 천하장사도 덤빌 수 없을 것만 같은 힘과 신령스러움이 넘친다.

얹혀 있었다. 그러다 사적으로 정비하면서 비석을 원래 모습대로 복제·복원하여 이수를 비석 위에 얹어놓아 옛 모습을 능히 상상할 수 있게 해놓았다. 문화재 정비 복원의 아주 훌륭한 사례라는 칭찬이 절로 나온다.

이 탑비의 귀부와 이수는 우리나라에서 가장 크고 우람한 형상을 보여주는 것으로 이름나 있다. 그동안 우리는 남한강 폐사지를 답사하면서 가는 곳마다 돌거북을 보아왔지만 이렇게 힘찬 조각은 처음일 것이다. 어떤 천하장사도 덤빌 수 없을 것만 같은 힘과 신령스러움이 넘친다. 거북의 등판도 정연한 귀갑무늬이고 목덜미가 선명히 드러나 있고 발톱은 힘있게 대지를 누르고 있다. 지붕돌의 용과 구름 조각도 동감이 역력하다.

그리고 지붕돌 한가운데 있는 비액(碑額)에는 이 비의 이름인 '혜목산고달선원 국사 원종대사 지비(慧目山高達禪院國師元宗大師之碑)'라 쓰여 있어 맞은편 산자락에 있는 원종대사 승탑과 짝을 이루고 있다. 이 비문에는 대사의 일대기와 함께 고달사의 내력이 자세히 실려 있다.

봉림산문의 고달선원

고달사는 764년(경덕왕 23년)에 창건되었다고 전하나 자세한 것은 알수 없고, 원감대사(圓鑑大師) 현욱(玄昱, 787~868)이 이 절에 주석하였다는 것은 분명하다. 현욱의 속성은 김씨로 경주의 귀족 출신이었으며당나라에 유학하고 창원 봉림사에서 선풍을 일으키고 나이 54세 되는840년에 혜목산 기슭에 고달사라는 토굴을 짓고 지내다 82세로 입적하였다.

현욱의 가르침은 제자인 진경대사(眞鏡大師) 심희(審希, 855~923)가이어받아 마침내 창원 봉림사에서 봉림산문(鳳林山門)을 개산하여 구산선문 중 하나가 되었다. 그후 봉림산문을 이끌어간 분은 원종대사(元宗大師) 찬유(璨幽, 869~958)였다.

원종대사는 신라 경문왕 9년(869)에 태어나 13세에 출가하고 24세에당나라에 유학해 경명왕 5년(921)에 귀국하여 창원 봉림사에 머물며 현욱과 심희의 법맥을 이어갔다. 국사의 자리에 오른 원종대사는 고려 태조 이후 역대 왕실의 돈독한 귀의에 힘입어 이곳 고달선원에 28년간 주석하면서 전국 제일의 선찰로 가꾸어 문경의 희양원, 양주의 도봉원과함께 3대 선원으로 불렀다.

그때가 이 절의 전성기였다. 사방 30리가 모두 절 땅이었고 수백 명의스님들이 도량에 넘쳤다고 한다. 그가 고려 광종 9년(958)에 세수 90세로입적하자 다비를 하고 세운 것이 원종대사 승탑과 탑비이다.

비문은 김정언(金廷彦)이 짓고, 당대의 명필인 장단열(張端說)이 정간

선을 그어 해서로 비문을 쓰고 또 비액도 전서로 썼다. 이 비문의 글씨에 대하여는『동국금석평(東國金石評)』『서정(書鯖)』『조선금석고』에서 모두 명비로 소개하고 있다.

원종대사 승탑과 국보 제4호 승탑

원종대사 탑비에서 맞은쪽으로 곧장 난 길을 따라가면 산비탈에 자리 잡은 원종대사 승탑이 나온다. 보는 순간 그 장대한 스케일에 압도된다. 이렇게 크고 아름다운 승탑이 다 있는가 큰 감동을 받게 된다. 나말여초에 유행했던 전형적인 팔각원당형 승탑 형식으로 받침대·기단부·몸돌·지붕돌·상륜부로 구성되었는데 기단부의 용틀임이 역동적이고 몸돌을 받치고 있는 복판앙련(複瓣仰蓮)이 아름답다. 몸돌은 팔각으로 다듬어 정면에 문짝과 사천왕상을 번갈아 새겼고 지붕돌 천장에는 비천상을 새겼다. 탑비의 우람한 조각과 과연 잘 어울리는 한 쌍이라는 생각을 갖게 된다. 이 승탑은 원종대사 입적 19년 만인 경종 2년(977)에 세워진 것이다.

여기서 탐방로를 따라 산자락 위로 더 올라가면 이번엔 국보 제4호 고달사터 승탑을 만나게 되는데 이 승탑은 한눈에 원종대사 승탑과 비슷한 것에 놀라고 또 전체적인 균형미와 조각의 생동감이 조금 전에 보았던 원종대사 승탑보다 한 차원 높다는 사실에 다시 한번 놀라며 자꾸 비교하게 된다.

받침대·기단부·몸돌·지붕돌·상륜부로 구성되어 기단부의 용틀임이 역동적이고 몸돌을 받치고 있는 복판앙련이 아름다우며 몸돌은 팔각으로 다듬어 정면에 문짝과 사천왕상을 번갈아 새겼고 지붕돌 천장에는 비천상이 새겨져 있는 점 모두가 같다. 무엇이 다른가?

기단부의 용틀임을 보면 여기서는 머리를 정면으로 곧게 내밀고 양

| **원종대사 승탑(보물 제7호)** | 보는 순간 그 장대한 스케일에 압도된다. 이렇게 크고 아름다운 승탑이 다 있는가 큰 감동을 받게 된다. 나말여초에 유행했던 전형적인 팔각원당형 승탑 형식으로 받침대·기단부·몸돌·지붕돌·상륜부로 구성되었다.

날개를 편 듯 입체적으로 묘사된 반면에 원종대사 승탑에서는 다소 평면적이다. 몸돌의 문짝에 자물통을 새긴 것이나 창살무늬 사천왕의 부조도 여기가 훨씬 또렷하다. 상륜부 천장의 비천상도 여기가 참으로 아름답고 율동적이다.

| **고달사터 승탑**(국보 제4호) | 이 승탑은 한눈에 원종대사 승탑과 비슷한 것에 놀라고 또 전체적인 균형미와 조각의 생동감이 조금 전에 보았던 원종대사 승탑보다 한 차원 높다는 사실에 다시 한번 놀라며 자꾸 비교하게 된다.

전체적으로 균형과 조화, 그리고 디테일이 훨씬 우수하다는 인상을 받고 이것이 국보와 보물의 차이라는 것에 동의하게 된다. 크기도 높이 3.4미터로 우리나라 승탑 중 가장 크다.

그리하여 올라온 길을 내려가 다시 원종대사 승탑 앞에 서게 되면 아까 처음 올라갈 때 감동했던 기분은 사라지고 자꾸 국보 제4호 승탑과 비교하며 무엇이 부족한가를 따져보게 된다. 그리고 그사이 자신의 눈에 일어난 변화에 스스로 놀라게 된다.

이 점은 구례 연곡사 동승탑과 북승탑의 차이와 똑같은 것이다. 둘 다 하나는 하대신라에 창작된 승탑이고 다른 하나는 이를 모본으로 하여 고려시대에 본뜬 것이다. 창작과 모방적 재현의 차이가 이처럼 명확히 드러나는 것은 미술사적 안목 훈련에 더없이 좋은 계기가 된다. 그래서 절대평가를 잘하려면 상대평가의 경험이 많아야 하는 것이다.

국보 제4호의 주인공은 원감대사 현욱?

그런데 국보 제4호는 누구의 승탑인지 모른다는 점에서 문화재로서 결정적인 결함을 갖고 있다. 그러나 많은 미술사가들이 이 승탑은 다름 아닌 원감대사 현욱의 승탑일 것이라고 생각하고 있다.

봉림산문의 법통은 1대 현욱, 2대 심희, 3대 찬유로 이어진다. 이중 원종대사 찬유의 승탑은 이곳 고달사에 탑비와 함께 있고, 심희의 승탑(보물 제362호)과 탑비(보물 제363호)는 창원 봉림사에 있었다가 지금은 국립중앙박물관 옥외전시장에 옮겨져 있다. 창원시 지귀동에 있는 봉림사터에는 삼층석탑(경상남도 유형문화재 제26호)이 남아 있다.

그렇다면 현욱의 승탑만 확인되지 않았다는 얘기인데 시대로 보나 내력으로 보나 양식으로 보나 국보 제4호의 이름 없는 승탑이 바로 원감대사 현욱의 승탑이라고 추정하게 하는 것이다.

고달사터에는 다 부서진 돌거북이 하나 있다. 목도 잃고, 발도 잘리고 이수도 없이 비석받침 파인 자리만 보이며 풀섶에 묻혀 비석받침인지도 모르고 사람들이 지나치곤 하였다. 지금은 주위를 정비하면서 모습을 드

| **고달사터의 부서진 돌거북** | 고달사터에는 다 부서진 돌거북이 하나 있다. 목도 잃고, 발도 잘리고 이수도 없이 비석받침 파인 자리만 보이며 풀섶에 묻혀 있어 사람들이 지나치곤 했다. 나는 이 비석이 필시 고달사를 처음 세운 원감대사 현욱의 탑비일 것이라고 생각하고 있다.

러내니 망실된 비석과 조각이 안타깝기만 하다. 나는 이 비석이 저 국보 제4호의 이름 모르는 '고달사터 승탑'과 짝을 이루는 것으로 필시 고달사를 처음 세운 원감대사 현욱의 탑비일 것이라고 생각하고 있다. (혹자는 원종대사 탑비의 짝이 국보 4호라고 주장하기도 한다.) 그렇다면 더이상 국보 제4호를 '고달사터 승탑'이라고 부르지 말고 '전(傳) 원감대사 승탑'이라고 부르는 것이 어떨까 하는 생각을 해보게 된다. 그것이 잃어버린 유물을 다시 찾는 일만큼이나 중요한 것이 아닐까.

고달사터에는 지금보다 훨씬 많은 석조문화재가 있었을 것이 분명하다. 지금 국립중앙박물관 옥외전시장에는 고달사터 승탑 앞에서 옮겨왔다는 석등(보물 제282호)이 있다. 사자 한 쌍이 무거운 석등을 등에 지고 있는 모습이 퍽 이채롭다. 스님이 모두 절을 떠나고 난 뒤 고향을 잃은 유물이다.

고달사는 대략 17세기 후반 무렵에 폐사된 듯하다. 절터마저 한갓진 곳에 자리잡고 있어 향화(香火)가 멈춘 지 오래인 오늘날은 고달사터를 아는 이조차 드물어 나도 이 절터에 와본 것은 미술사를 전공한 뒤의 일이었다.

고달사터는 내가 잊을 수 없는 유적이다. 1985년 가을, 내가 '젊은이를 위한 한국미술사' 공개강좌를 개설하고 수강생들을 인솔하여 떠난 첫 답사의 첫번째 유적지였고 나에게 폐사지의 아름다움을 절감케 해준 곳이다.

그때 내 나이는 30대였고, 수강생들은 20대였다. 개강한 지 두 달이 지나 많이들 친해진 11월 둘째 주 일요일, 우리는 여주 세종대왕 영릉과 신륵사로 당일 답사를 떠났다. 그때나 지금이나 답사를 인솔할 때면 내가 아직 가보지 않은 곳을 하나 넣어 나의 견문을 넓히곤 하는데 그때 고달사터를 처음 가보게 된 것이었다.

그리하여 우리는 서울을 떠나 첫 유적지로 고달사터부터 답사하게 되었는데 당당한 유물들이 즐비한 것에 놀랐다. 책에서만 본 국보 제4호 고달사 승탑은 그 명예에 값하고도 남음이 있었고, 보물 제7호와 제6호로 지정된 원종대사 승탑과 비석받침은 그에 못지않은 뜻밖의 명작이었다.

스산스러울 것 같았던 폐사지가 마치 명작으로 이루어진 공원 같아 보였다. 어떤 명찰(名刹)보다도 오히려 역사적 향기가 짙게 풍기었다. 학생들도 즐거운 감동을 이기지 못하여 고달사터를 맴돌며 떠날 줄 몰랐다.

그때 20대 학생들도 다 50대를 넘겼을 텐데, 지금 고달사터 답사기를 쓰고 있자니 30년 전 그때 수현이, 창흠이, 호신이, 태원이, 원정이, 기대, 태후, 종구, 연수, 은주…… 걔네들이 때마침 잘 익은 산수유 빨간 열매를 한 움큼씩 따 입에 물고 빈터를 거닐던 모습이 흘러간 영상처럼 떠오른다.

절집에 봄꽃 만발하니 강물도 붉어지고

여강 / 강월헌 / 신륵사 다층전탑 / 나옹선사 / 보제존자 석종 승탑 /
목은 이색 / 조사당 / 신륵사 유감

외국인을 위한 당일 답사 코스

답사기를 쓰기 시작한 이래 나에게 심심치 않게 걸려오는 문의전화가
있다.

"외국에서 온 손님이 하루 동안 우리나라의 자연과 문화유산을 보고
싶다고 하는데 어디로 모셔가면 좋을까요?"

얼마 전에는 메세나협회장이 전화를 걸어왔고, 5년 전에는 미국의 박
물관 큐레이터를 안내하는 분이 물어왔으며, 10년 전 대영박물관장이
한국에 왔을 때도 똑같은 자문을 청해왔다. 그럴 때마다 나는 마치 준비
라도 해두었다는 듯이 다음의 두 코스를 권한다.

A코스는 서산 마애불, 보원사터, 개심사, 추사고택을 둘러보는 것이고, B코스는 여주의 세종대왕 영릉, 효종대왕 영릉, 고달사터, 신륵사를 돌아보는 일정이다. 두 코스 모두 우리나라 절집의 고즈넉한 분위기와 폐사지의 역사적 정취, 그리고 편안하고 정겨운 한옥의 멋을 골고루 즐길 수 있다.

A코스에는 비산비야(非山非野)의 부드러운 내포평야 들판과 함께 백제시대 대표적인 불상 조각의 아름다움이 곁들여져 있으며, B코스에서는 엄숙하면서도 품위 있는 조선 왕릉과 남한강의 풍광을 만끽할 수 있다.

이 두 답사 코스는 내가 미술사학과 학생들과 봄가을 당일 답사로 자주 다녀오는 곳이기도 하다. A코스는 봄이 아름답고, B코스는 가을날의 서정이 일품이다.

나는 이 두 코스를 서울을 찾는 외국인을 위한 정기 관광투어로 실시해야 한다고 생각한다. 외국의 역사도시에 가면 시티 투어 이외에 매일 정기적으로 교외 유적지로 떠나는 당일 관광 코스가 있다. 중국 베이징(北京)에는 만리장성·이화원(頤和園)·천단(天壇, 톈탄) 등을 잇는 정기 투어가 있고, 일본 나라(奈良)에서는 아스카(飛鳥)·법륭사(法隆寺, 호류지)·당초제사(唐招提寺, 도쇼다이지)·약사사(藥師寺, 야쿠시지)를 잇는 '비둘기 버스'가 매일 떠난다.

서울을 찾는 외국인 관광객들이 이를 위해 하루를 더 머물게 된다면 한국 문화유산에 대한 이해도 높이고 또 그것이 바로 관광수입으로 연결될 것이다.

남한강변 절집 신륵사의 비경

내 추천대로 외국인을 A, B 두 코스로 안내한 분들은 모두 내게 감사인사와 함께 외국인들이 친숙하면서도 편안한 느낌을 주는 한국의 자연과 문화유산에 큰 감동을 받았다는 말을 전해주곤 한다. 특히 어디를 좋아하더냐고 물어보니 A코스에서는 예상대로 개심사를 최고로 꼽았고, B코스에서는 의외로 신륵사를 좋아하더라는 것이다. 그것은 뜻밖이다. 내가 B코스를 추천해주면 내국인은 대개 신륵사가 뭐가 좋으냐고 되묻곤 하는데 정작 외국인들은 그곳의 풍광에 매료되더라는 것이었다.

확실히 외국인의 눈에 비친 한국적인 아름다움은 우리의 그것과 차이를 보이는 듯하다. 미국의 뉴스 전문 채널 CNN은 2009년에 '지역을 보고, 세계를 경험한다'(Local Insights, Global Experiences)를 주제로 한 아시아 문화 정보 사이트 'CNN GO'를 출범하고 2012년 '한국에서 가봐야 할 아름다운 50곳'을 선정 발표했는데 여기에 여주 신륵사가 들어 있었다.

신륵사는 우리나라뿐만 아니라 중국과 일본에서도 보기 드문 강변 사찰이다. 절집이라면 대개 깊은 산중이나 시내에 있는 것이 보통이다. 그러나 남한강변의 높직한 절벽 위에 자리잡은 신륵사는 유유히 흐르는 남한강을 내려다보며 여봐란듯이 가슴을 젖히고 있다. 강물은 쪽빛으로 흐르고 강 건너 은모래 백사장은 눈부시게 빛난다. 그들이 말하는 신륵사의 아름다움이란 곧 신륵사에서 바라보는 남한강의 아름다움인 것이다.

여강이라는 남한강 물줄기

신륵사(神勒寺) 앞으로 흐르는 남한강 물줄기는 '여강(驪江)'이라는 별칭을 갖고 있다. 정확히 말해서 여주군 점동면 삼합리부터 금사면 전북리까지 총 40여 킬로미터에 이르는 100리 물길을 여강이라고 한다. 서거정은 여강에 대해 이렇게 말했다.

| 신륵사 앞 강변 전경 | 여주 신륵사에서 보는 여강은 고려시대부터 남한강에서 가장 아름다운 곳으로 손꼽혀왔다. 여말선초의 이규보·이색·정도전·권근·서거정 같은 당대의 명류가 여기에서 운치 있는 뱃놀이를 하고 아름다운 시를 남기면서 더욱 유명해졌다.

　월악(月岳)에서 근원하여 (…) 섬강[蟾水]과 만나 달려 흐르며 점점 넓어져 여강이 되었다. 물결이 맴돌아 세차며 맑고 환하여 사랑할 만하다.

　충주 쪽에서 흘러오는 남한강 본류가 원주 섬강의 물을 받으면서 장하게 불어나 도도한 강물로 신륵사를 지나 이천 쪽으로 돌아나가는 것을 말한 것이다. 여강이란 이름은 여주의 옛 이름인 황려(黃驪)에 뿌리를 두고 있다.

　고려시대 문인인 이규보(李奎報)의 증언에 따르면 영웅스러운 기상을 갖고 있는 신기한 두 마리의 말이 물가에서 나왔는데 한 마리는 누런 황마(黃馬)였고 또 한 마리는 검은 여마(驪馬)였단다. 그래서 고을 이름이 황려(黃驪)로 되었고 이것이 또 여주와 여강이라는 이름을 낳은 것이라고 했다.

여주 신륵사에서 보는 여강은 비단 외국인의 눈에만 그렇게 아름답게 비치는 것이 아니었다. 여강은 고려시대부터 남한강에서 가장 아름다운 곳으로 손꼽혀왔다. 여말선초의 이규보·이색·정도전·권근·서거정 같은 당대의 명류(名流)가 여기에서 운치 있는 뱃놀이를 하고 아름다운 시를 남기면서 더욱 유명해졌다. 이후 조선 후기에도 무수한 문인 묵객이 여강의 아름다움을 노래했다. 그중 목은(牧隱) 이색(李穡, 1328~96)은 이렇게 노래했다.

여강의 형승은 천하에 드문데　　　　　驪江形勝天下稀
사시 풍광이 천지의 비밀을 헤쳐 보이누나　四時風景披天機
(…)
백 척 누각에서 두 눈으로 멀리 바라보니　　郡樓百尺縱雙目
들은 평평하고 산은 멀어 안개가 아득하네　野平山遠收煙霏
(…)
흐르는 강물에 흥겨움이 높이 일고　　　　臨流高興知者少
(…)
봄꽃이 만발하면 물결 밑이 붉어지고　　　春花滿山波底紅
가을 달은 구슬을 잠그는 듯하네　　　　　秋月沈璧天無風

신륵사의 꽃 강월헌

여강 중에서 가장 아름다운 곳은 신륵사이고 신륵사에서 가장 풍광이 수려한 곳은 강변의 정자인 강월헌(江月軒)이다. 본래 정자란 그 건물의 생김새보다도 자리앉음새에 의미가 있다.

강월헌은 고려 말의 고승인 나옹선사(懶翁禪師)의 당호에서 딴 이름이다. 나옹선사가 신륵사에서 입적한 후 추모의 뜻을 담아 세운 정자가 강월헌이다. 원래 강월헌은 삼층석탑 바로 곁에 있었는데 1972년의 대홍수로 정자가 떠내려가버리자 약간 자리를 이동하여 지금의 자리에 철근 콘크리트로 다시 세운 것이다.

강월헌 정자에 올라가면 멀리서 굽이쳐 흘러오는 남한강 물줄기가 장하게 펼쳐지고 강 건너 은모래 백사장을 감싸안은 강마을의 평화로운 모습이 아련히 다가온다. 뛰어난 풍광 때문에 인기리에 방영된 바 있는 TV 드라마 「추노」에서 좌의정 이경식(김응수 분)이 도망친 노비를 잡는 추노꾼인 이대길(장혁 분)에게 거금을 내걸며 송태하(오지호 분)를 잡아오라고 하는 장면을 이 신륵사 강월헌에서 찍기도 했다.

특히 해 질 녘 강월헌에서 강물이 보랏빛으로 물들고 은은히 들려오는 신륵사 저녁 종소리를 들을 때면 차마 그곳을 떠나지 못한다. 그래서 여주8경에서 첫째로 꼽는 경치가 신륵모종(神勒暮鐘), 즉 신륵사의 저녁 종소리다.

강월헌이 있는 신륵사 강변의 절벽을 절집에서는 동대(東臺)라고 부른다. 이 동대에는 아담한 삼층석탑과 준수하게 치솟아 올라간 벽돌탑도 있다. 이방인들은 탑들이 왜 거기에 서 있는지에 대해서는 아무런 의문도 없이 이 예스러운 축조물이 있음으로 해서 단순한 자연 풍광이 아니라 역사적 인문적 경관을 갖고 있는 것을 즐기며 연신 사진을 찍곤 한다.

그러나 한국미술사, 또는 우리 문화유산에 기본 상식이 있는 사람들은 다소 의아한 표정을 지으며 강한 의문을 품는다.

"쌤, 왜 절벽에 탑이 두 개씩이나 있어요?"

신륵사에 올 때마다 학생들에게 듣는 질문이다. 본래 탑이란 법당 앞

| **신륵사 삼층석탑** | 신륵사 강변의 절벽을 절집에서는 '동대'라고 부른다. 이 동대에는 아담한 삼층석탑과 준수하게 치솟아 올라간 벽돌탑이 있다. 그중 삼층탑은 상륜부와 삼층 몸돌을 잃어 볼품이 없지만 나옹화상을 다비한 곳에 세운 기념탑이다.

에 놓이는 것이련만 왜 이 강변 절벽에 세워졌으며, 그것도 하나가 아니라 둘이나 있는 것일까? 신륵사의 수수께끼이기도 하다. 나 역시 한동안 명확한 답을 구할 수 없었다. 그러나 이제는 비록 전해오는 이야기와 역사적 상상력에 근거한 것이지만 대략 그 궁금증을 풀 수 있는 실마리만은 말할 수 있다.

신륵사 동대의 삼층석탑

탑이란 본래 부처님의 사리를 모시는 축조물이다. 그렇다고 모든 탑에 사리를 봉안한 것은 아니다. 수정 같은 보석으로 사리 대용품을 넣기도 하고 불상이나 불경으로 사리를 대신하기도 한다. 그렇게 되면 탑은 절대자의 분신이 모셔져 있다는 성역의 의미보다 모뉴멘털한 성격을 갖게 된다. 그 경우엔 법당 앞에만 세우는 것이 아니라 기념비적인 장소에 상징적으로 세우는 일도 있었다. 충주 중앙탑이 대표적인 예이다.

강월헌 곁의 아담한 삼층석탑은 나옹선사가 입적하자 스님을 다비(화장)한 장소에 성스러움을 기리고자 세운 것이다. 신라 문무왕을 화장한 곳에 능지탑을 세웠던 예가 있듯이 얼마든지 가능한 일이다.

그리고 바로 곁에 정자를 짓고 나옹선사의 당호를 따서 강월헌이라고 했다는 것이다. 그렇다면 이 삼층석탑은 '강월헌 삼층석탑'이라고 불러야 맞으며, 강월헌은 지금의 콘크리트 정자 대신 홍수에 떠내려간 목조건축물로 삼층석탑 곁에 나란히 세워야 원래의 뜻에 맞다.

삼층석탑은 상륜부와 3층 몸돌을 잃어 볼품이 없지만 양식상으로 보면 2중 기단에 3층 구조를 한 고려 석탑이 분명하다. 그래서 여기에 올 때면 저 허물어진 석탑을 다시 보수해 삼층석탑으로 제 모습을 찾아주고, 강월헌도 제자리를 찾아서 그 곁에 다시 세워야 한다고 생각하곤 한다. 나는 그저 마음뿐이고 실행에 옮기지 못했지만 언젠가는 현명한 후손이 나서서 그렇게 해주리라고 믿는다.

랜드마크로서의 벽돌탑

강월헌 삼층석탑은 전설에 입각해 그렇다 치고 그 위쪽에 있는 벽돌탑은 과연 무엇일까? 탑 전체를 벽돌(塼)로 쌓아올린 다층전탑(보물 제226호)은 언제 세워졌는지 명확하지 않다. 탑 위쪽에 영조 2년(1726)에 수리했다는 비석이 있을 뿐인데 벽돌에 새겨진 문양이나 벽돌탑 양식을 보면 고려 때 건립됐을 것으로 추정된다. 아마도 고려 때 신륵사를 중창하면서 절 마당에는 대리석 석탑을 세우고 강변 벼랑에는 별도로 벽돌탑을 더 세운 것이 아닌가 싶다.

| **신륵사 벽돌탑** | 삼층석탑 위쪽에 있는 벽돌탑(보물 제226호)은 탑 전체를 벽돌로 쌓아올린 다층전탑으로 언제 세워졌는지 명확하지 않다. 탑 위쪽에 영조 2년(1726)에 수리했다는 비석이 있을 뿐인데 벽돌에 새겨진 문양이나 벽돌탑 양식을 보면 고려 때 건립됐을 것으로 추정된다.

이미 오래전부터 신륵사를 노래한 시에는 '벽절[甓寺]'이라는 표현이 나온다. 이를 보면 이 벽돌탑이 신륵사의 상징이었음을 알 수 있다. 나는 신륵사 동대의 벽돌탑은 부처님의 사리를 봉안하는 스투파(stupa)로서의 탑이 아니라 절집의 랜드마크로 세운 이정표라고 생각한다.

마치 경주 남산 용장사터 삼층석탑이 용장골에서 절집으로 올라오는 사람들에게 이정표 역할을 했듯이 남한강 뱃길에서 이 앞을 지나는 사람들에게 신륵사가 여기 있음을 알려주는 랜드마크 역할을 한 건축물로 생각되는 것이다.

조선 초기의 문인인 김수온(金守溫)은 「신륵사기(神勒寺記)」에서 "여주는 나라의 상류에 있다"라고 썼는데 이는 바로 충주에서 서울에 이르는 한강의 뱃길을 말한다. 신작로나 철길이 뚫리기 전까지는 경상도와 강원도, 충청도의 물산이 한강 뱃길을 타고 서울에 닿았으므로 한강 뱃길이 곧 나라의 길이었던 것이다.

여주에는 배 닿는 곳이 많았다. 이포나루·조포나루·새나루·흔암나루·찬우물나루·상자포나루 등 많은 나루터가 있었다. 조선시대 4대 나루(광나루·마포나루·조포나루·이포나루) 중 여주에 조포나루와 이포나루 두 군데가 있을 만큼 여주는 사람과 물자가 수시로 드나들던 수운(水運) 요지였던 것이다. 신륵사 아래가 바로 조포나루터이다. 사람을 실어나르던 황포돛배와 영월과 정선에서 뗏목을 만들어 서울로 가던 떼꾼, 소금을 싣고 강원도로 가던 소금배가 조포를 이용했다.

조선 정조 때 화가인 지우재 정수영은 1796년 여름부터 이듬해 봄까지 한강과 임진강을 유람하고는 길이 약 16미터에 달하는 「한강·임진강 명승도권(漢臨江名勝圖卷)」이라는 긴 두루마리 그림을 남겨 지금 국립중앙박물관에 전한다. 그의 유람 행로는 크게 3차에 걸쳤는데 1차 유람은 경기도 광주부 언북면, 그러니까 지금의 강남구 삼성동의 선릉과 정릉에

| **지우재 정수영의 「한강·임진강 명승도권」 중 신륵사 부분** | 지우재 정수영은 한강변 실경을 그리면서 신륵사는 "사찰의 앞면과 다르게 보여 다시 그린다"며 전탑을 포인트로 하여 한 폭 더 그렸다. 그 정도로 신륵사 전탑은 한강 물길에서 이정표 구실을 단단히 하고 있다.

서 출발하여 여주를 거쳐 원주 하류까지 갔다가 충청도 직산을 거쳐 다시 양근(지금의 양평), 여주로 돌아온 코스였다.

이 그림을 보면 한강변의 실경을 그리는 가운데 신륵사의 경우 "사찰의 앞면과 다르게 보여 다시 그린다"며 전탑을 포인트로 한 신륵사 그림을 한 폭 더 그렸다. 그 정도로 신륵사 전탑은 한강 물길에서 이정표 구실을 단단히 하고 있다.

그래서인지 이 벽돌탑은 일반적인 벽돌탑과는 달리 위로 올라가는 차례줄임이 아주 급격하고 홀수가 아니라 6층으로 돼 있다. 삐죽하게 높이 솟아 있는 것을 강조했고 벼랑에 세우기 좋은 벽돌로 쌓은 것으로 보인다.

이처럼 이 벽돌탑이 있음으로 해서 남한강을 오가는 배는 명확한 이정표를 가질 수 있었고 강변의 자연 풍광은 인문적·종교적 공간으로 전환될 수 있었던 것이다. 지금은 뱃길이 끊겨 진면목을 느낄 수는 없지만

강 건너 은모래 백사장에서 신륵사를 바라보면 정말로 이 전탑의 오롯한 모습이 한 폭의 그림으로 다가오며, 지우재가 왜 세 번이나 그 풍광을 그렸는지 이해가 간다.

물이 많은 장마철이면 정선 아우라지에서 띄운 뗏목이 서울까지 사흘이면 도착했다는데 1973년 팔당댐이 생기고 1980년부터 충주댐이 건설되면서 그 옛날 '나라의 길'이라 불리던 뱃길은 사라지고 말았다. 요즘 신륵사 앞 조포나루터에서는 관광용 황포돛대가 운영되고 있다.

신륵사 이름의 유래

신륵사의 아름다움은 여강의 아름다움에서 나오고 벽돌탑은 뱃길의 이정표로 세워졌지만 오늘날 신륵사를 찾는 발길은 육로로만 열려 있다. 여주시에서 여주대교를 건너면 낮고 부드러운 곡선의 봉미산(鳳尾山)이 둥근 언덕처럼 나타난다. 신륵사는 이 봉미산 안쪽 남쪽 기슭에 새가 둥지를 틀듯 자리잡고 남한강을 바라보고 있다.

신륵사라는 절 이름에 말을 통어하고 다스린다는 뜻의 늑(勒) 자가 들어간 것에는 두어 가지 전설이 있다. 고려 고종 때 건너편 마을에서 자주 용마(龍馬)가 나타났는데 매우 거칠고 사나워 누구도 다룰 수가 없던 것을 인당(印塘)대사라는 분이 나서서 신력으로 고삐를 잡으니 말이 순해졌다는 것이다. 또는 미륵이 사나운 말에게 굴레를 씌워 용마를 막았다고도 한다.

그러나 이것은 그저 전설일 뿐이고 신륵사 삼층석탑 중수비문에 따르면 목은 이색의 부친인 한산군(韓山君) 이곡(李穀)이 절벽의 모양새가 굴레와 비슷하다 하여 신륵이라 했다고 한다. 이로 보면 말과 관계된 것임은 알 수 있는데 신륵사 건너편에는 마암(馬巖)이 있다. 그래서 최완수

(崔完秀) 선생은 『명찰순례』(대원사 1994)에서 여주의 지명이 고구려 때 골내근현(骨乃斤縣)이었던 것은 '굴레끈'의 한역이었을 것으로 보고 그 굴레끈이 늑 자를 낳은 것이 아닐까 추정하기도 했다. 이처럼 신륵에 대해서는 일찍부터 설왕설래가 있었는지 이규보는 여주를 노래하면서 그 내력이 뭐 그렇게 세밀히 따질 것 있느냐는 듯 이렇게 읊었다.

시인은 옛것을 좋아하여 번거로이 캐묻지만　詩人好古煩徵詰
오가는 고기잡이 늙은이야 어찌 알리오　　　來往漁翁豈自知

나옹선사의 죽음과 신륵사

신륵사의 창건설화는 신라시대 원효대사로 거슬러 올라가지만 그것은 설화일 뿐 현재 남아 있는 유물이나 기록으로 보면 고려시대 창건된 것으로 생각된다. 그리고 신륵사는 절의 위상이 높지 않았다. 고려시대 3대 선원의 하나였던 여주의 고달선원에 비하면 말사(末寺) 규모라고나 할 위치였다. 그러다 신륵사가 절집으로서 명성을 얻게 된 것은 고려 우왕 2년(1376)에 나옹선사가 여기에서 열반하여 승탑이 세워지면서부터였다.

나옹선사(1320~76)의 이름은 혜근(慧勤), 법호는 나옹(懶翁)이다. 선사는 21세 때 문경 묘적암(妙寂庵) 요연(了然)선사를 찾아가 출가했다. 전국의 사찰을 편력하면서 정진하다가 25세 때 양주 천보산 회암사(檜巖寺) 석옹(石翁)화상에게서 크게 깨달음을 얻는다. 이후 나옹은 원나라 연경으로 건너가 법원사(法源寺)에서 인도승 지공(指空)선사의 지도를 받고 중국을 주유하고는 39세 때인 공민왕 7년(1358)에 귀국했다.

귀국 후 오대산 상두암(象頭庵)에 조용히 머물러 있었으나 공민왕과

태후의 청이 하도 간곡하여 설법과 참선으로 후학 지도에 나선 곳이 황해도 신광사(神光寺)다. 이 무렵 중국의 홍건적은 쇠퇴해가던 고려를 향해 개경까지 침입해와 노략질을 일삼았고, 공민왕이 한때 안동으로 피난한 일도 있었다. 그때도 스님은 개성을 떠나지 않고 절집을 지켰다.

홍건적의 난이 진압되자 왕은 선사에게 왕사라는 벼슬과 보제존자(普濟尊者)라는 칭호를 내렸고, 왕은 또다시 불교계의 중흥을 부탁했다. 이때 선사가 불교 중흥의 터전으로 삼은 곳이 순천 송광사(松廣寺)였고, 마지막 원력을 펼치는 장으로 양주 회암사를 찾았다.

나옹선사의 지도력은 적극적인 현실참여, 실천하는 선(禪)으로 지혜의 완성을 추구하는 것이었다. 앉아서 참을 구하는 수행법을 멀리하고 편력의 도정에서 중생을 만나고 제도했다. 염불은 곧 참선이라 했으니 나옹선사가 지었다는 「참선곡」은 오늘날까지 널리 수행의 지침으로 되어 있다.

    하하 우스울사 허물된 말 우스울사
    엇지하야 허물인가 본래공적 무상사(無常事)를
    누설하야 일렀으니 엇지 아니 허물인가

선사의 행법은 고려 말 불교를 새롭게 고양시키는 신선한 원동력이 되었다. 이로써 회암사는 지공과 나옹에 의해 고려 말 전국 사찰의 총본산을 이루었을 만큼 위풍이 당당하고 면모가 대단한 대찰이 되었다. 이곳에 머문 승려가 3,000명이 넘었다고 전한다. 나옹은 그렇게 대중교화에 힘썼다. 그러다 4년에 걸친 회암사 중창불사를 회향하는 낙성법회에 귀천을 따질 수 없는 부녀자들이 끊임없이 몰려들어 감당하기 어려워지자 마침내 나라의 관리가 나와 산문을 닫고 왕래를 금하기에 이르렀다.

| **나옹선사 진영** | 고려시대 마지막 고승이었던 나옹선사의 영정이 여러 폭 전하는데 그중 가장 우수한 것은 현재 평양 중앙역사박물관에 소장된 것이다. 나옹선사의 사리는 둘로 나누어 나옹선사가 주석했던 양주 회암사와 신륵사에 승탑으로 모셨다.

그리하여 왕은 나옹에게 떠날 것을 날벼락처럼 명령했다. 선사의 나이 57세, 명령이 떨어진 그날 나옹은 밀양 영원사(瑩源寺)로 떠났다. 귀양 가듯 떠나는 도중 겨우 신륵사에 당도해 열반을 맞을 만큼 중병에 들었던 듯하다. 신륵사 법상(法床) 위에 앉은 나옹선사는 이렇게 일렀다. "너희들을 위하여 열반불사를 마치겠노라." 봉미산 봉우리엔 오색구름이 덮였고, 선사를 태우고 가던 말은 먹기를 그치고 슬피 울었다고 전한다. 우왕 2년(1376) 5월 15일, 스님이 된 지 37년 만이었다.

나옹선사의 다비는 신륵사 동대에서 행해졌고 다비장에는 삼층석탑과 강월헌을 세워 선사의 행적과 뜻을 기렸으며 사리는 둘로 나누어 나옹선사가 주석했던 양주 회암사와 이곳 신륵사에 승탑으로 모셨다.

나옹선사가 지은 것으로 전하는 「청산은 나를 보고(靑山兮要我)」는 우리에게 널리 알려져 있다.

청산은 나를 보고 말 없이 살라 하고　靑山兮要我以無語
창공은 나를 보고 티 없이 살라 하네　蒼空兮要我以無垢
탐욕도 벗어놓고 성냄도 벗어놓고　聊無怒而無惜兮
물같이 바람같이 살다가 가라 하네　如水如風而終我

(이 시는 다른 스님이 지은 것이라고도 하고 중국 한산(寒山)스님이 지은 것이라고도 하는데 나옹선사가 지은 것으로 더 많이 알려져 있다.)

보제존자 석종 승탑

나옹선사의 승탑은 절 북쪽의 낮은 언덕 조용한 소나무숲에 안치되었다. 서남쪽으로 한강이 내려다보이는 이 언덕은 명당으로 알려졌다. 고려 말 불교를 중흥하고 고승으로 2,000여 명의 제자를 배출했던 나옹선사의 묘역은 그만큼 정성과 공력을 들여 마련한 흔적이 역력하다. 고려 우왕 5년(1379)에 만들었다고 했으니 선사의 열반 후 3년에 걸친 대역사였다.

나옹선사의 승탑은 팔각당이라는 기존의 형식을 버리고 석종(石鐘)이라는 새로운 양식을 취했다. 방형의 넓은 기단 위에 넓고 얇은 돌을 깔고 가운데에 2단의 받침대를 놓은 뒤 높이 1.6미터, 지름 1.1미터의 석종을 안치했다. 오른쪽 계단에는 간단한 조각이 조성되어 있고, 묘역 전체에

| 나옹선사 승탑과 석등, 비석 | 나옹선사의 승탑은 팔각당이 아니라 석종이라는 새로운 양식을 취했다. 석종 권역에는 이를 지키는 석등(보물 제231호)과 나옹화상을 기리는 비석(보물 제229호)이 함께 세워졌다.

넓고 얇은 돌을 깔았다. 이름하여 '보제존자 석종'(보물 제228호)이다.

이 석종형 승탑은 제법 장중한 아름다움이 있다. 위로 올라가면서 완만한 타원형을 이루며 어깨 부분에는 보주를 묘사하고 정상부는 4면으로 나누어 불꽃 모양을 새겼는데 매우 뛰어난 솜씨다.

석종 권역에는 이를 지키는 석등(보물 제231호)과 나옹선사를 기리는 비석(보물 제229호)이 함께 세워졌다. 이처럼 승탑·비·석등이 하나의 평면에 세트를 이루고 있는 것은 나옹선사 승탑이 처음이다. 그리고 비석과 석등의 형식도 파격적이다. 비석의 형식은 기존의 관행을 버리고 대리석 비석을 전각 모양으로 감싸듯 했고, 석등도 대리석에 불밝이창을 8곳에 내면서 아주 독특한 모습을 보여준다. 누구의 설계에 의한 것인지 고려 말기 들어 불교가 사상뿐만 아니라 조형적으로도 모더니즘을 구가한 것만 같은 신선한 기풍을 느낄 수 있다.

보제존자 석종 비문

보제존자 석종의 비문은 당대의 문장가인 목은 이색이 짓고 서예가로 이름 높은 한수(韓脩)가 썼다. 일을 맡은 각신(覺信)스님이 곡성부원군(曲城府院君) 염제신(廉悌臣)에게 목은의 글을 받아달라고 부탁하여 비문으로 새기게 된 것이었다. "여흥군(驪興郡) 신륵사 보제사리석종기(普濟舍利石鐘記)"로 시작하는 목은의 이 비문은 희대의 명문으로 목은은 나옹선사의 공덕을 기록한 뒤 이렇게 말했다.

오호라! 눈병이 나면 허공에서 꽃이 보이지만 그것은 본래 꽃이 있는 것이 아니라 눈병 때문인 것이다. (…) (인간에게는 생生·노老·병病·사死의 사상四相이 있듯이) 이 세계에는 성(成, 이루어짐)·주(住, 머무름)·괴(壞, 무너짐)·공(空, 사라짐)의 변천이 있지만 우리들의 인성(人性)은 영원히 불변한 것이다. 보제존자의 사리가 장차 세계와 더불어 성(成)·주(住)·괴(壞)·공(空)의 변천이 있을 것인가, 아니면 인성과 같이 불변할 것인가! 이에 대하여는 비록 우부(愚夫)와 우부(愚婦)일지라도 판단할 수 있을 것이다.

후세에 이 사리에 존경을 보내는 사람들은 모름지기 보제존자의 고상한 도풍을 흠모하고 귀의하여 그의 마음을 구하는 것이어야 할 것이다. 그래야 비로소 보제존자가 세상에 끼친 큰 은혜에 보답함이 될 것이며 만약 그렇지 않다면 보제의 도덕은 보제에게만 필요한 것이지 결코 우리들에게 무슨 이익이 있겠는가!

참으로 감동적인 비문이다. 유가의 한 학자가 불가의 한 선사를 추모하면서 뛰어난 비유법과 명쾌한 논리로 심오한 뜻을 우부와 우부도 알아들게 했으니 이런 것을 일러 명문이라 할 것이다. 교과서에서는 목은 이색이 문장이 뛰어났다는 사실만 말해주고 정작 그 문장은 가르쳐주는 일이 없었으나 여행 삼아 찾아온 신륵사에 와서 이렇게 접하고 보니 책상에 앉아서 얻지 못하는 것을 발로 공부하는 셈이라 옛 사람이 "만 권의 책을 읽고 천 리를 여행하라"고 말한 그 뜻이 새삼 다가온다. 목은의 명문장은 나옹선사의 초상에 부친 글에서 더욱 실감나게 만나게 된다.

조사당

나옹선사의 제자인 각신스님은 승탑을 세우면서 동시에 스님의 영정을 제작하고 이를 모시는 진영당(眞影堂)을 지었다. 이것이 신륵사 조사당(보물 제180호)이다. 조사당은 정면 1칸, 측면 2칸 팔작지붕의 아담하고 예쁜 건물이다. 정면 앞쪽에는 띠살무늬의 분합문 6짝을 달았다. 장대석으로 한 벌 쌓은 낮은 기단 위에 초석을 놓고 기둥을 세웠는데, 가운데 기둥을 세우지 않아 대들보가 없는 것이 이 건물의 특색이다. 측면의 간주에 의해서 그 위로 대들보가 아닌 대량이 건너가 네 모서리의 추녀 끝을 받치는 재목과 만나 건물을 이루고 있다. 걸리는 힘이 크지는 않겠지만 집이 작고 아담해 건물을 유지하는 데에는 지장이 없어 보인다.

날렵한 팔작지붕인데 멀리 떨어져서 보면 볼수록 운치와 정감이 있는 집이다. 이 집은 바로 위 보제존자 석종이 있는 곳에서 내려다보면 또다른 아름다움이 느껴진다. 조사당은 신륵사에서 가장 오래된 건물로 1671년 무렵에 중수했다고 하는데 그때 그려진 나옹의 영정은 자취를 알 수 없고 지금은 후대에 그려진 나옹스님과 스승인 지공대사, 제자인 무학대사 세 분의 초상을 모셔놓고 있다. 회암사를 비롯하여 지공·나옹·무학 세 분의 초상이 함께 모셔지는 전통은 이렇게 생긴 것이었다. 그러

| 신륵사 조사당과 향나무 | 신륵사 조사당(보물 제180호)은 나옹선사의 영정을 모시는 진영당으로 지은 건물이다. 조사당 앞에는 수령 600년이 넘었을 향나무 한 그루가 서 있어 품위도 품위지만 신륵사의 연륜을 증언해주고 있다.

나 이 초상들은 근래에 제작된 것으로 예술적으로나 종교적으로나 큰 감동은 없다.

신륵사와 뗄 수 없는 인연을 갖고 있는 목은 이색은 나옹선사의 영정을 모신 조사당에 대해서도 우리에게 이렇게 충고했다.

스님의 행적을 돌이켜보건대 마치 밝은 달이 허공에서 떨어진 것과 같아서 그 여광(餘光)까지 이미 끝나고 없으나, 다행히도 사리를 남겨두었으므로 모두가 지극한 마음으로 받들어 모셨고 또한 생전의 거룩한 모습을 영정에 담아두었으므로 후세에 대대로 뵐 수 있을 것이다. (…) 모름지기 받들어 모시고 예배를 드려 마음이 스님의 그 모습에 합당한 것이어야 할 것이다. 만약 그렇지 않다면 높이 깨우치신 스님의 영정도 단청을 한 하나의 고물(故物)에 불과할 것이 아니겠는가. (…)

깊고 깊은 부처님의 오묘한 법이여!
그 정체는 유(有)도 무(無)도 아닐 것이다.
위대하신 우리 스님 영정이시여!
누가 감히 스님 도덕 이길 것인가.

조사당 바로 앞에는 수령이 적어도 600년 넘었을 향나무 한 그루가 서 있어 품위도 품위지만 신륵사의 연륜을 증언해주고 있다. 전하는 말로는 무학대사가 스승 나옹선사를 추모하여 심었다고 하니 그 뜻이 더욱 긴밀해진다.

예부터 내려오는 말로 '절집의 자산은 노목(老木)과 노스님이다'라는 의미심장한 경구가 있다. 지금 신륵사에 노스님이 계신지 아닌지는 알지 못하지만 나옹선사의 영당이 여기 있고 그때 심었다는 향나무가 건재하니 신륵사의 자산은 이루 말할 수 없이 크다고 하겠다.

신륵사에서 보은사로, 다시 신륵사로

나옹선사의 죽음으로 일약 유명해진 신륵사였지만 이내 고려왕조가 망하고 조선왕조가 들어서서 주도적인 이데올로기가 유교로 대전환되면서 강력한 숭유억불 정책에 의해 쇠락의 길을 면치 못하고 폐사의 위기까지 맞게 되었다.

그러나 예종 1년(1469), 경기도 광주 대모산에 있던 세종대왕의 영릉(英陵)이 이곳 여주로 이장되면서 신륵사는 영릉의 원당(願堂)사찰로 지정되어 오히려 대대적인 중창을 하게 되었다. 조선왕조가 불교를 배척하기는 했어도 죽음에 관한 한은 불교적 전통을 완전히 버릴 수 없었다. 때문에 훗날 세조의 광릉에는 봉선사, 성종의 선릉과 중종의 정릉에는 봉은사, 사도세자의 융릉과 정조의 건릉에는 용주사가 있듯 신륵사는 영릉의 지킴이 역할을 부여받은 것이다. 어찌 보면 세종의 영릉이 신륵사를 지켜준 셈이 되었다고 할 수 있다.

성종 3년(1472) 3월에 시작된 신륵사의 대규모 중수공사는 8개월 뒤인 10월에 200칸의 건물과 함께 완공되었다. 그리고 이듬해 대왕대비는 신륵사를 보은사(報恩寺)로 고쳐 부르게 했다.

이렇게 새로 태어난 신륵사였지만 임진왜란 때 병화를 피하지 못해 소실되었다. 전하기로는 임진왜란이 일어나자 500여 승군을 조직해 싸웠다고도 한다.

그러다 신륵사가 다시 중수되기 시작한 것은 현종 12년(1671) 무렵이었다. 보은사가 언제부터 다시 신륵사로 불리게 되었는지 확실치 않지만 이때부터가 아닌가 싶다. 이후 영조 2년(1726)에는 동대에 있는 벽돌탑을 새로 고쳐 쌓았고, 영조 49년(1773)에는 범종을 주조했다. 그리고 정조 21년(1797)부터 3년에 걸쳐 극락보전이 수리되었으며, 결정적으로는 철종 9년(1858) 순조의 왕비인 순원왕후가 내탕금(帑金)을 내어 크게 불사를 일으켜 여러 전각과 요사채를 중수하여 오늘의 신륵사에 이르는 모태를 완성했다. 이때의 감격을 김병익(金炳翼)은 「신륵사 중수기(神勒寺重修記)」에서 다음과 같이 말했다.

절을 세우고 폐하는 것이 세상의 가르침일 수 없는 일이고, 유학자로서도 이를 위하여 애쓸 일도 아니지만, 이 절을 폐하지 못하는 이유는 그 고적이 명승지로 이름 높기 때문이었다. (…) 온 나라에서 칭송해온 지가 이미 천 년이나 되었으니 비록 우리가 절을 세우지 못할망정 폐할 수 있겠는가.

이데올로기를 떠나 문화유산으로서 절집의 가치를 그렇게 말하고 있는 것이다.

신륵사의 정연한 가람배치

신륵사는 가람배치가 정연하여 아주 깔끔한 인상을 준다. 나지막한 봉미산의 느슨한 비탈을 타고 10채 남짓한 건물이 기역 니은으로 배치된 것이 마치 새가 둥지를 튼 듯 아늑하다. 특히 각 건물의 레벨이 점차 높아져 있기 때문에 팔작지붕·맞배지붕들이 날갯짓을 하며 높이높이 날아가는 것만 같다. 지붕들이 높이를 달리하면서 이리 겹치고 저리 겹치며 층층이 그리는 곡선미가 일품이다. 경내를 거닐자면 걸음걸이마다 다른 경관을 연출해주는 경관이야말로 한옥의 독특한 멋이라고 칭송할 만하다.

신륵사의 절 마당에는 구름과 용무늬가 아름다운 고려시대 다층석탑(보물 제225호)이 가운데 자리하고 극락보전이 축대 위에 높직이 올라앉아 이 절의 중심을 이루고 있다. 그 왼쪽에는 요사채인 심검당(尋劍堂)이, 오른쪽에는 선방인 적묵당(寂默堂)이 있다. 이는 우리나라 사찰의 기본 구조이기도 하다.

그러나 각 건물의 디테일을 보면 하나하나가 각별한 정성이 들어 있어 돌축대와 툇마루, 공간을 차단하면서 동선을 유도하는 낮은 별무늬 기와담장, 유머 넘치는 굴뚝이 이 절의 경건하면서도 멋스러운 분위기를 연출해주고 있다. 단아하고 정갈하면서도 인간적 체취가 느껴진다는 점에서 신륵사는 많은 사람에게 사랑받을 만하다.

역사문제연구소 초대 이사장을 지낸 원경스님이 신륵사 주지로 있을 때는 여기에서 역사학자들의 세미나가 자주 열렸고, 민예총과 민족미술협의회 워크숍도 열려 나는 여러 번 다녀왔다. 그리고 개인적으로 하룻

| **신륵사 전경** | 신륵사는 10채 남짓한 건물이 기역 니은으로 배치되어 마치 새가 둥지를 튼 듯 아늑하다. 특히 각 건물의 레벨이 점차 높아져 있기 때문에 지붕들이 높이를 달리하면서 이리 겹치고 저리 겹치며 층층이 그리는 곡선미가 일품이다.

밤 묵어가기도 했다.

　어느 절집이나 비슷하겠지만 신륵사에서의 하룻밤은 유난히 마음이 편하고 정신이 맑아졌다. 한밤중 강월헌에 홀로 올라 유유히 흐르는 남한강을 바라보니 나도 저 강물처럼 인생을 흘려보내고 있구나 하는 생각이 들면서 절로 내가 살아온 길과 살아갈 길을 곱씹어보게 되었다. 그것은 확실히 강변 사찰이기 때문에 일어나는 상념이었다.

　잠자리에 들고자 미닫이창을 닫았을 때 앞마당 대나무가 달빛에 그림자 져 창문에 어른거리는 것은 내가 본 가장 아름다운 묵죽화(墨竹畵)였다. 새벽 종소리에 선잠을 깬 채로 예불에 참여하고 대야에 더운물 받아 세수하러 갔는데 장독대에 엄청나게 큰 독이 있어 놀란 눈으로 살펴보니 손가락으로 새겨놓은 '대기(大器)'라는 글씨가 있었다. 도공도 그 크기에 스스로 놀랐던 모양이다. 아침 공양을 하는데 맑은 장국에 들기름

| **신륵사 적묵당** | 신륵사의 선방인 적묵당은 콩떡 담장이 정겹고 특히 뒷문 오른쪽 모서리의 벽돌 굴뚝이 이채롭다.

에 무친 산나물이 한 상 가득하여 발우를 다 비우고도 못내 서운해했던 기억이 지금도 생생하다. 그것이 25년 전의 일인데 그때 신륵사에서 『나의 문화유산답사기』 첫 꼭지를 집필했기에 나로서는 잊을 수 없는 절이 되었다.

신륵사 유감

신륵사는 이처럼 예나 지금이나 만인의 사랑을 받을 만한 아름다운 강변의 사찰이지만 서울에서 가깝다는 교통의 이로움과 풍광의 아름다움 때문에 오히려 현대에 들어 커다란 상처를 받게 되었다. 영동고속도로가 생기면서 여주는 서울에서 자동차로 불과 1시간 거리에 놓여 오늘날 공장과 골프장이 넘칠 정도로 가득 들어차고 말았다. 그 옛날의 시인들이 노래하던 아련한 여주 들판의 자연 풍광을 다시는 볼 수도 느낄 수도 없게 되었다.

신륵사의 명성이 여전하면서 사찰 입구는 요란한 관광지로 변했다. 절 바로 앞의 강변유원지가 너무도 번잡스러워 어찌할 수 없는데 요사이 아예 관광특구로 발전시키겠다고 하니 그 복잡함이 어디까지 갈지 예측도 할 수 없다. 내가 신륵사로 가는 발길이 점점 멀어진 이유도 그 장바닥을 통과할 생각을 하면 끔찍스러운 마음이 일어나기 때문이다.

신륵사 절집 자체도 주변의 번잡함에 오염되었는지 절집의 크기와 어울리지 않게 일주문을 거대하게 세우고 단청도 요란하게 하면서 고찰의 모습을 잃어간 것이 너무도 아쉽다. 게다가 4대강 사업이 강행되면서 신륵사는 두 가지를 잃었다. 강월헌 건너편 은모래 백사장이 이제는 사라졌다. 그 아름다운 강마을을 대신한 고수부지식 석축엔 자전거길이 휑하니 뚫려 있을 뿐이다. 아, 그것은 너무도 아깝다.

이를 치열하게 반대하던 불교환경연대 수경스님은 2010년 3월, 4대강 사업으로 파헤쳐지는 신륵사 앞 여강 둔치에 '강물처럼'이라는 뜻의 '여강선원(如江禪院)'을 개원하고 여기에 상주하며 생명살림의 참뜻을 설파했다. 그러던 중 6·2지방선거를 이틀 앞두고 선방에서 정진하던 문수스님이 4대강 사업을 반대하는 글을 남기고 소신공양을 했다. 스님이 스스로 자신의 육신에 불을 붙여 이승의 삶을 끝냈다. 충격을 받은 수경스님은 그로부터 열흘이 안 돼 "내가 입고 있는 이 승복이 마치 죄수복 같다"며 조계종 승적을 내려놓고 잠적했다.

그래도 나는 신륵사에 대한 애정을 버릴 마음이 없다. 그 모두를 시행착오로 생각하고 우리 현명한 후손들이 우리 시대의 잘못을 언젠가는 바로잡아줄 것이라는 기대도 버리지 않는다. 나옹선사의 승탑이 의연히 거기에 있어 역사를 증언하고 동대의 벽돌탑이 여강의 랜드마크로 우뚝

| **강월헌에서 바라보는 강 건너 은모래 백사장** | 강월헌에서 유유히 흐르는 남한강을 바라보는 것이 신륵사 답사의 하이라이트이다.

하고 강월헌에서 바라보는 낙조는 변함없이 아름다울 것이니 신륵사가 신륵사인 이유만은 살아 있는 것 아닌가. 모든 것을 되돌려놓을 수 있는 세월이 오기를 기다려볼 뿐이다. 나는 목은 이색이 나옹선사의 승탑에 부친 비문에서 말한 바로 위안을 삼으련다.

　　강월헌은 보제선자 나옹스님의 당호이다. 나옹의 육신은 이미 불에 타서 없어졌으나, 여강과 달은 전일과 조금도 다름이 없다. 지금도 신륵사는 장강을 굽어보고 있으며, 석종 탑(승탑)은 강변 언덕에 우뚝 서 있다. 달이 뜨면 달그림자가 강물 속에 거꾸로 비치어서 천광(天光)과 수색(水色)과 등불 그림자와 향불 연기가 서로 교차하니, 이른바 강월헌은 천만년이 지나더라도 보제선사의 생존 시와 조금도 다름이 없을 것이다. (…) 그러므로 장차 그 이름이 영원히 빛나며, 석종 탑비도 신

륵사와 더불어 시종을 같이할 뿐만 아니라 이 여강과 저 달과 더불어
무궁할 것이다.

답사 일정표

이 책에 실린 글을 길잡이로 직접 답사하실 독자들을 위하여 실제 현장답사를
토대로 작성한 일정표를 실었습니다. 서울에서 출발하는 것을 기준으로 일정
을 잡았으며, 시간표는 계절과 휴일·평일, 교통 사정에 따라 차이가 있을 수
있습니다.

영월·단양·제천·충주 2박 3일(2015년 가을)

첫째날

08:00 출발
10:00 요선정과 요선암
10:45 출발
11:00 법흥사
12:00 점심식사(법흥사 앞)
13:00 출발
13:40 장릉
14:30 출발
14:40 청령포
15:30 출발
16:00 온달산성
17:00 출발
17:10 영춘향교
17:45 출발
18:00 향산리 삼층석탑
18:15 출발
18:40 단양 숙소 도착

둘째날

08:30 출발
08:45 단양 적성과 수몰이주기념관
   (단양향교)
10:40 출발
11:00 청풍문화재단지와 한벽루
12:00 점심식사(물태리)
13:00 출발
13:30 청풍나루에서 장회나루까지
   유람선 왕복(옥순봉, 구담)
14:40 출발
15:00 상·중·하선암과 사인암

16:40 출발
17:00 도담삼봉
17:30 출발
17:40 매포 성신양회 시멘트 채석장
18:00 출발
18:15 소금정공원
   (옥소 권섭과 신동문 시비)
18:30 단양 숙소 도착

셋째날

08:00 출발
08:30 장락동 칠층모전석탑과
   의림지
09:30 출발
09:50 배론성지
10:30 출발
10:45 자양영당
11:30 출발
11:45 박달재
12:00 점심식사
13:00 출발
13:30 탄금대
14:15 출발
14:30 중앙탑(탑평리 칠층석탑)
15:00 출발
15:15 중원 고구려비
15:40 출발
16:00 봉황리 마애불상군
17:00 출발
17:15 목계나루터(신경림 시비)
17:45 귀가

단양·제천·충주 1박 2일 (창비 답사, 2014년 겨울)

첫째날

08:00 출발

11:00 청풍문화재단지와 한벽루

12:00 점심식사(물태리)

13:00 출발

13:30 옥순봉과 구담, 상·중·하선암,
　　　　사인암, 도담삼봉

17:20 출발

17:30 소금정공원
　　　　(옥소 권섭과 신동문 시비)

18:00 단양 숙소 도착

둘째날

09:00 출발

09:10 매포 성신양회 시멘트 채석장

09:30 출발

10:00 장락사 칠층모전석탑과
　　　　의림지

11:00 출발

11:20 배론성지와 자양영당

12:45 출발

13:00 박달재

13:30 점심식사(평동마을)

14:30 출발

15:00 목계나루터(신경림 시비)

16:00 출발

16:30 중원 고구려비

17:00 귀가

남한강 1박 2일(답사회 정기 답사, 2009년 여름)

첫째날
08:00 출발
10:00 법천사터
11:00 출발
11:15 거돈사터
12:15 출발
12:45 점심식사(목계나루)
13:45 출발
14:00 중원 고구려비
14:45 출발
15:00 봉황리 마애불상군
16:00 출발
16:15 중앙탑(탑평리 칠층석탑)
17:00 출발
18:30 단양 숙소 도착

둘째날
06:00 아침 산책, 단양 적성
07:50 아침식사
08:30 출발
09:00 향산리 삼층석탑
09:30 출발
09:15 온달산성
11:30 출발
11:45 영춘향교
12:15 점심식사(장릉 앞)
13:00 장릉과 청령포
14:30 출발
14:50 요선정과 요선암
15:30 귀가

남한강변의 폐사지(답사회 당일 답사, 2010년 여름)

당일 답사

08 : 00 출발
10 : 00 거돈사터
10 : 40 출발
11 : 00 법천사터
11 : 45 출발
12 : 00 점심식사(문막)
12 : 50 출발
13 : 05 흥법사터
13 : 35 출발
14 : 00 고달사터
15 : 00 출발
15 : 20 신륵사
16 : 10 출발
16 : 20 세종대왕 영릉과 효종대왕 영릉
17 : 30 귀가

남한강변 폐사지와 '뮤지엄 산'(미술사학과 답사, 2014년 가을)

당일 답사

08 : 00 출발
10 : 00 거돈사터
10 : 45 출발
11 : 00 법천사터
11 : 45 출발
12 : 00 점심식사(문막)
13 : 00 출발
13 : 30 한솔 '뮤지엄 산'
16 : 00 귀가

사진 제공

국립중원문화재연구소	322, 327면
국립춘천박물관	70면
김성철	189, 244, 359, 368, 395, 401면
김혜정	36, 255, 256면
눌와	192면
단양군	172, 208, 239면
박효정	234~36면
방기준	22면
서헌강	97면
신민규	220, 224면
연합뉴스	373면
영월군	49, 60면
울산 대곡박물관	286, 287면
이철수	297면
제천시	110, 124, 125, 263, 269, 270, 280면
충주시	302, 306, 307, 320면
충청북도	230면
한국관광공사	107, 115, 131(1번), 144(1·2번), 275, 389, 420, 440면

본문 지도 / 김경진, 최원석

유물 소장처

간송미술관	152면
개인 소장	153, 156면(오른쪽)
고려대학교박물관	155면
국립중앙박물관	192(왼쪽), 348, 359, 373, 395, 401, 427면
국립청주박물관	228, 308면
국립춘천박물관	113면
국민대학교박물관	128, 272면
삼성미술관 리움	150, 156(왼쪽), 174, 205, 218면
서울대학교 규장각	19, 221면
서울역사박물관	129, 231면
옛길박물관	210, 211면
조선중앙역사박물관	431면
한국학중앙연구원 장서각	75면
함흥역사박물관	192면(오른쪽)

*위 출처 외의 사진은 저자 유홍준이 촬영한 것이다.

나의 문화유산답사기 8
남한강편
강물은 그렇게 흘러가는데

초판 1쇄 발행 2015년 9월 15일
초판 10쇄 발행 2023년 2월 10일

지은이 / 유홍준
펴낸이 / 강일우
책임편집 / 황혜숙 이상술 최지수
디자인 / 디자인 비따 김지선 성지현
펴낸곳 / (주)창비
등록 / 1986년 8월 5일 제85호
주소 / 10881 경기도 파주시 회동길 184
전화 / 031-955-3333
팩시밀리 / 영업 031-955-3399 편집 031-955-3400
홈페이지 / www.changbi.com
전자우편 / nonfic@changbi.com